공상과학 소설
마지막 선택

수십 년이 흘러도 아무런 일이 일어나지 않을 때가 있지만,
어떤 때는 단 몇 주 만에 수십 년에 걸쳐 일어날 법한 사건들이 벌어지기도 한다.
(1917, 블라디미르 레닌)

공상과학 소설
마지막 선택

초판 1쇄 인쇄　2025년 08월 05일
초판 1쇄 발행　2025년 08월 20일

신고번호　제313-2010-376호
등록번호　105-91-58839

지은이　김인철

발행처　보민출판사
발행인　김국환
기획　김선희
편집　현경보
디자인　김민정

ISBN　979-11-6957-371-9　　03810

주소　경기도 파주시 해올로 11, 우미린더퍼스트@ 상가 2동 109호
전화　070-8615-7449
사이트　www.bominbook.com

・가격은 뒤표지에 있으며, 파본은 구입하신 서점에서 교환해드립니다.
・이 책은 저작권법에 의하여 보호를 받는 저작물이므로 무단 전재와 복사를 금합니다.

공상과학 소설

마지막 선택

김인철 지음

단순한 공상과학 소설의 틀을 벗어나,
인간 존재의 본질과 기술의 윤리에 대해 치밀한 사유를 펼친다.

추천사

어떤 책은 미래를 예언하고, 어떤 책은 현재를 정밀하게 해부한다. 그리고 드물게, 단 하나의 책이 그 둘을 동시에 해내는 경우가 있다. 김인철 작가의 장편소설 『마지막 선택』이 그렇다. 이 작품은 단순한 공상과학 소설의 틀을 벗어나, 인간 존재의 본질과 기술의 윤리에 대해 치밀한 사유를 펼친다. 그리고 그 서사의 모든 출발점과 귀결점에 자리하는 단어, 바로 '선택'은 이 작품이 품고 있는 철학적 심연이자 감정적 파동의 진원지다.

우리는 지금, 인간과 기술이 분리되지 않는 시대를 살고 있다. 스마트폰 없이 하루를 보내는 일이 상상하기 어려운 오늘날, 인간의 인지와 기계의 계산은 거의 동시에 이루어진다. 자율주행차는 판단을 하고, 인공지능은 창작을 시작했다. 그런 상황 속에서 작가는 묻는다.

"우리는 여전히 스스로를 선택할 수 있는 존재인가?"

이 질문은 단순한 수사적 장치가 아니라, 소설 전체를 관통하는 존재론적 물음이다.

　이 책 『마지막 선택』의 세계는 결코 먼 미래가 아니다. 오히려 지금 이 순간, 우리가 무심코 지나치는 과학 기술의 진보 속에 그 단서가 숨어 있다. 생명공학은 유전자를 재조합하고, 인공지능은 인간의 감정을 학습하며, 뇌 과학은 기억의 구조를 해석하고자 한다. 이 소설은 이러한 기술들이 인간성을 지우는 것이 아니라, 오히려 인간성의 진짜 본질을 드러내는 도구가 될 수 있음을 역설한다. 과연 인간이란 무엇인가? 육체인가, 정신인가, 아니면 선택의 순간마다 나타나는 '태도'인가?

　작가는 과학 기술의 단면을 묘사하는 데 그치지 않는다. 그는 그것이 초래할 윤리적 딜레마와 도덕적 책임, 그리고 개인과 사회가 겪게 될 감정적 균열을 정교하게 엮어낸다. 그래서 이 책 『마지막 선택』은 미래의 장치이자, 오늘의 고백이다. 우리가 언제나 미뤄왔던 가장 근본적인 질문들,
　"나는 누구인가?"
　"나는 왜 살아가는가?"
　"나는 무엇을 선택해야 하는가?"
　이를 다시 꺼내놓고, 독자와 함께 응시한다.
　이야기의 중심에는 '선택을 해야만 하는 인간들'이 있다. 그들은 모두, 인간성과 기술 사이의 간극에서 고통받고, 흔들리고, 그러나 끝내

결단한다. 작가는 그들의 혼란과 두려움을 선형적이지 않은 복합적 내면 묘사로 풀어내며, 독자로 하여금 마치 거울을 들여다보듯 자신을 성찰하게 만든다. 이것은 단순한 플롯의 긴장감이 아니다. 윤리적 스릴이다.

『마지막 선택』은 과학과 문학이 충돌하는 작품이 아니다. 오히려 그것은 두 영역이 만나 만들어 낸 '지성의 연금술'이다. 과학이 제시하는 가능성과 문학이 제안하는 윤리가 만나, 가장 근원적인 '선택'의 의미를 묻는다. 이 작품은 마치 철학자 유발 하라리의 통찰을 품은 소설처럼 읽히기도 하고, 동시에 올더스 헉슬리의 『멋진 신세계』를 떠올리게 하는 불길한 미래의 예감이기도 하다. 그렇다고 이 책이 단지 암울한 디스토피아에 머무르는 것은 아니다. 오히려 작가는 말한다.
"이야기는 상상으로 시작하지만, 그 끝에는 희망을 놓고 싶었다."
그 희망은 인간성의 회복이다. 다시 말해, 선택의 순간에 윤리를 외면하지 않는 마음, 기술을 인간의 얼굴로 다시 돌려놓는 의지, 그리고 무엇보다도 우리 자신이 어떤 존재인지를 잊지 않는 기억이다.

이 책 『마지막 선택』을 덮는 순간, 우리는 이 질문과 마주하게 된다.
"나는 어떤 선택을 할 것인가?"
그리고 바로 그 순간, 독자는 더 이상 단순한 독자가 아니다. 그는 이제 이 서사의 일부가 되어, 자신의 삶에서도 결정을 내려야 하는 '선택자'가 된다.

이 책은 그런 변화의 출발점이다. 페이지마다 담긴 치밀한 사유와 감정의 파동은, 독자로 하여금 현실을 재구성하게 만든다. 인공지능이 아무리 정교해지고, 생명공학이 생명을 모방한다 해도, 마지막 선택은 인간만이 할 수 있다는 믿음! 그 믿음이 이 소설의 가장 강력한 메시지다.

작가는 이 작품을 통해 우리 모두에게 말한다.
"당신 앞에 놓인 수많은 갈림길 중에서, 가장 중요한 질문은 바로 이것이다. 당신은 무엇을 선택할 것인가?"

2025년 7월
편집위원 **김선희**

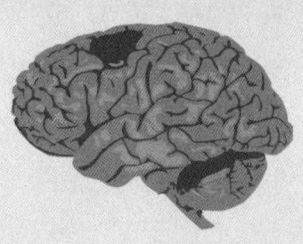

작가의 말

이 창작소설의 서사 속에서, 우리의 주인공들은 오롯이 상상력의 직물로 엮어낸 존재들입니다. 그들은 현실의 속박에서 벗어나, 작가의 마음속에서 피어난 꿈과 같은 실루엣들입니다. 그러나 이 가상의 주인공들을 에워싸고 있는 배경에는 시간의 흐름을 초월하여 빛나는, 과거에 실존했고, 또 현재의 시간에도 우리와 같이 살아가고 있는 위대한 지성들이 있습니다.

그들은 단순한 인물들이 아닙니다. 그들은 인류 지성의 정점에서 반짝이는, 각자의 분야에서 지대한 업적을 이룬 위대한 과학자들이며, 시대를 관통하는 통찰력을 지닌 독보적인 각 분야의 전문가들입니다. 그들의 이름은 역사에 새겨져 있으며, 그들의 발견과 사상은 인류 문명의 진보를 이끌어 온 불멸의 이정표입니다. 마치 밤하늘의 별들이 각자의 빛을 발하듯, 이 위대한 지성들은 서로 다른 영역에서 찬

란한 광휘를 뿜어냅니다.

이제, 이 상상의 존재들과 실존하는 지성들이 교차하는 지점에서, 우리는 깊은 희망을 품습니다. 각자의 지식과 열정을 한데 모아, 그들이 손을 맞잡고 협력한다면, 분명 오늘보다 더욱 눈부시고 풍요로운 세상을 창조할 수 있을 것입니다. 그들의 연합된 지혜와 끊임없는 노력은 인류가 당면한 문제들을 해결하고, 더 나은 미래를 향한 길을 밝히는 등대가 될 것이라 믿어 의심치 않습니다.

이 소설은 바로 그 희망의 메시지를 담아, 독자들에게 더 나은 세상에 대한 영감을 불어넣고자 합니다.

2025년 여름,
랜초 버나도에서
김인철 씀

목차

추천사 _ **004**

작가의 말 _ **008**

제1부. 프롤로그 2028 _ **012**

제2부. 유기체의 세계 1960-2024 _ **020**

제3부. 무기체의 세계 1967-2024 _ **160**

제4부. 융합의 세계 2024-2030 _ **308**

제5부. 에필로그 2031 _ **424**

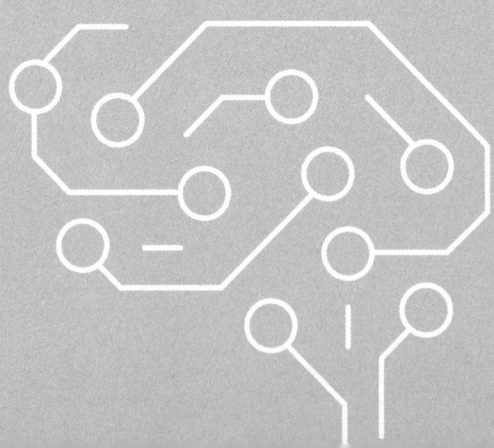

제1부

프롤로그
2028

구름이 잔뜩 낀 흐린 날이면 샌디에고는 샌디에고 같지 않고, 그저 평범한 회색빛 도시에 불과하다. 그러나 구름 한 점 없이 태양이 빛나는 날이 되면, 비로소 그날의 샌디에고는 진정한 샌디에고가 된다.

샌디에고는 일 년 내내 햇볕이 내리쬐고 온화한 날씨 덕분에 누구나 은퇴하면 살고 싶어 하는 태평양 연안의 작은 도시다. 그중에서도 거친 해안선으로 유명한 아름다운 해변 지역인 라호야와 델마는 세계적으로 유명한 토리 파인스 골프장과 함께 여러 휴양지와 부촌으로 잘 알려져 있다.

HD 테크놀로지 본사는 라호야에 있는 캘리포니아 주립대학 샌디에고 분교 캠퍼스와 스크립스 메모리얼 병원 단지 근처, 9880 캠퍼스 포인트 드라이브에 자리 잡고 있었다.

나는 밤 11시경 비서인 캐롤라인의 부축을 받으며 회사 사무실에서 나와 기다리던 차에 올랐다. 12월의 라호야는 낮에는 따뜻하지만 밤이 되면 기온이 뚝 떨어져 건물 밖에 나오니 약간 춥게 느껴졌다. 오늘도 온도가 많이 내려간 모양이었다. 옆자리에 동승한 캐롤라인은 나에게 물었다.

"몸은 좀 어떠세요? 춥지 않으세요?"

그녀는 운전석에 앉아 있는 톰을 바라보며 조용히 이야기했다.

"톰, 더 차를 따뜻하게 하면 좋을 것 같은데요."

나는 별로 말하고 싶지 않아 그저 고개만 끄덕였다. 사실 회사에서 수술실이 위치한 스크립스 메모리얼 병원까지는 걸어서 10분이면 갈 수 있는 거리였다. 그러나 밤이 되면 기온이 떨어져 쌀쌀하기도 했고, 나의 몸 상태를 배려해 차를 대기시킨 건 캐롤라인이었다. 캐롤라인은 나의 개인 비서이기도 하지만, 임상 경험이 많은 간호사 출신이기도 했다. 그래서 그동안 나를 특별히 돌보아 주었고, 특히 오늘은 나의 수술 과정을 끝까지 지켜보면서 필요한 도움을 주기로 했다.

석 달 전, 나는 몸 상태가 계속 좋지 않아 정밀 검진을 받았다. 그리고 5년 전에 생겼던 암이 다시 재발하여 이번에는 전신으로 암이 퍼졌다는 사실을 알게 되었다. 다행히 암은 뇌로는 전이되지 않은 상황이었다.

차에서 내리니, 병원 현관에서 나의 아내 은영, 아들 도윤, 강 대표, 그리고 한국에서 방금 도착한 황안민 사장이 나를 맞아주었다. 모두가 걱정스러운 표정을 하고 있었다. 황 사장은 말했다.

"교수님, 강 대표를 통해 수술할 날짜를 잡았다는 이야기를 들었습니다. 다 잘 될 겁니다. 너무 걱정 마십시오."

나는 답했다.

"그래, 고마워, 황 사장. 급히 오느라 고생했어."

그는 여전히 나를 '교수님'이라고 불렀다. 34년 전 태국 방콕의 국제 학회에서 그를 만난 이후 지금까지 그는 참으로 한결같다. 나는 오랜만에 보는 황 사장이 반갑기도 했고, 한국의 일도 바쁠 텐데 만사 제쳐두고 나를 보러 온 그가 고마웠다. 지난 34년간 나를 믿으며 늘 나와 함께한 황 사장을 보니, 일순간 삶에 대한 의욕이 다시 생기는 것 같았다.

수술실이 위치한 파빌리온 건물로 나는 아내와 캐롤라인의 부축을 받으며 들어섰다. 건물 밖과 내부는 왕래가 없어 어둡기까지 했고 썰렁한 느낌이었다. 밤 12시가 다 되어가는 늦은 시각이기도 했고, 나의 수술을 비밀스럽게 추진하려고 한 강 대표의 배려로 이미 건물 주변과 내부에 일반인의 출입이 금지되어 있었다.

내가 환자복으로 갈아입고 수술 전실로 들어가니 이미 수술복으로 갈아입은 캐롤라인과 강 대표, 그리고 베티 오브라이언 박사가 나를 기다리고 있었다. 오브라이언 박사가 우선 나의 수술 과정에 대해 대략적인 설명을 시작했다. 물론 나를 포함하여 모두가 무슨 수술을 하려고 하는지 잘 알고 있었지만 말이다.

"이 박사님, 잘 아시겠지만, 간단히 수술 과정을 설명하겠습니다. 우선 캐롤라인이 기본적인 혈압, 심전도 검사를 하고 마취에 필요한 사전 준비를 할 겁니다. 그리고 수술실로 들어가시면 톰슨 박사의 마취를 시작으로, 저와 강 박사의 집도로 모든 수술 절차를 진행할 예정입니다. 모든 수술이 다 끝나려면 아마도 4시간 정도가 소요될 것으로 예상합니다. 이런 말씀을 드리기는 힘들지만, 수술 성공 확률이 잘 아시다시피 30%도 안 되는 상황이라, 사전에 미세스 리, 그리고 주변 분들과 충분히 말씀을 나누시는 것이 좋겠습니다."

그녀는 다분히 사무적인 말투로 설명을 이어 나갔다. 사실 내가 그녀를 안 지도 벌써 30년이 훨씬 넘어가고, 개인적으로 그리고 회사 일로 매우 친한 사이였지만, 오늘은 그녀가 특별히 집도의로서의 의무를 다하고 있다는 것을 잘 알고 있었다. 만일의 경우를 대비하여, 그녀는 가족에게 남길 유언이 있다면 자신에게 말해두라는 당부도 잊지 않았다.

나는 나의 아내와 아들, 그리고 모두에게 이미 나의 뜻을 전달한 터라 특별히 더 무슨 말을 하기는 힘들 것 같았다. 그리고 지난 4년간을 한결같이 나와 모든 것을 함께한 사람들이 지금 내 옆을 지키고 있는데, 더 이상의 소원은 없었다. 갑자기 행복하고 성공적인 삶을 살았다는 생각으로 몸이 뜨거워졌다. 그러나 다시 한번 이들과 손을 잡고 눈을 마주치며 감정의 눈빛을 교환했다.

캐롤라인이 미는 이동 침대에 누워 나는 복도의 형광등 불빛을 쳐다보며 수술실로 들어섰다. 수술실 천장에 3개의 둥그런 무영등이 비추고 있어 나의 눈을 부시게 했다. 수술실에는 나를 데려온 캐롤라인, 마취과 의사 톰슨, 그리고 오브라이언 박사와 강철수 대표의 모습이 보였다. 모두 다 수술복을 입고 마스크를 착용하고 있어 얼굴을 볼 수는 없었지만, 마스크 밖으로 그들의 심각한 표정이 간접적으로 느껴졌다. 톰슨 박사가 나를 내려다보며 동의를 구했다.

"이 박사님, 저희가 여러 번 예행연습을 한 것처럼, 모두 잘 대처할 것입니다. 너무 걱정하지 마시고 편안하게 누워 계시면, 곧 수술이 끝날 겁니다. 자, 그러면 시작해도 될까요?"

내가 고개를 끄덕이자, 그도 눈을 깜빡이며 동의의 눈빛을 전했다. 곧 오른쪽 손등에 이미 연결된 주삿바늘을 통해 차가운 기운이 오른팔의 혈관 속으로 들어오는 것이 느껴졌다. 나는 최선을 다해 이 모든 과정을 지켜보겠다는 일념으로 정신을 차리고 눈을 깜빡거렸다.

사실 이 수술 과정에 대해 캐롤라인, 강 대표, 톰슨과 오브라이언 박사와 같이 한 달에 걸쳐 시뮬레이션 연습을 해왔기 때문에 나 자신에게 무슨 일이 일어나는지 누구보다 내가 더 잘 알고 있었다. 톰슨 박사가 마취가 시작된다고 이야기한 후 나는 계속 눈을 깜빡거렸다. 내 기억에 이제 5번째 눈을 깜빡하고 눈을 떴다고 생각했는데, 캐롤라인이 나의 팔을 붙잡으며 말했다.

"이 박사님, 정신이 드시나요? 수술은 성공적으로 잘 끝났습니다."

나는 과거 위나 직장암 검사를 수면내시경으로 받을 때, 짧게 전신마취를 하기 위해 프로포폴 주사를 맞으면, 검사 과정이 늘 눈 몇 번 깜빡하는 사이에 끝난다는 것을 잘 알고 있었다. 그리고 전신 마취 시에는 단 한 번도 꿈을 꾼 적이 없다는 것을 기억하고 있었다. 이번에도 4시간이 넘는 수술이지만 예외는 아니었다. 수술은 내가 눈 깜빡하는 사이에 진행되었고, 나는 이번 역시 꿈을 꾸지 않았다. 인간의 의지와 인식의 세계는 늘 과학의 지배를 벗어날 수 없었다.

캐롤라인의 목소리에 정신을 차리니, 모두가 나를 내려다보며 감격의 눈물을 흘리고 있었다. 그런데 수술 전의 나와 지금의 나에 대한 느낌이 전혀 달라 몸을 나도 모르게 움찔했다. 늘 살면서 나를 괴롭혔던 이명이 사라졌다. 그런데 나의 몸속에서 울리는 약한 기계 작동 소리가 이상하게 느껴졌다. 그리고 평생 가지고 살았던 뭔가 불안한 심리 상태가 없어졌다. 감정이 느껴지지 않았다.

'아, 이것이 철수가 늘 말하던 열반의 상태인가?'

이런 생각이 스쳤다. 나의 몸은 마치 쇠처럼 강해진 느낌과 함께 과연 나는 정상적인 사람인가 하는 의구심이 생겼다. 수술 침대에서 일어나는데, 뭔가 행동이 불편하다는 느낌이 들었다. 아내는 나에게 거울을 주며 말했다.

"자, 당신의 새로운 모습을 한번 보세요. 축하해요."

나는 아내가 전해주는 거울에 비친 나의 모습을 보았다. 수술 전의 나는 70대의 연약하고 작은 몸의 늙은이였는데. 거울에 비친 나의 모습은 40대 젊은 시절의 나로 생각되었고, 날씬한 근육형의 몸매를 가진 사나이가 거울 앞에 서 있었다. 그리고 내가 일어난 수술대 옆 다른 침대에는 조금 전의 나로 기억되는 늙은이가 누워 잠자고 있었다. 그의 머리는 하얀 붕대로 감겨 있었다.

나는 누구인가?

제2부

유기체의 세계
1960-2024

1

관악산의 가을은 언제나 서울대학교 정문에서부터 시작된다. 초가을의 맑고 서늘한 정취가 완연해지면, 여름내 뜸했던 등산객들이 정문 앞 버스정류장으로 하나둘 모여들기 시작한다. 관악산 등산로로 향하는 버스의 종점이 바로 이곳이기 때문이다.

관악산이 노랗고 붉은빛으로 곱게 물들기 시작하면, 캠퍼스의 삭막하던 회색빛 건물들도 오랜만에 산의 새로운 빛깔과 어우러져 한결 부드러운 풍경을 자아낸다. 계절의 변화 속에서 나는 다시금 살아있다는 충만한 행복감을 느낀다.

하지만 지난 몇 달간, 나는 계절의 변화를 느낄 겨를도 없이 일에만 파묻혀 지냈다. 특히 어젯밤에는 뜬눈으로 밤을 지새우다시피 했다. 평소보다 이른 아침에 연구실에 도착했지만, 황 군은 이미 자리에 앉아 조용히 일하고 있었다. 나는 오늘 행사에 필요한 서류들을 황 군과 함께 마지막으로 점검했다.

"교수님, 어젯밤 잘 주무셨습니까? 지난 몇 달간 제대로 쉬지도 못하셔서 건강이 걱정됩니다. 사실 저도 어젯밤에는 이런저런 생각에 설레어 잠을 설쳤습니다. 이제 교수님과 함께 최선을 다하겠습니다."

황안민 군이 걱정스러운 얼굴로 말을 건넸다.

"무슨 소리인가. 고마운 건 나지. 황 군 도움이 없었다면 이 모든 걸 이렇게 짧은 시간 안에 해낼 수 있었겠나? 자, 이제 슬슬 출발해 볼까?"

우리는 자연과학대학 22동을 나와 공과대학이 있는 36동 쪽으로 걸음을 옮겼다.

"눈이 참 많이 부시군. 역시 가을 아침 공기는 참 좋아."

"네, 교수님. 저도 한국의 가을을 가장 좋아합니다. 베트남에서는 결코 느낄 수 없는 정취지요. 특히 서울에서는 저희 캠퍼스가 가을을 만끽하기에 최고의 장소인 것 같습니다."

"맞아, 봄도 좋지만, 이런 가을 날씨에는 살아있다는 실감이 새삼스레 느껴져."

가을 아침 햇살이 눈부시게 쏟아져 눈을 뜨기 힘들 정도였다. 올해 6월, 대학 본부는 공과대학 내에 '신기술 창업 네트워크'라는 이름의 창업지원센터를 설립하였다. 공대 학생들과 교수들이 창업한 '테크노필'을 비롯해 이미 일곱 개 업체가 입주하여 학교의 지원을 받고 있었다. 나는 오늘, 여덟 번째 대학 사내 벤처를 세우는 행사를 위해 제자 황안민과 함께 그곳으로 향하는 길이었다.

36동 건물 2층 창업지원센터에 도착하니 많은 관계자가 우리를 알아보고 반갑게 맞아주었다. 내가 속한 단과대학의 학장님이신 김인국 교수님과 본부 연구처장인 박철환 교수께서도 이미 우리를 기다리고 있었다. 김 학장님은 환한 웃음으로 나를 맞으며 악수를 청했다.

"이 교수, 그간의 고생이 드디어 결실을 보는구려. 정말 축하합니다."

오늘은 내가 창업한 벤처 사무실을 이곳 지원센터에 개설하고, 지난 3년간의 연구 결과물에 대한 상용화 권리를 대학에서 나의 벤처인

'피에이 테라퓨틱스(PA Therapeutics)'로 이전하는 계약을 맺는 날이었다. 박 연구처장은 서울대학교를 대표하여 그 계약을 체결하기 위해 자리했다.

"이 교수, 축하합니다. 앞으로 지원센터에서도 사무적인 일을 비롯해 여러모로 신경을 많이 쓸 겁니다."

박 연구처장도 내게 악수를 건넸다.

계약의 주요 내용은, 대학에서 이룬 연구 성과와 그에 대한 전 세계 상용화 권리를 회사에 이전하는 대신, 회사는 상용화에 성공할 경우 특허 만료 시점까지 매출의 2%를 로열티로 서울대학교에 지급하는 것이었다. 또한 김인국 학장과는 별도로, 창업 벤처 주식 100주를 자연과학대학 발전기금으로 기부하는 계약도 진행되었다. 계약서에 서명을 마치자, 박 연구처장이 말했다.

"자, 이제 이 교수가 아닌 이 대표라고 불러야겠습니다. 정부의 강력한 지원에 힘입어 우리나라 대학에도 본격적인 벤처 창업의 시대가 도래한 것 같습니다. 부디 열심히 하셔서 우리 대학을 빛내 주시고, 대한민국 산업 발전의 원동력이 되어 주시길 기대합니다."

"네, 처장님. 저 또한 감회가 새롭습니다. 미국 벤처의 제안들을 뿌리치고 귀국한 만큼, 더욱 열심히 하겠습니다."

내가 이 대학교수로 부임하기 위해 귀국했던 1994년만 해도, 한국 대학에서 바이오 벤처를 설립하리라고는 상상조차 할 수 없었다. 귀국 몇 해 전, 샌프란시스코에 있는 '제론(Geron)'이라는 회사로부터 여러 차례 스카우트 제의를 받았었다. 1979년 박정희 대통령 서거 이후 전두환, 노태우 정부를 거치며 한국은 줄곧 경직된 사회였고, 대학에서 창의적인 유연성을 발휘할 분위기도, 기회도 전무하였다.

그러나 1993년 2월, 김영삼 대통령의 문민정부가 출범하면서 한국 사회 전반에 '다시 한번 해보자'는 희망의 기운이 감돌기 시작했다. 하지만 이러한 시대적 분위기는 여유로운 낙관이 아니었다. 변화무쌍한 국제 정세 속에서 대한민국이 생존하기 위한 몸부림과도 같았다.

1970년대에 들어서 세계 경제는 '세계화'라는 새로운 질서로 재편되기 시작하였다. 국가 간의 경계가 허물어지고 전 세계가 하나의 시스템으로 통합되는 세계화의 흐름 속에서 뒤처지는 것은 곧 후진국으로의 추락을 의미하는 것이었다.

김영삼 정부 역시 이러한 위기감을 인지하고, 새로운 시대에 생존하기 위한 국가적 역량을 키우는 데 집중했다. 이 시기에는 '신지식인'이라는 신조어가 등장했다. 기존의 틀을 깨고 새로운 방식으로 부가가치를 창출하는 사람이 신지식인으로 불렸고, 사회 전반에 너도나도 그 대열에 합류하고자 하는 긍정적인 분위기가 형성되었다.

내가 한국에 귀국한 이듬해인 1995년은 대한민국 사회에 유난히 많은 변화가 있었던 해였다. 한국은 세계무역기구(WTO)와 경제협력개발기구(OECD)에 가입하며 본격적으로 세계 시장 경쟁에 뛰어들었다. 그리고 국가 경쟁력 확보 방안의 하나로, 김영삼 정부는 벤처기업 창업 및 지원을 위한 부서와 법령을 서둘러 마련해 발표했다. 이는 국내 고급 인력의 70% 이상을 보유한 대학이 보다 생산적인 역할을 해야 한다는 국민적 공감대가 형성되었기 때문이었다.

카이스트(KAIST) 대학원생 시절, '메디슨'이라는 바이오 벤처를 창업하여 성공시킨 이민화 박사가 중심이 되어 '벤처기업협회'가 결성되었고, 그해 12월 창립총회가 열렸다. 강남 테헤란로 섬유센터에서 열린 총회에서 이민화 회장은 협회 설립 배경을 설명하며 다음과 같이 인사말을 전했다.

"여러분, 안녕하십니까. 이민화입니다. 오늘 벤처기업협회를 창립하게 된 배경부터 말씀드리겠습니다."

"저는 1980년대 카이스트 대학원에서 교수님과 함께 초음파 연구를 하고 있었습니다. 하지만 기업의 지원이 갑작스럽게 끊기면서, 그간의 노력이 물거품이 될 위기에 처했습니다. 허무한 마음에 교수님과 상의한 끝에 직접 창업을 결심했습니다. 그러나 당시는 벤처의 불모지나 다름없던 한국에서 투자를 유치하기란 하늘의 별따기였습니다."

"그럼에도 불구하고, 여러분께서도 잘 아시는 것처럼 저는 벤처를 창업한 지 4년 만에 매출 2,000억 원을 돌파하는 회사로 성장시켰습니다. 제가 바로 한국 벤처의 살아있는 증인인 셈입니다."

"저는 단언컨대 '우리도 할 수 있다'고 말씀드리고 싶습니다. 가장 중요한 것은 도전 정신입니다."

"불과 몇 년 전만 해도 정부는 벤처 설립에 무관심했고 지원도 전무했습니다. 하지만 이제는 정부가 앞장서서 벤처 창업을 이끌고 있습니다. 정말 좋은 기회입니다. 앞으로 제가 겪은 모든 경험을 여러분과 아낌없이 나누겠습니다."

그는 정말 절절한 심정을 토하며 연설하고 있었다.

나는 저녁 9시 TV 뉴스에서 그의 연설을 보며, 다시 한번 벤처 창업을 결심했다. 옆에서 이를 지켜보던 아내도 나를 격려했다.

"여보, 미국에 있을 때부터 벤처를 말씀하셨는데, 이제 용기를 내어 시작해 보세요."

"고마워, 잘 준비해 봐야지."

이민화 회장의 연설을 들은 수많은 젊은이들이 창업을 선언했다. 당시 벤처 창업은 대부분 컴퓨터 기반의 IT 관련 사업 분야였고, 유일하게 바이오 분야에서 창업한 이는 카이스트에서 박사 학위를 받고 대전 생명공학연구소 책임연구원으로 근무하던 박한오 박사였다. 그는 이미 1992년 바이오니아를 창업하여 고군분투하고 있었다.

이어 1996년, 정부는 기존의 공업진흥청과 통상산업부 소속 중소기업국을 합쳐 중소기업청을 신설했다. 동시에 벤처 창업 촉진 특별 조치법을 제정하고 한국투자조합을 결성했으며, 대학이나 연구 기관이 신기술 창업을 할 경우 세제 감면 제도를 도입했다. 같은 해 벤처기업 중심의 증권시장인 '코스닥'도 개설되었다.

불과 2년 만에 이렇게 수많은 시스템을 벼락같이 구축한 한국은 누가 봐도 '빨리빨리'의 나라였다. 한국인은 늘 무에서 유를 창조했지만, 이러한 급한 문화는 신속한 결과 창출에서는 장점이었던 반면, 시간이 지나면 늘 심각한 부작용을 초래하기도 했다.

단시간 내에 이러한 벤처 창업 문화를 조성할 수 있었던 배경에는 이민화 박사의 기여가 참으로 컸다. 그는 벤처기업협회를 설립하고 초대회장으로서 '벤처육성방안'이라는 4쪽짜리 문건을 발표했다. 이 문건은 그가 협회 인사말에서 약속했듯이, 본인이 벤처를 운영하며 느낀 애로사항을 솔직하게 정리하여 제안한 내용을 담고 있었다. 스핀오프 제도, 대학교수 겸직 허용, 자금 조달 방안에 대한 의견은 향후 한국 벤처가 빠르게 육성될 수 있는 토양을 마련했다. 그의 건의와 함께 벤처기업 인증 제도와 스톡옵션 제도도 도입되었다.

오늘날 우리가 흔히 한국에서 '벤처'라고 말하는 배경은 이렇다. 1990년대 당시 미국에서는 벤처 대신 신생 창업 기업을 의미하는 '스타트업'이라는 단어를 흔히 사용하고 있었다. 그러나 이 스타트업은 자영업도 포함하는 의미였기에, 당시 이찬진 한글과컴퓨터 대표의 주장으로 한국에서는 스타트업이라는 단어보다는 벤처라는 용어를 사용하자는 제안이 받아들여진 결과였다.

내가 창업한 1996년 다음 해 겨울, 제3회 벤처기업협회가 열린다는 소식을 들었다. 나는 협회 회장으로 봉사하고 있는 이민화 박사를 만나기 위해 서울 행사장으로 향했다. 행사가 대부분 끝나고 나는 앞으로 가서 이 회장에게 나를 소개했다.

"회장님, 처음 뵙겠습니다. 저는 서울대학교 자연대 교수로 있는 이서준입니다. 3년 전 회장님의 협회 창립총회 연설을 TV로 보고 큰 자극을 받아 저도 창업하게 되었습니다. 반갑습니다."

첫눈에도 그는 강렬한 눈빛과 강한 의지를 가진 인상적인 사람이었다.

"아, 그렇군요. 사실 바이오 분야는 IT 분야에 비해 창업이 적은 편인데, 용기를 내셨다니 대단합니다. 제가 알기로 서울대 자연 계열 교수님 몇 분이 이미 창업을 하신 것으로 압니다. 아무쪼록 도움이 필요하시면 언제든 연락 주십시오. 응원하겠습니다."

그는 말을 이어갔다.

"벤처 운영에 대한 여러 정보를 협회에서 상담을 통해 얻으실 수 있습니다. 필요하시면 정부 관련 부처와도 연결해 드리겠습니다."

"예, 감사합니다. 사실 일전에 제안하신 '벤처육성방안'이 정부 정책으로 채택되어 대학교수의 겸직이 가능해진 덕분에 저도 벤처 대표를 맡을 수 있게 되었습니다."

당시 대통령을 비롯한 정부 관료들은 벤처 육성에 열정적이고 주도적인 역할을 하고 있었다. 나 역시 대학교수 신분으로 벤처 창업이 가능할 수 있었던 시기였다.

2

"음, 이서준 학생, 어디 있지?"

오전 두 번째 수업을 진행하던 수학 선생님이 칠판에 문제를 풀다 말고, 우리를 돌아보며 물었다.

"예, 저 여기 있습니다."

나는 무심코 오른손을 높이 들었다.

'왜 그러시지…'

"아, 거기 있었구나. 수업 전에 담임 선생님 부탁이 있었는데 깜빡했네. 교무실로 오라고 하시니, 얼른 가봐."

"예, 알겠습니다, 선생님."

모든 학우의 눈이 나를 향하며 의아해하는 표정이었다. 순간 나는 가슴이 철렁 내려앉았다.

'혹시 아버지께 무슨 일이…?'

나는 교무실로 단숨에 달려갔다. 교무실에는 몇몇 선생님들이 책상에 앉아 업무를 보고 계셨다. 담임 선생님은 소파에 앉아 있다가 나를 보자 일어나시며 손짓했다. 담임 선생님의 걱정스러운 표정을 보며 나는 아버지께 무슨 일이 생겼음을 직감했다.

"서준아, 집에서 전화가 왔는데 말이야… 어떻게 이야기해야 할지."

담임 선생님은 말을 더듬으며 담담하게 이어갔다.

"어머니가 전화하셨는데… 아버님께서 돌아가셨단다. 그동안 아버님이 많이 편찮으셨니?"

그는 나를 끌어당겨 손을 잡고 등을 두드리며 위로의 말을 건넸다. 나는 순간 흘러내리는 눈물을 멈출 수 없었다.

"네, 아버님이 최근에 몸이 안 좋으셨어요."

담임 선생님은 문산고등학교 1학년 학생들을 맡은 선생님들 중에서 가장 인정이 많고 학생들의 어려움을 잘 헤아려 주는 분이셨다.

나의 아버지는 올해 70세가 되시면서 자주 감기에 걸렸고, 최근에는 폐렴으로 고생하셨다. 며칠 전부터 상태가 좋지 않아, 우리가 살고 있는 대성동에서는 치료가 어려워 자주 문산 쪽에 있는 큰 병원에서 진료를 받고 약을 복용하셨다.

　아버지는 전쟁 전에는 평양에서 중학교 선생님으로 일하셨는데, 1950년 6월 초 개성에 있는 학교로 출장을 왔다가 조산리, 현재의 대성리에 살고 있는 친척을 방문했다고 한다. 그런데 몇 주 후인 6월 25일 북한이 전쟁을 일으키는 바람에 평양으로 돌아가지 못하고 친척들과 함께 남쪽으로 피난을 했다.

　아버지는 서울 수복 후 대성리로 돌아왔지만 휴전선이 생겨 평양으로 돌아갈 수 없었다. 그렇게 전쟁이 끝나기를 기다린 것이 벌써 26년의 세월이 흐른 것이었다. 그 당시 아버지는 평양에 아내와 두 딸, 그리고 아들이 하나 있다고 말씀하셨다.

　'대성동 자유의 마을'은 전쟁 후 정전협정에 따라 남방한계선 이북 비무장지대에 남은 유일한 남측 마을이다. 경기도 파주시 군내면 조산리에 위치하며, 전쟁 전에는 개성과의 활발한 교류가 있었다. 개성에서 약간 떨어진 이 마을은 북쪽의 기정동과 함께 주로 농사를 짓는 주민들이 살았다. 전쟁 후 북쪽에 위치한 기정동은 무인지대가 되었고, 대성동은 유엔사령부 관할 지역이 되어 이곳에 사는 주민들은 한국 국민이지만 병역 및 납세 의무가 없는 독특한 주거지가 되었다.

　아버지는 결국 평양으로 돌아가지 못하고 대성동 주민으로 농사꾼의 삶을 사셨다. 50세가 되던 해 친척 소개로 동네 처녀와 결혼했고, 2년 후 내가 태어났다. 국민학교 입학 전 기억은 희미하지만, 국민학교 시절부터의 기억은 또렷하다. 일곱 살이 되던 봄, 부모님을 따라 대성국민학교에 갔다. 학교 운동장 앞 단상에는 동네 유지들과 유엔군 장교가 앉아 있었고, 나는 부모님 옆에 다른 아이들과 함께 줄을 섰다. 어린 나이에도 이상했던 것은 왜 우리 아빠만 유난히 다른 아이들 아빠에 비해 할아버지처럼 보이는지 이해할 수 없었다.

입학식을 마치고 돌아오면서 나는 아버지에게 물었다.

"아버지, 왜 아빠는 할아버지야? 다른 아이들 아빠는 할아버지가 아닌데…"

엄마는 내 손을 꼭 잡으며 화난 목소리로 나를 내려다보았다.

"서준아, 무슨 소리를 하는 거야? 아버지께 버릇도 없이."

아버지는 별말 없이 짧게 읊조리셨다.

"허 참…"

그리고 아버지는 우리를 앞서 걷기 시작했다. 나는 정말 궁금해서 물어본 것인데, 부모님 모두 나는 이해할 수 없었다. 나는 그저 아버지가 늦은 나이에 젊은 엄마와 결혼했다고 생각했다.

대성동의 유일한 교육기관인 대성국민학교를 졸업한 나는 중학교와 고등학교가 없는 동네 특성상 매일 버스로 통학하며 문산중학교를 졸업하고 문산고등학교에 입학했다.

늘 버스로 통학하던 중학교 1학년 봄, 중간고사 기간이었다. 시험 기간에는 한두 과목 시험만 치고 수업이 없었다. 나는 다음 날 시험

볼 과목을 복습하려고 서둘러 집으로 돌아오는 중이었다. 거의 점심 시간에 맞춰 집 마당에 들어섰다. 봄에는 대성동 마을 대부분의 주민들이 농사에 바빠 보통 낮에 집에 아무도 없었다. 나는 혼자 식은 밥을 먹을 생각으로 부지런히 집으로 돌아온 것이었다. 그런데 마당에 들어서자 집 안에서 두런두런 목소리가 들려왔다. 분명 엄마의 목소리였다.

"선생님, 동네 친구들 이야기를 들어보니, 이북 가족들 소식을 알 수 있는 방법이 있다고 하네요. 돈을 조금 주면 평양에 드나드는 조선족을 통해 가족에 대한 소식이나 편지 교환이 가능하답니다. 선생님도 평양에 있는 가족에게 연락을 한번 해보시지요?"

"아니야, 무소식이 희소식 아닌가. 당신과 서준이도 있는데 굳이 무엇하려. 괜찮아. 다들 잘 살고 있겠지."

이렇게 한숨을 쉬는 남자의 목소리가 울려 나왔다. 엄마가 '선생님'이라고 부르는 그 사람은 분명 아버지였다. 아버지는 계속 한숨을 쉬며 말을 이어갔다.

"누구를 원망하겠어. 다 갑자기 일어난 전쟁 때문 아닌가. 나는 그래도 좋은 임자를 만나 잘 살고 있고, 또 똑똑한 우리 아들 서준이가 있지 않은가. 죽기 전에 언제 다시 만날 날이 있겠어? 이렇게 남북이 서로 아직도 휴전 중인 상황에서."

"예, 선생님. 저는 늘 평양에 있는 선생님의 가족을 생각하면 가슴이 저며 오는 것 같아요. 이렇게 남북이 갈라져 서로 소식도 알 수 없고, 왕래도 불가능하니."

어머니도 아버지와 같이 한숨을 쉬는 소리가 마당까지 흘러나왔다.

"엄마, 나 왔어. 왜 밭에 있지 않고 집에 있어?"

나는 일부러 큰 소리로 마당에서 엄마를 불렀다. 그리고 두 사람의 대화에 대해 모르는 척했다.

"서준이 왔니? 엄마가 얼른 점심을 차려줄 테니 씻고 들어와. 아빠와 나는 점심을 마쳤으니, 다시 밭에 나가봐야 해."

"서준이냐? 어서 들어와. 시험은 잘 봤냐?"

아빠도 나를 반기며 들어오라고 손짓을 했다.

그 일이 있고 나서, 아버지가 돌아가시던 그해 봄, 내가 고등학교 1학년에 갓 진급했을 때 비로소 아버지의 평양 가족에 대해 정식으로 알게 되었고, 왜 이 동네에서 엄마와 결혼하고 살고 있는지를 아버지에게 직접 들었다. 그전까지 나는 나이 많은 아버지에 대해 친구들에게 부끄러움을 느꼈지만, 직접 아버지에게 그의 삶에 대해 이야기를 듣고 나서는 오히려 아버지가 자랑스러웠고, 때로는 존경스럽기까지 했다. 하지만 국민학교 시절, 아버지가 학교에 찾아오면 아이들이 나를 놀리곤 했다.

"너 할아버지 왔다."

그래서 나의 어린 시절은 보통 또래가 느끼는 가정 환경과는 너무나 달랐다. 나는 어린 나이에 삶에 대해 고민하고 사색의 시간을 많이 보낸 조숙한 아이였다. 아버지는 비록 이북에 본인의 아내와 자식이 있었지만, 나에게 최선을 다해 좋은 아버지 역할을 했고, 나도 그런 아버지에게 연민과 사랑을 느꼈다. 그래서 나는 아버지의 죽음이 더 큰 충격으로 다가왔고, 특별히 심각한 병도 없던 아버지가 왜 돌아가셔야 하는지 이해할 수 없었다.

아버지의 장례는 5일장으로 집마당에서 치러졌다. 아버지와 가까웠던 이웃들과 그 슬픈 사연을 아는 동네분들이 우리를 도와주셨고, 유엔군 장교 몇 분도 오셔서 조의를 표했다. 나는 너무 슬픈 나머지 그저 아버지의 시신을 붙잡고 울기만 했다. 아버지가 너무나 불쌍하게 느껴졌다.

"엉엉, 아버지. 아버지, 엉엉."

아버지와 가장 친했던 어른이 나의 등을 쓰다듬으며 말씀하셨다.

"서준아, 너무 슬퍼하지 마라. 이제 아버지는 훨훨 고향으로 돌아가고 계실 거다. 이북에 있는 가족과 친구들을 만나러."

어머니는 부엌에서 동네 아낙들과 문상 온 손님들을 위해 음식을 만드시느라 슬퍼할 틈도 없이 바빠 보였다. 몇몇 문상객은 저녁에 돌아가지 않고 우리와 함께 밤을 지새웠다. 이른 새벽 손님이 뜸해지자, 방에 들어온 엄마는 내게 말했다.

"서준아, 잠깐이라도 잠을 자야지. 아까 그 친구분들 말씀처럼 아빠 영혼이 평생 이별했던 가족들을 찾아 이북으로 잘 가셨을 거야."

어머니는 눈시울을 붉히며 나를 껴안았다.

아버지의 외로웠던 삶을 잘 아는 마을 유지 몇 분이 유엔군 장교들에게 부탁하여 아버지의 묘를 38선 너머 이북이 잘 보이는 언덕에 쓰도록 허락을 받아주었다. 산신제와 평토제 같은 모든 장례 절차를 동네 사람들이 모두 참여하여 진행해 주었다. 나와 어머니는 그저 이들에게 고마울 따름이었다.

아버지가 돌아가신 후 나는 고등학교 학창 시절, 다른 또래 아이들과는 다르게 죽음과 죽음의 이유에 대해 많은 생각을 하는 아이로 변해갔다. 아마도 이러한 어린 시절의 경험이 내가 성인이 되어 인간의 노화와 질병에 깊이 관심을 가지게 된 계기가 된 것 같다. 고등학교 3학년 졸업반 시절, 2학기 어느 날 담임 선생님과의 면담이 있었다.

"서준아, 선생님 생각에 너의 지난 2년간의 성적을 보면 대단히 만족스럽다. 그래서 내 생각에는 의과대학 쪽이나 혹은 공학에 관심이 있다면 공대 전자학과 같은 분야가 앞으로 전망이 가장 좋다고 하는데, 어떻게 생각하니? 어머니와도 진학에 대해 상의해 보았니?"

"예, 저는 사실 자연과학대학에서 생물학 공부를 해보고 싶습니다. 응용보다는 기초과학에 관심이 많아서요."

나는 담임 선생님께 왜 내가 생물학에 관심을 가지게 되었는지 그 사연을 이야기할 수는 없었다. 다행히 담임 선생님과 어머니는 내가 원했던 학과 진학에 동의해 주셨다. 나는 노화와 질병에 관해 공부할 수 있는 서울대학교 자연과학대학 생물학 전공을 택했다. 그런데 나는 그 해 대학 입시에서 떨어졌다. 나의 시련은 계속되었고, 나는 그 다음 해에 내가 원하는 대학에 입학할 수 있었다.

3

대학교 2학년 2학기 말 시험도 끝나고 12월이 되자 눈은 오지 않았지만 강추위가 계속되고 있었다. 평소에 친하게 지내던 같은 과 2년 선배인 박 선배와 토요일 오전 신림동의 한 커피숍에서 만나기로 했다. 약속한 커피숍에 들어서자 크리스마스 캐럴이 나지막이 흘러나왔다. 손님이 별로 없는 가운데 먼저 와 있던 선배가 나를 보고 반가워하며 말했다.

"야, 서준아, 너 오래간만이다. 잘 있었지? 너는 방학이 되어도 늘 생활비와 등록금을 마련하느라 돈을 벌어야 하니 굉장히 바쁘겠다. 고생이 많지?"

"네, 뭐 늘 그렇죠. 이번 겨울방학에는 과외를 세 개나 하고 있습니다. 학생들도 괜찮고 부모님들도 다 좋으신 분들이라 할 만합니다."

선배는 내가 경제적으로 힘들게 대학을 다니고 있다는 사실을 잘 알고 있었다. 고등학교 시절에는 아버지가, 그리고 대학 1학년 때 어머니가 돌아가신 상황이라 이제는 나 혼자 대학에 다니며 생활비와 등록금을 마련하기 위해 방학만 되면 거의 방학 내내 돈을 벌기 위해 최선을 다하고 있었다.

나는 대학에 진학한 이후 신림동 근처에서 자취를 하고 있었고, 학업 외에는 늘 과외를 몇 개씩 하고 있었기 때문에 대성동 집에는 자주 들르지 못하는 상황이었다. 추석이나 구정이 되면 어머니를 뵐 겸, 아버지 산소에 인사도 할 겸 방문하는 것이 전부였다.

대학 1학년 가을, 추석이었다. 나는 평소와 같이 대성동 고향을 방문했다. 그런데 어머니가 좀 편찮으신 것 같았다. 눈치를 보니 그저 동네 밖 약국에서 소화제를 사 먹는 정도로 보였다.

"엄마, 몸이 안 좋은 것 같은데. 큰 병원에 가봐야 하지 않아?"

"서준아, 걱정 마라. 아직 엄마는 젊어. 좀 소화가 안 되는 것 같고 힘들기는 해도 금방 낫겠지."

엄마는 나의 바쁜 사정을 잘 아는지라 아들에게 짐이 되지 않으려 늘 그랬다.

"엄마, 그러지 말고. 내 생각에 여기서 가장 가까운 곳이 신촌세브란스 병원이야. 내가 다음 주에 일단 예약을 해놓을 테니 시간을 내어 같이 가보자고. 응?"

엄마는 못 이기는 듯했지만, 본인도 건강에 대해 내심 걱정을 많이 하는 것 같았다. 그 다음 주 수요일 오전에 내과 전문의와 검진 약속을 잡고 신촌 연세대학교 앞 버스정류장에서 엄마와 만나기로 했다. 시간에 맞춰 나는 연세대 정문 앞에서 엄마를 기다리고 있었다. 엄마는 오랜만에 시내 나들이라고 생각했는지, 외출복을 잘 차려입고 문산 쪽에서 오는 버스에서 내리는 모습이 보였다.

"엄마, 여기야. 어서 가시죠."

"서준아, 바쁠 텐데. 그래도 여기서 만나니 반갑네."

"자, 어서 가세요."

나는 앞장서서 학교 정문 오른쪽에 위치한 병원 쪽으로 엄마를 안내했다. 본관 병원에 들어가니 이미 많은 사람들로 실내가 붐비고 있었다. 유명한 대학병원이라서 그런지 환자 등록과 신청은 신속하게 진행되었다. 복도를 돌아 검진실들이 쭉 늘어선 의자 앞에서 우리는 자리했다. 조금 지나자 간호사가 어머니 이름을 불렀다. 우리는 의사가 있는 방으로 들어섰다. 의사는 아주 젊어 보이는, 아마도 최근에 외국에서 공부하고 귀국한 듯한 젊은 의사였다.

"어서 오세요, 환자분. 앉으시죠. 아드님이 같이 오신 모양이네요."

"예, 선생님, 저희 아들은 서울대학교 생물학과 학생입니다."

엄마는 늘 누구를 만나든 자식 자랑을 하려고, 상대방이 내가 어느 대학을 다니는지 묻지도 않는데, 그렇게 말했다. 나는 엄마의 심정을 잘 알기에 그냥 가만히 있었다.

"예, 똑똑한 아드님을 두셨네요. 자, 한번 자세하게 본인이 느끼는 증상을 말씀해 보시지요?"

의사는 진지한 얼굴을 하며 나와 엄마를 동시에 쳐다보았다.

"예, 선생님. 얼마 전부터 소화도 안 되는 것 같고, 특히 소변에서 피가 좀 비쳐…"

엄마는 나에게도 이야기하지 않았던 증상을 차근차근 의사에게 말하기 시작했다. 엄마의 설명을 다 들어본 의사는 말했다.

"이리 와서 한번 누워보세요. 제가 청진기로 몇 군데를 살펴보겠습니다."

어머니는 의사가 시키는 대로 검사 침대에 누워 의사의 말을 따랐다. 한참 이런저런 검사를 하고 나서 의사가 말했다.

"예, 수고하셨습니다. 제 생각에는 피 검사를 우선 해봤으면 합니다. 밖에 있는 간호사에게 이야기해 놓을 테니 집에 가시면서 1층에 있는 채혈실에 들러 피 검사를 하고 가시고, 그리고 정확하게 일주일 후에 다시 검진 약속을 해드릴 테니 저를 찾아오시기 바랍니다."

의사는 아주 친절하고 명확하게 지시사항을 우리에게 이야기했다. 그 다음 주 다시 엄마와 나는 연세대 앞 정문에서 만나 지난주에 만났던 의사 사무실을 찾아갔다.

"예, 들어오세요. 어떻게 일주일 잘 지내셨어요? 피 검사 결과가 나왔습니다. 제 생각에는 아드님이 생물학을 전공하는 학생이니 자세한 설명은 아드님에게 할 테니 잠깐 어머님은 나가 계실까요?"

순간 나는 무슨 일이 있구나 직감했다.

"학생, 어머님의 검사 내용을 잘 설명할 테니 들어보고 어머니를 어떻게 치료할 것인지 생각해 보자고. 우선 여기 첫 페이지를 보면 간 기능이나 다른 검사 결과는 그래도 정상이라 안심이 되는데… 두 번째 쪽의 혈액 검사 결과를 보면 적혈구 수치는 정상인데, 유독 혈소판 수치가 너무 낮아. 거의 2만 이하이거든."

나는 혈소판 수치가 아주 낮으면 빈혈이나 감염 혹은 백혈병과 관련이 있다는 것은 알고 있었다.

"예, 그렇군요."

"그래서 내 소견으로는 어머님이 백혈병으로 의심돼. 그래서 오늘 혈액종양내과 선생님을 소개해 드릴 테니 좀 더 자세한 진단을 받는 것이 좋겠어. 그리고 지금 너무 혈소판 수치가 낮으니, 오늘 입원실을 잡아 입원을 하고 급한 대로 혈소판 공급을 추가로 하는 것이 좋겠어.

물론 이것은 내가 결정할 문제는 아니고 오늘 오후나 저녁에 암센터 혈액내과 선생님이 1차 검진 결과를 보고 말씀을 해주실 거야. 그러니 밖에 계신 어머니 들어오시라고 해서 내가 다시 간단히 설명을 해드릴 테니, 걱정하실 어머니를 잘 위로해 드리고."

"그런데 선생님, 만약 백혈병이면 제가 알기에 급성이 있고 만성이 있는데, 생존율이 얼마나 되나요?"

"학생도 잘 알다시피 두 가지 경우 다 생존율이 그렇게 높지는 않아. 그러나 최근에 개발된 여러 가지 치료법이 있으니 전문과 선생님이 잘 판단하실 거야."

의사는 어머니에게 암이라는 말을 하지 않고 조금 상태가 좋지 않아 몇 가지 치료를 급히 받아야 한다고 입원을 권했다. 어머니는 그날 오후 6인실을 배정받아 입원했다. 병실에는 모두 여섯 분의 여성 환자가 입원해 있었는데, 보아하니 모두 암 환자인 것 같았다.

어머니 침대 맞은편에 누워 있는 환자는 분명 폐암 환자로 보였다. 숨쉬기를 매우 고통스러워했고 자주 딸인 듯한 여성이 환자의 등을 가볍게 두드렸다. 환자의 얼굴은 시꺼멓고 머리카락도 없어 모자를 쓰고 있었다. 그녀는 화학요법으로 치료를 받고 있는 환자였다. 그날 저녁 늦게 암센터의 담당 의사가 병실을 방문했다.

"안녕하세요, 환자분. 우선 피 수혈을 좀 하려고 하니 여기 간호사가 준비를 해줄 거고요. 아, 그리고 아드님이 대학교에서 생물학 전공이라고 했죠? 어머니는 아무래도 암 증상이 좀 걱정됩니다. 내일부터 화학요법 치료를 시작하려고 하니 그렇게 알고 계시고요."

의사로부터 화학요법 이야기를 듣는 순간, 앞으로 엄마가 얼마나 고통스러운 시간을 보내야 할지 생각하니 나는 가슴이 쓰려왔다. 방사선 치료나 화학요법이 암세포를 죽이지만 정상세포도 동시에 파괴하여 부작용이 너무 심해 환자에게 참을 수 없는 고통을 준다는 것을 이미 알고 있었다. 자신이 암이라는 말을 들은 엄마는 내 손을 꼭 잡으며 눈을 감았다. 아무 말도 없었지만, 엄마의 눈에서는 서서히 눈물이 흘러내렸다.

2주일이 흘렀다. 어머니는 치료를 받으면서 고통이 더욱 심해졌다.

"서준아, 네가 나 때문에 이게 무슨 고생이니? 참, 어젯밤에는 너의 아버지가 꿈에 나타나셨어. 편안한 표정으로 고향에서 친척과 가족을 다 만났다고 했어. 그래서 내가 우리 걱정 말고 이제 그곳에서 편히 지내라고 말했지."

어머니는 힘든 치료로 인해 창백해진 얼굴로 눈물을 흘리며 힘없이 말했다. 그리고 6개월 만에 어머니는 치료의 보람도 없이 돌아가셨다. 나는 아버지의 임종은 지키지 못했지만, 어머니의 마지막 임종은 함께할 수 있었다. 어머니는 내 손을 꼭 잡고 눈물을 흘렸다. 삶과 죽음의 마지막 갈림길은 참으로 고통스러운 과정이었다. 나는 엄마의 고통을 같이 느낄 수는 없었지만, 그 과정이 얼마나 힘든 것인지는 알 것 같았다.

유언 없이 그저 내 손을 꼭 잡는 것이 엄마의 마지막 인사였다. 의술이 이렇게 발전했는데도 암 하나 제대로 고치지 못하는 현실이 한심하다고 생각했다. 나는 이제 혈혈단신이 된 기분이었다. 어머니는 아버지의 묘 옆에 안장되었다.

내가 대학에 입학하고 졸업한 80년대는 참으로 특이한 시대였다. 79년 박정희 대통령의 갑작스러운 서거 이후 불법적으로 정권을 찬탈한 전두환은 철권통치를 이어갔다. 그러나 그는 희한하게도 경제 발전만큼은 성공적으로 이끈 강력하면서도 현명한 지도자였다. 대한민국 건국 이래 국민들은 처음으로 경제 호황의 시대를 맞이했다. 이때의 한국을 다른 나라 사람들은 '한강의 기적'이라고 불렀다. 대기업이나 정부, 혹은 대학교에서도 새로운 일자리가 넘쳐났다. 이에 부응하고자 전두환 정권은 유학 자유화도 실행했다.

내가 대학을 졸업하던 1980년대 중반은 그야말로 한국 유학생들의 전성시대였다. 한국이 워낙 빠르게 발전할 때라 이 유학 자유화에 맞춰 너도나도 유학을 떠나는 바람에 대학 졸업 후 유학을 가지 않는 것이 오히려 이상할 정도였다.

작년부터 수많은 주변 선배들이 미국이나 유럽 혹은 일본으로 유학을 떠나는 날에는 김포공항으로 환송 인사를 가는 경우가 많았다. 공항 환송대에서 그들이 비행기를 타고 떠난 그날의 봄과 가을 하늘은 유난히 더 높아 보였다. 봄, 가을의 정취와 더불어 더욱 낭만적으로 느껴졌다.

'나도 언젠가는 유학을 가야지.'

이렇게 마음속으로 다짐하며 더 열심히 공부해야겠다고 생각했다. 고등학교 시절 돌아가신 아버지, 그리고 대학교 1학년 때 암으로 고통스럽게 돌아가신 어머니를 생각했다.

'왜 인간은 늙고 병들어 죽어야 하는가?'

이러한 이유로 병들고 늙는 인간의 노화 과정에 대한 궁금증이 더 많이 생기게 되었다. 그래서 특히 내가 배우는 필수 교과목 중에 병리학에 관련된 내용과 노화에 관련된 생화학 분야에 대해 더 열심히 공부하게 되었다. 그래서 나도 유학을 가서 이 분야에서 세계적으로 유명한 교수의 지도를 받으며 노화의 비밀을 파헤치는 연구를 하고 싶었다.

나는 2학년이 되자 유학을 가야겠다는 의지가 더 강해졌다. 그래서 오늘 유학 준비를 하고 있던 4학년 박 선배와 만나기로 한 것이었다. 박 선배는 이미 대학교 1학년을 마치고 군대에 갔다가 다시 복학하여 유학을 본격적으로 준비하고 있었다.

"그런데, 선배. 어떻게 유학 갈 대학교는 결정하셨나요? 저도 사실 유학을 준비하는 과정과 어떻게 관심 있는 대학교를 접촉하는지 궁금합니다."

"아, 그렇구나. 너도 열심히 공부하고 있으니, 잘 준비해서 좋은 성과가 있으면 좋겠다. 일반적으로 준비할 사항은 영어 능력 평가인 토플, 그리고 대학원에 입학하기 위해서는 GRE에서 좋은 성적을 받아야 하지. 그런데 마침 박정희 대통령 시절에 요구하던 한국 역사와 정신 교육 시험을 통과해야 하던 유신시대의 제도는 없어졌지. 이제 누구든지 원하면 유학을 갈 수 있는 시대가 되었어. 우리는 그런 면에서

운이 좋은 세대야. 참, 그리고 제일 중요한 것은 가고자 하는 대학을 선정하고, 특히 그 대학의 어느 교수 밑으로 가고 싶은지가 제일 중요하지. 가능하면 그 교수에게 편지를 해서 자기소개를 하고 공부하고 싶은 희망을 피력하고, 특히 그 교수의 초청 편지를 받을 수만 있으면 제일 좋지. 하여간 궁금한 것이 있으면 언제든지 이야기해. 참, 너 군대 문제는 어떻게 되니? 졸업하면 우선 군대를 가야 할 것 아닌가?"

선배는 친절하게 내가 궁금해하는 것에 답해 주었다. 사실 당시나 지금이나 한국 남자에게는 늘 의무적으로 군대를 2년 다녀와야 하는 것이 걸림돌이었다. 그래서 돈과 권력을 가진 자들의 아들들은 어떻게든 군대를 가지 않으려 수를 썼다. 그러다 때로 불법적으로 군대 면제를 받은 사실이 밝혀지면, 늘 사회적 갈등의 문제로 대두되곤 했다. 나는 다행히 부모님이 모두 대성동 자유마을 출신이고 나도 대학에 들어오기 전까지는 대성동 주민이었기 때문에 군대는 면제를 받을 수 있었다. 그래서 다른 대학 동기들과 다르게 나는 군대에 가는 대신, 졸업하면 곧 유학을 가야겠다는 생각을 가지게 된 것이었다.

"아, 저는 군대는 면제를 받을 수 있을 것 같습니다."

"그래, 너 뭐 집안에 대단한 빽이라도 있는 것 아니야? 하여간 축하한다. 졸업하면 빨리 유학을 갈 수 있겠구나."

선배는 나의 자세한 집안 사정을 잘 모르는 상황이라, 내가 대성동 출신이라는 사실을 굳이 밝히고 싶지는 않았다. 대성동은 내가 태어난 고향이기는 했지만 그렇게 마음이 끌리는 곳은 아니었다. 그곳에 사는 동안 아버지도 돌아가시고, 또 어머니도 돌아가셔서 더욱더 고향이라는 생각이 들지 않았다.

특히 어머니는 아버지보다 무려 20살이나 어렸다. 나에게는 아주 젊은 엄마였다. 그러나 그 젊은 엄마가 내가 대학 1학년이던 해 가을, 갑자기 몸 상태가 악화되어 병원에 갔더니 급성 백혈병이라는 것을 알게 된 것이었다. 그리고 별로 치료도 받지 못하고 돌아가신 것이다. 그 당시에는 별로 마땅한 치료제도 없던 시절이었다. 51세라는 비교적 젊은 나이였으니 나에게는 엄청난 충격이었다.

국민학교 시절을 회상해 보면 친구들과 노는 것은 좋았지만, 놀 곳은 학교 운동장 외에는 없었다. 농사를 짓는 밭과 논을 벗어나면 온통 지뢰밭이었고 늘 군인들이 24시간 여기저기 지키고 있었다. 겉으로는 아주 평화스러운 마을로 보였지만, 낮이나 밤이나 군인들의 행진 모습과 이북으로 확성기를 통해 울려 퍼지는 선전 방송은 늘 나의 심장에 부담을 주고 있었다.

또 마을도 유엔군 산하에 있어 외부인이 자유롭게 들어오거나 내부인이 쉽게 나갈 수 없는 이상한 감옥 같은 동네였다. 물론 어릴 때는 잘 몰랐지만 국민학교 4학년 여름, 나와 정말 친했던 동수가 놀다가 지뢰를 밟고 사고로 죽었을 때 받은 정신적인 충격은 오랫동안 나를 괴롭혔다.

중학교와 고등학교를 마을에서 벗어나 문산에서 다니면서, 나는 늘 대성동을 떠나야겠다고 생각했다. 이제 부모님이 다 떠난 나의 고향에 내가 다시 돌아가야 할 이유는 없었다. 특히 대성동에 들어가서 살면 내가 할 수 있는 일은 부모님의 농토에서 아버지처럼 나도 농사를 짓는 일 외에는 할 일이 없었다. 더군다나 부모님이 농사짓던 땅도 우리 집 땅이 아니라 유엔군의 땅이었다.

대성동에 살면서 나에게 유일하게 도움이 된 것은 방학 때마다 미군들이 학생들에게 영어를 가르쳐 준 것이었다. 그래서 대학에 들어가면서 다른 학우들은 영어 학원이나 혹은 어학연수로 배운 영어 실력이었지만, 나는 미군에게 배운 영어라 문법에는 약간 자신이 없었지만 영어로 말을 하는 것은 내 친구들보다 잘하는 편이었다. 이것이 군대 면제와 함께 유일하게 대성동이 나에게 준 선물이었다.

내 인생의 또 다른 선물은 대학에 들어가서 만난 친구 강철구였다. 특히 부모님이 모두 돌아가신 후 외로움과 고아라는 강박관념에서 벗어나지 못하고 있을 때, 나를 격려해 주고 삶의 힘을 북돋아 준 친구가 바로 그였다. 그래서 나는 그를 형제로 늘 생각했고 그도 나를 그렇게 생각했다.

그의 부모님과 그의 동생 철수도 나를 늘 따뜻하게 대해 주었다. 그의 부모님은 대한민국에서 손꼽히는 과학자이자, 우리 대학교의 물리학 교수로 재직 중인 분들이었다. 그래서 그는 캠퍼스 인근 낙성공원에서 가까운 단독주택에 살고 있었고, 학교에서 그의 집까지 걸어갈 수 있는 거리여서 철구는 방과 후에 나를 자주 그의 집으로 초대했다. 그래서 나는 그의 부모님, 그리고 그의 남동생과도 친하게 지내는 사이가 되었다.

그의 어머니는 독실한 불교 신자여서 철구는 어머니와 함께 절에 법회와 불공을 드리러 자주 가는 듯했다. 그의 동생 철수는 국민학교

6학년생일 때 처음 만났는데, 아주 특이한 친구였다. 가족 모두 이구동성으로 철수는 천재로 태어났다고 했다.

철수는 국민학교 시절부터 수학경시대회에 나가기만 하면 늘 1등상을 타는 그런 친구였다. 사실 내가 미국에 유학을 가야겠다고 결심하게 된 것도 철구 가족으로부터 받은 자극과 격려의 결과였다.

"박 선배, 사실 저와 동기인 강철구 아시죠? 강철구. 그 친구 부모님이 하도 강력히 유학을 갔다 오라고 하셔서요."

"아, 우리 대학교에서 두 분 다 물리학 교수로 계신 분들 아닌가. 잘 알지. 그래, 강철구는 어떻게 지내니?"

"예, 아시는지 모르지만 그 친구는 ROTC에 합격하여 일단 대학을 졸업하면 장교 복무를 생각하고 있는 것 같습니다. 본인은 유학에 별로 관심이 없는 것 같아요. 아주 낙천적인 친구이지 않습니까?"

"하하. 맞아, 꼭 유학을 가서 모두 대학원을 다니고 박사가 되어야 하는 건 아니니까. 참, 너 식사 했니? 저녁이 다 되어가는데 혹시 시간 되면 오랜만에 식사 같이 하는 것 어때? 길 건너 최근에 문을 연 중국집 짜장면이 정말 맛있던데. 고량주도 한잔하고."

"예, 좋습니다. 시간 있습니다. 그렇게 하시죠."

우리는 커피숍에서 나와 길을 건넜다. 벌써 깜깜해지고 날씨는 더욱 추워지고 있었다.

4

인간은 다른 생물과 마찬가지로 태어나서 성장하다가 결국 노화하여 죽는다. 탄소를 기반으로 하는 유기체의 운명은 늙고 죽는다는 것이 진리이다. 이것은 누구나 다 아는 너무나 상식적이고 평범한 사실이다. 그러나 나는 그 평범한 진리를 쉽게 받아들일 수 없었다.

'왜 인간은 꼭 늙어 필연적으로 죽어야 하는지? 그것도 나의 부모와 같이 고령으로 혹은 갑자기 젊은 나이에 암으로 죽어야 하는가?'

나는 알 수 없었다. 대학에서 생물학을 전공하며 공부했지만 뚜렷한 답은 여전히 찾을 수 없었다. 교과서에는 그저 노화에 대해 그럴 것 같다는 여러 가지 학설로만 설명을 하고 있었다. 대학에 오니 1, 2학년에는 교양과목과 함께 기초생물학에 대한 강의가 대부분이었다.

그런데 3, 4학년 때에는 최근에 박사 학위를 받고 귀국한 조교수들이 진행하는 특강을 선택할 수 있었다. 특강은 유전학과 최근 미국을 중심으로 발전하고 있는 세포생물학, 분자생물학, 혹은 면역학 중심으로 진행되어 나의 궁금한 점에 많은 답을 얻을 수 있었다.

3학년 2학기 때 독일에서 귀국한 방유진이라는 여자 교수님의 강의를 들었다.

"여러분, 반갑습니다. 방유진 교수입니다. 제 특강에 관심을 가져주신 많은 학생분들께 감사합니다."

생물학과 교수인 방 교수의 특강은 다른 대학이나 학과 학생들도 학점을 이수할 수 있는 과목이었다. 덕분에 자연과학대 학생들뿐만 아니라 약대 등 다양한 전공의 학생들이 한자리에 모였다.

"우리 인간은 왜 필연적으로 죽어야 할까요? 이 질문에 대해 아는 학생이 있다면 손들고 이야기해 보세요."

너무나 갑작스럽고 철학적인 질문에 학생들은 서로를 바라보며 당황스러운 기색을 감추지 못했다. 그때 뒤편에 앉아 있던 한 여학생이 손을 들었다.

"저는 약대 4학년 최성희라고 합니다. 제 생각에는 우주의 섭리가 원래 그런 것이 아닐까요?"

학생들 사이에서 웃음이 터져 나왔다.

"여기가 무슨 철학과 강의 시간이냐?"

나는 순간 생각했다.

'이런 시간에 어울리지는 않지만 맞는 의견이 아닌가.'

그리고 나도 모르게 손을 들었다.

"아, 앞에 앉은 남학생. 잠깐, 생물학과 학생이었지? 한번 의견을 이야기해 보세요."

"네, 생물학과 3학년 이서준입니다. 죽음도 하나의 질병으로 생각해야 하지 않을까요? 물론 철학적으로는 앞에서 말씀하신 학생분의 생각이 맞지만, 최소한 과학적인 측면에서는 죽음 역시 아직 해결하지 못했거나 치료약이 없는 질병 중 하나라고 생각합니다. 죽음의 원인은 아직 명확히 알 수 없지만, 전체적으로 세포가 복제되면서 노화하는 현상의 결과라고 봅니다. 그래서 노화에 대한 여러 학설이 있는 것으로 알고 있습니다."

"하하. 생물학과 학생다운 답이네요. 좋습니다. 맞습니다. 우리는 인간이 피할 수 없는 운명인 죽음의 원인을 과학적으로 어떻게 설명할 수 있는지, 그리고 만약 설명할 수 있다면 죽음을 극복할 수 있는 답도 존재할 것이라고 생각합니다. 철학적인 접근이 아닌 과학적인 접근을 위해 우리 과학자들은 노력해야 합니다. 사실 저도 비슷한 의문을 가지고 오랫동안 해외에서 연구해 왔습니다. 학생이 언급한 것처럼 이번 특강에서는 노화를 거쳐 인간이 사망하는 과정에 대한 최근의 학설들을 여러분께 소개하려고 합니다. 그리고 제가 연구하고 있는 면역학적 관점에서 노화 현상을 어떻게 설명할 수 있는지 저의 연구 결과를 바탕으로 설명하겠습니다."

나는 나와 같은 생각을 가진 과학자가 있다는 사실을 처음으로 알게 되었고, 방 교수의 특강을 듣기로 한 것이 탁월한 선택이었다고 생각했다. 방 교수의 특강을 들으며 비로소 앞으로 나아가고자 하는 방향에 구체적인 길이 생기기 시작했음을 느꼈다.

4학년이 되자 졸업하는 학생들은 진로 상담을 받을 지도교수를 선택할 수 있었다. 나는 주저 없이 방 교수를 나의 지도교수로 택했다.

4학년 새 학기가 시작되던 3월 어느 날, 나는 지도교수인 방유진 교수의 연구실 문을 두드렸다. 방 교수는 3년 전, 독일에서 가장 저명한 대학으로 인정받는 베를린 자유대학에서 면역학 박사 학위를 취득하고, 그 후 2년간 미국 하버드 대학교에서 세포 노화 메커니즘에 대해 박사후 과정을 거친 뒤 이 대학의 조교수로 부임한 분이었다. 1년 전 한 학기 동안 우리에게 면역학 기초 과목을 가르쳐 주셨고, 3학년 2학기 그녀의 특강을 들었을 때 좋은 인상을 받아 방 교수에게 지도교수 역할을 요청했었다. 그때부터 지금까지 방 교수는 나의 지도교수로서 수고해 주셨다.

"네, 들어오세요."

논문을 읽고 계시던 교수님은 나를 보며 미소 지으셨다.

"교수님, 저 이서준입니다. 잠시 시간 괜찮으실까요? 여쭤볼 것이 있습니다."

나는 머뭇거리며 인사했다.

"어, 서준이구나. 그럼, 시간 있지. 여기 와서 앉아."

내가 질문이 있다고 하자 교수님은 자세를 바로잡고 자리를 권하셨다.

"지난 학기에 면역학 기본 개념을 가르쳐 주셨고, 특히 특강에서 세포 노화가 결국 면역세포 능력 상실 때문일 수도 있다고 하셔서, 노화에 대해 더 자세히 듣고자 찾아왔습니다."

"아, 노화 기전에 호기심이 많구나. 사실 노화에 대해서는 아직 모르는 것이 너무 많아. 여전히 가설일 뿐이지. 너도 알다시피 여러 학설이 있지만, 그중에서도 내가 연구하는 면역 분야는 아직 초기 단계야. 면역세포가 노화하면 다른 세포들도 영향을 받고 결국 면역 체계가 무너지는 것도 인간이 사망에 이르는 이유 중 하나라고 알려져 있지. 하지만 아직 직접적인 증거는 부족해. 현재로서는 자유 라디칼 이론, 유전자 프로그램 이론, 체내 노폐물 축적 이론 등이 유력하지. 그

중에서도 가장 많이 연구되는 분야가 자유 라디칼 분야고. 내가 연구하는 면역 분야도 솔직히 아는 것보다 모르는 것이 더 많아. 나는 너 같은 인재가 이 분야에 관심을 가졌으면 좋겠다고 생각해."

"네, 교수님. 사실 저도 내년 초에 졸업하면 유학을 갈 생각입니다. 노화 분야를 본격적으로 공부하려면 어느 대학의 교수님이 가장 좋을까요? 저는 스탠퍼드 대학교를 염두에 두고 있습니다만, 혹시 추천해 주실 분이 계실지 여쭙니다."

"가만있자. 내가 알기로는 미국 샌프란시스코에 스탠퍼드 대학교, UC 버클리, UCSF가 가장 유명하지. 스탠퍼드와 UCSF는 캠퍼스도 꽤 가까운 곳에 있고. 아, 참! 지금 생각이 났네. 작년에 국제 학회에서 만난 분이 있는데, 스탠퍼드 대학교 의과대학 내분비과 교수이자 장수센터 소장으로 계신 댄햄 하르만 박사님이 계셔. 그분은 1956년에 자유 라디칼 이론을 발표하여 '노화에 대한 자유 라디칼 이론의 아버지'로 알려진 분이지. 혹시 원한다면 내가 서준이를 추천하는 편지를 써줄 수도 있어. 그분은 또한 성장 호르몬 연구로 대단히 인정받는 분이야. 다만 연세가 좀 많으시지. 지금 아마 67세 정도 되셨을 거야."

방 교수님이 언급하신 성장 호르몬에 대해서는 논문에서 읽은 적이 있어 조금 알고 있었다. 성장 호르몬은 뇌의 뇌하수체에서 분비되며 성장, 재생, 치유를 담당하는 호르몬으로 잘 알려져 있었다. 우리가 태어나서 키가 크고 골격이 형성되는 것이 모두 성장 호르몬의 작용인데, 나이가 들면서 분비가 급격히 줄어들기 때문에 성장 호르몬 결핍이 노화의 원인 중 하나로 인정받고 있었다.

나는 자유 라디칼 쪽에 개인적인 관심이 있었고, 하르만 박사가 '자유 라디칼 이론의 아버지'라는 것도 잘 알고 있었다. 워낙 유명한 분이라 그분 나이에 대해서는 크게 신경 쓰지 않았다. 마침 1980년대에는 노화 이론으로 자유 라디칼 쪽이 가장 유력했다.

"네, 교수님. 저도 하르만 교수님의 논문을 몇 편 읽은 적이 있습니다."

나는 심사숙고 끝에 방 교수님께 하르만 교수님께 보낼 추천서를 부탁했다. 4학년 초부터 이미 미국 대학원 입학에 필요한 토플과 GRE 점수를 만족할 만한 수준으로 받아 두었기 때문에, 가을이 되면서 신속하게 유학 수속을 진행할 수 있었다.

초조하게 기다리던 하르만 교수님의 입학 허가서는 크리스마스가 다 되어서야 받을 수 있었다. 이때부터 졸업하는 다음 해 8월까지 비행기표 등 유학에 필요한 자금을 마련하기 위해 내가 할 수 있는 것은 아르바이트와 불법 과외뿐이었다. 당시 전두환 정권 시절이라 과외는 불법이어서 쉬쉬하며 하다 보니 가난한 학생은 불안할 수밖에 없었다.

설날 정초에는 늘 하던 대로 철구 부모님께 새해 인사를 드리러 철구의 집을 방문했다.

"야, 서준아. 어서 와라."

철구는 늘 내가 가면 문을 열어주며 나를 반겼다.

"야, 철수야! 서준이 형 왔다! 임마, 빨리 나와 봐. 이 녀석은 매일 방에만 처박혀서 뭘 하는지."

철구는 안쪽으로 얼굴을 돌리며 소리쳤다.

"아, 서준이 형. 오셨어요?"

철수는 햇빛을 자주 보지 못해 하얀 얼굴을 하고 나를 반겼다.

"철수야, 잘 지냈니? 이제 몇 학년이지? 매일 공부만 하지 말고 오늘은 형들이랑 나가서 놀자. 그런데 부모님은 계시니?"

철구는 내가 온다는 말에 부모님이 안방 주방에서 음식 준비에 바쁘시다고 말했다. 가끔 철구 집에 올 때마다 부모님은 맛있는 음식을 준비하여 나를 맞이했다.

"자, 아버님, 어머님, 앉으세요. 세배 인사드리겠습니다."

나는 늘 정초에는 철구의 부모님께 세배 인사를 드린 터라 오늘도 스스럼없이 그렇게 말씀드렸다. 두 분은 환한 얼굴을 하고 자리에 앉으셨다.

"야, 네가 우리 철구나 철수보다 낫다. 이 녀석들은 새해가 되어도 세배 인사하는 법이 없는데."

"두 분 새해 복 많이 받으세요."

나는 진심으로 두 분께 감사하는 마음으로 새해 인사를 드렸다. 나는 대학교 2학년 때부터 이미 친부모님이 안 계셨던 터라 늘 두 분을 부모님처럼 생각했다. 두 분도 그렇고 친구인 철구와 동생 철수도 나를 가족처럼 늘 따뜻하게 대해 주었다.

"철구에게 이야기 들었다. 스탠퍼드 대학교로부터 벌써 박사 과정 입학 허가서를 받았다고. 하여간 대견하다. 축하한다. 앞으로 열심히 연구하여 우리나라 과학 발전에 기여해야지."

철구 아버지는 진심으로 나의 유학을 축하해 주고 계셨다. 옆에 앉아 계시던 어머니가 뒤에 있는 책상 서랍에서 봉투를 하나 꺼내더니 나에게 내밀었다.

"이것, 얼마 안 되지만 유학 자금으로 보태거라. 아버지가 준비하신 거다."

어머니의 말씀에 나는 사람들 앞에서 울음을 참지 못하고 눈물을 흘렸다.

"두 분, 감사합니다. 그리고 철구와 철수에게도. 저는 늘 고아라고 생각했고 형제자매도 없어 외로웠습니다. 그런데 대학에서 좋은 친구도 만나고 두 분 교수님도 만나…"

나는 말을 잇지 못하고 얼굴을 숙이며 눈물을 흘렸다. 철구의 부모님은 내 등을 두드리며 말씀하셨다.

"그동안 얼마나 외로웠겠니? 우리가 잘 알지. 우리도 다 부모가 전쟁 때 이북에서 내려온 처지라 너의 사정은 누구보다 잘 이해한다. 힘을 내라. 우리가 너의 가족이라고 늘 생각해. 알았지?"

그 이후 나는 더 이상 외롭지 않았고, 특히 철수는 나의 친동생이라는 생각을 가지고 살았다. 그해 2월 하순, 대학 졸업식이 있었다. 나의 부모나 친척은 없었지만 철구의 가족이 나의 졸업을 축하해 주었고, 그날은 철구 가족과 하루를 보내며 행복해했다. 날씨는 여전히 쌀쌀했지만 나의 마음은 훈훈했다.

5

 1984년 8월 초, 나는 샌프란시스코행 비행기에 몸을 실었다. 철구가 김포공항까지 나와 나를 배웅해 주었다. 그는 대학 졸업 후 군사훈련을 마치고 육군 소위가 되어 전방 부대의 소대장으로 근무하고 있었다. 마침 그는 일요일에는 특별한 일이 없어 외출을 할 수 있었다고 했다. 우리는 서로 얼싸안으며 작별을 아쉬워했다. 나는 행복했다. 더 이상 외롭지 않았다.

 "철수와 부모님께도 안부 부탁해. 그리고 군대생활 잘하고. 부하들 때리지 말고. 하하."

 "알았다. 가거든 꼭 편지해. 하여간 건투를 빈다."

 철구의 눈에도 나의 눈에도 순간 물기가 맺혔다.

 '아, 이제 나도 드디어 유학을 가는구나!'

 가슴이 두근거렸다. 물론 최선을 다해 준비한 토플과 GRE 성적도 미국 유명 대학에 들어갈 정도였지만, 스탠퍼드 대학교 하르만 교수님께 방 교수께서 정성 들여 써주신 추천서가 입학 허가에 가장 큰 영향력을 행사했다. 스탠퍼드 대학교 입학에 성공하려면 성적도 중요했지만, 학생이 공부하는 분야에 대한 열정, 적극성, 그리고 인생을 즐기는 인성이 핵심적인 평가 기준이었다.

 그런데 방 교수님이 하르만 교수님께 보낸 편지의 복사본을 마침 나에게 보여주셨다. 편지에는 기본적으로 나의 인성이 삶에 진지하고, 노화 연구에 대단한 열망을 가진 학생이며, 특히 자유 라디칼 연구에 관심이 많다고 언급되어 있었다.

작년 여름에 보낸 방 교수님의 편지에 대한 답장이 지난 12월, 기다리고 기다리던 하르만 교수님의 편지가 도착했다. 편지에는 입학을 허가한다는 내용과 함께 연구 조교로 일하면 한 달에 1천 불의 봉급을 받고 학비는 면제된다는 제안서가 담겨 있었다. 일전에 철구 부모님이 주신 돈과 내가 그동안 번 돈을 합하니 한 1년 동안은 돈 걱정 없이 공부에 몰두할 수 있을 것 같았다. 철구 부모님을 생각해서라도 열심히 공부해야지 하고 여러 번 다짐했다. 비행기를 처음 타보는 터라 긴장도 했고, 비행기가 계속 흔들려 기진맥진했다.

10시간 남짓의 비행 끝에 비행기는 샌프란시스코 공항에 도착했다. 비행기 도착 게이트에는 같은 과 3년 선배인 병석이 형이 미리 나와 기다리고 있었다. 차병석 선배는 UCSF 대학원에서 유전학 박사 과정을 밟고 있었다. 그가 말했다.

"야, 이게 얼마 만이냐? 축하한다. 어서 와. 미국에 온 걸 환영한다!"

그러곤 나를 얼싸안아 주었다. 순간 나는 눈물이 글썽거리고 코끝이 저려왔다.

"형, 감사해요. 바쁠 텐데 이렇게 공항까지 나와 주시고."

우리는 서로 손을 잡고 반가워했다. 공항을 빠져나오니 해는 이미 저물고 있었다. 태평양 너머 노을 아래 안개가 자욱하고 약간 쌀쌀한 느낌이 들어 몸을 움츠렸다. 한국은 지금 너무 더운 여름인데, 여기는 그렇지 않아 약간 놀랐다.

"여긴 지중해성 기후이지만, 난류와 한류가 마주치는 해류의 영향 때문에 특히 7, 8월에는 유난히 안개가 자주 끼고 아침저녁으로 쌀쌀해. 약간 춥지? 어서 가자. 오늘은 내 숙소로 가서 김치찌개에 소주 한잔하며 그동안 못한 회포를 풀자고. 그리고 내일 학과에 가서 서류 수속도 하고, 아파트 방도 배정받고. 참, 이미 지도교수가 정해졌다고 했지? 그 유명한 댄햄 하르만 교수라면서? 벌써 지도교수도 정하고 유학을 온다니 참 대단하다. 그리고 학기가 시작하는 8월 하순까지는 시간이 있으니, 내가 샌프란시스코 관광 가이드 노릇을 해야겠네. 같이 좀 돌아다녀 보자고. 샌프란시스코는 알다시피 관광할 곳이 많아."

나는 지난 며칠 동안 이곳에 올 준비로 긴장을 많이 한 탓인지, 갑자기 피곤함과 졸음이 동시에 몰려왔다.

"형, 고마워요. 이렇게 여러 가지 신경 써주시고, 또 관광도 시켜주신다니."

"무슨 소리, 서로 돕고 살아야지. 모두 공부에서 탈락하지 않기 위해 애쓰지만, 이곳에는 유학생 모임이 있어 시간이 나면 주말에 서로 만나기도 하고, 가끔 공원에 가서 바비큐도 하며 서로 응원하며 지낸다. 너도 좀 시간이 지나면 안정이 될 거고, 나처럼 새로 유학 오는 후배들에게 도움을 주면 돼. 미안하게 생각하지 마. 하여간 미국 대학은 입학보다 졸업이 더 힘든 것 알지? 물론 문화적 차이와 언어 문제 때문에 더 힘들기는 하지. 하루하루가 힘들기는 하지만, 시간도 빨리 지나가. 나도 벌써 언제 3년이 지나갔는지 모르겠다. 하하."

그는 대학원 학생들이 대부분 입주해 있다는 건물 2층 복도 끝, 작은 방으로 나를 안내했다. 방에는 1인용 침대와 책상이 있었고, 구석에는 옷을 걸 수 있는 작은 간이 옷장이 놓여 있었다.

"서준아, 너도 내일 학교에 가서 신청하면 아마도 이런 방을 하나 얻을 수 있을 거다. 개인이 사용할 수 있는 가장 저렴한 방이야. 보다시피 공부하는 데에는 불편함이 없지. 물론 화장실은 같은 층에 공용이고, 세탁은 지하에 가면 늘 할 수 있어. 물론 화장실 사용이 좀 불편하기는 해. 뭐, 하지만 곧 익숙해질 거야. 혼자 지내기는 불편하지 않아. 오늘은 내가 바닥에서 잘 테니 너는 침대에서 자."

"아이구, 형. 무슨 말씀을 하세요. 제가 어떻게."

선배가 끓인 김치찌개에 우리는 소주 한잔을 하며 과거와 미래에 대한 이야기를 하며 밤늦게까지 즐거운 시간을 보냈다. 나는 선배의 강권에 그의 침대에서 하룻밤 신세를 졌다.

다음 날 아침, 나는 의과대학 행정실을 찾아갔다. 물론 여기 오기 전에 사진이나 지도를 미리 봐서 위치를 알 수 있다고 생각했는데 오산이었다. 한국에서 상상할 수 있는 그런 대학 캠퍼스가 아니었다. 나중에 알았지만 서울대학교 관악산 캠퍼스의 8배 정도라고 하니 알 만했다. 한국에서는 관악 캠퍼스도 정말 빠지지 않는 대학 캠퍼스이고 상당히 넓어서 걸어 다니기는 힘든 정도인데. 여기의 지리에 익숙해진 나중에는 다른 학생들처럼 나도 자전거로 캠퍼스를 돌아다녔다. 관악산 캠퍼스에 비해 이곳은 거의 평지로 이루어져 있어서 자전거를 타기는 쉬웠다.

이곳의 첫인상은 마치 무슨 스페인 휴양지에 온 것 같다는 생각이 들었다. 곳곳이 야자수 거리이고 건물도 라틴풍의 핑크색 단층 건물이 많았다. 학교 주 진입로인 팜 드라이브 주변은 미리 사진에서 본 터라 낯이 익었다. 사진처럼 팜 드라이브에서 바라보는 메인 쿼드는 그림처럼 아름다웠다. 의과대학을 찾는데 두 번씩이나 지나가는 사람에게 물어보았다.

"저, 안녕하세요. 실례합니다. 이곳 캠퍼스가 처음이라서 그러는데, 혹시 의과대학 쪽으로 가려면 어디로 가야 하나요?"

지나가던 여성이 친절하게 자세한 방향을 이야기해 주었다.

"예, 감사합니다."

나는 어린 시절부터 고등학교 졸업 때까지 대성동 자유마을에서 미군과 종종 영어로 이야기했고, 방학 때면 대성국민학교에서 유엔군 병사들이 아이들에게 영어를 가르쳤다. 나는 그들에게 미국 영어를 배울 수 있었다. 나중에 알았지만, 그때 배운 영어는 일반 회화 수준 정도였다. 그래서 그런지 이곳에 도착한 다음 날, 현지인들과 영어로 이야기하는 것이 그렇게 낯설지는 않았다.

의과대학은 82번 도로를 중심으로 왼쪽에 있는 루실 패커드 아동병원 아래쪽에 위치하고 있었다. 아동병원의 이름을 보니 과연 내가 꿈에도 그리던 곳, 세계적 혁신의 태생지에 드디어 왔다는 실감이 들었다.

이 병원은 루실과 남편인 데이비드 패커드의 헌금으로 지어진 병원이 아닌가. 바로 실리콘밸리 1세대 기업으로 잘 알려진 휴렛패커드를 창업한 사람이 데이비드 패커드였다. 그는 한참 대공황 시절인 1939년에 스탠퍼드 대학 기계공학과 동기인 빌 휴렛과 팔로 알토에 있는 그의 집 차고에서 작은 전기 가게를 창업했다. 그렇게 해서 시작한 회사가 오늘날에는 세계적인 IT 회사로 알려져 있는 휴렛패커드사였다. 스탠퍼드 대학을 졸업했든 아니든 이곳을 거쳐간 수많은 젊은 이들이 오늘날 세계의 IT와 BT 산업을 주름잡는 주역이 되어 있었다.

아직 개학을 하지 않은 탓인지, 하르만 교수님이 있는 사무실 근처에는 사람의 왕래가 없어 조용했다. 한국에서 떠나기 전, 편지로 오늘 아침 교수님 사무실을 찾아뵙겠다고 알렸기 때문에, 아침 약속 시간에 거의 맞춰 교수님의 이름이 적힌 사무실 앞에 도착했다. 나는 교수님의 이름을 보자 이것이 생시인가 꿈인가 싶었다. 사무실 문을 열자 그의 비서인 캐롤이 나를 맞아주었다. 교수님의 답장 편지에 자신의 사무실에 도착하면 캐롤을 먼저 찾으라고 쓰여 있었다.

"안녕하세요. 저는 한국에서 유학 온 이서준이라고 합니다."

나는 영어로 캐롤에게 인사했다. 그녀의 얼굴을 교수님이 보내준 사진으로 알 수 있었다. 그녀는 중년의 인자한 인상을 가진 백인 여성이었다. 그녀는 나를 보자 일어서며 말했다.

"아, 서준, 어서 와요. 반갑습니다. 교수님으로부터 이야기 들었습니다. 환영합니다. 저쪽 방에서 하르만 박사가 기다리고 있습니다. 저를 따라오세요."

"예, 감사합니다. 앞으로 잘 부탁합니다."

교수실 입구에는 캐롤의 책상이 놓여 있었고, 그 뒤편으로 또 다른 문이 하나 더 있었다. 캐롤은 문을 열며 내 도착을 가볍게 알렸다.

"아, 반갑네. 나는 댄햄이야. 서준이라고 부르면 될까?"

그는 자신의 두 손으로 나의 오른손을 힘차게 잡고 흔들었다. 단정한 키에 날카로운 눈매를 지닌 그는 이마가 약간 벗겨진 백발의 노신사였다. 인자한 인상이었지만, 자신에게는 매우 엄격할 것 같다는 생각이 들었다.

"자, 이리 와서 앉게."

그의 책상과 보조 책상 곳곳에는 학술잡지들이 정리되지 않은 채 무질서하게 쌓여 있었다. 나는 교수님이 매우 특별한 연구 경력을 가진 분이라는 것을 잘 알고 있었다. 그는 자유 라디칼 연구 분야에서 전설적인 존재였다. UC 버클리 화학과에서 학사와 박사 학위를 취득한 후, 대학 근처의 셸오일 회사에서 6년간 근무하며 석유 성분들의 자유 라디칼을 연구했다.

이때 그는 자유 라디칼의 존재와 노화가 분명히 관련이 있을 것이라는 생각을 하게 되었다. 노화 연구에 필요한 지식을 본격적으로 습득해야겠다는 생각에, 그는 1954년 스탠퍼드 대학교 의과대학에 다시 입학하여 의사 학위를 받았다.

나는 이곳에 오기 전부터 그의 연구 의지와 학문적 도전에 깊은 감명을 받았다. 그리고 의과대학 졸업 몇 년 후, 그는 좀 더 구체적인 실험적 증거를 가지고 노화 연구 관련 학회에서 발표했지만, 당시 노화를 연구하는 학자들은 그의 연구 결과에 동의하지 않았다. 그러나 그의 의지는 끈질겼고, 결국 미국 노인학 학회지에 그의 연구 결과를 발표할 수 있었다. 그 이후 점차 그의 '자유 라디칼' 이론은 노화 메커니즘의 주요 이론 중 하나로 자리 잡게 되었다.

"학교 등록과 여러 서류에 서명하는 일은 캐롤이 도와줄 것이니 염려하지 말게. 오늘은 자네의 박사 과정에 대한 대략적인 내 생각을 알려주겠네. 우선 박사 과정에 필요한 학점을 취득하는 데 주력해야 하는데, 내가 가장 중요하게 생각하는 기초는 유기화학에 대한 전문적인 지식을 갖추는 것이야. 모든 생명체는 자네도 알다시피 탄소를 기반으로 하는 유기체인데, 사실 따지고 보면 모든 유기적 생명 현상은 화학 반응에 의한 것이라고 할 수 있네. 따라서 나는 자네가 기초적인 유기화학뿐 아니라 고등 과정의 과목을 이수했으면 좋겠고, 동시에 유기화학 실험 과정에서도 학점을 취득하길 바라네."

"예, 잘 알겠습니다. 저도 그렇게 생각하고 열심히 하겠습니다."

나는 유기화학으로 학사와 박사를 취득하고 그 후에 의과대학을 마친 그의 학문적 경력으로 미루어 볼 때, 그가 당연히 그렇게 생각할 것이라고 이해했다. 특히 1970년대 이후 생물학도 빠른 속도로 발전하여 생화학, 혹은 생물 화학 분야와 최근에는 분자생물학 분야로 진화하고 있었기 때문이다. 그의 주장처럼 과거의 피상적인 관찰에서 이제 분자와 유전자 단위에서 생명 현상을 관찰할 수 있을 정도로 과학이 발전해 나가고 있었다. 기본적으로 유기화학 메커니즘의 이해가 그런 연유로 나에게는 가장 필요한 공부였다.

"그리고 나머지는 본인이 관심 있는 과목의 학점을 취득하면 될 것 같고, 박사 과정 중 연구 분야를 어떤 분야로 할 것인지는 내년 학기 초부터 본격적으로 나와 함께 고민해 보세. 최근 내가 가진 고민 중 하나는 외부에서 투여하는 항산화제가 세포 내의 미토콘드리아에 들어가지 못하는 현상을 발견했다는 걸세. 그래서 노화 개선에 항산화제가 효과를 보여주지 못하는 것 같아. 하여간 자네도 이와 관련된 논문을 평소에 잘 분석해 보길 바라네. 참, 그리고 자네와 대화해 보니, 다른 한국 친구들보다 영어를 잘하는데 어디서 영어를 배웠나?"

"예, 감사합니다. 사실 제가 태어나고 자란 곳이 유엔군이 주둔하고 있는 38선 지역에 있던 마을이었습니다. 그래서 어릴 때부터 미군 아저씨들에게 영어 회화를 배울 수 있었습니다."

나중에 보니 동양에서 온 유학생들을 보면 대체적으로 중국 친구들이 제일 빨리 영어를 습득하는 것 같았고, 한국과 일본에서 유학 온 친구들이 영어를 배우는 데 가장 힘들어했다.

"아, 미국과 그런 인연이 있었구먼. 반갑네. 하여간 서류에 관련된 것은 캐롤의 도움을 받고, 오늘은 처음 학교에 왔으니 나의 실험실과 연구원들을 소개하지. 나를 따라오게."

나는 교수님을 따라 건너편 복도를 지나 실험실로 향했다. 그는 이제 거의 70을 바라보는 나이였지만, 그의 명성에 걸맞게 국립보건원(NIH)으로부터 굉장히 큰 연구비를 지원받고 있었다. 그래서 그는 여러 실험실을 운영하고 있었다. 실험실에는 생각보다 많은 박사 과정 연구생들과 박사후 연구생들이 붐비고 있었다. 동양계로는 특히 인도와 중국에서 온 친구들이 많았다.

"자, 여기 인사하게. 한국에서 온 서준, 이서준 학생이야. 앞으로 박사 과정을 시작하려고 하는데, 여러분들이 물심양면으로 이 친구를 잘 지도해 주게. 알겠나? 참, 그리고 서준이는 앞으로 연구 조교로도 일을 하려고 하니, 내가 담당하는 실험 과목에 이미 연구 조교를 하고 있는 짐과 라시가 서준에게 필요한 일을 미리 알려주도록 해요. 알겠지?"

짐은 3년 차 박사 과정생으로 한창 자신의 연구와 실험에 바쁜 캐나다 출신 친구였고, 라시는 박사 과정 2년 차 인도계 여학생이었다.

짐이 나의 손을 잡고 흔들며 말했다.

"하이! 안녕. 나는 짐이야. 제임스 캠벌리. 앞으로 잘해 보자고, 환영해."

그의 첫인상은 지적인 모범생이라는 것을 온몸으로 말하는 것 같았다.

"나는 라시 파텔이야. 반가워."

그녀는 환한 얼굴을 가진 귀여운 여성이었다.

"잘 부탁해. 정말 고마워."

학과 공부와 실험실에서 내가 잘 적응할 수 있도록 짐과 라시는 늘 세심한 배려를 해주었다. 나는 이번 학기 등록을 하고 학점을 딸 과목을 정하고, 또 숙소를 선정하는 데에도 두 사람은 시간을 아끼지 않고 도와주었다. 나의 유년 시절은 외롭고 혼자였지만, 이제는 혼자가 아니고 어딜가나 가족이 생긴 듯했다.

6

벌써 미국에 온 지도 일 년이 넘어가고 있었다. 지난 일 년은 오직 공부와 학점 취득에 모든 것을 집중했다. 나는 교수님의 제안대로 유기화학 공부에 집중했고, 그중에서도 특히 유기물질의 합성과 분해 시 진행되는 각종 화학 반응에 대한 실험과 함께 이론을 깊이 있게 공부했다.

하르만 교수는 대학원생을 대상으로 소수의 특강을 하고 있었고, 대부분의 시간은 박사후 연구원들과 본인이 구축한 프리 라디칼 연구에 집중하고 있었다. 그런데 놀랍게도 그는 학부 대상 기초 유기화학 강의를 담당하고 있었다. 나는 학부 과목을 이수할 필요는 없었지만, 몇 번 호기심이 있어 그의 강의를 청강해 보았다.

"학생 여러분, 여러분은 왜 유기화학 공부를 해야 한다고 생각합니까? 아마 여러분들은 생명 분야 전공자가 대부분이겠지만, 이 강좌 등록 신청자를 보니 컴퓨터 공학과 같은 비생명 분야 전공자도 여럿 있는 것 같은데. 누가 한번 답을 해볼까요?"

한국의 대학 풍경과는 달리 학생들은 서로 답하겠다고 경쟁적으로 손을 들었다.

"저 뒤에 앉은 여학생?"

"예, 교수님. 저는 공학부 학생입니다. 모든 학문의 기본이 역사적으로 유기화학이기 때문이라고 생각합니다."

"글쎄요. 꼭 틀린 대답은 아니지만, 다른 학생이 답을 해볼까요?"

앞줄에 앉아 있던 안경 쓴 동양계 학생이 지목되었다.

"예, 제 생각에는 비생명계 분야의 연구 대상은 대부분 유기물질이 아닌 무기물입니다. 그러나 모든 기계도 인간이 만드는 만큼, 인간을 포함한 생명의 본체인 유기물의 기본 현상을 잘 이해해야 기계를 제작할 때도 도움이 되지 않을까 생각합니다."

"예, 맞습니다. 아주 답을 잘했어요. 생명을 다루는 학생뿐 아니라 일반 과학 전공자도 당연히 유기화학을 공부해야 합니다. 왜냐하면 모든 생명 현상의 근본 원리는 유기적인 작동 현상이에요. 마치 건물을 건축할 때 가장 중요한 것이 기초 골조 공사인 것처럼 말입니다. 이 기초 공사의 핵심 기술이 바로 유기화학입니다. 유기화학의 원리를 잘 이해하는 것이 그래서 중요합니다."

나는 왜 하르만 교수가 화학 전공으로 대학을 졸업하고 직장생활을 하다가 다시 의과대학에서 학위를 했는지 알 것 같았다. 그리고 그가 굳이 왜 학부 기초 과목 강의를 담당하고 있는지 납득이 되었다. 하르만 교수는 유기화학과 관련된 과목에서는 모든 학생에게 특히 높은 점수를 요구했다.

하르만 교수님은 이러한 유기화학의 원리를 잘 이해해야 생명 변화의 근저에서 작동하는 생화학 현상을 쉽게 이해할 수 있다고 늘 강조했다. 특히 나는 최근 발전하기 시작하는 분자생물학 공부에 많은 시간을 할애했다. 그런데 하르만 교수님의 주장처럼 유기화학에 대한 기초적 지식이 쌓이니 분자생물학에 대한 이해와 공부가 훨씬 수월해졌다.

중간고사와 학기말고사 기간이 되면 여러 과목의 시험을 동시에 치르다 보니, 점점 나의 체력은 고갈되기 시작했다. 특히 백인 동료 학생들은 체력이 가장 강해 보였다. 나는 이틀만 밤을 새워도 모든 기력이 쇠진했는데, 그 친구들은 이틀이고 사흘이고 밤을 새워 공부하는 것을 힘들어하지 않았다. 그들의 체력이 부러웠지만, 나의 타고난 체력을 어찌할 수는 없었다. 다만 하르만 교수님의 건강에 대한 강한 의지를 보면서 나 또한 그런 의지를 가져야겠다고 생각했다. 교수님은 규칙적인 생활을 하였고, 술과 담배는 전혀 하지 않았다.

이곳에 와서 가장 만족스러웠던 점은 주변 다른 학교 교수들의 강의를 들을 수 있었고, 필요에 따라 학점을 이수하는 것도 가능하다는 것이었다. 샌프란시스코만 서쪽에는 UCSF와 스탠퍼드 대학교가, 만 동쪽에는 UC 버클리가 위치해 있었다. UCSF와 스탠퍼드는 교수들의 합동 강의와 함께 연구 분야 협력 프로그램을 적극적으로 권장했다. 사실 생명과학 분야에서는 UCSF와 스탠퍼드가 거의 한 학교라고 해도 좋을 정도였다.

노화와 분자생물학 분야에는 나의 지도교수인 하르만 교수 외에도 기라성 같은 실력을 가진 교수들이 샌프란시스코 여러 대학에 포진하고 있다는 것을 이곳에 와서야 알게 되었다. 나는 시간이 허락하는 한 그들의 강좌와 세미나에 빠짐없이 참석하여 학문적인 궁금증을 해소해 나갔다.

가장 잊을 수 없는 교수는 UC 버클리 분자생물학 교수인 엘리자베스 블랙번 박사였다. 호주 태생이어서인지 영국식 발음의 영어를 사용했고, 학문적 호기심이 끊임없이 샘솟는 학생 같은 연구자였다. 당시 그녀는 주로 연못에 사는 녹색 미세 조류인 폰드 스컴을 대상으로 연구에 집중하고 있었다.

강의 시간에 녹색 조류에 왜 관심을 가지게 되었는지 이야기할 때면 어린아이들을 앉혀 놓고 동화를 읽어주듯 눈을 작게 뜨고 속삭이듯이 말했다. 그녀는 폰드 스컴의 염색체 말단에 있는 텔로미어라는 말단소체가 시간이 지남에 따라 점점 짧아지는 현상을 발견했고, 1984년에는 그 부위에 있는 복제 효소인 텔로머라제라는 효소를 처음으로 찾아내었다.

그녀의 놀라운 발견은 모든 세포가 복제를 계속함에 따라 텔로미어의 길이가 짧아지고, 대신 이 효소가 활성화되면 텔로미어의 길이는 증가한다는 것이었다. 이로써 기존의 노화 이론과는 전혀 다른 혁명적인 이론이 새롭게 등장하게 된 계기가 되었다. 최근 내가 참석했던 세미나에서 그녀는 노화 현상을 다음과 같이 설명했다.

"여러분, 저희 연구팀은 정말 놀라운 생명 현상을 발견했어요. 처음에는 그저 연못의 녹색 조류에서만 관찰된다고 생각했어요. 그런데 인간을 포함한 모든 생명체에서 세포가 복제 과정 중에 텔로미어의 길이가 점점 짧아져서 결국에는 세포가 죽는다는 것을 알아냈습니다. 그런데 암세포와 같이 죽지 않는 세포는 텔로머라제 효소가 활성화되어 텔로미어 길이가 줄어들지 않아서 죽지 않는다는 것입니다."

그녀는 수많은 청중 앞에서 지난 몇 년간의 연구에서 알아낸 새로운 사실을 마치 백설공주 이야기를 아이들에게 들려주듯 증언하고 있었다. 세월이 흘러 2009년, 그녀는 박사후 과정 학생과 함께 노벨생리의학상을 수상하게 되었다. 나는 이때 자유 라디칼에 대한 관심과 함께 텔로미어에 대한 새로운 학문적 관심을 가지게 되었다.

또 다른 교수는 레오나르드 헤이플릭 박사였다. 그는 노화 연구에 있어 최초로 세포 배양 기술을 이용하여 정상세포는 일정 정도 증식하면 더 이상 증식하지 못하고 사멸하는 반면, 암세포는 계속해서 증식한다는 사실을 발견했다. 물론 이러한 사실은 블랙번 박사의 텔로머라제 발견으로 당연한 것으로 받아들여졌다. 그는 1988년에 UCSF 해부학과 교수로 부임했는데, 세포생물학의 대가였다. 내가 거의 박사 과정을 마무리하던 1988년에 UCSF에 부임하여 많은 시간은 아니었지만 그의 강의와 특강을 직접 들을 기회가 있었다.

또 다른 스탠퍼드 대학교 교수는 헬렌 블라우 교수였다. 그녀는 1980년대에 작동하지 않고 침묵하는 유전자를 쥐의 근육세포에 융합하면 근육의 특정 유전자를 생성하는 다른 종류의 세포로 변하는 연구를 이미 진행하고 있었다. 결국 그녀의 연구는 줄기세포 생물학과 재생의학의 새로운 분야를 탄생시키는 계기가 되었다.

대학에서의 기초연구 실적도 엄청났지만, 향후 미래 제약 바이오 산업의 대혁명을 가져올 새로운 기술이 이곳 샌프란시스코에서 잉태되고 있었다. 그 대표적인 기술이 중합효소연쇄반응(PCR) 기술과 클로닝 기술이었다.

이 혁신적인 기술의 개발로 인해, 세월이 흐르면서 유기 합성물 중심의 제약 산업은 바이오 의약품 중심의 바이오 산업으로 발전해 나가게 된다. 이와 같은 획기적인 신약 개발 기술이 대부분 이곳 샌프란시스코에 위치해 있는 대학과 벤처 혹은 산업체와의 협력 연구를 통해 세상에 소개되면서 새로운 바이오 산업이 탄생하게 되었다. 그리고 이 혁명적인 산업을 미국이 주도했다.

우선, 중합효소연쇄반응인 PCR 기술은 유전자의 핵심인 DNA를 복제, 증폭시켜 DNA 양을 증산시키는 기술이다. 분자생물학, 의료 분야, 그리고 범죄 수사에 혁신적인 변화를 가져온 기술이었다. 1983년 이곳에 있는 시투스라는 스타트업의 연구원이었던 캐리 멀리스가 고안하여 개발한 기술이다. 그는 이 기술로 1993년 노벨화학상을 받았고, 그의 회사 시투스는 최초의 생명공학 회사로 발전했다. 세월이 흘러 2019년 코로나 사태가 나면서 바이러스 감염의 진단을 가능하게 한 핵심 기술이 바로 PCR 기술이었다.

또 다른 하나는 박테리아로 외래 단백질을 대량 생산할 수 있는 클로닝, 즉 재조합 단백질 생산 기술이다. 사실 이 기술로 인해 바이오 혁명이 시작되었다. 나는 1980년대 당시 그 현장에서 그런 혁명을 주도했던 과학자와 사업가의 특강에 참석할 수 있었던 것이다.

이 기술을 개발한 장본인인 UCSF 교수 출신 허버트 보이어 박사는 우연한 기회에 대학 연구실에서 박테리아에서 외래 단백질 생산을 유도할 수 있는 '재조합 DNA'를 발견한 것이었다. 그의 연구 결과를 우연히 알게 된 젊은 벤처 투자자 밥 스완슨이 그를 설득하여 1976년 제넨텍이라는 스타트업을 설립했다.

이 회사는 보이어 박사의 유전자 재조합 기술을 이용하여 인간 인슐린을 개발하고, 미국 FDA의 허가를 받았다. 세계 최초의 바이오 의약품이 탄생하게 된 것이다. 이로 인해, 인간의 단백질을 공장에서 대량 생산할 수 있는 길이 열렸고, 이것은 1982년에 일어난 큰 사건이었다. 보이어 박사는 하루아침에 750억 원 가치의 주식을 가진 갑부가 되었다.

보이어 박사의 클로닝 기술이 미래에 엄청난 신사업 기회를 가져올 것으로 예견한 사람들이 또 있었다. 이들은 바로 벤처 캐피탈리스트 윌리엄 보우스와 제약회사 애보트에서 진단 연구부 부사장으로 일하고 있던 조지 라스만 박사였다. 그들은 암젠이라는 스타트업을 창업했다. 암젠의 대표가 된 라스만 박사는 1983년 '바이오기술산업협회'를 창립하게 되는데, 오늘날 우리가 이야기하는 바이오 산업의 'BIO'가 바로 그 바이오에서 유래되었다.

나는 노화의 비밀을 파헤치러 샌프란시스코에 왔다. 처음엔 몇몇 명문 대학이 있는 평범한 도시라고 생각했다. 하지만 이곳은 과거에는 땅에서 나오는 황금의 도시였고, 지금은 과학 기술에서 나오는 황금의 도시라는 걸 알게 되었다.

샌프란시스코는 원래 인근 금광 발견으로 일확천금을 노리는 젊은이들이 모여 커진 '욕망의 도시'였다. 이제 이 도시는 금광이 아닌 실리콘 기반의 반도체 기술을 상징하는 북부의 실리콘밸리, 그리고 바이오 기술을 상징하는 남부의 바이오밸리를 통해 새로운 황금을 낳는 도시로 변모하고 있었다.

내가 공부한 스탠퍼드 대학교는 특히 인근 바이오 및 IT 분야에서 성공한 스타트업 창업자들을 초청해 강연을 들을 기회를 많이 제공했다. 연구 자본을 제공하는 벤처 캐피털리스트 회사들도 주변에 많았다. 그들은 과학자들의 연구 결과를 분석하며 '황금을 만들 기회', 즉 투자 기회를 엿보고 있었다. 이곳에 오기 전까지 내가 가졌던 과학과 기술에 대한 시각이 이곳에서 점차 변해가는 것을 느꼈다.

7

하루는 실험 실습 준비를 하고 있는데, 함께 준비하던 실험실 선배 라시가 말했다.

"서준, 조금 전 하르만 교수님이 너를 찾던데, 시간 나면 교수님 사무실로 가봐. 아마 너의 박사 학위 연구 주제에 대해 말씀하려는 것 같아. 잘해 봐."

라시는 내가 2년 전 처음 이곳 실험실을 방문했을 때 교수님으로부터 소개받은 인도계 연구생이었다. 그녀는 공부와 실험 기법에 대해 상세하게 나를 도와주어 늘 고맙게 생각했다. 특히 이제 교수님이 요구하시던 대부분의 과목을 이수해 가는 상황이라, 나는 그녀와 연구 방향에 대해 많은 의견을 나누었다. 그녀 또한 이제 박사 학위를 받기 위한 연구에 본격적으로 집중하고 있었다.

"아, 그래 고마워, 라시, 늘 나를 챙겨주어 정말 고마워."

사실 지난 2년 동안 하르만 교수님을 지켜보며 여러 가지를 느꼈다. 그는 완벽주의자였다. 술과 담배는 전혀 하지 않고 매일 오후에 2시간씩 캠퍼스 내에서 조깅을 했다. 하루도 빠지지 않았다. 나는 교수님이 한 가지에 집중하고 꾸준히 하는 것에서 많은 것을 배웠지만, 무조건 한 가지에만 집중하는 점은 공감할 수 없었다.

그는 프리 라디칼 이론만이 노화 과정의 유일한 이론이라고 강하게 주장하는 경향이 있었다. 특히 나는 지난 2년 동안 기본 과목에 대한 공부와 함께 외부 강사의 특강을 들으면서 나의 생각은 하르만 교수님의 주장과는 약간 달라지기 시작했다. 나는 실험 과목 준비를 끝내고 교수실을 향했다.

비서 캐롤에게 교수님이 계신지 확인을 부탁했다. 자주 캐롤을 만나다 보니, 그녀도 완벽주의자 교수님을 모시는 데 약간은 힘들어한다는 것을 나는 눈치로 알았다.

"서준, 들어와. 자, 앉아. 그동안 기초 과목들을 이수하느라 고생이 많았어. 특히 유기합성 과목과 실험 성적이 좋게 나와, 나는 만족하네. 내가 그동안 여러 가지를 생각해 봤는데, 프리 라디칼과 자연에 존재하는 항산화제와의 관계 기전, 그리고 왜 항산화제들이 미토콘드리아에 흡수가 안 되는지, 그 원인을 파악하는 연구를 해보는 건 어떨까?"

"네, 교수님, 감사합니다. 저도 항산화제의 미토콘드리아 흡수 메커니즘이 궁금하고, 또 흡수될 수 있는 방법도 찾아보고 싶습니다. 그런데 이와 함께, 특히 저는 버클리 대학의 블랙번 교수님이 발견하신 텔로미어와 텔로머라제와의 연관성에도 관심이 있습니다. 교수님이 말씀하시는 연구 방향과 함께 프리 라디칼과 텔로미어의 관계에 대해서도 연구를 같이 해보면 어떨까요?"

하르만 교수는 순간 얼굴이 약간 붉어지고 굳어지며 나를 쳐다보았다. 나는 교수님이 내가 하는 연구 제안에 공감하지 않는다는 생각이 들었다. 나는 프리 라디칼 연구에만 집중하고 싶지 않았다. 교수님은 물론 프리 라디칼 이론의 선구자이고 노화 연구 분야에서는 존경받는 학자라는 것에 나도 동의했다. 그러나 그는 이미 나이가 많은 연구자이다 보니 새로운 연구 분야에 대해서는 매우 보수적인 견해를 가지고 있었다.

"글쎄, 내 생각에는 프리 라디칼 쪽만 해도 할 일이 너무 많은데, 자네는 배우는 학생이니까 여러 분야에 관심을 가지는 것은 이해하지만, 이것저것에 다 관심을 가지면 깊이 있는 연구를 할 수가 없지. 앞으로 몇 달을 두고 같이 고민해 보자고."

"네, 교수님, 잘 알겠습니다. 저도 더 고민해 보겠습니다."

내가 관심 있는 분야에서 하고 싶은 연구를 하기 위해서는 한 가지 방법밖에 없었다. 지도교수님이 원하는 분야의 연구를 하면서 동시에 내가 하고 싶은 실험을 하는 것이었다. 유일한 방법은 밤에 자는 시간을 줄일 수밖에 없었다.

수강 과목 이수를 다 마치고 나는 밤이나 주말 없이 거의 모든 시간을 실험실에서 보냈다. 반년 정도를 그렇게 생활하다 보니 나의 건강 상태는 점차 나빠지기 시작했다. 옆 실험대를 사용하고 있던 라시가 누구보다도 눈치가 빨랐다.

"야, 서준. 너 그러다 죽어. 연구도 좋지만, 너의 몸도 생각해야지. 너는 그렇게 건강한 체력의 소유자도 아니면서. 내 생각에 연구는 단거리 뛰기가 아니라 마라톤 같은 거라고 생각해. 특히 IT 같은 공학 분야와 달리, 생명 연구 분야는 꾸준함이 가장 큰 덕목이라고 생각해. IT 분야는 천재가 며칠 밤을 새워 무엇을 만들 수 있는 작업이라면, 우리가 하는 생명 연구는 며칠 밤을 새우는 것이 중요한 것이 아니라, 하루, 일주일, 한 달, 일 년… 이렇게 꾸준히 노력하고 관찰하여 의미 있는 발견을 하는 거지."

"라시, 고마워. 나의 건강을 그렇게까지 염려해 주다니."

사실 라시의 말에 하나도 틀린 것이 없었다. 연구에 대한 호기심을 이기지 못해 며칠 밤을 새워보니, 나의 노화는 더욱 빨라지는 느낌이 들었고, 심지어 나의 생명도 짧아진다는 위기감을 느꼈다.

"라시, 나 그만 들어갈게. 내일 보자고. 안녕."

나는 실험실 건물 밖 벤치에 앉아 저 너머 잔디밭에서 젊음을 만끽하는 저학년 학생들을 물끄러미 바라보았다.

'왜 인간은 늙고 죽을 수밖에 없을까?'

문득 돌아가신 아버지와 어머니의 얼굴이 떠올랐다. 노환으로 돌아가신 아버지와 젊은 나이에 갑작스럽게 암으로 세상을 떠난 어머니. 영화나 소설 속 주인공들은 마지막 순간 병원 침대에서 아내와 자식, 지인들과 대화하고 멋진 유언을 남기지만, 실제로 부모님이 돌아가시는 것을 보니 그런 멋진 유언은 없었다. 죽음의 과정은 고통 그 자체였고, 고통 속에서 한마디 말도 못하고 끝나는 것이 내가 목격한 죽음의 현장이었다.

대학 시절부터 줄곧 생각했던 노화의 비밀, 이곳 샌프란시스코, 그리고 유명한 스탠퍼드에서 그 비밀을 파헤치기 위해 왔던 것이 아니던가? 그런데 연구 반년 만에 체력적, 정신적 한계에 도달하다니. 체력이 좋은 다른 동기들을 보면 늘 부러웠다.

라시의 말처럼 나도 어느 정도 최소한의 건강을 유지하며 단기가 아닌 장기적인 연구 전략을 세워야겠다고 생각했다. 최소한 밤 12시에는 숙소에 들어가서 아침 4시까지는 꼭 자야겠다고 다짐했다. 나는 또다시 눈시울이 붉어지는 나 자신을 발견했다.

8

본격적으로 실험실 연구에 집중한 지 반년이 넘어가면서, 연구 시간 조절과 진척에도 어느 정도 체계적인 일상이 자리 잡았다. 그래서 가끔 주말에는 시간을 내어 한국 유학생 모임에도 참석했다. 특히 스탠퍼드, UC 샌프란시스코, UC 버클리에서 유학 온 학생들이 주를 이루고 있었다. 박사후 과정 학생들은 비교적 시간적 여유도 많고 기혼자들도 있어 식사 제공이나 프로그램 진행에 봉사하기도 했다. 나와 같은 박사 과정 친구들은 연구에 집중하느라 가볍게 모임에 참석하는 정도였다.

다른 분야와 달리 생물학 분야에서 박사 학위를 받으면 통상 2~3년의 박사후 연구원 과정을 거치는 것이 일반적인 관례였다. 이 연구원 시절에는 더 깊은 연구를 할 수 있지만, 이때 대부분 정식 직장을 찾기 위해 많은 노력을 했다. 유학생 모임에서 만난 박사들도 박사후 과정이 끝나면 한국으로 귀국할 것인지, 아니면 미국에서 직장을 잡을 것인지에 대해 여러 가지 경력에 대한 고민을 하고 있었다.

1980년대 초는 전 세계 경제가 침체기였지만, 80년대 중반을 넘어서면서 미국뿐 아니라 한국도 경제적으로 서서히 호황을 맞고 있었다. 그래서인지 한국과 미국에서 직장을 구하기가 비교적 수월한 시절이었다. 대학교 교수직이나 기업에서도 많은 기회가 있었다. 미국의 사정도 나쁘지 않아 직장에서 영주권 취득도 회사에서 보장해 주었다. 따라서 모두들 취직 문제로 힘들어하기보다는 한국이냐, 미국이냐 선택의 고민만 남아 있었다.

하루는 유학생 모임의 회장을 맡고 있는 성태현 박사가 나에게 전화를 했다.

"아, 성 박사님. 무슨 일이세요? 저에게까지 전화를 주시고."

"응, 이서준 선생. 부탁할 일이 있어서 전화했어. 가능한지는 모르겠지만. 다름이 아니고 이번 주말에 한국에서 석사 과정 학생이 한 명 오는데, 공항에 나가서 픽업도 하고 좀 도와줄 수 있을지 해서. 혹시 시간이 안 되면 다른 사람을 찾아봐야 하는데. 내 개인적인 생각으로는 이 선생이 꼭 나가면 좋을 것 같아. 연세대학교에서 정치외교학을 전공하고 UC 버클리로 오는 여학생이야. 이름은 김은영. 어때? 가능한가?"

나는 순간 이미 결혼해서 아이도 있는 회장이 미혼인 나를 특별히 생각해서 부탁하는 것이 아닌가 하는 상상을 했다. 물론 회장은 나에게 직접적으로 그렇게 말하지는 않았지만.

"알겠습니다. 마침 시간이 있으니 제가 나가도록 하죠. 그런데 무슨 비행기로 몇 시에 도착하나요?"

나는 토요일과 일요일, 실험실 연구 계획을 포기하고 주말 이틀간 시간을 내기로 했다. 그녀의 도착 시간은 아침 열 시, 대한항공 편이었다. 나는 그녀의 얼굴을 모르니, 종이에 '환영합니다. 김은영 씨'라고 적어, 그 종이를 들고 대한항공이 도착하는 게이트 앞에 서 있었다. 많은 사람, 그것도 대부분 한국 사람이 쏟아져 나오니, 나는 그녀를 찾기 위해 계속 종이를 치켜들고 두리번거렸다.

대부분의 사람이 빠져나가고 출구는 한산해졌다. 그녀가 안 나오는가 하고 의심하는 사이, 한 여성이 나오면서 나를 보며 손을 흔들었다. 그녀는 반갑게 미소를 지으며 나에게 다가왔다. 나보다 조금 큰 듯한 반듯한 키에 눈이 크고, 정말 얼굴에 똑똑함이 드러나는 그런 얼굴이었다.

"처음 뵙겠습니다. 김은영입니다. 이렇게 공항까지 나와 주셔서 감사합니다."

나는 그녀를 보는 순간 숨이 멎는 것 같은 느낌이 들었다.

'첫눈에 반한다는 것이 이런 기분일까.'

"예, 환영합니다. 저는 이서준이라고 합니다. 여기 한인학생회 회장이신 성태현 박사님 부탁으로…"

나는 순간 성 박사님 부탁으로 나왔다는 말을 한 것을 후회했다.

"은영 씨, 제가 도울 일이 있으면 서슴지 말고 말씀해 주세요. 뭐든지요."

나는 계속 말을 하면서 나의 숨은 마음을 들킬까 봐 조마조마했다.

"이 선생님, 아닙니다. 많은 도움 기대합니다."

"아, 그냥 서준 씨라고 하세요. 선생님은 무슨."

이 우연한 만남은 서서히 필연의 인연으로 이어지기 시작했다. 나는 그해 가을, 금요일 저녁이나 주말이면 최대한 시간을 내어 그녀를 만나려고 노력했다. 그녀도 내가 싫지 않은지 우리의 만남은 지속되었다.

그녀를 만나 대화를 해볼수록, 그녀는 나와는 너무나 다른 세상에 사는 사람 같았다. 나에게는 생명체에 대한 연구가 나의 모든 관심사였다. 그런데 그녀의 연구 대상은 인간의 삶 그 자체였다. 그녀를 만나기 시작하면서 나의 세상이 좁다는 것을 알게 되었다. 그녀는 사람들과 만나는 것을 가장 중요한 일상으로 생각했다. 나와는 다른 세상에 살고 있는 것 같은 그녀에게 나는 서서히 빠져들었다.

"서준 씨, 서준 씨는 사람의 사회생활에 대해 어떻게 생각하세요? 저는 제 전공이 정치학이라서 그런지 몰라도 사람과 사람이 만날 때 일어나는 미묘한 현상을 관찰하는 데 관심이 많아요. 따지고 보면 사람과 사람의 관계는 모든 것이 정치적인 관계라고 할 수 있거든요. 아마도 서준 씨에게 관심 대상은 자연이나 물질인 것 같고, 저의 관심 대상은 사람인 것 같아요. 그래서 우리는 서로 많이 다른 것 같습니다."

'그래서 나에게 호감이 없다는 것인가? 내가 싫다는 것인가? 괜히 나를 싫어하면서 말을 돌려서 하는 것인가?'

나는 솔직하게 그녀에게 나의 감정을 전달했다.

"은영 씨, 맞습니다. 그런 것 같습니다. 그래서 저는 더 은영 씨의 매력에 빠져드는 것 같습니다. 저와 너무 다르기 때문에. 은영 씨의 세계에 대한 저의 호기심이랄까요?"

내가 그녀에 대한 감정을 숨기지 않자 그녀도 이렇게 말했다.

"예, 저도 뭐 좋아요. 솔직히 저도 서준 씨에게 호감이 갑니다."

그녀는 이곳에 온 지 얼마 되지 않았지만 유학생 모임에서 존재감을 드러내고 있었고, 어느 순간부터 한국에서 온 유학생들 중 그녀를 모르는 사람은 없었다. 그녀는 마치 이곳 한인 사회의 정치 지도자 같은 묘한 리더십을 표출해 내고 있었다. 일 년이 지나니 내가 아는 사람들보다 그녀가 아는 사람이 더 많았다. 내가 오히려 그녀를 따라다니기 시작했다.

왜 그랬는지는 모르지만, 우리는 만난 지 반년도 채 되지 않아 서로의 미래를 약속했다. 남녀가 만나 호감을 느끼고 결혼이라는 종착역으로 향하는 과정은 이성적이기보다 감정과 충동이 동반된 유전자의 장난과도 같았다.

그녀가 나에게 호감을 느낀 이유는 내가 대단히 감성적인 사람이었기 때문이라고 생각했다. 나와 그녀 모두 우리가 왜 그렇게 급히 결혼을 약속했는지 이해하지 못했다. 그래서 나는 생각했다. 성격도 다르고 생각도 다른 우리가 서로에게 끌린 것은, 성급하고 충동적인 우리의 성격 때문일 것이라고. 그것이 바로 우리의 유일한 공통점이었다.

우리는 그 다음 해 여름 결혼을 했고, 그 다음 해 가을 아내는 남자 아이를 순산했다. 우리는 고민 끝에 아기에게 '도윤(到玧)'이라는 이름을 선사했다. 아기도 우리처럼, '자신의 목표와 꿈을 끝까지 이루는 사람'으로 성장하길 기도했다. 주변 박사 과정 친구들은 나와 아내를 보며 말했다.

"야, 참 하여간 대단하고 무모하다. 어떻게 결혼을 하고, 아니 그렇게 빨리 아이를 낳냐? 학업과 가정을 같이 가져가는 것이 쉽지 않을 텐데."

학위 과정을 마치는 것이 무엇보다 힘들다 보니 대부분 결혼이나, 결혼을 했더라도 아이 출산을 미루는 편이었다.

"뭐 어떻게 되겠죠. 사는 사람 목에 거미줄 칠 일 있겠습니까? 어떻게 하다 보니 그렇게 되었네요."

은영과 나는 성장 배경도 다르고 학문에 대한 관심 분야도 전혀 달랐지만, 우리의 공통점은 뭐든지 우선 저질러 놓고 보자는 주의였다. 나는 특히 어릴 때부터 형제자매가 없어 외롭게 자랐고, 성인이 되어 일찍 부모님을 여의다 보니 빨리 장가들어 아이가 있으면 좋겠다는 생각을 하고 살아왔다.

아내도 공부와 자식 키우는 것을 병행하는 것이 힘들지만, 나와 같이 어려움에 대한 참을성이 대단한 여성이었다. 나도 실험 조교로 일하며 최저 임금을 벌었지만, 그녀도 간간이 과 교수들의 문헌 조사와 같은 일을 아르바이트로 하며 약간의 수입을 보태었다. 우리는 각자 자신이 하고 싶은 공부를 하며 결혼생활과 자식 키우기에 최선을 다 했다.

9

1990년 봄, 나는 '프리 라디칼의 미토콘드리아 흡수 기전 및 노화 과정에서의 프리 라디칼과 텔로미어의 상관관계'라는 제목으로 생명 과학 박사 학위를 받았고, 아내도 이곳에 온 지 3년 만에 '미국 정치가 세계화에 미치는 영향'이라는 주제로 정치학 석사 학위를 취득했다.

내 졸업식은 학교 미식축구장에서 거행되었다. 나와 아내는 소속 학교가 달랐기 때문에 우리는 두 번에 걸쳐 서로의 졸업식에 참석했다. 한국에 계신 장모님이 딸과 사위의 학위 졸업식에 참석하기 위해 며칠 전 샌프란시스코로 오셨다. 이틀 전에는 은영의 졸업식이 있었고 오늘은 나의 졸업식 날이었다. 장모님과 아내는 행사장 반대편 좌석에서 두 살 난 도윤이를 돌보며 나의 졸업식을 지켜보셨다.

석사 학위와 박사 학위 수여는 일일이 호명하고 소속 단과대 학장이 졸업장을 수여했기 때문에 시간이 많이 걸리는 행사였다. 내 쪽에는 한국에서 아무도 오는 사람이 없었지만, 이틀 전 졸업을 한 아내와 한국에서 오신 장모님이 나의 박사 학위 취득을 축하해 주었다. 졸업식이 끝나자 졸업생들은 넓은 운동장에서 서로 가족을 찾느라 혼란스러웠다. 마침 무슨 대학교 전통인지는 몰랐지만 일부 학생과 졸업생들은 피켓을 들고 시위를 하고 있었다.

"우리는 자유를 원한다! 우리는 자유를 원한다! 성소수자의 인권을 인정하라!"

여학생과 남학생 여러 명이 소리를 지르고 있었다. 그러나 누구도 그들을 제지하지 않았다. 아마도 이 대학교의 진보적 사상과 서부의 자유로운 분위기 탓인 것 같았다. 졸업식 후 나는 반대편 경기장 좌석에서 기다리고 있는 장모님과 아내, 그리고 도윤이를 찾았다. 장모님이 앉아 있는 좌석 근처에는 한국 졸업생들의 부모들이 서로 이미 인사를 나누고 있었다.

"장모님, 기다리시느라 수고하셨습니다. 당신도 도윤이를 돌보느라 힘들었지."

나는 아내와 장모님께 인사하며 졸업 모자를 벗어 장모님 머리에 씌어 드렸다. 옆에 앉아 있던 처음 뵙는 한국분들이 인사를 건넸다.

"아, 이분이 말씀하시던 사위인 모양이군요. 축하드립니다. 저희는 뉴욕에서 아들 졸업식을 보러 왔습니다."

그들은 뉴욕에 살고 있으며, 아들이 미국에서 태어나 고등학교까지 동부에서 공부했고 이번에 스탠퍼드 대학을 졸업한다고 했다. 그들과 헤어져 우리는 스탠퍼드 대학의 상징인 'S'자 형상의 꽃 화단에서 아내, 장모님, 도윤이와 함께 기념사진을 찍었다.

늦은 점심을 위해 장모님을 모시고 팔로 알토에 있는 '스팀'이라는 중국 음식점으로 향했다. 이 음식점은 딤섬으로 유명한 곳으로, 팔로알토 시내의 가장 큰 길인 유니버시티 애비뉴에 위치해 있었다.

"어머니, 이 음식점은 이 일대에서 딤섬으로 가장 유명한 곳이에요. 제가 여러 종류의 딤섬을 주문할 테니 한번 맛보세요."

"아이쿠, 내가 사위 덕분에 호강하네. 하여간 두 사람 졸업 축하하네. 아버지가 사업으로 바빠 같이 못 와서 미안하고."

"장모님, 무슨 말씀을 그렇게 하세요."

주문한 여러 종류의 딤섬과 다른 요리들이 나왔다. 만두는 보기에도 속이 아주 꽉 차고 실해 보였다.

"장모님, 식기 전에 한번 드셔 보세요. 도윤이는 저희가 볼 테니."

"아, 맛이 정말 있네. 한국에서 맛본 중국 음식하고는 또 다르네."

아내와 나는 음식에 만족해하시는 장모님을 보며 서로 눈웃음을 교환했다. 우리는 서로 만난 지 1년도 안 되어 무모하게 결혼하고 곧 도윤이를 출산했다. 지난 몇 년간 어떻게 살았는지 생각하니 꿈만 같았다. 큰 문제 없이 아내와 내가 바라던 학위까지 받았으니, 우리 부부는 말은 안 했지만 서로에게 감사하다는 눈길을 보냈다.

학위 받기 거의 일 년 전부터 학위를 받으면 한국으로 돌아갈 것인지 혹은 미국에서 더 공부할 것인지 나는 아내와 의논했다. 2, 3년 더 미국에서 경험을 하고 귀국하자는 데에는 우리 둘은 의견의 차이가 없었다. 아내는 워싱턴 D.C.나 보스턴 쪽으로 가서 나의 박사후 연구원 생활을 하자고 제안했다. 물론 그녀의 경우에는 워싱턴 D.C. 쪽이나 보스턴에 정치 외교 분야 연구소 등, 일자리가 많았다. 아내는 자신이 하는 전문 분야에 대해 강한 의견과 생각을 가진 사람이었지만, 나의 의견을 늘 존중해 주었다.

"뭐, 당신이 동부보다는 서부가 좋다고 하면 나도 서부 쪽에서 일자리를 알아볼게. 너무 걱정하지 마. 이제 조금 여유가 있을 거니까."

나는 박사 학위를 받는 동안 노화의 기전에 대해 가장 큰 관심을 가졌지만, 노화와 관련된 질병들, 예를 들어 알츠하이머와 같은 치매 증상이나 몸을 제대로 가누지 못하는 파킨슨병같이 치료제가 전혀 없는 분야에 대해 박사후 연구원 자리를 찾고 있었다. 마침 샌디에고에 있는 UC 샌디에고 대학병원 뇌신경과의 중국계 교수인 림 교수가 나에게 연구원 자리를 제안했다. 그는 내가 관심을 가지고 있었던 알츠하이머와 파킨슨병에 대해 오랫동안 많은 학술지에 중요한 논문을 발표하고 있는 교수였다.

가장 다행스러운 것은 아내도 마침 샌디에고 국제관계위원회(San Diego World Affairs Council)에서 연구원 자리가 있으니 오라는 연락을 받았다. 나는 원래 샌프란시스코에서 더 흥미로운 취직 제안을 받았지만 고사했다.

학위 논문을 열심히 마무리하고 있던 1989년 겨울 어느 날, 낯선 중년의 백인 남성이 실험실 입구에서 나를 찾고 있었다.

"이서준 박사님, 저는 마이클 웨스트라고 합니다. 사실 UCSF 엘리자베스 블랙번 교수님 소개로 왔습니다. 저는 교수님과 함께 텔로머라제 억제제를 항암 신약으로 개발하는 스타트업을 창업하려고 준비하고 있는데, 블랙번 박사님 제안이 혹시 이 박사님께서 저희가 창업하는 회사에 오실 생각이 있는지 확인하라고 하여 이렇게 찾아오게 되었습니다."

나는 저번에 블랙번 교수를 만났을 때 스타트업 창업 이야기를 약간 들은 바 있었다. 1980년대 초반과 중반에 블랙번 교수와 그녀의 동료들이 텔로미어와 텔로머라제의 역할과 기능에 대해 발표한 직후부터 전 세계 언론은 이제 노화의 비밀이 밝혀졌고 곧 불로장생의 시대가 올 것이라고 보도했다.

그 이후 나의 지도교수 하르만 박사의 '프리 라디칼 이론'은 갑자기 인기가 없어졌고, 모든 연구자들이 텔로미어 연구에 큰 관심을 보였다. 따라서 누군가는 곧 텔로미어와 관련된 스타트업을 창업할 것이라고 예상했다.

그러나 나는 그 당시 노화를 개선할 수 있는 방안으로 텔로머라제 촉진제 연구에 관심이 있었고, 억제제 연구에는 관심이 적었다. 또 미국에 남는 것보다는 언젠가 꼭 고국으로 돌아가서 연구를 해야겠다는 생각이 강해서 별로 그의 제안에 관심을 두지 않고 있었다.

"아, 예… 사실 블랙번 교수님께 얼핏 이야기를 들은 것 같습니다. 조금 더 자세하게 말씀해 주실 수 있으신가요?"

우리는 실험실 앞에서 그런 이야기를 나누기는 불편할 것 같아 근처에 위치한 커피도 파는 조용한 라운지에 자리를 잡았다. 그는 자신의 계획을 자세히 이야기하면서 텔로머라제 억제제 연구와 함께 그 당시 각광받기 시작한 배아줄기세포 연구도 같이 병행할 계획이라고 말했다.

"참, 그리고 블랙번 교수는 본인이 직접 우리 회사 과학자문위원회에 참여하기로 결정했습니다. 한번 잘 생각해 보고 연락을 주기 바랍니다."

그는 나에게 연락처가 적힌 자신의 명함을 내밀었다. 나는 그 다음해 샌디에고로 가면서 그에게 전화를 걸어 내 생각을 전했다.

10

오늘 오전 공과대학에서 학교 내 실험 벤처를 공식적으로 창업하는 행사를 마친 후, 나는 학장의 점심 제안을 완곡하게 거절하고 곧바로 사무실로 돌아왔다. 지난 3년간 나는 너무 지쳐 있었다. 그냥 혼자 있고 싶었다. 1984년 대학을 졸업하고 지금까지 단 한 번도 긴장을 풀고 살아본 적이 없는 삶이었다. 이 삶의 여정에서 나는 늘 혼자였다. 이 특유의 외로움은 결혼하고 가족이 생겼는데도 해소되지 않았다. 3년 전 이 학교에 조교수로 부임하여, 학교에서 주어진 학생 강의를 소화해 가며 오랫동안 꿈꿔 왔던 연구생활을 시작하던 그때가 주마등처럼 나의 뇌리를 스치며 지나갔다.

나는 샌디에고에서 박사후 연구원 생활을 시작하자마자 국내 대학교수 자리를 알아보기 시작했다. 교수 자리는 본교 출신 후보자를 뽑는 것이 한국의 관례처럼 되어 있었다. 따라서 내가 졸업한 대학이 아닌 타 대학의 교수 자리를 얻기는 좀처럼 쉽지 않았다. 이러한 관례나 전통은 대한민국의 대학 경쟁력을 개선하는 데 발목을 잡는 폐쇄적인 전통이었다.

미국의 경우에는 특별한 경우를 제외하고는 본교 출신을 교수로 뽑는 경우는 드물었다. 그 이유는 외부의 창의성을 지속적으로 수혈받기 위함이었다.

처음에는 타 대학들을 알아보다가 결국 나는 내가 졸업한 대학의 자리를 알아볼 수밖에 없었다. 그냥 응모한다고 나에게 교수 자리가 주어지는 환경은 아니었다. 기본적으로 대학 내부에 특정 교수의 지지와 추천을 받아 서류가 교수위원회에 제출되면, 그 교수위원회 앞에서 한 차례 세미나를 하고 위원회 표결에서 다수의 표를 얻는 사람이 마지막 후보자로 결정되는 그런 제도였다. 그래서 이런저런 이유로 몇 교수의 눈 밖에 난 후보자는 통과되기가 쉽지 않은 제도였다. 그 과정도 실력과 업적이 아닌 교수들 사이의 정치적 조율이 대단히 중요했다.

마침 나는 다른 후보자들보다는 운이 좋았다. 그 이유는 학장이 당연직 위원장이 되어 분위기를 이끌어 갔기 때문이다. 마침 당시 대학의 학장은 학창 시절 나의 지도교수였던 방유진 교수였다. 나를 반대하는 교수들을 나 대신 방 교수가 설득해 주었다.

"학장님, 이서준 박사보다는 다른 후보자가 여러 면에서 더 낫다고 생각합니다. 교수님들, 그렇지 않습니까? 한번 말씀들을 해보시죠?"

나를 반대하는 교수는 특히 나의 연구 분야에 대해 부정적인 견해를 쏟아내고 있었다. 그는 내심 다른 졸업생을 지지하고 있었다.

"대학의 발전과 우리나라의 산업 발전에 당장 필요한 연구 분야의 박사를 데려와야지, 노화 연구 분야는 시급히 필요로 하는 분야도 아니지 않습니까?"

그는 소리를 높였다. 학장은 나직하게 반대하는 교수들을 설득했다.

"현재 우리나라가 산업화에 주력하는 상황임을 고려할 때, 여러분의 주장이 타당하다고 볼 수 있습니다. 그러나 생물학은 기초과학 분야이고, 우리나라도 언젠가는 고령화 사회가 될 것입니다. 이러한 관점에서 소수의 연구자라도 노화 분야를 전공하는 학자가 있어야 한다고 생각해요."

"또한, 산업화를 강조하시는 여러분께 말씀드리자면, 이 박사는 스탠퍼드 출신으로 그곳에서 여러 스타트업 창업 사례를 연구했으며, 귀국 후 창업에 대한 지대한 관심을 표명했습니다. 그의 소개서를 참고하시면 산업화에 대한 그의 생각과 철학을 잘 이해하실 수 있을 것입니다."

학장의 조리 있는 주장 덕분에 몇 차례에 걸친 위원회 회의에서 나는 마지막 후보로 선택되었다. 미국에 있는 나에게 귀국하여 세미나 발표를 하라는 전화를 학장으로부터 받았다. 그러나 이러한 교수위원회 내부의 진행 상황은 세월이 흐른 후 나중에 우연히 알게 된 사실이었다.

"이 박사, 오랜만이야. 이 박사의 제출 서류를 검토한 결과 교수위원회에서 이 박사를 최종 후보자로 결정했어. 그러니 언제 귀국하여 세미나 발표를 할 수 있는지 알려줘요. 나도 앞으로 이 박사에 대한 기대가 크지."

나는 1993년 말 귀국하여 세미나 발표를 했고, 몇 달 후 학교 행정실로부터 교수로 취임하기 위한 서류 제출을 하라는 요청을 받았다. 그리고 다음 해 봄, 나는 귀국했다.

나는 관악산에서 한국의 봄 정취를 오랜만에 느꼈다. 곳곳에 만개한 개나리꽃을 보니 고향으로 다시 돌아온 느낌이 들었다. 내가 맡은 학과목은 분자생물학 기초와 대학원 특강으로 '노화의 이론과 실제'라는 제목으로 강의를 했다.

한국에서 교수가 되고 보니 강의와 함께 학교 내외부의 잡다한 일로 내가 원했던 연구생활에 집중하기는 쉽지 않았다. 우선 나의 실험실을 꾸미는 일, 나의 연구를 도와줄 연구원 확보와 함께 연구를 시작할 연구비 마련이 생각처럼 쉽지 않았다. 신임 조교수에게 제공되는 대학 지원비는 너무 적었다.

우선 박사후 과정 중에 생각했던 연구 과제를 중심으로 정부 여러 부처에 연구 신청서를 작성하고 제출하는 일에 많은 시간을 소비해야 했다. 연구 과제 신청서는 미국에서처럼 간단히 연구 내용을 기술하고 필요한 연구비를 신청하는 것이 아니라, 대단히 형식적인 자료를 준비해야 했기 때문에 비생산적인 일에 많은 시간을 소비해야 했다.

미국에서도 그랬지만, 귀국해서도 가족들과 충분한 시간을 보내지 못하는 것이 늘 문제였다. 특히 아내는 늘 불만이 많았다.

"당신은 정말 이기적인 사람인 것 같아. 자기가 원하는 것에만 관심 있고 그 외에는 무관심하니 말이야. 가족에 대해서는 관심이나 있어? 또 내가 어떻게 살고 있는지 알기나 해?"

"여보, 미안해. 다 알지. 그러나 당신도 그렇겠지만 나도 일단 귀국했으니 자리부터 잡아야 하지 않겠어? 이해를 좀 해주면 좋겠는데."

나는 결혼 이후 지금까지 아내에게 늘 이해만을 구할 뿐이었다. 유학 시절에는 서로 격려하며 심각한 문제가 없었는데, 귀국한 이후 차츰 서로 멀어지기 시작했다. 아내와 나는 자라온 배경도 다르고 취미를 포함해 관심 분야가 전혀 달랐다. 서로 설득하여 공감대를 찾기는 쉽지 않았.

연구원 확보 문제는 우연히 해결되었다. 뜻이 있으면 길이 있는 법이었다. 내가 귀국하던 해 가을, 마침 태국 방콕에서 열리는 '아시아 노화 심포지엄'에 특별 연자로 초청을 받았다. 스탠퍼드 유학 시절부터 알게 된 방콕 마히돌 대학교의 교수가 이 심포지엄을 주최하고 있었는데, 그 교수가 나를 초청한 것이었다. 모든 경비는 주최 측에서 제공해 주었다. 그래서 나는 그해 가을 마히돌 대학교에서 심포지엄 발표를 하게 되었다.

그런데 우연의 인연이라는 것이 있는 모양이었다. 그 심포지엄에 참석했던 베트남 학생을 만나게 된 것이었다. 그 학생은 나의 특강을 듣고 호텔에 있는 나를 찾아와 인사를 했다. 그 사람이 바로 황안민이었다.

"이 교수님, 처음 뵙겠습니다. 저는 베트남 하노이 국립대학 4학년 학생 황안민(Hoang Anh Minh)이라고 합니다."

그는 대단히 명석해 보이고 추진력이 강해 보였다. 첫인상부터 끌리는 그런 학생이었다.

"아니, 어떻게 이름이 한국 사람과 비슷하네요? 안 그렇습니까?"

"아, 예. 원래 베트남 역사를 보면 옛날에는 중국 한자를 사용했기 때문에 그렇습니다. 지금은 프랑스 글자를 운용하여 사용하는데 발음은 조금 다릅니다."

"아, 그렇군요. 잘 알겠습니다."

"오늘 교수님의 특강을 듣고 관심이 있어 찾아뵈었습니다. 혹시 가능하다면 한국의 교수님 실험실에서 석사 학위 과정을 할 수 있는지 궁금합니다."

그는 처음 만남에서 다짜고짜 자신을 학생으로 받아줄 수 있는지 물어보는 것이었다. 나는 설사 내가 원한다고 해도 그를 석사 과정 학생으로 받을 수 있는지조차 당시에는 알 수 없었다. 그만큼 그때는 학사에 대한 제반 지식이 없었다.

그러나 나는 그에게서 긍정적인 인상을 받았기 때문에 그에 대해 더 궁금했다. 다른 것은 몰라도 1975년 베트남 패망 후에 단절되었던 한국과의 외교관계가 몇 년 전 다시 대사급 외교관계로 급상되었다는 사실은 뉴스로 알고 있었다.

또한 베트남은 1992년 공산당의 혼합 경제 정책인 소위 '도이머이'를 국가 발전 정책으로 채택한 이후, 경제적 발전이 급속도로 이루어지고 있었다. 베트남에서 그가 다니는 하노이 국립대학이 상위권 명문대라는 정도는 알고 있었다.

"그래요, 대학에서 무슨 과목을 전공하고 있나요? 좀 더 자세하게 자신의 공부 분야와 앞으로 관심 있어 하는 것이 무엇인지 말해주면 좋겠는데."

"예, 저는 현재 화학과에서 유기합성에 대해 공부하고 있습니다. 그리고 대학원에서는 유기합성에 기초한 생화학 관련 연구를 해보고 싶습니다. 그래서 오늘 교수님 특강에서 발표해 주신 그런 분야에 관심이 갑니다."

나는 그가 대학에서 화학을 공부하고 있고 대학원에서는 생물학을 공부하고 싶다는 말에 나의 스승인 하르만 교수님을 순간 생각했다.

"잘 알겠습니다. 우선 나의 연구 분야에 관심이 있다니 고맙군요. 하여간 귀국해서 다시 연락을 하겠습니다."

그의 제안에 대해 귀국하면 알아보고 연락하겠다고 약속했다. 그리고 그의 이력서와 자기소개서를 우편으로 보내달라고 부탁하며 나의 대학 명함을 건네었다. 나는 귀국하는 즉시 대학의 학사 업무를 담당하는 부학장을 찾아갔다. 내가 급하게 알고 싶었던 것은 내가 온 지 얼마 안 된 조교수로서 석사 과정의 학생을 받을 수 있는지, 그리고 가능하다면 학생의 생활비와 숙소를 제공해 줄 수 있는지를 알아보는 것이었다.

"이 교수님, 반갑습니다. 어쩐 일로 오셨나요?"

부학장은 의아하다는 듯 나를 쳐다보았다. 나는 태국에 다녀온 이야기를 하면서 내가 만약 석사 과정 학생을 받는다면 그것이 가능한지 물어보았다.

"아, 그렇군요. 물론 석사 과정 학생을 받을 수 있습니다. 그런데 학생의 생활비는 교수님이 어느 정도 책임지고 지원해야 할 겁니다. 물론 연구 조교를 하면 대학에서 약간의 지원금이 있기는 하지만요. 대신 학생 생활관 제공 건에 대해서는 학장님과 상의하여 학장님이 허락하시면, 가능할 것 같습니다."

나는 마침 정부로부터 기초연구를 시작할 수 있는 소규모의 연구비를 받을 수 있다는 연락이 있었기에, 우선 학생 생활비는 제공할 수 있다고 이야기했다. 그 후의 일은 일사천리로 진행되었다. 그 다음 해 신학기부터 한국에 오는 것으로 그와 계약을 했다. 그는 3월 신학기에 맞추어 나를 찾아왔다.

"안녕하세요, 황안민입니다. 이렇게 다시 교수님을 만나니 반갑습니다."

분명 작년 가을에 그를 처음 만났을 때는 서로 영어로 대화했었는데. 그는 아직은 완벽하지 않지만, 한국말로 인사를 했다.

"아니, 황 군. 언제 한국어를 배웠나?"

"예, 작년 가을에 교수님을 만나고 나서 열심히 한국어 공부에 노력을 했습니다. 발음은 그런대로 쉬운데, 대화하기는 솔직히 쉽지 않습니다."

그는 영어로 다시 말을 이어 나갔다.

"하여간 한국어 공부도 열심히 하게. 이제 한국 문화에도 익숙해야 하니까."

그는 누구보다 열심히 이곳에 적응하려고 노력했고 생각과 달리 대단히 능력이 있는 학생이었다. 놀랍게도 그는 한 학기 동안에 고등생물학 과목과 분자생화학을 최고 성적으로 이수했다. 그리고 그는 굉장히 빠른 속도로 우리가 하고자 하는 연구 분야에 대해서도 이해했다. 나는 그에게 첫 일 년은 100% 학점을 따는 데 집중하라고 강조했다. 그러던 어느 날 그는 내 연구실로 찾아왔다.

"교수님, 그동안 안녕하셨어요? 오늘 찾아온 이유는 저번에 저에게 공부에만 집중하라고 하셨는데, 제가 이번 한 학기 동안에 말씀하신 과목을 대부분 이수했기 때문에, 2학기부터는 교수님을 도와 연구실에서 실험도 시작하고 싶습니다. 특히 저번에 말씀하신 텔로머라제 관련 논문을 몇 개 읽어보았습니다. 블랙번 교수의 논문을 포함해서요. 참으로 관심이 많이 가는 분야 같습니다."

내 입장에서는 사실 실험실에서 나와 같이 일할 일손도 부족했다. 그런데 이번 한 학기 동안 그를 관찰해 보니 학업 이해도와 진척사항도 그렇고 학점을 따는 것을 보니 생각 이상의 능력을 가진 친구로 확신이 갔다.

"알겠어. 자네의 능력도 인정하겠고. 좋아, 그러면 지금부터 학점 따는 것을 소홀히 하지 않으면서 나와 같이 연구를 진행해 보세."

그래서 베트남 학생 황안민은 지난 2년간 나의 옆에서 나의 실험조교로, 학생으로, 연구 동료로의 역할을 충실히 해주었다. 내가 받은 국가 연구비로 우리는 일단 텔로머라제 효소의 효과를 촉진하는 물질을 합성하여 그 효과를 확인하고 궁극적으로 노화를 억제하는 신물질을 찾아내기로 연구 방향을 정했다.

우선 우리는 자연에 존재하는 수많은 항산화제에 대해 문헌 조사를 체계적으로 하고, 특허가 없는 항산화제를 선정하여 그 물질을 중심으로 연구를 해보자는 전략을 수립했다.

황안민은 석사 과정에 필요한 과목을 이수해 가면서 나와 같이 실험실에서 연구에 매진하였다. 그는 점차 나의 연구 인생의 핵심 파트너로 나의 세계에 자리 잡기 시작했다. 우리는 서로 영어로 소통했고 과목도 교수들이 거의 대부분 영어로 강의하여 그가 학점을 따는 데 큰 애로사항은 없었다. 그런데 놀라운 그의 능력은 한국에 온 지 일 년 반이 지나니 웬만한 의사소통은 한국어로 가능해졌다. 그는 내가 예상한 것보다도 늘 그 이상을 하는 뛰어난 학생이었다.

우리는 우선 기존의 비타민 E와 C를 포함하여 항산화 효과가 있는 물질을 모두 검토했다. 1990년대로 들어서면서 풍부한 고지방 식단을 즐기는 프랑스인들이 심혈관 질환 발생이 유난히 낮은 이유가 적포도주를 많이 마시는 것, 그리고 그 적포도주에 항산화 효과가 강한 폴리페놀 계열의 화학 구조를 가진 레스베라트롤 때문이라는 연구 결과가 밝혀지기 시작했다.

우리는 이 물질의 기본적인 항산화 효과 확인과 함께, 이 물질이 텔로머라제 효소의 억제나 혹은 촉진 효과가 있는지, 확인하는 실험에 집중했다. 그리고 황안민의 유기합성 전공을 살려 레스베라트롤의 유도체 합성을 시도하고 동시에 그 유도체에 대한 생리 효과를 살펴보는 실험을 진행했다.

실험실에 어느 정도 기본 기기들을 갖추고, 그와 연구에 매진한 지 일 년이 넘어가고 있었다. 그는 여러 유도체를 합성하고 나는 그 물질들의 효과를 측정할 여러 실험법을 디자인하며 필요한 연구를 진행해 나갔다.

한국으로 귀국하던 해인 1994년 여름도 유난히 더워 고생했다. 그런데 1996년 여름은 계속적인 폭염으로 무더운 날씨가 계속되었다. 보통 서울의 기온이 아무리 올라가도 관악산은 상대적으로 나무들이 많아 늘 서늘한 캠퍼스였다. 그러나 96년 여름은 나와 황안민이 연구와 실험에 집중할 수 없을 정도로 더웠다. 특히 실험실 내부의 온도가 올라가니, 여러 가지 실험 수행에도 애로사항이 발생하여 실험 결과들이 좋지 않게 나왔다.

"황 군, 덥지 않아? 올여름은 굉장히 더운데."

"하하. 교수님, 뭐 이 정도 더위에 그러세요? 베트남 여름도 만만치 않습니다. 오늘 날씨는 우리나라 기준으로 하면 선선한 날씨인데요."

사실 나에게는 무더위도 문제였지만 너무 덥고 습기가 많으니까 우리가 하고 있는 실험과 기기에도 민감한 문제가 생겼기에 걱정이 되었던 것이다.

"베트남 더위가 더 대단한가? 한국도 점점 아열대 날씨로 변해간다고 기상대에서 이야기하던데. 사실은 일하기도 힘들지만, 실험 결과가 제대로 나와야 하는데. 이런 날씨에는 기기에도 문제가 생길 수 있지. 특히 기기들은 습도와 온도에 민감하지 않나."

우리는 도저히 더위를 견디다 못해 실험실 두 곳에 에어컨을 설치했다. 이러한 에어컨 설치는 학교에서 해주는 시설이 아니었기 때문에, 나의 사비로 에어컨 설치비를 충당했다. 한국의 이렇게 취약한 연구와 실험실 환경을 나는 실망하지 않고 견디는 수밖에는 없었다.

어느덧 1996년 가을이 오고 있었다. 그 사이 우리에게는 가장 핵심적인 진척 상황이 있었다. 레스베라트롤이 특정 세포 배양 조건에서 텔로머라제 효과를 촉진하고 동시에 텔로미어 길이가 줄지 않는다는 사실을 발견했다. 이것은 문헌상 최초로 발견된 쾌거였다. 그러나 우리는 더 효과가 강력한 레스베라트롤 유도체를 찾고 있었다. 그 이유는 레스베라트롤 물질 자체가 그렇게 안정적인 물질이 아니었고, 경구로 투여하는 동물 실험에서는 생체 이용률이 매우 낮았다. 생체 이용률이 너무 좋지 않은 물질이면, 경구용 의약품으로 개발하기에는 문제가 있다는 증거였다.

황 군은 계속해서 여러 유도체를 합성하고 있었지만, 좀처럼 레스베라트롤보다 효과가 더 좋은 물질은 발견되지 않았다. 전광석화처럼 시간은 흘러갔다. 어느 날 아침에 출근했는데, 황안민은 밤을 거의 새운 듯한 모습으로 나를 보자 소리를 질렀다.

"교수님, 레스베라트롤보다 더 좋은 물질을 찾아내었습니다. PA-025 물질입니다."

우리는 미래에 만약 창업을 하게 되면 그 벤처의 이름을 '노화와 싸운다'는 뜻의 라틴어 'Pugna Aetas'의 앞 글자를 따서 PA Therapeutics라는 이름의 회사를 만들 생각을 하고 있었다. 회사의 앞 글자를 따서 유도체를 합성한 순서대로 번호를 붙여 나갔다. PA-025는 25번째로 합성한 유도체였다.

11

황안민은 석사 과정 1년 반 만에 '레스베라트롤의 항노화 메커니즘: 텔로미어와 텔로머라제 증진 효과'라는 논문으로 석사 학위를 마쳤다. 나는 그의 능력을 높이 평가하며 미국 유학을 권했지만, 황안민은 벤처 사업가의 길을 택하며 피에이 테라뷰틱스에 합류하겠다는 뜻을 밝혔다. 나는 그를 회사의 첫 정식 직원으로 임명하며 창업 파트너로서 함께 우리의 미래를 만들어 가기로 결심했다.

우리는 PA-025 외에 더 많은 레스베라트롤 유도체를 합성하고 실험했지만, PA-025보다 더 나은 물질은 찾지 못했다. 이에 PA-025 개발에 집중하기로 하고 물질 특허를 신청했다. 레스베라트롤 자체는 특허가 없는 자연 추출 물질이므로, 용도 특허로는 상용화 권리 보호가 미흡하다고 판단했기 때문에 유도체의 특허 보호를 더 중요하게 생각했다.

한국 정부는 1987년 한미통상장관회의를 통해 물질 특허 제도를 서둘러 도입했다. 이 제도의 도입 전에는 선진국 신약의 합성 경로를 약간만 변경하면 국내에서 상품화하는 것이 법적으로 가능했지만, 1987년 이후부터는 동일한 물질을 제조하는 것 자체가 원 특허를 침해하는 불법 행위가 되었다. 이러한 제도 변화는 오랫동안 선진국의 신약을 복제하며 안일하게 사업을 영위해 오던 국내 제약사들에게 신약 개발의 필요성을 절실히 깨닫게 한 중대한 사건이었다.

하지만 당시 국내 제약 산업은 여전히 신약 개발에 대한 투자와 인프라가 미흡했다. 럭키 금성사와 유공, 동아제약, 유한양행 등 소수의 기업만이 신약 개발에 관심을 가졌을 뿐, 대부분의 제약사들은 여전히 제네릭 의약품 복제와 불법 리베이트 영업에 집중하고 있었다.

따라서 신약을 연구할 연구소와 전문 인력을 소규모로 확보하고 있는 몇몇 기업을 제외한 대부분의 회사들은 아직도 1987년 이전의 사업 전략을 구사하고 있었다. 최근 불거진 식품의약품안전본부 본부장의 체포 사건은 이러한 국내 제약 산업의 후진성을 여실히 보여주고 있었다.

한국은 선진 제약사들이 매출의 25% 이상을 연구 개발에 투자하며 빠르게 성장하는 모습과는 대조적인 현실에 놓여 있었다. 신약 개발을 중요하게 여기는 선진국은 미국, 영국, 스위스 그리고 독일 정도 뿐이었고, 일본 또한 얼마 전부터 신약 개발에 비중을 두기 시작했다. 특히 미국에서는 암젠, 제넨택, 길리어드 사이언스 등 새로운 플랫폼 기술로 무장한 바이오 스타트업들이 혜성처럼 등장하여 바이오 신약 개발을 주도하기 시작했다.

우리는 유도체 합성 및 생화학적 효과 측정까지는 순조롭게 진행했지만, 신약 개발의 단계로 접어드니 그동안 잘 진행해 왔던 실험실에서의 연구와는 확연히 다른 상황이 벌어졌다. 어떤 물질을 실험하고 연구하다가, 그 물질의 상용화, 즉 약으로 개발해야겠다고 결정하는 순간부터 전혀 예상하지 못했던, 각종 제약과 규제들이 우리의 발목을 잡기 시작했다.

각국 정부가 제시하는 각종 품질 가이드라인(GLP, GMP, GCP 등)을 준수해야 하는 '개발'의 영역으로 들어선 것이다. 이는 대학의 기초 연구자들인 교수에게는 매우 낯선 분야였다. PA-025를 신약으로 개발하기 위해서는 동물 실험과 독성 평가, 임상실험이 필수적이라는 것은 이미 유학 시절부터 잘 알고 있었다. 그런데 정작 내가 이러한 과정을 직접 수행해 보려 하니, 구체적인 진행 방식은 막막하기만 했다. 신약 개발 전문가의 도움이 절실했다.

미국에 있을 때, 벤처 창업을 한 대표들의 강의를 통해 나는 신약 개발 규제와 가이드라인에 대한 정보를 식품의약국(FDA)에서 얻을 수 있다는 것을 알고 있었다. 마침 1995년 김영삼 정부는 식품의약품관리청 설치를 검토했고, 이듬해 봄에는 부정·불량 식품 및 의약품에 대한 전문적이고 종합적인 안전 관리 체계를 확보하고 일원화하기 위해 복지부 산하에 식품의약품안전본부를 신설했다.

황안민과 나는 답답한 마음에 도움을 얻고자 은평구 불광동에 위치한 식품의약품안전본부를 방문했다. 우리가 도착한 곳에는 일제 강점기에 지어진 듯한 붉은 벽돌 건물이 두어 채 있었다. 입구에서 제복을 입은 사람이 우리의 출입을 막으며 퉁명스럽게 물었다.

"여기는 왜 오셨어요?"

나는 신약 개발에 대한 의문점이 많아 상담을 받으러 왔다고 답했다. 그러자 그 사람은 어딘가에 전화를 걸기 시작했다. 한참을 통화하더니 말했다.

"사실, 이곳은 그냥 오시면 안 됩니다. 사전에 예약을 하고 오셔야 들어갈 수 있습니다. 두 분 모두 신분증 좀 보여주시죠."

다행히 나는 서울대학교 교원 신분증을 지참하고 있었고, 황 군 역시 신분증을 가지고 있었다.

"여기, 저희 신분증 있습니다. 보시죠."

그는 나와 황 군의 신분증을 동시에 보며, 출입을 거부할 핑곗거리를 찾는 듯했다.

"아, 서울대학교 교수님이시군요. 그렇다면 좋습니다. 진작 서울대 교수라고 하시지 그러셨어요. 신분증은 여기에 놓고 가시고, 나가실 때 다시 찾아가세요."

그는 갑자기 우리에게 조금 전과 다르게 친절하게 대했다. 그리고 건너편 벽돌 건물 2층으로 가서 신약 개발과 황차원 과장을 찾으라고 일러주었다. 우리는 그에게 감사 인사를 전하고 건물 안으로 들어섰다. 황 과장이라는 사람은 우리가 그의 방으로 들어가자, 탁자 앞 소파에 누워 있다가 우리를 보고 당황하며 일어나 앉았다.

"조금 전에 수위실에서 저를 찾아오신 서울대 교수님이신가요?"

졸린 얼굴로 우리를 보며 말했다.

"예, 맞습니다. 시간 내주셔서 감사합니다."

그는 약간 짜증 난 얼굴로 계속해서 말했다.

"그런데 어떻게 찾아오셨는지요? 이렇게 대학교 교수님이 찾아오시는 건 처음이라. 저희를 찾아오는 사람들은 대부분 제약회사 사람들인데. 하여간 여기 앉으시죠."

그의 방에는 책상이 있었지만 아무것도 놓여 있지 않았고, 소파 앞 탁자 위에는 신문과 담배 재떨이가 무질서하게 놓여 있었다. 우리는 현재 대학 벤처를 창업하여 신약을 연구 개발 중이며, 특히 개발과 관련된 여러 궁금한 점이 있어 찾아왔다고 밝혔다. 우리의 말을 다 들은 그는 순간 대단히 당황스러운 표정을 지으며 말했다.

"교수님이 오셨으니까 솔직히 말씀드리지요. 사실 저는 신약 개발에 대해서는 아는 것이 하나도 없습니다. 얼마 전까지 복지부에서 예산 담당으로 있었지요. 그런데 공무원 사회에서는 늘 2~3년마다 순환근무 제도가 있어서, 저는 두 달 전에 갑자기 이곳으로 발령을 받아 왔습니다. 정부에서는 제약 산업을 육성한다고 이런 기구를 급히 신설했지만, 솔직히 우리나라는 아직 신약 개발을 규제할 법규도 미비하고, 우리 본부에도 전문가가 별로 없습니다. 교수님이 말씀하시는 내용에 대해서는 서면으로 질문을 주시면 제가 저희 과의 젊은 친구들에게 답변을 준비하라고 하겠습니다. 솔직히 충분한 답이 될지는 모르지만. 그리고 지금까지 저의 부서에서는 신약 개발보다는 그저 복제약을 개발하는 제약회사들만 상대했습니다."

그는 우리에게 솔직하게 우리나라 신약 개발의 현실을 말하고 있었다. 그의 말에 문득 얼마 전 세상을 떠들썩하게 했던 이곳 고위 공무원 뇌물 사건이 연상되었다. 우리가 조금 전 이곳을 방문했을 때 건물 입구를 지키던 수위가 왜 그렇게 고압적이었는지 이해할 수 있었다.

신약 개발 전문 부서라 기대했던 정부 부처의 방문은 아쉽게도 큰 도움이 되지 못했다. 오히려 민간 부문에서 신약 개발 세미나와 심포지엄이 활발하게 열리고 있어, 그곳에서 많은 지식을 얻을 수 있었다. 특히 어떤 학회에서는 미국 FDA 소속의 한국인 전문가를 초청하여 진행하는 특강이 큰 도움이 되었다. 황안민과 나는 이러한 세미나에 꾸준히 참석하며 신약 개발에 대한 이해를 넓혀 나갔다.

개발의 전반적인 개념을 파악하고 나니, 이번에는 자금 확보라는 또 다른 난관에 부딪혔다. PA-025를 임상 단계 전까지 개발하는 데 최소 10억 원 이상이 필요하다는 계산이 나왔다.

설상가상으로 1997년 한국은 외환 위기에 직면하며 시대적 상황이 급변하고 있었다. 한보철강의 부도를 시작으로 수많은 기업이 도산하고 외국 자본의 자본 회수 요구가 급증하면서 국가 외환 위기에 빠진 것이다.

나는 신약 개발 심포지엄에서 만나 알게 된 LG화학 신약개발연구소 이영철 소장을 찾아갔다. 이 소장은 미국 GSK에서 근무하다 귀국한 신약 개발에 경험이 있는 베테랑이었다. LG화학 연구소는 대전에 위치하고 있었고, 압도적인 건물 규모는 회사의 연구 개발 투자를 짐작케 했다.

이 소장은 한국의 신약 개발은 아직 걸음마 단계이며 인프라 구축이 전혀 되어 있지 않다고 지적했다. 그는 신약 개발이 과학에 기초한 산업이면서도 규제가 심하고, 고객이 일반인이 아닌 병원 의사라는 점에서 다른 산업과 매우 다르다고 강조했다.

또한, 한국에는 신약 개발을 지원할 인프라가 거의 없어 외국의 인프라를 활용해야 하며, 신약의 연구와 개발은 전혀 다른 행위라고 역설했다. 연구는 연구자가 마음대로 하면 되지만, 어떤 물질을 약으로 개발해야겠다고 결정하는 순간부터 규제 준수와 신속한 진행이 필수적이라는 것이었다.

이 소장의 조언은 나에게 신선한 충격으로 다가왔다. 신약 개발이 생각보다 만만치 않은 분야임을 실감했다. 그는 나에게 신약 개발 관련 도서를 추천하고, 일본과 미국에서 열리는 미니 심포지엄에 참석할 것을 권유했다.

학교로 돌아온 나는 이 소장이 추천한 책들을 황안민과 함께 숙독했다. 책을 통해 신약 연구 개발에 대한 기본적인 정보를 얻게 되었고, 전임상과 초기 임상 단계에서 대부분의 물질이 약으로서의 기본 요건을 충족하지 못해 실패한다는 사실을 비로소 알게 되었다. 황안민도 연구자의 과학적 관심뿐 아니라 시장의 니즈와 경쟁력, 의료 차원의 니즈가 신약 상용화에 필수적이라는 점을 깨달았다.

나 또한 실험실에서는 생각지 못했던 내용들을 접하며 신약 개발이 대학교수들의 연구 분야와는 확연히 다르다는 것을 느꼈다. 모든 약물은 효과와 부작용이라는 양면성을 지니고 있으며, 부작용이 전혀 없는 약은 존재하지 않는다는 사실도 알게 되었다. 아스피린의 위출혈 부작용을 줄이기 위해 개발된 약이 타이레놀이라는 점도 흥미로웠다.

즉, 신약 개발의 핵심은 동물 실험을 통해 효과와 부작용을 확인하고, 부작용 위험이 적은 용량에서 임상실험을 통해 약효와 원치 않는 부작용을 증명하는 것이었다.

게다가 신약 개발에는 막대한 비용이 들 뿐만 아니라, 연구 단계와 달리 개발 단계에서는 엄격한 국가별 기준(GLP, GCP, GMP 등)을 준수하고 관련 증거 자료와 품질 시스템을 구축해야 한다는 사실도 알게 되었다. 이러한 규제사항들은 기초 연구자에게는 낯설었지만, 성공적인 신약 개발에 매우 중요하다는 것을 다시 한번 실감했다.

황안민과 나는 그동안 공부한 내용들을 바탕으로 PA-025 개발 계획을 수립했다. 일차 약효 확인을 위한 동물 실험은 우리 대학 실험실에서 수행하고, 초기 독성 평가에 필요한 PA-025는 황안민이 합성하며 GMP 초기 규격에 맞는 시료를 만들기로 했다. 또한, 초기 동물 실험은 대전에 있는 국립화학연구소 안전성센터에서 진행하기로 구체적인 계획을 세웠다.

그런데 가장 큰 문제는 이러한 실험들을 진행할 개발비 확보였다. 정부 연구비 외에 약 5억 원의 추가 자금이 필요했다. 이 자금을 마련하기 위해 벤처기업협회 이민화 회장을 만나 자문을 구했고, 그는 창투사(창업투자회사)라 불리는 벤처 캐피털 몇 곳을 소개해 주었다. 그가 소개해 준 창투사는 여의도 국회 맞은편 건물에 있었다.

"안녕하세요. 피에이 테라퓨틱스 대표이자 서울대학교 교수 이서준입니다."

나는 직원에게 명함을 내밀었다. 그는 무뚝뚝한 표정으로 내 명함을 건성으로 보더니, 맞은편 소파에 앉으라고 손짓했다.

"예, 이민화 회장님께 전화 받았습니다. 우선 어떤 기술을 가지고 계신지 말씀해 주시죠? 혹시 자료도 가져오셨나요?"

나는 그동안의 연구 결과와 앞으로의 개발 계획, 예상 비용을 정리한 자료를 건넸다. 그리고 한 장 한 장 넘기며 내용을 설명했다.

"잘 알겠습니다. 말씀하신 내용을 검토해 보고 연락드리겠습니다."

나는 이곳 외에도 여러 창투사를 찾아다녔다. 그러나 대부분의 창투사는 자신들이 투자한 비용을 몇 년 안에 회수할 수 있는지, 언제 수익이 발생하는지에만 관심이 있었다. 우리가 하는 연구 분야에는 전혀 관심이 없었다. 내가 받은 인상은 창투사 직원 대부분이 과학과 신약 개발에 대한 이해도가 전혀 없어 보였다는 것이다. 그저 은행처럼 돈을 빌려주면 얼마 후에 그 돈의 몇 배를 회수할 수 있는가에만 관심을 표명했다.

몇 주가 지나도록 투자를 약속하는 곳은 한 군데도 없었다. 내가 실망하여 점점 말이 없어지자, 이를 눈치챈 황안민도 걱정스러운 표정으로 말이 없었다. 나는 어쩔 수 없이 대학 캠퍼스 내에 있는 거래

은행을 찾아가 지점장을 만났다. 사정을 들은 지점장은 말했다.

"참 사정이 힘드시군요. 요즘 정부와 대학에서 교수들에게 벤처 창업을 독려하고 있지만, 사실 이곳 교수들의 사정을 들어보면 모두 이 교수님처럼 힘든 상황 같습니다. 제가 해드릴 수 있는 것은 5억 원을 2년 후에 갚는 조건과 이자율 10%로 회사의 특허를 담보로 빌려드리겠습니다. 단, 2년 후에 자금 회수가 안 되면, 교수님께서 대표로서 5억 원과 이자를 갚는다는 계약서에 사인하셔야 합니다."

나는 어쩔 수 없었다. 은행에서 빌린 5억 원과 정부에서 제공해 주는 연구비로 필요한 제반 실험과 쥐, 개를 이용한 독성 평가를 마칠 수 있었다. 나는 아내에게 은행에서 돈을 빌린 사실은 말하지 않았다.

"교수님, 다행히 PA-025는 동물 독성 평가에서 특별한 독성을 보여주지 않습니다. 또 노화 동물 모델 실험에서도 세포 실험에서와 같이, 물질이 항산화 효과와 함께 텔로머라제 증강 효과를 보여줍니다."

"그래도 지금까지 긍정적인 결과가 나왔으니 다행이야. 자, 이제 고민은 더 본격적인 개발을 위해서는 더 많은 자금이 필요한데. 저번에 LG화학 이 소장님을 만나보니 어느 정도 초기 개발 후에는 국내외 제약사들에게 기술 제휴를 모색해 보라고 하더군. 내가 알기에는 엘지 같은 큰 회사도 신약 개발비가 감당이 안 되기 때문에, 초기 연구 결과나 전임상 결과를 가지고 일본과 유럽 혹은 미국 제약사에 라이선싱을 하기 위해 노력한다고 하던데. 맞아, 얼마 전에 그 회사에서 미국 미시간에 있는 파크데이비스라는 회사와는 항응고제 개발에 대해 라이선싱에 성공했고, 또 유럽 스위스에 있는 노바티스라는 다국적 기업과도 항암제 개발에 대해 기술 제휴를 맺었다고 신문과 TV에서 발표했지. 내가 듣기에는 이 소장이라는 분이 그 제휴를 성사시킨 주역이라고 하던데. 우리도 그분의 자문을 받아 일단 그렇게 해보자고."

우리는 국내에서 가장 큰 회사인 동아제약, 유한양행, 일동제약 등에 이 소장의 소개로 해당 회사의 간부와 만날 약속을 했다. 그리고 이 소장이 소개해 준 미국의 화이자 제약사, 머크사, 그리고 파크데이비스의 사업 개발 관련 책임자와 팩스로 연락을 주고받을 수 있었다.

이 소장의 말에 의하면 외국의 선진 제약사의 경우 사업 개발 부서가 있는데, 이곳에서 일하는 사람들은 신약 개발에 최소한 10년 이상의 경험이 있고 동시에 MBA 학위를 가진 전문가들이 기술과 투자에 대해 평가와 라이선싱 협상 및 계약에 대한 업무를 담당한다고 전했다. 말하자면 라이선싱 협상에 기술과 돈에 대한 감각이 있어야 한다는 뜻으로 이해했다. 언젠가 우리도 회사 형편이 나아지면 사업 개발 전문가도 필요하겠다는 생각을 했다.

시간은 거의 1년이 지나갔지만 우리는 아무런 성과를 내지 못했다. 여러 제약회사에 공동 연구나 개발 파트너를 제안했지만, 대부분의 회사는 노화 관련 신약 개발에는 관심을 보이지 않았다. 그들은 주로 고혈압, 당뇨병, 감염 치료제 분야의 새로운 물질을 찾고 있었다.

12

그날도 나는 며칠째 집에 들어가지 못하고 사무실과 실험실에서 밤늦게까지 일하고 있었다. 나의 휴대폰이 울렸다.

"여보세요?"

"당신이야? 나야. 도대체 당신은 학교에서 매일 뭐하는 거야?"

아내의 목소리는 단발마의 비명처럼 나의 귀에 울려 퍼졌다. 그리고 그녀의 목소리는 울음과 떨림이 뒤섞여 있었다.

"여보, 집에서 불이 났어. 도윤이가 많이 다쳤어."

나는 순간 머릿속의 피가 모두 아래쪽으로 쏠리는 느낌과 함께 쓰러지며 의자를 붙잡았다. 같이 있던 황안민이 달려와 나를 붙잡았다.

"교수님, 왜 그러세요?"

"집에서 화재가 났대. 먼저 나가 볼 테니, 실험실 정리는 자네에게 부탁하네."

나는 모든 힘을 다해 사무실에서 뛰쳐나왔다. 밖은 벌써 깜깜하고 몇 군데 건물의 불빛을 통해 늦은 시간이라는 것을 알았다. 지난 몇 년이 주마등처럼 나의 뇌리를 스쳐 지나갔다.

'이 학교에 교수로 부임하고… 동료 교수의 견제와 질시 속에서 벤처를 창업하고… 귀국하고 나서 지금까지 아내와의 관계는 최악으로 치닫고… 그런데 이제 나의 아들에게 큰 사고가 났다니… 몇 십 년 전, 몇 년 사이를 두고 아버지와 어머니가 돌아가셨을 때에도 지금처럼 좌절하지는 않았는데… 그때는 그래도 미래에 대한 꿈이 있었지… 지

금은 나의 삶이 너무 힘들다.'

순간 나는 죽고 싶다는 충동을 느꼈다. 특히 지난 몇 년간 아내와의 갈등은 내면적으로 너무 힘들었다. 그녀는 귀국 후 종로구 사직동에 있는 외교부 산하 국가전략연구소에서 선임연구원으로 일했다. 그녀도 나처럼 바쁘기는 했지만 저녁이나 주말에는 꼭 집에서 도윤이와 함께했다. 그녀는 내가 귀국하여 연구에만 전념하고, 특히 내 자비로 벤처를 차리고 계속 씀씀이가 너무 많다는 것에 대한 반감이 컸다. 요즘은 서로 별로 말도 하지 않고 지내는 상황이었다.

지난 몇 년 동안 나는 대학에서 제공해 주는 교수 아파트에 있었지만, 연한이 다 되어 신림동에 있는 연립주택에서 전세로 살고 있었다. 집 근처에 도착하여 택시에서 내리니, 소방서 차량과 경찰 차량이 길을 막고 있었다.

나는 죽을힘을 다해 뛰었다. 우리는 연립주택 1층에 살고 있었는데, 멀리서 보니 우리 집 창문은 깨져 있었고 소방관들이 뿌린 물로 시커먼 얼룩이 생긴 아파트 벽이 멀리서도 보였다.

"여보, 도윤아."

나는 소방 차량 앞쪽으로 주차해 있는 앰뷸런스 뒷문에 앉아 있는 아내와 도윤이를 발견했다. 도윤이는 얼굴과 오른쪽 팔에 붕대를 감고 있었다. 아내는 아이를 얼싸안고 통곡을 하고 있었다. 나는 다가가 아내와 아이를 안았다. 아내는 눈물로 얼룩진 얼굴로 말했다.

"여보, 어떻게 해. 도윤이가 많이 다쳤어. 엉엉…"

붕대를 감은 도윤이는 나를 보자 말했다.

"아빠…"

나는 아무 말도 못하고 그저 그들을 보며 망연자실하며 눈물이 폭포수처럼 쏟아졌다. 아내는 그날따라 늦은 시각까지 중요한 세미나가 있어 집에 늦게 들어왔다고 한다. 이제 초등학교 3학년인 도윤이는 저녁에 엄마가 전화해서 늦는다고 하니, 혼자 라면을 끓여 먹으려고 가스 불을 켜고 라면을 끓이면서 다른 방에서 숙제를 하고 있었다고 한다. 그런데 아마도 가스 불이 옆에 있던 손장갑에 옮겨붙으면서 불이 났고, 도윤이는 라면 끓인 용기를 잡으려 했는데 본인 옷에도 불이 옮겨붙었다고 했다. 이때 얼굴의 일부분과 오른쪽 팔에 화상을 입었고, 옆집에서 119에 전화해서 소방서에서 오고, 평소에 아내와 잘 아는 동네분이 집에 불이 난 사실을 아내에게 전화로 알렸다고 했다.

도윤이의 화상은 심각한 상태였다. 아내는 나에게 이혼을 요구했다. 아내의 생각에 도윤이의 사고는 모두 나에게서 비롯되었다는 입장이었다. 나는 아내를 설득하여 지금은 도윤이의 화상 치료에 집중하자고 했다.

병원에 입원한 지 반년이 흘러갔다. 도윤이는 4번이나 수술을 받았지만 얼굴과 팔의 심한 화상은 정상이 되기에는 불가능해 보였다. 도윤이도 어린 나이에 힘든 상처를 견디느라 많은 충격과 아픔을 겪었다. 아내는 우울증에 시달렸다. 지금이 내 인생 최악의 시기였다. 나는 아내와 도윤이에게 약속했다. 다시 한번 기회를 달라고, 내가 어떻게 해서든지 도윤이를 정상으로 되돌려 놓겠다고.

13

아내와 결혼한 샌프란시스코, 그리고 박사 학위를 받은 후에 몇 년 지냈던 샌디에고. 그 시절 가난했지만 행복한 꿈이 있는 시절이었다. 아내와 나는 샌프란시스코에서 힘든 유학 시절이었지만 간간이 시간을 내어 여행도 하고 서로 대화도 하고 사랑도 했다. 특히 학위 받기 전 해인 여름, 시애틀 바다 앞에 있는 섬으로의 여행은 늘 잊지 못하는 추억이다.

"여보, 짐은 차에 다 챙겼어? 도윤이 장난감도 잊지 말고."

모처럼 떠나는 여행에 아내는 들떠 있었다. 그녀는 잠을 거의 자지 않고 짐을 챙기고 또 확인했다. 나도 잠을 자는 척했지만 아내처럼 들뜬 마음에 깊은 잠을 이루지는 못했다. 아내와 번갈아 운전하며 10시간 이상을 달려갔다. 여름의 해변 길은 찬란히 반사되는 왼쪽 바다의 푸른 물결과 오른편으로 끊임없이 펼쳐지는 무성한 녹색 숲과 조화를 이루며 우리의 눈을 눈부시게 했다.

우리는 베인브리지 섬으로 가는 페리를 타기에 가장 가까운 시애틀 워터프론트 근처에 있는 모텔에서 하루를 숙박했다. 다음 날 아침 일찍 페리 터미널에서 섬으로 가는 표를 구했다. 한 시간 간격으로 페리가 출발했다. 여름 휴가철이어서 이미 수많은 차들이 줄을 서서 페리를 기다리고 있었다. 우리 순서가 되어 나는 차를 몰고 앞차를 따라서 페리 주차장에 차를 세웠다. 우리 가족은 위층 갑판으로 올라갔다.

"도윤아, 저기 봐. 저기 시애틀의 스카이라인이 보이지. 와… 저쪽에 만년설 봐라. 이렇게 더운 여름인데 아직 산 위에 눈이 있네."

나는 세 살 된 도윤이를 안고 아내의 손을 잡고 그 여름의 반짝이는 풍경을 보느라 정신이 없었다. 아내도 나에게 기대어 멀어져 가는 올림픽 반도 뒤쪽 퓨젯만 바다를 바라보고 있었다.

"여보, 정말 행복해. 당신과 도윤이와 이렇게 여행을 오다니. 이제 당신도 고생 끝에 낙이 오네. 내년이면 학위를 받게 되고."

"무슨 소리야. 당신이 정말 고생했지. 도윤이 돌보며, 당신 공부도 해야지, 나도 돌봐야지. 다 당신 덕분이야."

나는 아내의 이마에 입술을 대며, 우리는 저 멀리 멀어져 가는 올림푸스산의 모습을 쳐다보았다. 베인브리지 섬은 시애틀에서 페리로 30분밖에 걸리지 않는 곳에 위치해 있었다. 우리는 섬 해변가 한적한 곳에 있는 침실 2개와 거실, 그리고 주방이 있는 개인 집을 일주일간 빌렸다. 집 앞에는 바로 바닷가 해변이 연결되어 있었다. 낮에는 도윤이와 같이 놀았다. 그리고 밤에는 아내와 사랑을 나누었다. 우리는 행복했다.

샌프란시스코는 아내와 나의 미래 발전을 위한 시간을 투자해 준 도시였다. 특히 나에게 샌프란시스코는 내가 앞으로 하고자 하는 연구를 수행하는 데 필요한 에너지와 지식을 선사해 준, 그런 도시였다. 그리고 우리가 샌프란시스코를 떠나 도착한 곳, 샌디에고. 샌디에고는 나에게 미래에 일어날 혁명의 단초를 제공해 준 곳, 그 시발점이 샌디에고였다.

어쩌면 아내와 나는 샌프란시스코 시절의 추억보다 샌디에고에서 보낸 2년을 더 잊지 못할 것이다. 샌디에고에서 우리는 비로소 가족이라는 울타리에서 안정을 느끼고 삶의 가치를 비로소 확인할 수 있었기 때문이다.

물론 우리 부부는 여전히 아침부터 저녁까지 일했지만 샌디에고에서는 저녁과 주말이라는 일상의 시간적인 여유가 생겼다. 시간적인 여유는 삶의 가치를 더 느끼게 해주었다.

샌디에고는 특히 나에게 예상하지 않은 선물을 제공했다. 그것은 바로 내가 친동생처럼 생각하는 강철수를 우연히 만난 일이다. 나에게 그리고 그에게 샌디에고는 혁명의 미래를 선사할 것이기 때문이었다. 그러나 그 당시에 우리는 아무것도 몰랐다.

샌디에고의 계절은 일 년 내내 봄과 여름이다. 그리고 밤에는 조금 쌀쌀하게 느낄 수 있는 겨울이 있었지만 한국에서 성장한 나에게는 겨울이 아니었다. 겨울 시즌에도 사방이 늘 푸르지만, 그래도 4월이 되면 사람들은 공원에서 봄맞이 야외 모임을 가지곤 했다. 우리가 이사한 그 다음 해 봄, 한국 교민 야유회에서 뜻밖에 철수를 만난 것이다.

"철수야, 야, 네가 MIT에서 박사 학위를 받았다는 소식은 너의 형에게 들은 것 같은데. 어떻게 여기서 만날 수 있냐? 계속 보스턴에 있는 줄 알았지. 샌디에고는 어쩐 일이야? 하여간, 인사해. 우리 가족이야. 여보, 이 친구가 철수, 강철수야. 내가 늘 당신에게 이야기했지. 천재 강철수."

몇 년 전 나는 보스턴에서 열린 학회에 참석하는 길에 MIT에서 박사 학위 공부를 하고 있는 철수를 만난 적이 있었다. 그는 이제 어린 철수가 아니라 성인이 된 철수였다. 그리고 어린 시절부터 늘 고통스러워하던 외톨이 병을 많이 극복한 것으로 보였다. 그 후, 나도 바쁘다 보니 그에 대한 소식을 모르고 있었다.

"형, 어떻게 우리가 미국, 그것도 샌디에고에서 만날 수 있지? 나는 마침 형 연락처를 잃어버려 연락도 못하고 있었는데."

나는 대학교 실험실 옆 동에서 일하고 있는 서울대학교 선배를 통해 교민 모임이 포웨이 호수공원에서 열리니 가족과 같이 오라는 제안을 받은 것이 2주 전이었다. 교민 모임에서 재회하게 된 강철수. 나의 친동생 같은 철수. 철수는 내가 대학에 다니던 시절 나의 대학 단짝이자, 나의 삶에 가장 깊숙이 들어온 형제 같은 강철구의 동생이었다.

대학 시절 주말이나 방학 때면 늘 철구의 집에서 살다시피 했다. 그의 가족이 나의 가족이었다. 철구의 부모님이 나에게도 부모님이었다. 특히 나에게 철구의 동생 철수는 나에게도 동생 같은 존재였다.

처음 만났을 때 철수는 국민학교 6학년이었다. 그는 외톨이였고 별로 친구가 없었다. 나도 늘 자라면서 외로움을 느끼고 있었기 때문에 시간이 나면, 그와 동질감을 느끼며 많은 이야기를 했다. 그는 그래서인지 그의 형보다 나를 더 따랐다. 특히 여름에는 그의 형과 나는 자주 강화도로 캠핑을 갔는데, 철수는 우리를 따라오곤 했다.

그 당시에는 강화도로 건너가는 다리가 없어 뱃사공이 젓는 배를 타고 갔었는데… 지금도 고려 시대 사찰 전등사 뒷산 정족산에서 밤에 같이 바라본 하늘의 별들을 잊지 못한다.

"서준이 형, 나는 사실 부모님도 있고 형도 있지만 나만 늘 혼자인 것 같아. 나는 내가 천재라는 것이 싫어."

"야, 철수야. 무슨 소리 하니. 세상 모든 사람들이 너를 부러워하는데."

철수는 세 살 때 구구단을 외우고, 국민학교 1학년 때 벌써 중학교 수학을 공부했다고 한다. 아마도 철수는 집안에서 가장 부모님의 천재성을 물려받은 아이라고 생각했다. 왜냐하면 그의 부모도 수학과 물리학 분야에서 유명한 과학자로 인정을 받고 있었기 때문이다. 그들의 유전자를 가장 많이 물려받은 아이가 철수였다.

그는 국민학교 고학년이 되면서 수학경시대회에서 늘 1등을 차지하곤 했다. 어느 해인가 오스트렐리아에서 열린 국제 수학 올림피아드 대회에서 최연소 금메달을 타서 신문과 TV 뉴스에 대서특필된 적이 있었다. 이러한 능력은 타고나는 것이다. 노력한다고 천재가 되지는 않는다.

그는 고등학교도 조기 졸업을 하고 대학에 들어갔다. 사실 대학에서 그는 여전히 소년이었고 그의 대학 동기는 청년이었다. 특히 그는 대학 시절을 가장 힘들어했다. 늘 그는 외로웠다. 나는 그의 형 대신 그의 인생 상담역이었다.

"형, 나는 수학이나 물질의 세계 속으로 들어가 보고 싶어요. 그곳에서는 외롭지 않을 것 같아요."

그는 대학을 선택할 때 서울대학교를 택하지 않고 고려대학교를 선택했다. 나는 그 이유를 알 것 같았다. 그의 부모는 이해를 못했지만. 그는 대학에서 화학과 물리를 같이 전공했다. 철수는 우주의 본질이 무엇인지 알고 싶어 했다. 대학 졸업이 가까운 어느 날 그는 나에게 향후 그의 진로에 대해 이야기했다.

"형, 나는 대학에서 여러 분야를 공부했는데, 저에게는 양자역학이라는 분야에서 정말 평생 내가 진리를 찾아야 할 것 같아요."

나도 뉴턴의 고전물리학이 설명을 못하는 미세한 물질세계에 대한 해석으로 양자역학이 새로운 현대물리학의 중심 학문으로 자리 잡고 있다는 것은 알고 있었다.

그는 자라면서 늘 외로워했지만 주말이면 그의 어머니를 따라 절에 다니는 것을 좋아했다. 내 친구인 그의 형은 늘 불평을 하면서 이리저리 핑계를 대며 절에 가지 않으려 했지만. 나도 철수가 왜 고리타분한 노인들이 다니는 절에 꼭 가는지 궁금했다.

"형, 저는 스님들의 이야기를 들어보면 이해를 못하는 부분이 많지만, 제가 배우는 양자과학과 원리가 비슷하다는 생각이 듭니다. 예를 들어 모든 존재가 관계 속에서 생멸 변화하고 있다는 연기설만 보아도 대단히 과학적인 시각과 일치하고요."

나는 불교에는 관심이 없어 철수가 무슨 소리를 하는지 이해하지 못했지만, 그는 대단히 진지했다.

"양자역학과 불교는 진리에 접근하기 위해, 무엇이든지 철저하게 의심한다는 공통점을 가지고 있어요. 특히 『반야심경』은 양자역학의 원리와 놀랍도록 일치합니다. 양자역학의 핵심인 '0과 1의 동시 존재'가 『반야심경』의 '공즉시색(空卽是色), 색즉시공(色卽是空)'이라는 구절에 그대로 담겨 있습니다."

나는 철수의 이야기에 완전히 공감하지는 못했지만, 학문에 대한 그의 확고한 방향 설정을 지지했다.

샌디에고 시절, 철수와 나는 주말이나 짧은 휴가를 이용해 함께 시간을 보냈다. 하루는 철수가 백인 여성과 함께 나타났다.

"형, 형수님, 인사하세요. 제 제자인 베티예요. 베티, 인사해."

"아니, 너한테 이런 제자가 있다고? 농담하지 마라."

나와 아내는 당황하며 철수와 그의 제자라는 베티를 바라보았다. 첫눈에도 빼어난 미모의 여성이 우리에게 인사를 건네었다.

"맞아요, 저는 강 박사님의 제자인 베티 오브라이언입니다."

베티는 강철수가 MIT 유학 시절 만난 학생이었다. 철수가 저학년 학생들에게 물리학 기초 과목 강의와 실험을 지도했는데, 그들이 처음 만났을 때 베티는 1학년이었다고 했다. 철수의 말에 따르면 그녀는 사실 철수보다 2살이 많았다. 철수는 고등학교와 대학을 짧은 시간에 이수했기에 나이는 어리지만 자신보다 나이가 많은 학생이 제자가 된 것이었다.

베티는 MIT 졸업 후 UCSD 의과대학에서 뇌신경과 MD 과정을 이수하고 있다고 했다. 철수는 가끔 그녀를 동반하고 나타났고, 말은 하지 않았지만 베티와 철수는 연인관계로 보였다. 아내도 철수와 베티에게 물어보았지만, 늘 연인이 아니라고 대답했다고 한다. 종종 그들은 애리조나 투손으로 여행을 다녀왔다는 이야기를 했다.

한 번은 4월에 일주일 시간을 내어 요세미티 국립공원 옆에 있는 맘모스산 스키장을 함께 다녀왔다. 맘모스 스키장은 봄뿐만 아니라 여름에도 스키를 탈 수 있는, 한국 사람에게는 상상하기 힘든 신기한 스키장이었다. 한국에서는 스키 시즌이 아주 추운 겨울에만 가능하지만, 맘모스 스키장에서는 봄과 여름에도 가벼운 차림으로 스키를 즐길 수 있었다. 반팔 반바지를 입고 스키를 타는 아이들도 보였다.

우리는 스키장 바로 옆 리조트 2층에 큰 방을 얻어 시간을 함께 보냈다. 정말 꿈같은 시간이었다. 그런데 한 가지 흥미로운 점은, 우리와 함께 차를 타고 가자고 해도 철수는 굳이 자신의 차를 따로 가져가겠다고 했다. 그러면서 올 때와 갈 때 늘 데스밸리 쪽에 볼일이 있어 하루 먼저 떠난다고 했다.

"아니, 그 황량한 곳에 무슨 볼일이 있어? 참 이상하네."

나는 그에게 왜 데스밸리를 자주 가는지 물어보았지만, 그는 답이 없었다. 저번에 철수가 애리조나 여행을 갈 때도 내가 함께 가기를 희망했지만 혼자 가야 할 일이 있다며 거절했고, 이번에도 데스밸리 같은 황량한 곳에 왜 가는지 알 수 없었다. 그는 내가 한국으로 귀국한 다음 해에 대전에 있는 카이스트에서 교편을 잡았다.

14

아들 도윤이의 화재 사고 이후, 나와 아내는 오랜만에 정말 많은 이야기를 나누었다. 나는 아내에게 두 가지를 약속했다. 하나는 어떻게 해서든지 도윤이의 화상을 정상으로 고쳐 놓겠다는 것, 그리고 한 달에 한 번은 주말에 가족과 함께 시간을 보내겠다는 약속으로 아내와의 위기를 극복해 나가고 있었다.

이 사건이 있던 해 겨울, 나는 대학교 구내 은행에서 빌린 5억 원을 상환해야 하는 위기에 봉착했다. 더 이상 벤처를 계속할 수 없는 상황에 도달했음을 직감했다. 어느 날 저녁, 나는 이 사실을 아내에게 고백할 수밖에 없었다.

"여보, 사실 2년 전에 벤처 개발 비용으로 대학 은행에서 5억 원을 빌렸는데, 갚을 길이 없어요. 이제 더 이상 어떻게 해야 할지 모르겠소."

아내는 나를 쳐다보며 아무 말도 하지 못했다. 나 역시 더 이상 벤처를 계속할 수 없는 상황이라고 직감하고 있었다. 평생 꿈꿔왔던 일이 이제 허사가 되나 생각하며 매일 밤을 악몽으로 지새웠다.

며칠 후, 장모님께 한 통의 전화가 걸려왔다.

"이 서방, 고생이 많지. 며칠 전 도윤이 엄마가 찾아와서 자네 이야기를 했어. 그동안 이 서방의 벤처에 일어난 사정을 들었네. 내가 마침 5억 원 정도는 변통할 길이 있으니, 포기하지 말고 꼭 열심히 해서 자네의 꿈을 이루게. 알겠나?"

나는 전화를 붙잡고 한순간 어떻게 답변해야 할지 몰랐다. 동시에 눈물을 흘렸다.

"예, 장모님. 감사합니다. 꼭 보답하겠습니다."

나는 그날 저녁 아내에게 진심으로 고맙다는 말과 함께 다시 한번 내가 약속한 모든 것을 지키겠다고 맹세했다.

나는 황안민과 그동안 진행했던 과제의 상황과 우리가 처한 자금 문제를 냉정하게 다시 분석해 보았다. 우선 대학에서의 연구 분야는 두 가지 방향으로 진행하기로 결정했다. 마침 실험실에 석사 및 박사 과정 대학원생 두 명이 들어왔다. 나는 그들과 노화에 대한 기초 연구, 그리고 피부 세포 메커니즘에 대한 연구를 하기로 했다. 그리고 황안민과는 벤처의 방향과 운영에 대해 근본적인 계획을 다시 수립했다.

항산화제 개발은 일단 중단하기로 하고, 내가 샌디에고 대학에서 진행했던 알츠하이머와 파킨슨병 관련 연구, 그리고 대학원생들의 피부 세포 연구에서 나오는 결과를 바탕으로 실용화할 수 있는 개발 방안을 강구하기로 했다. 한 가지 큰 결정은 황안민을 최근 경영대에 개설된 MBA 2년 과정에 보내 MBA를 이수하게 한 것이었다.

우리는 사업계획서를 완전히 수정하여 5년 내 임상에 진입할 알츠하이머와 파킨슨병에 사용할 수 있는 신약 물질을 도출하여 개발한다는 내용과, 또 다른 프로그램은 피부 줄기세포를 이용하여 화상이나 미용에 사용할 수 있는 제품 개발을 목표로 했다. 그리고 황안민과 함께 일할 벤처 연구원 2명을 고용했다.

또한 엘지의 이영철 소장과 피부 세포 연구의 권위자인 스탠퍼드 대 의대 비토리오 세바스티아노 교수를 경영 및 과학 기술 자문위원으로 위촉했다. 이 소장은 우리에게 신약 개발에 관련된 포괄적인 자문과 함께, 회사에서 진행되는 신약 과제에 대한 평가를 주기적으로 해주었다. 한편, 세바스티아노 교수는 인공 피부 개발에 대한 전략 수립에 많은 도움을 주었다. 이제 벼랑 끝 전술을 생각하며 적극적으로 과제들을 밀어붙였다.

한편, 이러한 벤처사의 새로운 운영 구조와 연구 개발 계획서를 가지고 황안민과 나는 다시 창투사들을 접촉하기 시작했다. 우선 몇 년 전에 대단히 냉소적이었던 여의도 한국창업투자의 장 대표를 찾아갔다.

"이 교수님, 반갑습니다. 몇 년 전에 비해 보여주시는 사업계획서를 보니 장족의 발전을 하신 것 같습니다. 축하합니다. 이번에는 상당히 긍정적인 검토가 가능할 것 같습니다. 또 98년부터 시작된 IMF 사태로 자금 사정이 최악이었는데, 최근 들어 다행히 많이 좋아지고 있습니다."

그리고 반년 후에 드디어 우리는 한국창업투자와 다른 한 곳에서 30억 원의 투자를 받아내는 데 성공했다. 이 돈으로 우선 장모님께 받은 5억 원을 상환했다. 다행히 2년 전에 시작되었던 IMF 국가 위기는 시민들의 '금 모으기 운동'과 함께 고난 극복에 대한 국민의 의지로 하루가 다르게 나아지고 있었다.

또한 97년 12월 IMF 위기 후에 새로 들어선 김대중 정부는 신속하게 산업 구조를 개혁하고 전면적인 자본 자유화 조치를 취했기 때문에 전반적인 경제 상황은 빠르게 개선되어 갔다.

그 사이 바이오와 제약 분야에도 꾸준히 새로운 연구 결과와 기술적인 발전이 있었다. 몇 년 사이에 신약 개발 기술은 급속도로 발전하며 많은 혁신을 가져오고 있었다. 그중 하나는 고속 스크리닝(HTS: High Throughput Screening)이라는 기술로, 많은 저분자 물질을 24시간 계속해서 테스트할 수 있는 혁신적인 기술과 기기가 고안되었다.

또 다른 한 가지는 QSAR(Quantitative Structure-Activity Relationship)이라는 기술 혁신이었다. QSAR은 '구조-활성 정량관계'라는 의미로, 원래 오랫동안 SAR이라는 모델은 있었다. 이것은 물질의 화학적 구조와 활성의 관계를 이야기하는 것으로, 화학 물질의 유도체를 만들어 그 물질의 약리 효과를 측정하여 전체 데이터의 패턴을 관찰하고 화학 구조와 활성 사이의 상관관계를 규명하는 모델을 말했다. 이제 기존의 막연한 개념의 SAR보다 한층 더 진화한 QSAR 기술에 신약 개발 연구자들의 관심이 집중되었다.

또한 신약을 개발하기 위해 여러 질병의 원인으로 판단되는 특정 효소의 효과를 억제하거나 촉진하는 물질을 합성하여, 신약으로서의 가능성을 기대하며 임상을 진행했다. 이때 대부분의 효소는 단백질이기 때문에, 단백질 구조를 규명하는 일이 대단히 중요했다.

약물의 효과를 극대화하려면, 반드시 원하는 해당 단백질과 잘 결합할 수 있는 물질의 구조적 설계를 효율적으로 진행해야 했다. 그래서 늘 단백질의 구조를 규명하는 일은 신약 개발에 가장 중요한 일이었다. 단백질의 특정 부위에 선택적으로 결합하는 물질을 약으로 잘 디자인하고 개발해야 그 선택성 때문에 약물의 부작용도 최소화할 수 있었다.

그런데 단백질 결정을 얻어 단백질 구조를 연구하는 일은 쉽지 않았다. 단백질은 아미노산 배열로 구성된 1차 구조부터 4차 구조까지 있어 3~4차 구조 파악은 정말 힘든 일로, 종종 몇 년의 시간이 소요되는 과정이었다. 단백질 구조를 파악하는 기술에는 여러 가지가 있지만, 가장 많이 사용되는 방법이 X선 결정법이었다.

이것은 단백질 결정의 X선 회절 현상을 이용하여 그 결정 구조를 파악하는 기술이었다. 나의 경우 샌디에고 박사후 과정 시절, 나의 주도로 발견한 알츠하이머와 파킨슨병에 연관된 효소가 몇 개 있었다. 물론 이 발견에 대한 특허도 내가 가지고 있었다. 이 효소, 즉 단백질의 구조를 자세히 알아야 이에 반응하는 화합물을 잘 디자인하고 합성하여 개발 후보 물질을 도출해야 하는데, 단백질 구조를 자세히 모르니 우리의 연구는 답보 상태였다.

또한 새로 시작한 피부 세포 연구는 약간의 진척이 있었는데, 그것은 우리가 관심 있어 하는 줄기세포를 찾아내는 것이었고, 여기에도 연관된 새로운 단백질이 발견되었다. 또한 최근에 사용하는 QSAR 모델에서는 화합물과 효과의 정량적인 관계를 규명하는 일이 중요했지만, 근본적인 문제가 잘 해결되지 않으니 여러 가지 애로사항에 봉착했다.

나는 이러한 고민에 대한 의견을 구하려고 과학기술자문회 자문역으로 수고해 주고 있는 이영철 소장을 대전으로 찾아갔다. 그는 그 사이 대전 연구소에서 영전하여 서울 본사에서 경영진으로 근무하고 있었다. 내가 미리 전화로 약속을 하지 않고 찾아간 것이 불찰이었다.

그를 만나지 못하고 빈손으로 돌아가기는 아쉬워 오랜만에 카이스트 교수로 몇 년 전에 부임한 강철수를 찾아갔다. 그는 벌써 몇 년이 지나 중견 교수로서 많은 활동을 하고 있었다. 그는 양자기술연구소의 소장으로 보직을 맡아 일을 하고 있었다. 불쑥 그의 사무실에 노크를 하니 그는 마침 사무실에 있었다.

"강 교수, 오래간만이네. 이제 한국에 같이 있는데도 자주 보지 못하네."

"형, 아니 이 교수님, 안녕하세요. 여기 대전은 어쩐 일로, 연락도 없이. 미리 연락을 하고 오시면 제가 시간을 잡아 놓았을 텐데요."

그는 자세히는 모르지만 양자역학에 대해 깊이 있는 연구를 하고 있는 듯했다. 한눈에 많이 바빠 보였다. 그의 연구소에는 여러 명의 연구원과 나는 잘 알지 못하는 기계들이 설치되어 있었다. 우리는 대학 앞에 있는 커피숍에 자리했다.

"아, 사실은 대전 LG연구소에 누굴 만나러 왔다가 마침 시간이 나서 너를 찾아온 거야."

나는 그에게 최근 벤처에서 하고 있는 일들에 대해 조금 소상하게 설명했다. 그는 나의 이야기를 눈을 반짝이며 들었다.

"지금 가장 큰 문제는 빨리 몇 가지 단백질의 구조를 규명해야 하는데 쉽지가 않아서…"

나는 특히 단백질 구조를 파악하는 일이 쉽지 않다고 솔직한 심정을 그에게 털어놓았다.

"형, 제가 형 하는 일을 도울 수 있을지 모르겠습니다. 그렇지만, 한번 저와 일을 해보실까요? 사실 자세히 말하기는 그렇지만, 저는 아시다시피 양자 분야 중에서 양자컴퓨팅에 대해 연구를 하고 있지요. 그래서 최근에 모두 관심을 가지기 시작하는 머신러닝이라는 분야가 있어요. 들어보셨지요? 물론 초기이기는 하지만, 제가 구축한 시스템으로 형이 말하는 단백질 구조 규명이라든가 QSAR 등, 전반적인 계산이나 패턴을 찾아내야 하는 일을 제가 개발한 기술로 도와드릴 수 있을 것 같습니다. 저희도 지금 구축한 기계의 성능을 확인할 필요도 있고. 지금 벤처에서 일하는 담당자를 저에게 한번 보내세요. 제가 그 데이터를 보고 할 일을 확인할 수 있을 것 같습니다."

나는 최근 선진국에서 언급되기 시작하는 인공지능과 머신러닝에 대해서는 들은 바는 있었지만, 그 원리가 무엇인지는 잘 몰랐다.

"알겠어. 그러면 그렇게 해보지. 혹시 서울 올 일 있으면 집에 한번 와. 너 형수도 너를 보고 싶어 하고, 도윤이도. 도윤이는 화상으로 인해 많이 침체되어 있어. 어떻게든 내가 그를 고쳐놔야 하는데…"

"형수도 그렇고 도윤이도 힘들겠습니다. 감수성이 가장 많은 나이인데. 저도 어떻게든 도움이 되면 좋겠습니다."

"그나저나 너는 장가는 안 가니? 바빠서 그래? 아니면 상대가 없어? 내가 우리 대학의 대학원 학생이 있는데 소개해 줄까?"

"아이쿠, 아닙니다. 형, 저는 독신으로 지내고 싶어요. 결혼에 대해서는 관심이 없습니다. 하하."

나는 오랜만에 만났는데 너무 추궁할 수 없어 갑자기 다른 이야기를 꺼냈다.

"참, 베티는 잘 있어? 어떻게 지내는지 궁금하네."

"아, 예… 제가 학회 때문에 출장을 가면 아직도 만나고 있습니다. 혹시 한국에 올 기회가 있으면 연락드리라고 하겠습니다."

내가 몇 년 전 샌디에고에서 그들을 봤을 때 확실히 그들 사이에 뭔가 있다고 직감했지만, 그들은 항상 부인했다. 그저 스승과 제자 관계라고. 나는 그것을 믿지는 않았다. 서울로 돌아와서 나는 황안민에게 대전에서 강철수를 만난 이야기를 했다. 그도 강철수를 직접 만난 적은 없지만, 대한화학회에서 몇 번 그의 강연을 들은 적이 있다고 하며 그의 양자과학 연구에 대해 언급했다.

"자, 그러면 내가 강 교수의 전화번호와 이메일 주소를 줄 테니, 한번 연락해서 약속을 잡아 봐. 그리고 연구원 한 명과 자료를 준비해서 미팅을 해보자고."

나는 몇 년 전부터 우리나라 직장에도 도입된 이메일의 강철수 주소와 전화번호를 알려주었다. 최근 한국에도 이제 이메일 같은 혁신적인 통신 시스템이 구축되었다. 그런데 재미있는 현상은 나이 많은 교수들은 잘 사용하지 않고, 일반적으로 젊은 사람들이 주로 사용하고 있었다. 나와 황안민은 대학에 구축된 이메일 시스템을 통해 대화 시간을 절약하고 있었다.

15

며칠 후, 황안민과 연구원이 대전에 있는 강철수 교수를 만나고 왔다고 보고했다.

"예, 잘 다녀왔습니다. 강 교수님과 구체적인 협력 방안에 대해 미팅을 했습니다. 저희들이 현재 당면한 단백질 구조 규명과 물질 합성의 실마리를 줄 수 있는 QSAR를 수립하는 데 강 교수님의 기술이 많은 도움이 될 것 같습니다. 기존의 대용량 컴퓨터보다 강 교수님이 구축한 양자컴퓨팅의 계산 속도가 훨씬 빠르다고 하더군요. 그래서 제가 저희 회사와 일단 계약을 해야 하니, 계약서 초안을 만들자고 했더니 그것은 곤란하다고 하며 그냥 일단 일을 같이 해보자고 하더군요. 아마도 강 교수님 입장에서는 공식적인 협력을 하는 것에 무슨 애로사항이 있는 것 같은데, 잘 모르겠습니다."

"그래, 이상하네. 우리가 통상 협력 연구를 하려면 반드시 계약서가 있어야 하는데. 하여간 내가 나중에 강 교수에게 전화를 해보지."

나는 그 후 강 교수와 통화를 했지만, 본인도 우리와 같이 진행하려는 연구에 대단히 관심이 있다고 하면서, 서로의 협력관계는 일단 비공식적으로 하자고 제안했다. 나는 더 이상 추궁할 수는 없었다. 내가 고마움을 표시하며 신주 인수나 주식 매수를 선택할 수 있는 권리인 우리 회사의 1,000주를 스톡옵션으로 그에게 부여할 수 있었던 건 공동 연구의 결과가 나온 후였다. 그는 처음에는 반대했지만, 결국 이 제안은 받아들였다.

"알겠어, 강 교수. 일단 우리 쪽 일이 급하니, 현재 우리가 가지고 있는 모든 실험 자료를 보낼 테니, 한번 보고 2주일에 한 번 정도는 대전이든 서울에서 대면 미팅을 하자고."

내가 샌디에고 박사후 과정 시절 연구했던 분야는 세포의 생로병사 과정에서 작용하는 핵심 효소들에 대한 것이었다. 다세포 생물에서 발생하는 세포 사멸은 계획적으로 죽는 과정과 손상으로 세포가 괴사하는 두 가지 경로가 있었다. 나는 세포 자살과 관련된 새로운 효소를 찾고자 몰두했다.

1년쯤 지난 후, 나는 나의 지도교수와 함께 특정 효소를 찾아내었고, 그 효소의 이름을 AF-1이라고 지었다. 세포 자살을 영어로 apoptosis라고 불렀기 때문에 여기에 관련된 인자, 즉 factor를 합해 우리는 apoptosis factor-1이라고 이름을 지었다.

여러 가지 기초적인 세포 실험 결과, 이 효소를 질병의 특정 상황에서 잘 억제할 수 있는 물질만 있다면 알츠하이머나 파킨슨병과 같이 전혀 약이 없는 분야와 기타 관절염 등에 사용할 수 있는 신약으로 개발할 수 있다는 생각이 들었다. 물론 샌디에고 시절에는 그저 꿈을 꾸고 있을 뿐이었다.

또 다른 연구 분야는 피부 세포 재생이었다. 2000년대 한국에서는 세포 복제와 줄기세포에 대한 국민적 관심이 급격히 높아지고 있었다. 같은 대학교 수의과대학 황우석 교수가 체세포 복제를 통해 복제소를 만들어 내면서 이는 국민적, 정치적 관심사로 떠올랐다. 우리 실험실은 줄기세포를 이용한 피부 재생 연구에 집중했고, 과학 기술 자문으로 위촉한 스탠퍼드 대학교 새바스티아노 교수로부터 많은 도움을 받았다. 특히 우리는 줄기세포에서 작동하는 관련 효소 연구에 매진했다.

우리가 연구에 집중하고 있던 2002년, 벤처 사업 관련 비리가 연이어 터지면서 추가 자금 확보가 어려워졌고, 벤처를 한다고 하면 주위의 시선이 대단히 부정적으로 변했다. 김대중 정부의 벤처 창업에 대한 정치적 지원과 관심이 늘어나면서 너도나도 벤처를 차리던 시기였다. 심지어 콩나물을 기르는 사람조차 벤처를 차릴 정도였으니 벤처 창업은 과열되어 있었다. 벤처 대박 신화에 휩쓸린 투자자들은 일확천금을 꿈꾸며 과도한 투자를 당연하게 여기던 시대였다.

2월 초, 주말이라 집에서 아침 뉴스를 보려고 TV를 켰다.
"긴급 뉴스입니다. 벤처 사기 사건 속보를 말씀드립니다. 검찰에서 특별반을 꾸려 지난 몇 달간 수사한 내용을 검찰청 이상용 부장검사가 발표한다고 하니, 그쪽으로 연결하겠습니다. 박 기자, 나와 주세요."

기자는 격앙된 목소리로 사건의 전말을 이야기하며 검찰청 청사로 화면을 바꾸었다. 그 내용을 들어보니 정말 믿을 수 없는, 마치 첩보영화의 한 장면 같은 이야기였다. 윤태식이라는 사람이 1998년 휴대전화를 통해 대금을 결제하는 지문 인식 시스템 '패스21'을 개발했는데, 이것이 모두 사기이며 윤태식은 과거 홍콩에서 아내를 살해하여 국내에서 재판을 받고 감옥에도 다녀온 전과자임이 밝혀졌다.

더욱 놀라운 사실은 그가 출소 후 문제의 벤처를 차렸는데, 그를 비호한 인물들이 그를 감시했던 국가안전기획부 간부들과 국회의원들이라는 것이었다. 이들의 비리 또한 윤태식의 사기 행각과 함께 이번 수사로 밝혀졌다는 내용이었다. 나도 일전에 그 회사의 주가가 거의 200배나 올랐다는 뉴스를 본 것 같았다. 물론 바이오 분야는 아니었지만, IT 분야에서는 여기저기서 망하는 벤처들이 속출했고 사기 행각도 여러 번 보도되었다.

이러한 사회적 분위기 속에서 내 주변 친구들은 물론 아내까지도 벤처에 대한 부정적인 견해를 가지며 많은 걱정을 했다.

"여보, 요새 내 친구들도 당신에 대해 걱정을 많이 하던데. 이러다 우리 길바닥에 나앉아 거지가 되는 거 아니에요? 하여간 당신도 조심하세요. 감옥 가지 않게."

"아니, 여보. 걱정하지 마. IT 분야는 거짓이 통할지 모르지만, 제약 바이오 분야는 거짓이 통하지 않아. 숫자를 잠시 조작할 수 있을지는 모르지만, 실험실에서 진행된 일은 동물 실험이나 임상실험에서도 각종 규제로 인해 진실만이 통하는 분야란 말이야. 그리고 인간의 생명을 다루는 기술이기 때문에 만약 사기를 친다고 해도 금방 다 들통이 나지."

사실이 그러했다. 여러 측면에서 IT와 제약 바이오 분야는 달랐다. IT는 천재 몇 명이 짧은 시간 내에 상용화할 수 있고, 그 기술이 정말 창의적이고 획기적이면 단시간 내에 시장을 장악할 수 있었다. 그러나 제약 바이오 분야는 천재 같은 과학자가 필요하기는 하지만, 여러

명이 협력하여 오랫동안 일을 해야 했다.

신약 개발은 평균 10년 이상이 걸리는 마라톤과 같은 의지와 끈기가 필요한 산업이며, 아무리 좋은 신약을 개발해도 전 세계의 쟁쟁한 기업이 시장을 독점할 수는 없었다. 다국적 기업도 하나같이 5% 이하의 시장을 점유할 뿐이었다.

16

강철수 교수와의 협력은 뜻밖에 정말 놀라운 결과를 가져왔다. 협력과제를 운영한 지 불과 2년도 안 되어 우리는 한 가지 합성 물질로 알츠하이머와 파킨슨병 동물 모델 실험에서 획기적인 효과를 보여주는 신규 물질을 발굴할 수 있었다. 이는 강 교수의 컴퓨팅 기술과 최근 등장한 인공지능 딥러닝 기술 덕분에 단시간 내에 AF-1 단백질 구조를 규명할 수 있었고, 그 구조의 결합 부분에 맞는 합성 물질 디자인 가이드라인도 강 교수의 연구 결과에서 제시해 주었기 때문이었다.

그렇지 않았다면 수많은 물질을 합성하며 그 물질들의 효과를 확인하는 아주 오래 걸리는 스크리닝 과정을 획기적으로 단축할 수는 없었을 것이다. 우리는 강 교수가 제시해 주는 구조의 유도체를 몇 개 합성했는데, 벌써 그중 효소를 강력하게 억제하는 물질을 도출할 수 있었다. 그래서 선정된 물질을 중심으로 각각 알츠하이머병 동물 모델과 파킨슨병 동물 모델에서 경구로 가장 효과를 잘 보여주는 용량을 확인할 수 있었다.

그리고 경구용 신약을 개발할 때 가장 중요한 개념인 약물동력학이라는 평가 과정은 우리 회사 창립 초기부터 도와주었던 이영철 소장을 통해 그 중요성을 충분히 이해할 수 있었다. 이 약물동력학은 경구용 약으로 개발할 때 가장 필수적인 과정이었다. 약물이 우리 인체에 얼마나 흡수될 수 있는지, 그리고 몸속에서 얼마나 그 효과가 오래 유지되는지를 파악하는 과정이었다.

동물과 임상실험에서 이러한 물질의 약물동력학을 잘 확인해야 개발하는 약물을 하루에 한 번만 복용해도 되는지, 아니면 하루에 세 번 복용해야 하는지를 파악할 수 있었다. 이것은 약물의 시장 가치를 예측할 때 대단히 중요한 사항이었다.

"강 교수, 정말 놀라워. 우리가 단시간 내에 이렇게 좋은 개발 후보를 발굴할 수 있었던 건 다 강 교수의 지원이 있어서 가능했지. 우리 회사 주식을 강 교수에게 선물하도록 하겠네. 비록 현재는 주가가 바닥이라 가치가 별로 없지만 언젠가는 주가가 올라가는 날이 있겠지."

"형님, 아닙니다. 저에게 보상은 중요하지 않습니다. 형이나 힘을 내세요. 요새 벤처에 대한 사회적 인식이 너무 좋지 않지만, 꾸준히 하다 보면 기회가 있을 것으로 생각합니다."

그는 나에게 늘 격려의 말을 잊지 않았다. 그와 협력한 지도 2년이 흘렀다. 그러던 2006년 겨울, 강 교수의 갑작스러운 요청으로 나는 그와 함께 시카고에서 열리는 국제양자학회에서 지난 2년간의 연구 결과를 발표했다.

내가 벤처를 창립한 지도 벌써 10년이 넘어가고 있었다. 2008년 초 우리는 마침내 항알츠하이머 물질은 미국의 화이자와, 파킨슨병 치료제 후보는 스위스의 노바티스와 전략적 제휴를 맺었다. 이 제휴를 통해 회사는 거의 100억 원에 가까운 수입을 처음으로 확보했다.

17

"예, 그 다음 순서로 피에이 테라퓨틱스 이서준 대표이사님의 코스닥 시장 상장 성공에 대한 소감 말씀이 있겠습니다. 이 대표님, 단상으로 올라오시죠."

사회자의 호명이 있자, 나와 함께 행사에 참석한 모든 사람들이 박수를 치기 시작했다.

"예, 감사합니다. 저는 피에이 테라퓨틱스의 대표를 맡고 있는 이서준입니다. 오늘의 이 감격은 회사의 임직원 여러분과 함께 나누고 싶습니다만, 창업 그날부터 오늘날까지 저와 함께한 황안민 부사장과 특히 그 영광을 같이하고 싶습니다. 저는 황 부사장과 지금으로부터 16년 전인 1994년에 대학에서 실험실 벤처를 시작하여 오늘에 이르렀습니다. 저희 회사는 인간의 노화와 관련된 질병을 중심으로 신약개발에 노력해 왔고, 동시에 노화 현상 중 하나인 피부 질환에 대한 치료방법도 연구하고 있습니다. 앞으로 여러분의 많은 애정 어린 지도편달을 기대합니다. 감사합니다."

단상에서 내려오니 황 부사장과 나의 아내, 아들, 그리고 지난 1년간 코스닥 상장 심사와 서류 준비를 함께 해준 한국투자증권 관계자, 코스닥협회 부회장, 한국거래소 부이사장이 나에게 축하의 악수를 청했다. 나는 누구보다도 먼저 황 부사장과 얼싸안았다.

"황 부사장, 정말 감개무량해. 물론 앞으로 갈 길이 멀지만. 수고했어."

"교수님, 무슨 말씀이세요. 그동안 여러 번의 위기 속에서도 포기하지 않으시고 여기까지 저희들을 격려하며 달려오신 분이 교수님이신데요."

그는 여전히 나를 꼭 교수님이라고 불렀다. 나는 눈물이 나오려는 것을 꾹 참았다. 그런데 뒤쪽에서 나의 손을 잡아주는 사람이 있어 보니 바로 LG에서 이제는 계열사 사장으로 일하고 계신 이영철 사장이었다.

"이 대표, 정말 축하합니다. 마침 내 사무실이 여의도에 있어 내가 안 올 수 있습니까. 그동안 여러 가지 우여곡절이 많았지만 잘 극복했습니다."

그는 대전 연구소에 있다가 본사가 있는 여의도로 온 지 10년이 넘어가고 있었다. 그는 그동안 승진을 거듭하여 이제는 회사 대표이사로 일하고 있었다. 그동안 늘 그는 내가 고민하는 많은 문제에 대해 성심을 다해 도와주었다. 나는 그의 손을 두 손으로 붙잡았다.

"이 사장님, 정말 감사합니다. 앞으로도 계속해서 많은 지도 편달 부탁드립니다."

우리는 작년에 이룩한 전략적 제휴와 계약 시 수령한 수입을 바탕으로 코스닥 상장을 준비해 왔고, 드디어 1년 만에 서울 영등포에 위치한 한국거래소에서 오늘 코스닥 시장 상장 기념식을 거행한 것이다. 한국의 코스닥 시장은 1995년 김영삼 정부 시절 출범한 벤처기업협회의 제안을 받아들여 정부가 그 이듬해인 1996년에 세계에서 두 번째로 신시장인 코스닥을 설립한 것이었다.

2010년, 우리는 마침내 우리의 벤처를 코스닥 시장에 상장할 수 있었다. 이렇게 기업 공개를 하게 되니 기업의 자금 조달이 조금은 수월해질 수 있었다.

이제 회사도 인원이 70명으로 늘어나서 회사의 건물을 대학교 외곽지대인 호암생활관 부근의 건물에 새로 연구실과 사무실을 장만하여 입주했다. 회사의 조직도 체계를 갖추어 사업 개발 담당 부사장에 황안민, 그리고 연구 담당과 임상 개발 담당, 전략 부문과 재무 부문에는 새로운 전문가들을 확보했다.

18

도윤이가 집에 불이 나 화상을 입은 사건도 벌써 10년이 넘어갔다. 일반적으로 화상 흉터가 남는 이유가 감염 때문인데, 다행히 도윤이의 경우는 즉시 병원으로 이송되어 충분한 항감염 처치를 받았기 때문에 팔과 가슴, 그리고 얼굴의 흉터 문제는 그렇게 심각하지 않았다. 화상 상처의 치유 기전은 지혈, 염증 반응, 증식기, 그리고 재건기를 거친다. 도윤이는 여러 번의 성형 수술로 거의 회복되었지만, 완전히 정상이라고는 할 수 없었다.

나는 대학에서 피부 재생에 대한 기초 연구를, 회사에서는 상용화를 대비한 응용 연구를 지속해 나갔다. 목표는 도윤이를 정상으로 회복시킬 수 있는 인공 재생 피부의 개발과 상용화였다.

피부 재생의 재료에는 일반적으로 콜라겐과 피브린을 활용한다. 두 종류의 세포는 각각 피부의 탄력과 피부의 결합을 책임지는 주요 성분이다. 우리가 주안점을 둔 연구는 피부 재생 촉진 인자를 찾는 일과 멜라닌 세포에 관한 것이었다. 거의 10여 년의 연구 결과, 우리는 드디어 새로운 촉진 인자를 찾아내었고 그 물질의 구조도 확인할 수 있었다. 이러한 일도 강철수 교수의 지원으로 가능한 일이었다.

또 다른 한 가지는 멜라닌에 대한 것이다. 멜라닌은 피부뿐 아니라 눈과 털에도 존재한다. 이 멜라닌은 체온을 유지하고 자외선으로부터 피부를 보호할 뿐 아니라, 가장 중요한 역할은 멜라닌의 양에 의해 피부색이 결정된다는 것이었다.

우리 회사의 피부 재생 기술 연구의 핵심은 우리가 찾아낸 촉진 인자를 활용하여 피부 재생의 지속성을 높이고, 멜라닌 세포와의 피부 조절 메커니즘을 규명하는 데 중점을 두었다. 특히 멜라닌 세포의 경우, 줄기세포 기술을 통해 환자 본래의 피부색과 동일한 멜라닌 생성을 조절하는 기술을 확보하는 것이 목표였다. 마침내 우리는 환자의 인종(백인, 황인, 흑인 등)에 따라 피부색을 맞춤 조절할 수 있는 멜라닌

세포 개발에 성공했다.

그런데 이 인공 피부 재생 기술을 도윤이에게 공식적으로 적용하기 위해서는 신약 개발 과정과 동일하게 전임상과 임상 과정을 거쳐 정부의 허가를 받아야 했다. 임상 연구 과정에 나는 도윤이를 공식적인 환자로 참여시켰다.

마침내 우리가 개발한 기술을 한국과 미국을 포함한 대부분의 선진국가에서 새로운 피부 재생 상품으로 허가를 받았다. 우리 제품의 가장 큰 특징과 경쟁력은, 환자의 피부를 100% 정상화시킬 수 있는 기반 기술과 함께 환자 맞춤형 제품이라는 것이었다.

이제 회사에서 생산한 제품으로 도윤이는 완전히 정상적으로 회복되었다. 나는 비로소 10여 년 전 사고 때 도윤이와 아내에게 한 약속을 지킬 수 있게 되었다.

"도윤아, 여보. 정말 그동안 나를 믿고 지지해 줘서 오늘과 같은 날이 온 것이라고 생각해. 도윤이도 이제 완전히 정상을 회복했으니 학업에도 더 열심히 하고."

도윤이와 아내는 나의 손을 잡고 모두 눈시울이 뜨거워졌다.

"아빠도 고생했어. 사실 사고는 내가 낸 것이었는데. 하여간 아빠가 개발한 피부 재생 기술로 이렇게 회복이 되었으니 꿈 같아요. 저도 더 열심히 공부하겠습니다."

도윤이는 나와 아내를 번갈아 바라보며 잡은 손에 힘을 주었다. 도윤이도 벌써 대학교 1학년 학생이었다. 그도 나에게 영향을 받았는지 포항공대에서 면역학을 공부하고 있었다. 아내도 그동안 꾸준히 노력한 보람이 있어 연구위원으로 승진한 상태였다. 10년 전에 한국인 여성과 결혼한 황안민은 이번에 한국인으로 완전히 귀화했다.

19

작년 겨울에 시작된 코로나 감염은 중국 우한을 시작으로 전 세계에 번져나가기 시작했다. 우리나라의 경우는 작년 말 중국을 다녀온 신천지 대구 교회 교인들이 그 사실을 숨기면서 일파만파로 확산되었다. 이 사건으로 교주 이만희는 방역 방해 혐의로 구속되고 살인죄로 고발당하는 최악의 상황을 맞았다.

다행히 한국의 경우는 원래 미세먼지 때문에 마스크를 착용하는 것이 습관화되어 있었기 때문에 국민들이 신속하고 익숙하게 감염에 대처했다. 그리고 정부와 진단 기술 벤처들의 신속한 협력으로 우리나라는 어느 나라보다 빨리, 코로나 진단 기술을 개발하고 전국에 검진센터를 운영했다.

김영삼, 김대중 시대에 구축한 벤처 창업이 이렇게 국가 위기에 대처할 줄은 누가 알았겠는가? 매일 아침저녁으로 TV에서는 정은경 중앙방역대책 본부장의 정례 브리핑과 보건복지부 장관의 추가 설명, 그리고 민간에서는 김우주 고대구로병원 감염내과 교수가 국민들을 대상으로 감염 현황과 대처 방안에 대해 매일 브리핑을 하고 있었다.

미국을 포함한 대부분의 선진국에서는 코로나 사태에 대해 병원의 대처 상황 미흡과 진단 제품 품귀 사태로 수많은 사람이 죽어 나갔다. 그들은 우리나라의 진단 시약도 도입하기 시작했다. 그러나 유럽과 미국 등 서구 사회는 동양과는 달리 초기에는 마스크에 대한 거부감과 격리에 대한 반대가 심했다. 이로 인해 더 많은 사람들이 감염되었다.

사회 전체가 얼어붙기 시작했다. 대학도 기업도 마찬가지였다. 대학 강의는 비대면으로 대체되었다. 우리 회사도 가능하면 모든 미팅을 비대면 미팅으로 전환했다. 모든 것이 일순간 정지되었다. 그동안 다녔던 해외 출장이나 세미나 참석도 비대면 미팅이나 웹세미나로 대체되었다.

놀라운 것은 인간이 순간적으로 변한 세상에 잘 적응한다는 것이다. 코로나 사태로 1년이 지나자 모든 사람들이 비대면 미팅이 편해지고 잘 적응하기 시작한 것이다. 회사는 점차 황안민 부사장 중심으로 운영되기 시작했다. 우선 황 부사장은 연구 개발과 회사 운영에 그동안 강철수 교수로부터 도입한 인공지능 기법을 응용하여 업무 효율성을 전반적으로 개선해 나갔다.

올해 3월에 있었던 주주총회도 비대면 미팅으로 진행했다. 나는 전체 회사의 방향에 대해 대표이사로서 보고를 했고, 황 부사장이 재무 실적과 향후 발전 전략에 대해 설명했다.

"주주 여러분, 안녕하십니까? 저는 회사 대표를 맡고 있는 이서준입니다. 이렇게 코로나 사태로 대면 미팅을 못하고 비대면 미팅을 하게 되었습니다. 주주 확인은 사전에 전화 통지를 통해 우리 직원이 일

일이 확인했으므로 대신하겠습니다."

"우리 회사는 이제 다국적 기업과 중요한 개발 과제에 대한 기술 제휴로 더 신속하게 신약 개발이 이루어지고 있고, 개발 자금도 문제없이 잘 조달되고 있습니다. 저의 예상으로는 5년 내에 신약 후보들이 미국을 중심으로 상용화될 것으로 예상합니다. 회사의 이름에서 알 수 있듯이 우리는 노화에 대해 그 비밀을 밝혀내고 대처하는 장기적인 꿈을 가지고 있습니다. 그러나 당장 노화를 극복할 수 있는 직접적인 기술은 아직 이 세상에 존재하지 않습니다. 회사 창업 초창기에 항노화 물질을 의약품으로 개발하려고 노력했지만, 그것은 한계가 있었습니다. 항산화 물질은 근본적으로 그 자체는 약이 될 수 없는 기술적 한계가 있다는 사실을 확인했기 때문입니다. 특히 임상실험에서 항노화 효과를 입증하기가 쉽지 않습니다."

"그래서 저희는 전략을 약간 바꾸어 두 가지 방향을 잡았습니다. 하나는 구체적인 노화 관련 질병인 알츠하이머 치료제와 파킨슨병 치료제를 개발하기로 방향을 바꾸었고, 이 방향은 앞에서 말씀드린 바와 같이 해외 다국적 기업과 공동으로 개발을 현재 진행 중입니다. 그리고 두 번째 방향은 노화나 화상 등에 따른 피부 질병을 개선하거나 치료할 수 있는 인공 피부 재생 기술의 개발입니다. 이 기술은 지난 몇 년간의 노력으로 이제 선진국이 따라올 만한 기술을 개발하고 상품화했습니다. 현재 한국과 미국을 포함한 5개국에서 시판 허가를 받았습니다. 이에 따라 저희 회사는 이제 벤처가 아닌 바이오 제약회사로서 도약하기 위한 꿈을 가지고 있습니다. 향후 우리 회사는 과거 항노화를 뛰어넘어 역노화, 즉 노화 현상을 거꾸로 돌릴 수 있는 방향의 연구를 계획하고 있습니다. 이는 물론 장기적이고 도전적인 계획입니다. 이를 위해 몇 년 내에 미국 샌프란시스코에 미국 법인을 설립하여 연구 개발에 더 박차를 가하려고 생각하고 있습니다."

비록 주주들을 대상으로 비대면 미팅을 하고 있었지만 우리는 모든 주주들의 얼굴을 화면을 통해 마주하고 있었다. 나의 1차 보고가 끝나자 여기저기서 박수 소리가 터져 나왔다.

"이어서 저희 회사 사업 개발을 맡고 있는 황안민 부사장이 다음 보고를 하겠습니다."

"예, 방금 소개받은 황안민 부사장입니다."

그는 이제 유창한 한국말로 본인을 소개했다.

"재무 실적은 총회 전에 미리 메일로 보내드린 경영 실적 보고서를 참조해 주시기 바랍니다. 저는 앞에서 대표님이 보고한 내용에 대해 구체적으로 어떻게 하면 이 회사를 5년 내에 국내 1위, 아시아 2위 바이오 제약회사로 만들 수 있는가 하는 내용에 대해 저희 계획을 말씀 드리겠습니다."

"현재 이 세상은 머신러닝과 딥러닝이라는 인공지능의 초기 기술이 급속히 발전해 가고 있습니다. 잘 아시다시피 저희 회사는 이미 초기 시절부터 인공지능과 양자컴퓨팅 기술을 도입하여 연구 개발에 활용하고 있습니다. 앞으로는 연구 개발뿐 아니라, 회사의 재무 관리와 영업, 마케팅 그리고 각국의 규제 관련 사항 분석에 대해서도 인공지능 기술을 활용할 예정입니다. 이를 통해 연구 개발 기간을 단축하고 동시에 업무 효율성을 대폭 개선하여, 영업 이익률을 획기적으로 개선할 수 있도록 하겠습니다. 앞으로 잘 지켜봐 주시기 바랍니다."

20

나는 매년 회사에서 시행하는 정기 건강 검진을 받기 위해 아침 식사도 거른 채 시내에 있는 강남성모병원으로 향했다. 검진센터에는 이미 몇몇 사람들이 검진을 받기 위해 등록하고 있었다. 나는 매년 검사를 받아왔지만 특별한 증상이 없었기에 올해에도 그저 아무 생각 없이 검사에 임했다. 그리고 건강 검진에 대해서는 잊고 있었다.

하루는 사무실로 검진 결과 통지서가 도착했다. 늘 그랬듯이 무심코 봉투를 개봉했다. 결과를 쭉 훑어보니 별 이상은 없었지만, 전립선암을 예측하는 PSA 수치가 정상보다 높아 다시 검진센터를 방문하라는 통지서가 함께 있었다. 며칠 후 검진센터를 방문하니 비뇨기과 전문의를 소개해 주었다.

"예, 1차 검진 결과를 봤는데, PSA가 조금 높게 나옵니다. 괜찮으시다면 조직 검사를 한번 해볼까 합니다."

"예, 알겠습니다. 그렇게 하시죠."

"그럼 간호사를 불러드릴 테니 조직 검사를 하고 가시죠. 검사할 때 조금 따끔합니다. 별것은 아니지만, 검사 후 한 일주일간 염증 억제제를 처방해 드릴 테니 드시기 바랍니다. 아마 피가 좀 나기는 할 겁니다. 참, 조직 검사 결과는 일주일 후에 연락이 갈 겁니다."

"예, 알겠습니다. 안녕히 계세요."

의사의 이야기처럼 간호사가 전립선에 주사기를 찌를 때마다 따끔했다. 그리고 거의 5일 동안 피가 나왔다. 그 다음 주가 되어 나는 너무 바빠 조직 검사에 대해서도 잊고 있었다.

"대표님, 강남성모병원에서 전화가 왔는데요? 한번 받아보시죠."

회사 행정 담당 이 대리가 내 방에 들어오며 병원에서 전화가 왔다고 했다. 나는 순간 지난주에 했던 전립선 조직 검사를 떠올렸다.

"예, 전화 바꿨습니다. 이서준입니다."

"예, 지난주 전립선 조직 검사를 담당했던 방현주 간호사입니다. 다음 주에 병원에 한번 오셔야겠는데요."

"결과가 어떻게 나왔습니까?"

나는 조바심을 내며 간호사에게 곧바로 질문했다.

"예, 결과가 좀 좋지 않습니다. 아무래도 암인 것 같습니다. 저번에 만난 적이 있는 의사 선생님과 예약을 해드릴 테니 다음 주에 오셔서 상담을 받아보시기 바랍니다."

"예, 알겠습니다. 언제 가면 되나요?"

간호사가 암이라는 말에 가슴이 철렁 내려앉았다. 그 다음 주, 나는 소개받은 암 전문의 신병설 박사의 사무실을 방문했다. 그는 전립선암을 포함한 비뇨기 계통 암 치료에 경험이 많은 저명한 의사였다.

"아, 어서 오세요. 서울대 이서준 교수님이시죠? 신문과 TV에서 몇 번 뵌 적이 있습니다. 벤처 창업을 하셔서 이제는 중견 기업으로 육성하시고, 참 대단하십니다. 그런데 제가 입수한 교수님의 검진 내용을 보니 전립선암이 걱정되기는 합니다."

나는 담담하게 신 박사에게 인사를 건네며 말했다.

"예, 그렇습니다. 전립선암 치료에 경험이 많으시다고 들었습니다. 잘 부탁드립니다."

"알겠습니다. 좀 더 정밀 검사를 해보도록 하지요. 교수님도 잘 아시다시피 최근 들어 표적 치료와 면역 치료의 발전으로 수많은 신약들이 개발되고 있지 않습니까? 그러니 너무 걱정 마시고, 일단 전립선 MRI 검사부터 하겠습니다."

그의 말은 옳았다. 1900년대 후반부터 암 치료에는 수술과 방사선 치료 외에 화학요법 치료제가 발달하여, 지난 70여 년 동안 핵심적인 암 치료에 적용되었다. 그러나 화학요법제는 독성이 워낙 강했기 때문에, 늘 부작용으로 사람이 죽는지 암으로 죽는지 모를 정도로 치료 성공률이 낮았다.

그런데 2000년이 넘어오면서 면역 연구와 분자생물학의 발달, 그리고 최근 유전자 연구의 진척으로 새로운 개념의 표적 치료제와 면역 치료제에서 의미 있는 성과가 있었다. 이제는 수많은 항암 신약들이 병원에서 실제 치료에 사용되고 있었다.

2주 후에 전립선 MRI 결과가 나왔다는 연락에 나는 강남성모병원으로 신 교수를 찾아갔다.

"예, MRI 결과가 나왔습니다. 자, 한번 같이 보시죠. 여기 영상에서 보이는 것처럼 전립선의 구조가 정상은 아닙니다. 분명히 암 조직

이 전립선을 중심으로 퍼지고 있네요. 하지만 다행히 뼈와 같은 다른 조직으로 전이되지는 않았습니다. 일단 전립선 제거 수술을 받으시고, 그리고 반년 정도 기본적인 표적 치료를 받으시면 일단 문제가 없을 것 같습니다."

"예, 알겠습니다. 말씀하신 대로 하겠습니다."

3주 후에 수술 날짜가 잡혔다는 연락을 병원에서 받았다. 나는 전신마취와 함께 전립선 제거 수술을 받았다. 그리고 표적 치료를 몇 달 받았는데, 특이한 점은 화학요법제와 같이 머리가 빠지거나 심한 구토를 하는 부작용은 없었고, 경구용 신약이었기 때문에 일반 약처럼 그저 아침저녁으로 약을 복용했다. 그리고 6개월 후에 신 교수로부터 정상으로 완치되었다는 판정을 받았다.

21

"오늘은 작년 회사 실적에 대해 보고드리겠습니다. 아시다시피 두 개의 개발 과제가 미국에서 임상 3상에 성공적으로 진입했기 때문에 마일스톤으로 3,500억 원이 들어왔고, 피부 재생 사업도 이제 자리를 잡아 이 사업에서 국내외 수입 전체를 합해 2,000억 원, 그리고 최근 제휴를 맺은 항암제 과제에서 500억 원의 수입이 있습니다. 그래서 전체 6,000억 원의 총수입이 있고, 연구 개발비로 2,003억 원을 사용했으며…"

매주 월요일 아침에는 임원 전체 회의가 있는 날이다. 우선 재무를 맡고 있는 박정신 전무의 보고가 있었다. 오늘따라 그의 말이 잘 들리지 않는다. 최근 들어 나의 청각이 급격히 나빠지고 있는 모양이었다.

오전 미팅이 끝나자 나는 평소 몇 번 방문한 적이 있는 강남에 위치한 이비인후과를 찾았다. 의사에게 나의 증상을 이야기했다.

"예, 그동안 괜찮았는데, 소리가 점점 잘 들리지 않는 것 같습니다."

"아, 그래요. 그럼 우선 청각 검사를 한번 해보시죠."

의사는 밖에 있는 간호사를 불러 청각 검사를 지시했다. 나는 그녀를 따라 검사실로 들어갔다.

"자, 환자분. 양쪽 귀에 검사기를 대시고, 아래에 막대처럼 생긴 것을 우선 오른손에 잡으세요. 우선 오른쪽 귀부터 검사를 하겠습니다. 잘 들으시면 '삐' 하고 소리가 날 텐데, 그때마다 신호기를 누르시기 바랍니다. 그리고 나서 왼쪽으로 검사기를 옮기시고."

나는 정신을 집중하며 오른쪽 귀와 왼쪽 귀에서 들리는 소리가 날 때마다 신호기를 눌렀다.

"자, 환자분, 다음에는 제가 질문을 하면 단답형 답을 말씀하시기 바랍니다."

"예, 알겠습니다."

간호사는 질문을 시작했다.

"남쪽의 반대는?"

"북쪽."

"여름의 반대 계절은?"

"겨울."

질문은 계속되었다. 질문이 다 끝나자 검사실에서 나오라고 하더니, 다른 검사실로 가자고 한다.

"자, 가만히 계시면 됩니다."

간호사는 몇 가지 기구를 나의 양쪽 귀에 밀어 넣더니, 기구가 연결되어 있는 기계의 화면을 보면서 기록지에 무언가 써넣었다.

"다 끝났습니다. 밖에서 기다리시다가 호명하면 다시 선생님이 계신 방으로 가시면 됩니다. 수고하셨어요."

간호사는 모든 것이 사무적인 듯 담담하게 이야기했다. 좀 기다리니 의사 면담을 할 수 있었다.

"앉으시죠. 검사 결과를 말씀드리겠습니다. 나이가 아직 70 이전이신데, 조금 빨리 노인성 청각 장애가 오는 것 같습니다. 이 정도의 청력이면 생활하시기에는 불편이 없겠지만, 회사 일을 하시기에는 힘들 것 같습니다. 제가 보청기를 하나 소개해 드릴 테니 구입하셔서 지금부터는 꼭 착용하시기 바랍니다."

나는 다시 회사 사무실로 돌아왔다. 지난 세월을 생각하니 참으로 참담한 심정이었다.

'이제 좀 본격적으로 일을 하려고 생각하고 있었는데, 이렇게 여기저기가 아프니. 아니, 나는 정상인데 병원에서는 무조건 환자라고 하네.'

순간 일종의 슬픈 감정이 여과 없이 몰려왔다. 평생 노화 연구를 해왔고, 창업을 하고 치료약이 없는 노인성 질환에 대해 여러 가지 기여를 하고 있다고 생각하는데, 정작 나 자신의 노화를 막을 방법은 없다니, 참담한 심정이었다. 며칠을 고민 끝에 황 부사장을 사무실로 불렀다.

"황 부사장, 같이 의논할 일이 있어. 앞으로 자네가 나를 승계하여 대표이사를 맡을 준비를 해야겠네. 사실은 자네도 알다시피 내가 몇 년 전에는 암으로 고생하지 않았나. 이제는 귀가 잘 들리지 않아 보청기를 끼게 되었어. 물론 보청기를 끼고 계속 대표직을 수행할 수 있겠지만, 나는 자네에게 서서히 대표이사 자리를 넘기고 싶네."

"이 대표님, 무슨 말씀을 하세요? 안 됩니다."

그는 그동안 줄곧 나를 교수라고 불렀는데 지금은 대표라고 칭했다.

"아니야. 이번에는 내 말을 들어. 이 회사도 이제 자리를 잡은 것 같고… 지금부터는 벤처가 아니라 차세대 바이오 제약회사로 발전할 상황인데, 이것은 내가 아니라 자네가 전문성을 가지고 리더십을 발휘해 이끌어야 할 순서라고 생각하네."

그는 말없이 고개를 숙이고 내 말을 듣고 있었다. 그도 나도 지난 20년간의 추억이 주마등처럼 지나가고 있었다.

"대표님 말씀은 이해하지만, 도윤이도 있고… 제가 과연 대표를 맡는 것이 맞을까요?"

"황 부사장, 그것에 대해서는 전혀 개의치 말게. 이제 자네는 한국으로 귀화도 했고, 어엿한 대한민국 국민이 아닌가. 그리고 과거에도 여러 번 언급한 적이 있지만, 나는 자식이 회사를 무조건 승계하는 것은 절대 반대하네. 대한민국이 건국된 이후 수많은 대기업이 생기고 발전했지만, 대부분 자식들에게 회사를 넘기다 보니 얼마나 많은 사회적, 정치적 문제와 부작용이 생겼는지 자네도 봐서 알 것이 아닌가? 그리고 또 능력과 자질이 부족한 자식들이 회사를 운영하다 보니 한순간에 망한 회사도 많고. 또 억지로 자식들에게 경영권을 넘기다 보니, 불법을 저지르는 회사들도 있고. 하여간 오늘 꼭 답을 해달라는 것은 아니네. 같이 고민을 좀 해보자고."

나는 다른 부문장들도 불러 나의 뜻을 전했다. 특히 재무 담당 CFO는 내가 대표직에서는 물러나더라도 한국의 정서와 정치적인 상황을 고려하여 이사회의 이사장직은 계속 맡는 것이 좋겠다고 의견을 제시했다.

22

"안녕하세요? 두 분은 어디서 여행 오셨나요?"

우리 맞은편에 앉아 있던 여성이 아내와 나에게 말을 건넨다. 분명 하얀 머리의 할머니로 보이는데, 얼굴은 소녀의 모습을 그대로 간직한 참으로 친근한 표정이다.

"예, 우리는 한국에서 왔어요. 아내와 같이 여행 중입니다. 이곳 루체른은 참으로 아름다운 꿈의 도시네요. 도시와 호반과 산을 동시에 즐길 수 있다니, 믿을 수 없는 풍경입니다. 그리고 지금이 벌써 늦은 5월인데, 아직도 이렇게 산에 눈이 많이 쌓여 있고, 참으로 대단합니다."

맞은편 할머니가 반갑게 인사를 한다.

"저는 루시라고 해요. 매년 봄이 되면 일주일에 한 번은 꼭 필라투스산과 저기 건너편에 보이는 리기산을 여행합니다. 아예 정기 회수권을 이렇게 구입해서 다녀요. 루체른에 사는 것이 너무 자랑스러워요. 자주 보는 풍경이지만 매번 삶에 감사하고 행복감을 느낀답니다. 이렇게 심호흡을 해보세요. 정말 신선한 봄의 정기가 느껴지지 않으세요? 하여간 반갑습니다. 좋은 여행이 되시길."

그녀는 자기를 따라 같이 심호흡을 해보라며 숨을 깊이 쉬는 시늉을 했다. 우리도 어쩔 수 없이 그녀를 따라 심호흡을 했다. 그녀의 말처럼 스위스 산의 신선한 공기가 나의 폐로 사정없이 밀려들어 오는 것 같았다. 그리고 그녀는 목에 걸고 있던 사진이 있는 정기 열차 회수권을 우리에게 보여주었다. 증명서에 있는 그녀의 사진에는 20대로 보이는 청춘의 미녀가 미소 짓고 있었다. 그녀의 말처럼 평생 이맘때만 되면 늘 여행을 하는 모양이었다. 아마도 그녀에게는 여행이란 말이 어울리지 않을지 몰랐다. 그녀는 그저 동네 산책을 하고 있는 것이었다.

내 옆에 있는 아내가 이번에는 말을 걸었다.

"예, 저희는 이제 은퇴를 하고 한 달 넘게 유럽을 여기저기 여행 중입니다. 이곳 스위스는 아름답네요. 특히 루체른은 정말 꿈의 도시 같아요. 이곳에 사신다니 부럽습니다."

아내도 행복하고 환한 표정으로 루시에게 이야기했다.

나와 아내는 지난 4월 정식으로 은퇴했다. 나의 경우 대학은 65세가 정년이지만 64세인 올해 사의를 표했고, 회사의 대표 자리는 황안민에게 승계하도록 하였다. 아내는 20년 이상 꾸준히 국가전략연구소에서 일했는데, 지난 7년 동안은 연구위원으로 일하고 있었다.

은영은 연구위원으로 승진한 이후 특히 외무부 장관에게 정기적으로 국제 정세에 대한 브리핑을 했고, 간간이 TV 시사 프로그램에도 출연했다. 그런 그녀도 나와 같이 여행을 하기 위해 사직서를 제출했다. 그러나 그녀는 미국 정치에 대해 국내에서 이미 전문가로 인정받고 있어서 앞으로 프리랜서로 일할 생각을 가지고 있었다.

나는 CFO의 제안을 받아들여 이사회에는 이사장 역할만 맡기로 했다. 나는 회사에 이미 도연이가 일하고 있지만, 아들에게 회사를 넘길 생각은 전혀 없었다. 도연이가 능력이 없어서가 아니다. 평소 나의 생각은 대한민국은 혈연주의 때문에 각 분야에서의 발전을 저해한다고 생각해 왔다. 특히 아직도 왜 우리나라 부모들은 기업의 승계도 꼭 자식에게 하려고 집착하는지 이해할 수 없었다. 자식에 대한 무조건적인 헌신은 바람직하지만, 수단과 방법을 가리지 않는 자식 사랑은 오히려 자식의 앞길을 망친다고 나는 생각했다. 그것은 사랑이 아니라 이기심이었다.

아내와 나는 한 달이 넘게 유럽에서 여행 중이었다. 우리는 유로패스를 구입하고 간단한 가방만을 준비하여 이탈리아, 프랑스, 독일, 그리고 오스트리아를 거쳐 3일 전에 이곳 스위스 루체른에 왔다. 그렇게 우리를 고통스럽게 했던 코로나 사태도 작년부터 서서히 끝나가고 모든 것은 정상으로 회복되어 갔다.

그동안 여행이 억제되었던 관계로 어딜 가도 수많은 여행객들이 붐볐다. 특히 인도와 중국의 경우, 단체 여행객들이 많았다. 2주 전 오스트리아 잘츠부르크를 방문했는데, 여행객들이 너무 많아 길을 제대로 걸어 다닐 수가 없었다.

재미있었던 것은 모차르트 생가와 기념관을 방문했는데, 그곳에는 거의 관광객이 없었다. 나는 그 이유를 알 것 같았다. 단체 관광의 경우, 며칠 내에 주요 관광지를 다 방문하는 스케줄로 진행하다 보니, 유명한 곳을 방문하면 급히 사진을 찍고 금방 떠나는 식의 속도 관광이 단체 관광의 속성이었다.

아내와 내가 잘츠부르크를 방문한 가장 큰 이유는 모차르트의 음악 때문이었다. 아내와 나는 평소 여러 고전 음악 중 모차르트의 음악을 가장 좋아했다. 그래서 이곳에서 태어난 천재 음악가의 발자취를 느끼고 싶었고, 그가 태어난 생가도 방문하고 박물관도 그래서 찾은 것이었다.

길에는 단체 관광객으로 넘쳐났지만 정작 모차르트 생가나 박물관에는 몇 사람만 눈에 띌 뿐 조용했다. 3층 박물관에는 그가 어린 시절 연주한 바이올린이 전시되어 있었고, 특히 우리에게 감동을 준 것은 다름 아닌 그의 노란 머리카락을 모아 전시해 놓은 것이었다.

이곳의 5월은 정말 좋은 날씨였다. 춥지도 덥지도 않은 더 이상 뭘 바랄 것이 없는 날씨와 풍경이었다. 어제는 루체른 시내에 있는 카펠교를 포함하여 호수를 구경했고, 오늘은 필라투스산 정상으로 향하는 톱니바퀴 열차를 탄 것이었다. 이 열차에서 오늘 루시 할머니를 만난 것이다.

열차는 거의 45도 각도로 딸각딸각 속도를 내어 올라갔다. 그러나 좌석은 45도 각도에서 정상적으로 편안히 앉을 수 있게 직각으로 설계되어 있었다. 스위스 알프스의 설경과 빛나는 호수를 보는 풍취는 어떻게 설명하기가 힘들었다. 나는 아내의 손을 꼭 잡았다.

"여보, 행복해?"

아내는 말없이 나의 어깨에 머리를 기대었다. 그리고 그녀의 눈에는 순간 물기가 흘렀다. 오후에는 호수로 다시 내려가 크루즈를 타고 뷔르겐슈톡과 리기산을 감상할 계획이었다.

"여보, 저기 봐. 야, 참 대단하네."

아내는 열차 창문 밖으로 보이는 계곡과 고산 목초지를 손으로 가리켰다. 계곡과 목초지를 등반하고 있는 사람들이 움직이는 점들처럼 작게 보였다. 높은 목초지 구릉에서는 몇 사람의 패러글라이딩 동호인들이 계곡으로 몸을 던져 날아오르고 있었다. 멀리서 보니 마치 독수리들이 창공을 차고 날아오르는 것 같은 착각을 일으켰다.

그날 저녁 늦게 우리는 시내 중심에 있는 호텔로 돌아왔다. 우리는 늦은 저녁 식사를 하기 위해 호텔 건너편에 있는 이탈리아 음식점에 자리했다. 이미 늦은 시간이라 우리 외에는 손님이 보이지 않았다. 그런데 돌연 나의 휴대전화가 울렸다.

"여보세요? 누구신가요?"

나는 여행 중에 주로 도윤이로부터 안부 전화를 받았기 때문에 그인가 생각했다. 그러나 발신 화면에 아들 이름이 없어 순간 누구인지 궁금했다.

"저예요, 형. 철수입니다."

"어, 강 교수. 어쩐 일이야? 우리는 덕분에 여행을 잘하고 있지."

"형, 전화로 모든 것을 말씀드리기는 그렇고, 지금 어디에서 여행 중이신가요?"

"아, 현재는 스위스 루체른에 있어."

"그러시면 제가 오늘 비행기로 그곳에서 가까운 취리히로 가려고 하니, 혹시 내일 저녁에 취리히 중앙역에서 만날 수 있을까요? 중요한 내용이라 전화로 말씀을 드리기는 그렇지만, 저와 꼭 같이 할 일이 있습니다. 지금 비행기 스케줄을 확인해 보니 공항에는 오후 5시 반 도착입니다."

"아, 그래 알겠어. 그렇게 중요하다니 내가 약속 시간에 맞춰 취리히로 가겠네. 기차로 여기서 한 시간도 안 걸리니 문제는 없어. 그럼 공항에서 역까지는 한 10분 정도면 도착하는 거리이니, 7시에 만나는 것으로 하면 충분하겠어. 혹시 일정에 문제가 생기면 문자메시지를 미리 보내라구."

"형, 감사합니다. 혹시 시간 변경이 있으면 미리 알려드리겠습니다. 감사합니다."

"그래, 내일 보자고."

나는 여러 가지 생각을 해봤지만 왜 갑자기 철수가 나를 보자고 하는지, 그리고 얼마나 중요한 일이기에 이곳 스위스까지 직접 오겠다고 하는지 아무리 생각해 봐도 알 수가 없었다. 내가 침대에 누워 잠을 못 자고 뒤척이니 옆에 있던 아내가 말했다.

"여보, 내 생각에 같이 일을 하자고 하는 것 같은데, 당신 이제 몸도 그렇고 거절하는 것이 좋지 않겠어요?"

"글쎄, 무슨 일인지는 알아야 승낙을 하든지 거절을 할 텐데… 모르겠네."

나는 이 생각 저 생각으로 거의 새벽까지 잠을 자지 못했다.

제3부

무기체의 세계
1967-2024

1

오늘 갑작스럽게 서준이 형이 연락도 없이 학교로 나를 찾아왔다. 계획에 없던 일은 늘 나를 불안하게 만들지만, 그와의 특별한 관계를 떠올리며 마음을 다잡았다.

"형, 아니 이 교수님. 어떻게 연락도 없이 오셨어요? 정말 반갑습니다. 거의 4년 만에 뵙네요. 잘 지내셨죠? 형수님과 도연이도요. 도연이는 많이 좋아졌나요?"

귀국 후 가끔 만났지만, 서로 바쁜 탓에 오랜만에 그를 만난 것이었다. 그는 서울대학교 교수로 재직하며 몇 년 전 교내 벤처를 설립했고, 최근 어려움을 겪고 있다는 소식을 들은 바 있었다. 4년 전 도윤이가 집에서 혼자 있다 화재로 다쳐 오랜 기간 삼성병원에 입원했던 터라 나도 몇 번 문병을 갔었다. 그리고 오늘, 도윤의 사건 이후 처음으로 만난 것이다.

4년 전 도윤이는 팔과 얼굴에 심한 화상을 입어 여러 차례 대수술을 받았지만, 당시에는 완전한 회복이 어려워 보였다. 도윤이도 심적인 충격이 컸을 것이다.

"사실 오늘 다른 볼일이 있어 대전에 왔다가, 강 교수 생각이 갑자기 나서 이렇게 불쑥 찾아왔네. 바쁘지? 양자역학과 인공지능에 대한 연구는 잘 되어가나? 사실 인공지능 분야에 대해 물어보고 싶은 것도 있고, 특히 내가 연구하는 분야에도 인공지능 기술을 활용해 봐야 할 것 같아서. 강 교수 이야기를 한번 들어보려고 찾아왔지."

그는 도윤이에 대한 이야기는 피한 채 자신의 벤처 이야기를 이어 갔다.

"벤처 초창기에는 신약 개발 경험이 부족해 좀 고생했네. 이제는 조금씩 경험이 쌓여 무엇을 어떻게 하면 좋을지 구체적인 방향도 보이고 있어. 현재는 특정 단백질 구조를 규명한 다음, 그 단백질에 잘 결합하는 합성 물질을 연구해서 신약으로 개발할 생각이야. 그런데 단백질의 정체를 파악하는 데 기존 기술로는 쉽지 않고 시간도 많이 걸려. 최근에는 QSAR이라는 통계 처리 기반의 물질 스크리닝 방법도 나온다고 하던데, 좀 더 자세히 설명하면…"

어릴 때부터 알던 서준이 형은 감성적인 면이 많은 사람이었다. 그런데 오늘 그는 어쩐지 너무나 사무적인 듯했다. 아마 벤처 상황이 너무 힘들어서 그런 것 같았다. 그래서인지 그는 개인적인 삶이나 가정사, 특히 도연이에 대한 이야기는 꺼내고 싶지 않은 모양이었다. 저번에 보니 형수님과의 관계도 좋지 않아 보였는데.

그는 학교와 벤처에서 진행 중인 연구 과제에 대한 설명을 계속했다. 과거의 그와는 다르게, 그의 저돌적인 의지와 열정이 새삼 놀랍게 느껴졌다. 문득 과거 샌디에고에서 몇 년을 함께 지내던 시절이 떠올랐다. 그때도 서준이 형은 벤처 창업에 대한 생각과 함께 인간의 노화와 죽음을 피할 수 있는 신약을 개발하고 싶다는 포부를 여러 번 밝힌 적이 있었다. 그는 힘들어 보였지만 이제 자신의 오랜 꿈을 하나씩 현실로 만들어 가고 있는 듯했다.

그는 최근 진행하고 있는 여러 일에 대해 나에게 설명했다. 특히 그의 이야기 중 단백질 구조 규명과 함께 합성 물질과 단백질 간의 결합 상관관계를 확인하는 QSAR에 대해 나도 많은 호기심이 생긴 건 사실이었다. 나는 단백질이 신약 연구에 대단히 중요한 역할을 한다는 것을 잘 알고 있었다. 약물이 타겟으로 하는 효소들이 모두 단백질이기 때문이었다.

지난 몇 년간 발전을 거듭하고 있는 머신러닝이나 딥러닝 같은 인공지능 기술에 내가 수년간 공들인 양자역학 기술을 접목하면 괄목할 만한 연구 결과를 도출할 수 있다는 것을 나는 잘 알고 있었다.

나는 7년 전 이곳 대전에 있는 카이스트 대학에 교수로 부임하여, 그동안 여러 우여곡절 끝에 구축한 초기 양자컴퓨팅 기술의 성능도 이번 기회에 한번 확인해 보고 싶었다.

"형, 제가 지금 연구하고 있는 양자 기술과 잘 접목하면, 말씀하신 단백질 구조와 그 단백질에 반응하는 유기물질 합성 실험에 도움이 될 수 있을 것 같습니다."

이서준 교수는 나의 말을 듣는 순간, 얼굴이 환하게 밝아졌다. 갑자기 그의 옛 모습인 감성적인 표정으로 돌아왔다. 나는 생각했다.

'형이 지금 여러 가지 일 때문에 대단히 힘든 모양이구나.'

"그래, 정말 고맙네. 그러면 내가 서울 가서 우리 회사 친구들을 한 번 여기 보낼 테니 구체적인 이야기를 해보자고."

그는 나의 두 손을 꽉 붙잡았다. 그리고 그의 눈시울이 순간 붉어졌다. 그가 연락도 없이 불쑥 찾아왔을 때에는 순간적으로 짜증이 났었는데, 그가 눈물을 글썽이자 나의 감정도 조금은 누그러져 미안한 마음까지 들었다.

나는 서준이 형에게 나의 연구 진척 상황과 최근 상황을 자세히 이야기할 수는 없었지만, 그의 반응을 보면서 꼭 이번에는 협력 과제를 함께 해보면 좋겠다고 생각했다.

"예, 그러시죠, 형. 연구원들에게 저한테 먼저 전화하라고 해주세요."

서준이 형을 처음 만난 건 국민학교 시절이었다. 그때는 내 인생에서 가장 힘든 시기이기도 했다. 어느 해 신정 설날, 친형 철구의 같은 과 친구라며 서준이 형이 우리 집에 인사를 왔다. 철구 형 친구들 중에는 감성적인 친구가 드물었는데, 서준이 형은 첫인상부터 사색적이고 어딘가 외로워 보였다.

하지만 말을 걸어보면 누구보다 다정다감했고, 때로는 화를 잘 내고 감정 기복이 심하기도 했다. 나는 어린아이였지만 조숙하고 냉정한 면이 있어 그의 심성을 금방 알아볼 수 있었다. 어린 시절 나는 몹시 외로움을 탔고 친구도 별로 없는 외톨이였다. 왠지 서준이 형도 그럴 것 같았다. 어쩌면 그런 공통점 때문에 나는 친형보다 서준이 형을 더 따르게 되었는지도 모른다. 그 당시 나는 나이 많은 사람들이 대부분 정신적으로 유치해 보여 말을 걸기 싫었는데, 그는 달랐고 그와의 관계는 특별했다.

국민학교 시절부터였을까, 아니면 그 전부터였을까. 주변에서는 다들 나를 신동이라거나 천재라고 불렀는데, 나는 왠지 신동 취급받는 나 자신이 싫었다. 사실 나는 그저 평범한 아이이고 싶었다. 그런 이유 때문에 나는 늘 친구가 없었다. 동네 친구들은 물론 학교 학급에서도 따돌림을 당하고 있었다.

그러던 중 가장 큰 사건의 발단은 1979년, 내가 국민학교 6학년이던 해 봄이었다. 어느 날 아마 금요일 저녁으로 기억하는데, 아버지는 저녁 식사 후에 어머니와 함께 나를 따로 부르셨다. 아버지가 먼저 진지한 얼굴로 말씀하셨다.

"철수야, 우리가 보니 너는 이제 고등학교 수학을 어느 정도 이해하는 것 같구나. 수학경시대회가 있는데 한번 나가보는 게 어떠니? 너의 실력도 확인할 겸 말이다."

"네, 뭐, 좋아요. 그렇게 하죠."

나는 특별한 생각 없이 답했다. 사실 집에서 부모님께 따로 수학을 배우고 있었지만, 나는 그저 수학 문제를 풀 때 아무런 잡념도 생기지 않고 숫자풀이에 집중하는 것이 좋았다. 숫자의 세계 속으로 들어가면 세상이 조용해지고 마음의 평화를 얻을 수 있었다. 그래서 학교에서 돌아오면 부모님이 내주신 수학 문제를 푸는 일에 늘 집중했다.

"아, 그래. 그럼 5월 초 주말, 토요일에 대회가 있으니 엄마가 미리 신청해 놓을게."

어머니도 내가 별로 반대하지 않자 반색하며 말을 이어 나갔다.

"철수야, 네가 수학을 좋아하니 다행이다. 그래도 자식들 중에 우리를 가장 닮은 아이는 너밖에 없는 것 같다. 호호."

부모님은 내가 친구들과도 잘 어울리지 못하고 조금은 독불장군 같은 나에 대해 걱정이 많으셨다. 하기야 내가 보기에도 나는 친형과 너무 달랐다. 형은 친구도 많고 누구든지 만나면 잘 어울리는 성격이었다.

나는 그해 5월 봄, 경주에서 열리는 한국 수학 올림피아드 대회에 출전했다. 그 대회는 대한수학회에서 주최했고, 출전 자격은 국민학교 6학년부터 고등학생까지였다. 나는 이미 그때 부모님으로부터 중, 고등학교 수학인 대수학, 기하학, 정수론 등을 배워 잘 이해하고 있었다.

너무나 빠른 속도로 수학을 이해하는 아들을 부모님은 늘 놀라워하면서도 동시에 걱정하셨다. 하지만 자식에 대한 자랑스러운 마음에 대회에 출전시켜 본 것이다. 아마도 부모의 입장에서는 아들의 실력이 궁금했을 것이다. 그런데 놀랍게도 내가 고등학생들을 모두 제치고 금상을 타버린 것이다. 이 소식을 전해 들은 부모님은 정말 기뻐하셨다. 이구동성으로 말씀하셨다.

"철수야, 정말 네가 신동이긴 한 모양이다. 하지만 너무 모든 것에 까탈스럽게 굴지 말고 좀 너그럽게 처신하고, 또 자신을 가져야지. 자, 이제 세계 대회에도 나갈 생각을 해야겠는데."

나는 사실 그저 어리둥절할 뿐이었다. 나는 집에서 늘 하던 버릇대로 대회에서도 제출된 수학 문제를 풀어본 것이었는데. 특히 이 대회에서 금상을 타면 세계 수학 올림피아드 출전 자격이 부여되는 대회였다. 그래서 내가 일으킨 뜻밖의 사건이 신문과 TV 뉴스에 보도되었고, 이 사건으로 학교에서는 나를 잘 모르던 아이들과 선생님들도 모두 내가 수학을 잘 푸는 신동으로 알게 된 것이다. 어느 날 갑자기 나는 학교에서 유명인이 되어 버렸다.

그런데 문제는 그 당시 한국은 다름을 인정하지 않는 사회였다. 나에게 다가오는 친구는 더 없어졌고, 또 내가 다가가면 다들 나를 부담스러워했다. 동네 친구들도 마찬가지였다. 심지어 선생님들도 나를 보며 말씀하셨다.

"강철수, 너는 부모님을 닮아 천재라면서. 그런데 문제는 사회 적응 능력이 좀 모자라서…"

선생님은 나를 진심으로 걱정하는 것이 아니라, 나를 부담스러워한다는 느낌을 받았다.

'나는 내가 다른 아이들보다 기억력이 좋고, 산수를 잘 풀고, 다들 내가 대단하다고 하는데. 사실 나는 그냥 뭘 한 번 보면 기억이 사라지지 않고, 숫자풀이를 보면 그냥 이해가 잘 되고… 그냥 그런 것인데, 왜 다들 나에게 이러나.'

국민학교에 입학하면서 공부도 잘했지만 수학경시대회 사건 이후부터 점점 나는 나 자신이 싫어지기 시작했다. 나의 부모님은 대학에서 두 분 다 물리학과 교수로 일하는 분들이었다. 나중에 조금 더 커서 알게 된 것은, 물리학과 교수를 할 정도면 모두 똑똑하고 수재들이 공부하는 분야라고 했다. 주변에서 나를 보면 부모님의 피를 받아서 그런 모양이라고 수군거렸다. 내 형은 본인도 그렇게 이야기했고 부모님도 평범한 아이라고 다들 인정했다.

그런데 부모님은 나의 경우는 같은 나이 또래 아이들과는 굉장히 다르다는 것을 일찍 아신 모양이었다. 그래서 어떻게 해서든지 두 분은 나를 보호하기 위해 노력했다.

어느 날 나는 학교에서 돌아와서 혼자 방에서 울고 있었다. 같은 반 친구들이 나를 놀려서 너무 힘든 날이었다. 오후에 일찍 퇴근한 엄마는 나를 아무 말없이 안아주었다.

"철수야, 학교에서 무슨 일이 있었구나. 힘들었어?"

엄마는 나의 눈물을 닦아주며 다정하게 물었다.

"응, 엄마. 오늘 아이들이 나를 놀렸어. 이상한 아이라고."

"그래 알아. 네가 엄마 아빠를 좀 닮아서 그런 거야. 이 다음에 네가 어른이 되면 문제가 없을 텐데. 나중에 아빠가 퇴근하면 같이 이야기해 보자. 응?"

엄마와 아빠는 나의 문제가 무엇인지 아는 것 같았고, 심각한 상황이라고 생각하신 모양이었다. 그날 저녁 아빠와 그날 일어난 일을 이야기했다. 부모님은 그저 나를 격려해 주었다. 그리고 다음 날 엄마와 아빠는 학교로 찾아가서 나의 담임 선생님, 그리고 교장, 교감 선생님과도 면담을 하는 것 같았다. 그리고 그 다음 주 월요일 학급 조회 시간에 담임 선생님은 아이들에게 말했다.

"얘들아, 오늘은 너희들에게 철수 이야기를 좀 해야겠다. 철수는 너희도 잘 알다시피 좀 특별한 아이야. 너희들도 철수의 입장에서 친구를 이해하고 도와주면 좋겠다. 알겠지? 우리가 철수를 도와주고 격려하자. 자, 모두 철수에게 응원하는 박수를 치자."

나는 선생님과 아이들 앞에서 더욱 처신하기가 힘들어졌다. 그러나 이런 일이 있고 나서 직접적으로 나를 괴롭히는 아이는 없었다.

부모님도 나에 대해 아주 조심스러운 결정을 내리신 것 같았다. 신동이라고 특별히 더 빨리 진학을 시킨다든지 혹은 나에게 강요를 하는 일은 전혀 없었다. 역설적으로 부모님은 내가 빨리 학년을 진급하지 못하도록 최선을 다 해주셨다. 그래서 국민학교와 중학교는 최소한 정상적인 나이에 졸업할 수 있었다.

그러나 고등학교, 대학교 진학 과정에서는 어느 정도 빨리 진급을 할 수밖에 없었다. 나는 고등학교 과정은 2년, 대학교 과정도 2년 만에 끝내었다. 나도 나 자신을 이해할 수 없었다. 그냥 교과서를 한 번 읽어보면, 어느 페이지에 무슨 내용이 있고 도표가 있는지 며칠이 지난 후에도 늘 생각이 났으니까. 수학도 마찬가지였다. 머릿속에서 일어나는 일을 나는 이해할 수 없었다.

나는 무엇이든지 주변의 사물을 한 번 관찰하면 기억해 내었다. 그러다 보니 나는 머릿속으로 모든 것이 질서 정연하게 이해되었고, 나의 성격은 남이 보기에 점점 더 냉정하고 감정이 없는 그런 사람으로 성장해 가고 있었다.

이런 나의 어린 시절에 서준이 형을 만난 것은 나에게 행운이었다. 그는 나와는 너무 달랐다. 그래서 나는 그가 좋았다. 늘 그는 나의 고민을 잘 들어주고 같이 공감해 주면서 나의 삶 속으로 다가왔다. 어린 나이의 아이에게 그가 이야기하는 인생, 삶, 외로움, 고통, 고민… 이런 단어들은 나에게는 생소한 단어들이었다. 그리고 별로 공감도 가지 않았다.

그러나 나는 늘 그의 이야기를 경청했다. 그 이후 내가 성장하면서 여러 가지 고통과 방황도 있었지만 이제 성인이 되어 생각해 보니, 그나마 나의 오늘이 있는 이유는 바로 부모님 다음으로 서준이 형의 도움이 가장 컸다고 생각한다.

특히 중학교 여름 방학 때 철구 형과 서준이 형을 따라 강화도에서 보낸 몇 주가 나의 삶을 많이 바꾸는 계기가 되었다. 우리는 김포로 가는 버스를 타고 가다 강화도로 건너가는 작은 배를 타는 포구 근처에서 내렸다. 그때만 해도 김포에서 강화도로 건너가는 다리가 건설되기 전이었다. 김포 쪽 포구에는 누렇게 바랜 낡은 한복을 입은 늙수레한 뱃사공 아저씨가 기다리고 있었다. 그는 느릿느릿 노를 저어 우리를 강화도 맞은편에 건너가게 해주었다.

"아저씨, 배에서 내리면 전등사로 가는 길 좀 알려주세요."

철구 형은 강화도 나루터에 거의 도착할 무렵 뱃사공 아저씨에게 이야기했다.

"그래, 학생들. 여름에 놀러 왔나 보지? 얼마나 있다가 뭍으로 나올 거야? 도착하면 내가 전등사 가는 쪽을 알려주지. 전등사에서 묵을 예정인가? 내 마누라가 전등사 앞에서 밥집을 하고 있는데, 잘해 줄 테니 식사는 우리 집으로 와. 이름이 광주집이야. 알았지?"

우리는 특별히 아는 곳도 없었다. 아저씨가 소개해 준 밥집으로 향했다. 과연 전등사 건너편에 음식점이 몇 집 보였다. 아침 이른 시간이라 그런지 사람들도 별로 없었다. 광주집으로 들어가 아저씨 이야기를 하니 주인아주머니는 반겼다.

"어서 와요, 학생들. 우리 아저씨를 만났구먼. 내가 스님에게 이야기해서 절에서 묵을 방을 주선해 주지. 그리고 밥은 우리 집에 와서 먹어. 강화도에서 나는 여러 가지 특산 나물들하고, 요새 잘 잡히는 뱅어로 무침을 만들어 주지. 맛있어. 인삼 막걸리도 한잔하고."

우리는 아주머니가 소개해 준 전등사 뒤편에 있는 작은 방에 일단 짐을 풀었다. 점심 식사는 광주집에서 했다. 아주머니의 말처럼 식사는 정말 꿀맛이었다. 식사 후 후식으로 아주머니는 근대떡을 먹어보라고 내어놓았다. 오후에는 전등사를 구경하고 인근에 있는 역사 유적지도 다녀왔다. 저녁 식사 후에는 철구 형이 혼자 방에서 쉰다고 하여, 나는 서준이 형과 같이 절 뒷산으로 향했다. 서준이 형과 전등사 뒷산에서 하늘의 별을 바라보며 나눈 이야기들. 지금 생각해도 마음이 충만해짐을 느낀다.

"서준이 형, 형은 부모님도 다 돌아가시고, 형제도 없고 외롭지 않아? 나는 부모도 있고 형도 있는데, 왜 이렇게 늘 나 혼자라고 생각되는지 잘 모르겠어. 또 형, 이상하게 나는 감정이 없는 사람같이 느껴져."

나는 왠지 서준이 형을 만나면 내 친형에게도 느끼지 못한 그런 것이 있었다. 나는 그에게 나의 속마음을 쉽게 털어놓았다.

"하하. 너는 다른 아이들과 달리 아주 조숙하구나. 그래, 철수야, 나도 늘 외롭지. 그래서 그런지 나는 너의 마음을 이해할 것 같아. 사람의 내면적인 느낌은 주어진 가정 환경과 상관없이 때로는 그렇게 그냥 태어난 것이거든. 그러니 그냥 그것을 받아들이고 너의 삶에 충실하면 돼. 그리고 내가 보기에 너는 특별한 은총을 타고난 아이야. 그러니 부담을 가지지도 말고. 너는 그것을 부정하지 말고 고마운 마음으로 받아들여야 해. 알았지?"

그는 말하며 나의 머리를 쓰다듬어 주었다. 나는 서준이 형의 말을 다 이해할 수는 없었지만, 뭔가 그의 마음이 나와 잘 통하는 것 같았다.

"응, 알겠습니다."

"철수야, 저 하늘의 별들을 봐라. 이 다음에 네가 어른이 되면 네 타고난 좋은 머리로 저 우주의 비밀을 파헤쳐 봐."

서준이 형이 가리키는 머리 위로는 하늘에서 은하수가 쏟아져 내리고 있었다. 서준이 형은 또 눈물을 글썽거렸다.

2

1992년 봄, 나는 MIT에서 박사 학위를 받자마자 캘리포니아 샌디에고에 있는 UC 샌디에고로 향했다.

나는 보스턴을 떠나기 전날, 베티를 만났다. 그녀는 먼저 와서 나를 기다리고 있었다. MIT 공과대학 교정 옆을 흐르는 찰스강 주변 산책로의 벤치에서 그녀는 물끄러미 흐르는 강물을 바라보고 있었다. 강에는 요트가 여기저기 떠 있고 학생들이 조정 경기 연습을 하고 있었다. 초봄이라 나무에서는 새싹이 돋고 있었다. 바람은 불지 않았지만 쌀쌀한 날씨였다. 그녀의 표정은 슬퍼 보였다.

"베티, 먼저 와 있었네. 이렇게 시간 내줘 고마워."

나는 그녀의 옆에 앉으며 그녀의 손을 잡았다. 그녀는 나를 보며 웃었다.

"철, 아니 두 달만 더 있다가 가면 좋지 않아? 졸업식에 참석해서 내 졸업도 축하해 줘야지."

그녀도 이번 학기에 졸업을 하게 되어 있었다. 그리고 그녀도 사실은 이번 가을 학기에 맞춰 샌디에고로 갈 예정이었다. 그녀는 UCSD 의과대학에 입학 허가를 이미 받은 상태였다.

"미안해, 베티. 내가 할 말이 없네."

그녀는 늘 자신을 이해하지 못한다며 투덜거렸다. 솔직히 내가 나를 이해 못하는데 어떻게 남이 내 마음을 알겠나. 나의 냉정함은 타고난 성격이라 어쩔 수 없었다. 그래서 늘 그녀에게는 미안한 마음을 가지고 있었다. 한편 언제나 나를 따뜻하게 대해 주는 베티가 고마울 뿐이었다.

"떠나기 전에 우리 집에도 들르면 좋았을 텐데. 아빠 엄마도 철의 졸업 소식을 듣고 좋아하셨는데."

"부모님께도 안부 인사 부탁해. 죄송하다고."

나는 그녀와 작별했다. 그러나 영원한 작별은 아니었다. 그녀와 몇 달 후 샌디에고에서 같이 지낼 생각을 하니 나에게도 많은 위안이 되었다. 늘 혼자인데, 그래도 동반자가 있으니. 우리는 찰스강을 바라보며 별다른 말이 없이 앉아 있었다.

오후 5시가 되자 벌써 주변은 어두워지기 시작했다. 우리는 근처 식당에서 저녁을 같이 하고 헤어졌다. 그날 저녁 나는 오랜만에 한국에 있는 부모님께 전화를 했다.

"엄마, 저예요. 철수. 오랜만에 전화드립니다. 저 이번에 박사 학위 받았어요. 아버지에게도 전해 주시고."

아버지는 이미 대학에서 정년을 맞았고, 어머니도 내년이면 정년을 바라보고 있었다.

"아니, 철수야. 전화 좀 자주 하지. 아버지가 늘 궁금해하시는데. 드디어 학위를 받았다니 그동안 고생 많이 했다. 자, 그럼 아빠하고 5월에 있을 졸업식에 같이 가면 되겠네? 두 달 후지?"

전화 저편에서 엄마는 5월에 있을 나의 졸업식에 올 생각에 기쁨으로 들떠 있는 목소리가 느껴졌다.

"엄마, 나는 졸업식 참석에는 별로 관심도 없고. 또 졸업식이 뭐 그리 중요해요? 별 의미도 없고. 사실은 내일 바로 샌디에고로 떠나요."

엄마는 나의 말에 실망이 큰 듯한 목소리로 변하며 말했다.

"아이쿠, 이 녀석. 뭐가 바쁘다고 졸업식에도 참석을 안 해. 참 못 말린다. 하여간 냉정하긴."

엄마의 한숨 소리가 이쪽 전화에서 생생하게 들렸다.

"네, 미안해요. 엄마. 이제 두 분도 시간 많으니 여행도 좀 다니시고. 혹시 시간 나면 샌디에고로 오세요. 여기보다는 아무래도 한국에서 오기도 가깝고."

나는 엄마에게 변명했지만, 사실 나에게 졸업식은 그저 시간 낭비로만 생각되었다. 졸업식은 5월이었지만 나에게 별로 졸업식은 의미가 없었다. 물론 졸업식에 참석을 희망했던 부모님의 실망은 대단히 컸을 것이다.

3월의 보스턴은 아직도 겨울의 여운이 가시지 않아 쌀쌀했다. 사실 나는 보스턴의 겨울이 늘 싫었다. 특히 나는 겨울 바람을 싫어했다.

박사 학위를 받고 계속해서 MIT에 있거나 다른 연구소로 갈 수 있었지만, 내가 샌디에고에 급하게 가게 된 이유는 나의 대학 은사와 대학 선배의 강력한 권유 때문이었다. 물론 나도 빨리 보스턴을 떠나고 싶어 했다. 사실은 이러했다. 나의 대학 은사는 고려대학교 화학과 교수로 계신 최동식 교수님이었다.

마침 그의 제자이자 나의 대학 선배였던 성배영 박사가 독일 막스 플랑크 연구소에서 박사 학위를 하고 UC 샌디에고 물리학과에 부교수로 봉직하고 있었다. 그런데 성 선배의 막스 플랑크 대학원 친구 중에 볼프강 케털리라는 사람이 있었고, 그는 독일 출신으로 뮌헨 대학에서 학사를 마치고 막스 플랑크 양자광학연구소에서 박사 학위를 받았는데, 그는 MIT 물리학과의 교수로 양자 분야를 연구하고 있었다.

그래서 MIT로 유학을 갈 때 성 선배의 소개로 나는 양자역학 연구를 하는 케털리 교수를 나의 지도교수로 모시게 되었던 것이다. 물론 양자 연구에 대해 지대한 관심을 강조한 나의 이력서를 본 케털리 교수도 흔쾌히 나를 박사 과정 학생으로 받아주었다.

최 교수님과 성 선배 그리고 나. 우리는 그때 초전도체 연구에 대해 공통적인 관심을 가지고 있었지만, 그 활용도에 대한 관심은 각자 달랐다. 최 교수님이 상온, 상압 초전도체에 관심을 가지고 계셨던 핵심적인 이유는 초전도체를 이용한 자기부상 열차 상용화에 대한 그의 꿈 때문이었다. 초전도체는 임계온도 이하에서 외부 자기장을 밀어내는 마이스너 효과라고 불리는 현상이 나타나는데, 이러한 특성 때문에 자기부상 열차에 응용될 수 있었다.

자기부상 열차를 가장 먼저 상용화한 나라는 독일과 일본이었다. 우리나라 정부도 대전에 있는 한국기계연구소와 현대로템의 협력 과제로 상용화 연구를 하고 있었다. 자기력으로 레일에서 부상하여 운영하는 부상 열차는 바퀴 마찰이 없어 꿈의 열차로 불렸다. 그런데 부상 원리에는 상전도 방식과 초전도 방식, 그리고 영구 자석 방식이 있는데, 상전도와 영구 자석 방식은 이미 많이 상용화에 적용되어 있었다.

가장 이상적인 열차는 초전도 방식이 되어야 최고의 속도로 달릴 수 있는 열차가 되는 것이었다. 우리나라 정부 과제에도 상전도 흡인력을 이용하는 과제는 진척이 있었다. 가장 혁명적인 기술인 초전도 방식의 자기부상 열차 개발 부문에서는 최 교수님이 연구를 주도하고 있었다.

그런데 초전도 상태가 유지되기 위해서는 코일을 지속적으로 액체 헬륨으로 냉각시켜 줘야 하기 때문에 상용화에 한계가 있었다. 최 교수는 그래서 상온의 초전도체를 개발하여 근본적인 문제를 해결하려고 도전적인 과제를 추진하고 있었다.

한편 성배영 교수는 핵융합 기술 개발에 집중하고 있었고 가장 이상적인 차단막으로 극저온 초전도체를 연구하고 있었기에 상온 초전도체에 대한 관심은 상대적으로 적었다. 그런데 나의 경우 두 분과는 다르게 오직 양자역학에 활용할 수 있는 상온 초전도체 개발이 나의 핵심 관심사였다.

그런데 초전도 연구 분야는 하루하루 피를 말릴 정도로 워낙 경쟁이 심한 분야였다. 빨리 샌디에고로 와서 일하라고 거의 매일 성 선배는 나에게 독촉하고 있었다.

내가 관심을 가지게 된 양자역학 분야는 1800년대만 해도 여전히 형이상학적인 철학적 개념에 머물러 있었다. 심지어 사이비 과학으로 취급되기도 했고, 오죽했으면 아인슈타인 박사조차도 양자역학의 이론에 대해 초창기에는 부정적으로 생각했다.

"그럼 달이 눈에 보이지 않을 때에는 달이 존재하지 않기라도 한단 말인가?"

이렇듯 비웃듯이 양자과학의 논리를 인정하지 않았다. 그런데 1900년대로 넘어오면서 새로운 전기를 맞게 되었다. 양자역학에 대해 깊은 연구를 하기 시작한 아인슈타인도 나중에는 양자역학의 지지자가 되었던 것이다. 그는 결국 빛이 개별적인 양자 입자로 이루어져 있다고 생각했다. 이렇게 구름에 가려 있던 양자역학은 아인슈타인의 상대성 이론이 발표된 직후인 1927년 데니비슨과 저머가 전자를 대상으로 이중 슬릿 실험을 하며 입자성과 파동성이 동시에 나타날 수 있다는 것을 증명하였다.

그 당시 바로 2년 전인 1925년에, 독일 물리학자 베르너 하이젠베르크가 양자역학의 세계를 수학 공식으로 표현하게 됨에 따라 양자역학의 기초가 확고히 확립되었다. 그 이후 양자역학은 더 이상 철학적인 개념이 아니라 증거가 있는 과학으로 인정받기 시작한 것이다. 뉴턴의 고전물리학에서 설명이 안 되는 미시 세계에 대한 진실은 1980년대를 넘어가면서 양자역학의 발전을 통해 그 실체가 서서히 드러내기 시작했다.

나는 물론 양자역학을 공부하기 위해 MIT로 오게 되었고, 박사 과정 지도교수로 케털리 교수와의 인연도 사실은 성 선배의 소개에 의한 것이었다. 케털리 박사는 막스 플랑크 양자광학연구소 시절부터 극저온 기체 상태에 대한 연구를 하고 있었고, MIT에 교수로 오게 되면서 그는 양자 현상과 관련된 연구를 계속하고 있었다.

나는 MIT에서 그의 지도하에 양자역학에 대한 최신 개념을 이해할 수 있었다. 물론 나는 MIT에서 케털리 교수의 지도로 기체 상태의 양자 현상에 대한 연구로 박사 학위를 받았지만, 사실은 나의 관심은 다른 곳에 있었다. 그것은 상온에서 작동하는 초전도체에 대한 것이었고, 이것은 사실 내가 대학 시절에 만난 나의 은사인 최 교수님의 꿈이 나에게 엄청난 동기를 부여한 것이었다. 그래서 샌디에고에서의 연구 목표는 양자역학에 관련하여 상온, 상압에서 작동하는 초전도체의 실마리를 찾기 위한 것이었다.

초전도체에 대한 연구 결과도 양자역학 분야와 비슷하게 1900년

이 넘어가면서 그 베일을 벗게 된다. 네덜란드 과학자 카메를링 오네스가 1911년 헬륨가스를 액화하는 과정에서 온도가 급격히 떨어지면 저항이 사라져 버리는 현상을 발견하고, 초전도(superconductivity)라고 명명하였다. 온도가 떨어지면서 저항이 줄어드는 신기한 초전도 현상을 발견한 것이다.

그 후 수많은 과학자들이 여러 금속 화합물을 만들어 임계온도가 높은 초전도체를 발견하게 된다. 원래 초전도체의 물리적인 현상을 하나의 이론으로 만든 이들이 그들의 이름(John Bardeen, Leon Cooper, Robert Schrieffer)을 따서 BCS 모델을 만들었다. 그런데 이 BCS 이론은 전자의 움직임을 입자로만 보는 극저온의 초전도체에 대한 설명은 가능했지만, 온도가 높아지면서 나타나는 초전도 현상을 설명할 수가 없었다. 최 교수님도 그래서 BCS 이론에 도전하는 새로운 개념을 찾아내고 있었다.

이제 드디어 상온, 상압에서 작동하는 초전도체를 찾는 일이 샌디에고에서 나에게 주어진 연구 목표였다. 지금까지 자연에서 나오는 초전도체를 찾은 연구 결과는 없었다. 낮은 온도에서 작동하는 모든 초전도체는 인간이 인위적으로 합성한 금속 물질이었다. 나는 개인적으로 지구에 존재하는 금속 무기물로는 한계가 있다고 생각했고 지구에 존재하지 않는 물질을 찾기 시작했다.

한국에서 최 교수님은 주로 흔히 지구에 존재하는 금속의 화합물로 가격이 저렴한 상온 초전도체를 만들어 보려고 노력하고 계셨다. 한편 UC 샌디에고에서 나는 특히 운석에서 나온 광물에 관심을 가졌다. 그 이유는 지구에 존재하지 않는 새로운 금속을 찾기 위함이었다.

우주에서 지구로 진입하는 운석의 양은 일 년에 100톤 정도였다. 한 시간에 수백 개에서 수만 개씩의 운석이 지구로 떨어지고 있었다. 남극에 대량의 운석이 묻혀 있는데 대부분 유사 이전에 빙하 속에 파묻힌 운석들이었다. 그런데 남극까지 가서 운석 시료를 확보하고 연구를 수행하기에는 현실적인 제약이 있었다.

샌디에고에 온 이후, 성 교수와의 협력 과제는 초전도체와 관련이 없는 핵융합 기술로 원자력 발전을 대체할 수 있는 초기 소프트웨어 시스템을 구축하는 과제였다. 그리고 상온 초전도체 물질을 찾는 것은 나의 개인적인 과제로 독립적으로 시간을 내어 연구할 수 있도록 방 선배는 배려를 해주었다. 우선 나는 새로운 광물을 확보할 수 있는 인근 네트워크를 찾아 나섰다.

그런데 우연히 어느 날 TV를 보니 광물과 보석 원료를 소개하는 전시회가 투손에서 열린다는 광고를 보게 된 것이다. 이 광고를 보고 자세히 알아보니 샌디에고에서 비교적 멀지 않은 애리조나 투손에서 광물 전시회가 열리고 있었다. 나는 투손에서 자주 열리는 광물과 보석 전시회를 열심히 찾아다녔다.

이 전시회는 투손의 여러 곳에서 열리고 있었다. 투손의 전시회에는 아프리카, 인도, 남미, 미국, 동남아 등지에서 수많은 광물과 보석 샘플을 가진 중간상들이 모여들었다. 그들의 고객은 주로 보석 회사의 디자이너나 전 세계 보석 사업 관계자들이었다.

나는 여기서 구한 광물을 실험실로 가져와서 기존에 연구하고 있었던 인과 구리의 화합물에 추가할 새로운 초전도체를 찾고 있었다. 광물업자들에게서 구한 광물들을 원료로 나는 거의 1년 넘게 실험실에서 밤낮으로 실험을 했지만, 기존의 초전도체의 성능을 개선할 수는 없었다. 나는 점점 힘이 빠지기 시작했다.

자주 투손 보석쇼에 다니다 보니 한 번은 나바호 인디언 출신의 보석 재료 도매상을 알게 되었다. 그는 고향이 네바다라고 소개하는 짐 비게이라는 친구였다. 내가 한국 사람이라고 하자 그는 말했다.

"반갑습니다. 제 아버지가 한국전 참전용사여서 늘 한국에 대해 이야기를 들어 저도 호감을 가지고 있었습니다. 아버지는 고등학교도 다니지 못하고 한국전에 참전했었는데, 전쟁 후 참전용사 자격으로 뉴멕시코 대학에서 학사와 박사를 받고 로스 앨러모스 국립연구소에서 일하다 최근 은퇴를 하셨지요. 정말 반갑습니다."

그러면서 자기는 애리조나, 네바다, 뉴멕시코에서 채취되는 청록색 보석인 터키석으로 보석 원석 사업을 하고 있다고 자신을 소개했다. 나중에 알고 보니 그의 말처럼, 그의 아버지는 인디언 원주민 출신의 유명한 과학자였다.

나는 내가 왜 새로운 광물을 찾는지 그에게 간단히 설명했다. 짐은 눈을 깜빡이며 말했다.

"아, 그래요. 나는 마케팅 공부를 한 사람이지만, 우리 아버지는 핵물리학자 출신이라 양자역학이니 초전도체에 대한 개념은 저도 약간 들어 알고 있지요. 하하. 하여간 흥미롭습니다. 아마도 제가 좀 도와 드릴 수 있을지 모르겠습니다. 가만있자. 잠깐 기다려 보세요."

그는 전시장 부스 뒤쪽으로 가더니 조그만 주머니 몇 개를 들고 돌아왔다.

"우선 이것들을 가지고 가서서 실험을 한번 해보세요. 이것들은 몇 개의 운석 조각이라고 알고 있습니다."

그는 나에게 조그만 광물 몇 개를 보여주었다. 그중에 몇 개는 터키석처럼 청록색을 띠고 있었고, 하나는 어두운 곳에서 자세히 보니 아주 희미한 녹색 같은 형광이 나타났다.

"아이쿠, 짐, 감사합니다. 한 번 실험해 보고 또 연락드리죠. 그런데 얼마의 가격으로 계산해 드리면 되겠습니까?"

"예, 솔직히 거래 가격은 좀 됩니다만, 그것으로 획기적인 물리학 연구를 하신다니 그냥 가져가세요."

나는 진심으로 그에게 감사를 표하자 그가 말했다.

"네, 그래요. 박사님 연구에 좀 도움이 되면 좋겠습니다."

나는 실험실로 돌아와 그가 준 광석들을 가지고 늘 시행하던 가장 기초적인 전도체 확인 작업에 들어갔다. 가장 쉬운 방법은 전기 전도를 관찰하는 방법이었다. 시료 조각에 전류를 흘리면서 저항 변화를 측정하는 것인데, 대부분의 광석에서는 전혀 저항의 변화를 확인할 수 없었다. 그런데 깜깜한 곳에서 아주 희미한 형광이 나타났던 광석 조각에서는 저항이 서서히 감소하는 소위 '부분 초전도'의 특성을 보여주었다. 나는 흥분하기 시작했다.

'이럴수록 냉정해야지. 냉정함이 나의 특기인데.'

이번에는 세밀한 정밀 실험을 시도해 보기로 했다. 자기력을 측정하는 SQUID(Superconducting Quantum Interference Device)라는 기계를 이용했다. 이 기계는 가장 민감한 자기장을 측정할 수 있는 장치였다. 만약 이 광석 조각이 초전도체 물질을 약간이라도 함유하고 있다면 자기장을 배제하는 '마이스너 효과'를 보여줄 것이었다.

놀랍게도 모니터에서는 역시 이 광석 조각이 아주 약한 마이스너 효과가 있다는 패턴을 보여주고 있었다. 나의 가슴은 뛰기 시작했다. 나는 그 광석을 들고 펄쩍펄쩍 뛰며 소리를 질렀다.

"야, 철수야. 너는 드디어 네가 찾던 물질을 찾은 거야. 와. 와."

실험실에는 마침 주말이라 아무도 없었고, 시계를 보니 거의 새벽 2시였다. 누가 봤으면 나를 미쳤다고 했을 것이다. 또 한 가지 흥미로운 발견은 그 광석 조각에 자외선을 비추니 광석에서 아주 진한 녹색의 형광을 발하는 가느다란 띠가 몇 개 발견되었다. 종종 몇몇 희토류 중에 자외선 아래서 빛을 발하는 금속들이 있었다. 그중에는 우라늄 유리나 테르븀과 같은 금속이 그런 녹색 형광을 보여주었다. 나는 혹시 이 띠가 방사선 물질일지 몰라 방사선 검사를 해보았지만 다행히 방사선 물질은 아닌 것 같았다.

'지난 몇 년 동안의 노력이 이제 결실을 맺게 되나?'

이 녹색 형광 띠가 무엇인지는 모르겠지만 초전도체일 것 같은 느낌이 들었다. 나는 다음 날 이 광물 조각에 대한 원소 조성을 확인하기 위해 대학 중앙분석 서비스센터에 EDS(Energy-Dispersive X-Ray Spectroscopy)를 이용하는 원소 조성 분석 실험을 요청했다. 그 다음 주 화요일 오후에 나는 그 실험 결과 데이터를 전달받았다. 그 결과를 보니 초전도 효과를 보였던 광물 덩어리는 주로 니켈, 철, 구리가 대부분의 구성물이었고, 그중에 아주 작은 2% 정도의 구성물이 확인되지 않는 미지의 원소로 판명되었다.

나는 불명의 원소를 정제하기 위해 여러 방법을 시도했지만 실패했다. 그러던 중 테르뉴 정제법을 응용하니 거의 100% 순도의 금속을 추출할 수 있었다. 먼저 빛이 없는 밀실에서 광물을 작은 크기로 파쇄하고, 자외선을 비춰 녹색 형광을 띠는 조각을 선별했다. 그 조각들만을 모아 분쇄기에서 고운 분말로 만들었다.

분말에 질산을 넣고 섭씨 90도에서 2시간 동안 반응시킨 후, 여과하여 불용물을 제거했다. pH를 조절하며 용매를 이용한 반복적인 침전과 재결정화를 세 차례 정도 거치고, 열처리를 통해 순수한 결정 분말을 얻었다. 이 분말은 자외선 아래에서 진한 녹색 형광을 발했다. 이 분말로 다시 실험해 보니 저항은 100% 제로였고, 상온에서 강력한 마이스너 효과를 보였다.

지난 몇 년 동안, 기초 실험에서 초전도체로써의 가능성을 보여주는 물질을 전혀 찾지 못해 맥이 빠져 있었는데, 드디어 하나의 광석에서 상온, 상압의 초전도체 물질을 자연에서 찾아낸 것이었다. 꿈에도 그리던 상온과 상압에서 초전도 효과를 보여주는 외계 물질. 몇 번을 되풀이하여 실험했지만 같은 결과를 보였다. 짐이 준 이 광물에서 정제 추출한 이 물질을 나는 '크립토나이트'라고 이름 붙였다. 크립토나이트는 영화 '슈퍼맨'에서 주인공이 고향에서 가지고 온 그의 힘의 원천인 녹색 결정질 물질이었다.

양은 적었지만 광물에서 더 순도 높게 추출한 크립토나이트의 이차 실험에서는 더 높은 초전도 효과를 보여주었다. 그러나 그 양이 너무 적어 더 이상의 확인 실험을 할 수는 없었다. 나는 짐에게 전화를 걸었다.

"저를 기억하십니까? 저번에 투손 보석쇼에서 만났던 강철수라고 합니다. 한 2주 전에요."

나는 흥분을 가라앉히며 말했다.

"물론 기억하지요, 강 박사님. 실험해 봤나요?"

"예, 물론입니다. 그때 5개의 광물 조각을 주셨는데, 그중에 형광을 약간 보이는 광물 조각이 좀 효과가 있는 것 같습니다. 그런데 그 돌은 어디서 구하셨나요?"

"아, 그래요. 축하합니다. 제가 한 번 더 확인해 보고 전화드리죠."

그는 그의 아버지가 한국전쟁 참전용사였다는 인연과 그의 오랜 조상이 동양인이라는 동질감 같은 느낌 때문인지 나에게 대단한 호의를 베풀었다. 그리고 며칠 뒤 그에게서 전화가 왔다.

"강 박사님, 짐 비게이입니다. 그 샘플에 대해 알아냈습니다. 그 샘플은 우베헤베 분화구에서 얻은 광물이라고 합니다."

"예? 우베헤베 뭐요? 분화구요? 그게 어디 있는…"

짐은 자세하게 설명하고 있었다.

"캘리포니아 데스밸리 국립공원을 아시나요?"

나는 어디선가 들어보긴 했지만 머리에 구체적으로 떠오르지는 않았다. 샌디에고에 온 지 1년이 넘어가지만 별로 여행을 가보지 못했기에.

"아니, 캘리포니아에 살면서 요세미티 국립공원이나 매머드산에 스키 타러 가본 적도 없어요? 론 파인이라는 동네도 근처에 있고."

나는 일전에 서준이 형 가족과 요세미티와 매머드산을 가본 적이 있어 말했다.

"아, 요세미티와 매머드산은 가봤습니다. 그런데 분화구에 대해서는 잘 모르겠습니다. 사실 캘리포니아의 모든 곳을 여행해 보지는 못했지요."

그는 웃으며 나에게 의아하다는 듯이 말을 계속했다.

"샌디에고에서 쉽게 차로도 갈 수 있는 거리입니다. 로스앤젤레스에서 동쪽으로 꺾어 쭉 가다 보면 오른쪽으로 데스밸리 쪽이 나옵니다. 론 파인이라는 동네는 매머드산으로 가는 고속도로에 위치해 있습니다. 한번 지도에서 확인해 보세요."

지난번에는 그저 서준이 형이 운전하는 차를 타고 갔기 때문에 나는 차 뒷좌석에서 무심코 밖의 풍경을 쳐다볼 뿐이었다. 별로 관광지에 대한 관심도 그 당시에는 없었다. 짐의 이야기를 들어보니 매머드산으로 가면서 지나간 것 같기도 했다.

"하하. 감사합니다. 론 파인은 저번에 매머드산에 가면서 지나갔던 기억이 납니다. 지도에서 한번 찾아보겠습니다. 그런데 차로 그곳에 가더라도 그 분화구 어디에서 그런 광물을 구할 수 있는지 막막하군요."

나는 한숨을 쉬며 말을 이어 나갔다.

"알겠습니다. 제가 그 광석을 구한 친구도 수소문해 보고, 제가 직접 같이 가드릴 수도 있습니다. 다시 연락을 드리지요."

짐과 통화를 하고 일주일이 지난 후, 다시 그의 전화를 받았다.

"강 박사님, 그 광석을 구한 친구를 알아냈습니다. 그 친구도 알고 보니 나바호 인디언이더군요. 그런데 지금은 마침 데스밸리 국립공원 안내원으로 일하고 있고, 인근 지역에 대해 잘 알고 있더군요. 제 생각에는 언제 저와 약속을 해서 데스밸리 내에서 만나도록 하지요."

"짐, 정말 감사합니다. 그러면 아무래도 주말에 좀 시간이 나니까, 이번 3월 마지막 토요일에 만나기로 하면 어떨까요?"

나는 약속한 토요일 새벽, 짐을 만나기 위해 데스밸리로 향했다. 아파트에서 데스밸리까지는 중간에 한 번 쉬고 갔는데도 채 5시간이 걸리지 않았다.

라호야에서 15번 도로를 타고 북쪽으로 향하다 395번 국도로 접어들었다. 395번 도로로 접어들자 LA 외곽 지역에서 자주 막혔던 길은 시원하게 뚫려 있었다. 왼쪽으로는 휘트니산으로 이어지는 광활한 산맥 줄기가 나타나고, 오른쪽으로는 넓은 사막이 계속되었.

3월이라 날씨는 아침이 되니 따뜻한 햇살에 산과 사막이 반사되어 아스팔트 길은 마치 신기루처럼 흔들거렸다. 오른쪽으로 데스밸리 국립공원 입구 간판이 보이기 시작했다. 공원 내에 위치한 리조트 숙소인 스토브파이프 웰스 빌리지에 도착했다. 이 숙소의 예약은 짐이 했고 우리는 저녁 6시에 리조트 로비에서 만나기로 약속했었다. 내가 그곳에 도착한 시간은 점심 시간이 조금 지난 오후였다. 나는 내 방에

짐을 풀고 다시 밖으로 나왔다. 리조트에서 제공해 준 국립공원 지도를 참고하며 차를 다시 운전했다.

지도에는 스카티스 캐슬 근처에 우베헤베 분화구가 위치해 있었다. 나는 차를 몰아 인근 주차장에 차를 세웠다. 차에서 내려 조금 걸어가니 바로 분화구에 도착할 수 있었다. 분화구 주변으로 트레일이 있었는데 이미 여러 관광객들이 그곳을 구경하고 있었다. 육안으로 보기에는 깊이가 200미터로 깊고, 넓이도 굉장히 큰 분화구였다. 트레일에서 자세히 볼 수는 없었지만 멀리서 봐도 분화구 안쪽에는 검은색과 잿빛의 분화구 속에 주황색과 녹슨 듯한 광물이 띠를 두른 층을 이루고 있었다.

그런데 궁금했던 것은 내가 여기 도착했을 때 방문한 안내소의 책자를 보니 이 분화구는 약 2,000년 전에 폭발한 화산암이 주변을 덮고 있는 화산 분화구라는 설명이었다. 그런데 분명히 저번에 짐은 내게 준 광물이 화산의 잔해물이 아니라 운석에서 얻은 광석 조각이라고 했었다. 알 수 없는 일이었다.

오후 6시에 나는 약속한 라운지로 내려가니 짐과 처음 보는 젊은 친구가 나를 보며 손을 흔들었다.

"강 박사님, 여기서 다시 보니 반갑습니다. 인사하세요, 여기는 알."

짐은 나에게 광물을 찾아준 친구라며 자신보다 젊어 보이는 친구를 소개했다. 그는 전혀 인디언 같은 인상이 아니었다.

"예, 반가워요. 저는 알 낙카이라고 합니다. 저도 나바호 인디언 출신입니다."

나는 그와도 악수를 청했다. 그는 이곳 데스밸리 국립공원의 문장을 하고 있는 안내원 제복을 입고 있었다. 이미 밖은 깜깜한 밤이었다. 우리는 일단 리조트 식당에서 저녁을 먹고, 알의 안내를 받으며 분화구를 답사하기로 했다. 그런데 낮이 아니고 왜 깜깜한 밤에 분화구로 가보자고 하는지 알 수 없었다.

'아마도 그 광석에서 나오는 형광 때문인가?'

식사를 하면서 알은 데스밸리 국립공원을 처음 방문한다는 나에게 간단한 설명을 했다.

"왜 여기를 데스밸리라고 부르는지 아세요?"

나는 사실 분화구에 대해 골똘히 생각하고 있는 상황이라 그저 건성으로 말했다.

"글쎄요. 여름에 굉장히 덥고 겨울에는 너무 추워 아무런 생명체도 살 수 없어서 그런 것 아닐까요?"

"하하. 반은 맞고 반은 틀렸습니다. 물론 굉장한 극한의 날씨 때문이기도 하지만, 1800년대 캘리포니아 골드러시 시절에 이곳을 건너다 죽은 사람이 많아서 '죽음의 계곡'이란 이름이 지어졌다고 합니다."

"아, 그런가요."

나는 데스밸리의 이름에 대해서는 그렇게 궁금하지 않았다. 내가 가장 궁금하게 생각했던 것을 드디어 두 사람에게 물어보았다.

"짐, 저번에 분명히 나에게 광물 샘플을 주면서 운석이라고 했는데, 이곳은 화산이 폭발한 분화구 아닙니까? 그리고 왜 또 하필 깜깜한 밤에 가보자고 하는지?"

나는 식사도 시작하기 전에 답답한 나머지 궁금했던 질문을 그들에게 던졌다. 둘은 서로를 쳐다보며 싱긋이 웃었다. 짐은 알 낙카이를 쳐다보더니 나에게 나지막이 주변을 돌아보며 조심스럽게 이야기했다.

"하하. 맞습니다. 우베헤베는 분명히 화산 분화구예요. 그런데 공식적으로는 그렇습니다. 우리 나바호 사람들에게는 조상 대대로 내려오는 이야기가 있어요. 아마도 먼 조상들이 전해 주는 전설 같은 이야기입니다. 화산이 폭발하기 훨씬 전 이야기로 전해집니다. 어느 날 먼 하늘에서 불바다가 이곳으로 떨어져 내리고 있었답니다. 낮에는 잘 안 보이지만 밤에는 하늘의 불기둥이 이 세상을 향해 내려오는 것을 보았답니다. 우리 조상님들은 하늘에서 인간에게 벌을 내리는 것으로 판단하고, 낮과 밤으로 이곳에 모두 모여 기도를 드리고 신에게 동물의 피를 바치는 제사를 며칠 동안이나 지냈다고 합니다. 그리고 그 불은 며칠 계속 쏟아지다가 드디어 조용해졌답니다. 그 후에 이곳은 조상들이 신의 땅으로 여겨서 사람들이 가까이 오는 것을 막았고, 매년 이곳에서 제사를 지냈다는 전설이 지금까지 전해지고 있습니다. 그래서 우리 나바호 후예들은 이곳이 운석이 떨어진 곳으로 알고 있습니다. 우연히 알이 저에게 광석 조각을 몇 개 주었고, 그 조각이 강 박사님에게 전해진 것이죠."

참으로 믿기 힘든 전설 같은 이야기였다. 그러나 나는 그들의 말을 믿었다. 왜냐하면 그들이 전해 준 광물 조각에서는 주기율표에서도 확인되지 않는 새로운 원소의 물질이 존재했기 때문이다.

"아, 참으로 대단한 이야기군요. 저는 믿을 수 있을 것 같아요. 그런데 그 광물 조각을 더 구할 수 있을까요? 어떻습니까?"

나는 짐과 알을 동시에 쳐다보며 나의 간절한 요구를 전달했다. 알은 난처하다는 듯 말했다.

"글쎄요. 한두 개는 제가 찾아드릴 수 있을 것 같습니다. 그러나 많은 양을 채취하기는 좀 곤란할 것 같습니다. 그러나 밤에 가보자는 이유를 말씀드리죠. 밤에 좀 위험하기는 하지만 분화구 근처에서 형광 물질로 보이는 광물 조각을 찾으면 되기 때문입니다. 자세히 들여다보면 광석에서 아주 약한 형광을 분출합니다. 조상들이 전해 준 전설 내용을 들어보면, 운석에서 떨어져 나온 형광 물질을 신의 몸으로 생각하고 숭배하며 제사를 지냈다는 이야기가 전해옵니다. 그래서 선생님이 원하는 광석이 아마도 형광이 나는 돌이 아닌가 생각됩니다. 그런데 운석이 떨어지고 나서 아마도 천 년 전후쯤에 주변에 화산이 폭발하면서 화산재와 용암이 운석 위를 덮었다고 전해옵니다. 아마도 화산층 밑에 거대한 운석층이 있을 것으로 추측됩니다만."

이 말을 듣고 있던 짐이 말을 이어 나갔다.

"강 박사님, 사실 제 직업이 광물이나 보석을 채취하는 일이라 좀 압니다만, 만약 본격적인 채취를 하려면 광물 탐사 전문가와 채굴 전문가를 확보해야 할 겁니다. 하여간 만만한 일은 아닐 것 같습니다."

그는 걱정 어린 얼굴로 나를 쳐다보았다. 나도 과연 내가 원하는 광석을 더 찾을 수 있을지 염려가 되었다.

"두 분 이야기 감사합니다. 그러면 우선 알이 몇 개의 광석 조각을 채취해 주시면 충분히 사례하겠습니다. 그리고 구해 주는 광물로 실험을 더 해가면서 앞으로 어떻게 하는 것이 좋을지 생각해 보고 또 연락을 드리지요."

알은 나와 짐을 번갈아 보며 말했다.

"예, 알겠습니다. 그럼 저를 따라 분화구에 한번 가보실까요?"

우리는 알을 따라 오늘 내가 낮에 도착하여 이미 가본 분화구 근처로 다시 향했다. 이른 봄의 밤은 일찍 찾아와 사방이 이미 완전히 깜깜한 상태였다. 낮과는 다르게 밤의 기온은 싸늘했다.

사막이라서 그런지 곤충이 내는 소리도 들리지 않는 적막강산이었다. 그러나 하늘을 쳐다보니 무수한 별과 은하수로 인해 환하게 빛나고 있었다. 이러한 하늘의 모습은 도시에서는 상상도 할 수 없는 놀라운 광경이었다.

조금 전 짐이 이곳에서 조상들이 하늘에 올리는 제사를 지냈다고 했는데, 지금도 현대인들이 하늘에 올리는 제사를 지낼 것 같은 그런 초자연의 분위기를 뿜어내고 있었다. 우리는 회중전등을 비추고 있는 알을 따라 접근 금지 표지가 세워져 있는 탐방로를 벗어나 걷기 시작했다. 그는 우리를 분화구의 경사도가 가장 낮은 지역으로 안내하며 걸어 내려가고 있었다.

"자, 제가 전등을 비추고 있으니 조심해서 저를 따라 내려오기 바랍니다. 잘못하면 미끄러질 수 있으니, 아래를 잘 보세요."

경사로가 완만하고 실제로 걸어보니 바닥이 생각보다 딱딱하여 걸어 내려가기에 그렇게 힘들지는 않았다. 알은 우리를 분화구에서 약간 평평한 지역으로 안내했다.

"이제 제가 전등을 끌 테니 주변을 잘 보세요."

그는 손전등을 껐다. 그러자 칠흑 같은 어둠 속의 분화구에서 잘 살펴보니 몇 군데에서 아주 약하게 형광이 빛나는 곳이 발견되었다.

"한번 둘러보세요. 보시면 형광이 희미하게 보이는 곳이 있지요. 바로 그곳에서 제가 광석을 채취한 겁니다. 오늘은 그곳까지 여러분과 같이 가기에는 위험하니, 다음에 제가 장비를 가지고 와서 그런 광물 몇 개를 채취하여 짐에게 전달하도록 하겠습니다."

두 사람은 내가 그 광물로 무엇을 하려고 하는지 알고 나서는 나를 진심으로 도와주려고 했다.

나는 샌디에고로 돌아온 몇 주 후, 짐으로부터 몇 개의 광석 조각을 더 받을 수 있었다. 나는 그에게 사례금을 송금하며 알에게도 안부를 부탁한다는 인사를 잊지 않았다. 그리고 나는 광석 조각에서 더 정제한 크립토나이트로 기존의 화합물과 얼마의 비율로 배합하고 최종 화합물을 만들어야 상온에서 가장 강력한 초전도 효과를 보이는지에 대한 연구를 진행했다.

그것은 기존의 화합물 100g에 크립토나이트 1g의 비율이 현재로서는 최상의 비율임을 밝혀내었다. 만약 크립토나이트 광석을 얼마든지 쉽게 많은 양을 구할 수 있다면 순도 100%의 초전도체로 직접 여러 가지 실험을 하고 싶었다. 그러나 지금은 너무나 작은 양만 구할 수 있기 때문에 오랫동안 연구해 왔던 구리와 인을 함유한 화합물과 크립토나이트를 섞어서 가열하여 만든 새로운 화합물 가루로 최소한의 상온 초전도체 관련 연구를 할 수밖에 없는 상황이었다.

3

내가 고등학교를 졸업하고 대학에 입학했을 때가 17세였다. 물론 1년 정도 앞당겨 입학하기는 했지만, 나이를 보면 거의 정상적으로 고등학교를 마칠 수 있었다. 나는 부모님에게 정말 감사했다. 왜냐하면 국민학교와 중학교 시절, 내가 정신적인 방황을 잘 극복할 수 있도록 두 분이 최선을 다 해주셨기 때문이다. 부모님은 주변의 유혹을 물리치고, 나를 너무 어린 나이에 고등학교를 졸업하지 않도록 노력하셨다.

그 당시 한국에서 '신동'이라고 이름을 알렸던 어린아이들이 결국 성인이 되어 환경에 적응도 잘 못하고, 신동이라는 이름에 걸맞지 않게 대학을 졸업하지 못하는 사례도 있다는 것을 부모님은 잘 알고 계셨다. 물론 나는 이미 고등학교에서 수학과 과학 과목에 대해서는 계속해서 대학생 정도의 실력을 유지하고 있었다. 특히 부모님은 내가 호기심과 창의력을 계속 유지하도록 세심한 배려를 아끼지 않으셨다.

내가 고등학교 2학년이던 해, 부모님과 함께 나는 세계 수학 올림피아드에 참석하기 위해 호주 시드니를 방문했다. 이 대회에서도 나는 금상을 차지하는 영광을 얻었다. 나중에 보니 세계 수학 올림피아드에서 수상한 아이들 중에 성인이 되어 유명한 수학자나 과학자가 된 사례가 많았다. 나도 그런 사람이 되고 싶다는 생각은 당연히 했다.

고등학교를 졸업하는 나에게 부모님은 외국 유학을 강하게 권했지만 나는 그것을 거절하고 고려대학교에 진학하여 화학과 물리학을 동시에 전공했다. 물론 부모님과 형은 내가 왜 고려대를 가겠다고 고집하는지 이해하지 못했다. 나는 대학에 입학한 지 2년 만에 졸업할 수 있었다. 한 학기에 다른 학생들이 신청하는 과목의 세 배를 이수한 것이었다.

내가 고려대학교를 선택했던 이유는 어릴 때 본 대학 스포츠 이벤트인 고려대와 연세대학교의 연고전 라이벌전을 보고 받은 인상 때문이었다. 이 친선 대회에서 다채로운 운동 경기, 응원 이벤트 등을 통해 대학에 대한 정체성을 보여주는 것이 좋아 보였다.

그리고 선후배가 똘똘 뭉치는 문화가 나의 호기심을 자극했다. 그래서 지나칠 정도의 나의 이기심은 이 대학에 오면 조금은 나아질 것 같은 생각이 들었다. 그리고 구체적인 설명은 할 수 없었지만 서울대와 연세대가 풍기는 대학 문화는 뭔가 개인적이며 이기적인 것 같았고, 고려대는 인간적이고 가족적인 분위기의 학교 같다고 생각했다. 이런 나의 생각을 부모님이나 형에게는 이야기하지 않았지만, 서준이 형에게는 이야기한 적이 있었다. 그는 당연히 내 생각을 지지하고 응원해 주었다.

다행히 부모님도 나의 고려대 진학에 대한 생각에 반대하지 않고 찬성해 주셨다. 늘 지지해 주는 부모님이 고마웠다.

내가 고려대학교에서 보낸 2년 동안 나의 삶의 지표를 정하는 두 가지 사건이 있었다. 하나는 화학과 교수님인 최동식 교수와의 만남이었고 또 하나는 양자역학에 대한 나의 관심이었다.

물리학 공부를 통해 우주는 이성적이고 거시적 차원에서 이해할 수 있는 세계로 나에게 다가왔다. 모든 세상의 질서는 뉴턴의 법칙에 따라 움직이고 있었다. 하나의 예외도 없어 보였다.

그런데 화학이라는 학문을 통해 내가 알게 된 다른 세상이 있었다. 그 세상은 뉴턴의 세상과는 다른 세계였다. 화학은 우리의 눈으로는 볼 수 없는 분자와 전자의 세계를 보여주었다. 대학에서 보낸 2년 동안 나는 물리와 화학이 보여주는 이 세상의 다른 경계는 인간이 그저 인위적으로 만든 것일 뿐, 그 경계는 이제 서서히 소멸되어 가고 있다는 것을 느끼게 되었다.

그 경계면에서 알게 된 학문이 바로 양자역학이었다. 양자역학은 물리의 세계에서 더 이상 설명이 안 되는 미시적 세계를 말하고 있었다. 우리가 눈으로 보고 있는 세상은 뉴턴의 만유인력 법칙에 따라 움직이고 있었다. 하나의 흐트러짐이나 예외도 없이.

세계는 물질의 세계이고 입자들의 세계였다. 이것은 고전물리학의 세계였다. 그런데 현대에 이르러 입자 속에서 일어나는 현상은 더 이상 고전물리학 이론으로는 설명할 수 없는 세상이었다. 그 세상은 파동과 입자가 동시에 중첩하여 존재하는 확률의 세계였다.

이 놀라운 미시의 새로운 세계가 바로 양자역학의 세상이었다. 그런데 이렇게 유체적이고 유동적인 세상을 인간이 억지로 규정하려고 하는 순간, 세상은 입자가 되어 뉴턴의 물질 세상으로 변했다. 바로 입자의 세계는 탐욕과 욕망이 판치는 속세이고, 파동의 세계는 고통이 없는 내적 성찰의 세계인 것 같았다.

그런데 이 파동의 세상을 알게 된 순간, 나는 충격적인 전율을 느낀 것이다. 내가 어릴 때부터 알게 된 부처님의 우주에 대한 비밀이 바로 양자역학을 통해 설명되었다. 겉으로 보이는 세상은 다 물질적이고 개별적인 뉴턴의 세상이지만, 인간을 포함한 삼라만상의 그 속은 더 이상 뉴턴의 딱딱한 개별적인 세상이 아닌 유동적인 흐름 속에서 움직이는 전체적인 세상이었다. 이런 점에서 양자과학과 불교는 미시의 우주와 세상을 설명하는 같은 논리로 나는 받아들였다.

나는 어린 시절부터 어머니를 따라 절에 다녔는데, 부처님의 여러 가르침 중에 특히 내 마음에 와닿은 경전은 금강경과 반야심경이었다. 스님들의 가르침을 통해 나는 경전의 내용을 알게 되었고 그 경전 속에서 비로소 평화를 찾았다.

금강경은 원래 '금강반야바라밀경'이다. 중국이나 베트남에서는 '금강'이라는 다이아몬드같이 단단하다는 의미를 강조하여 '금강경'이라고 부르지만, 사실 '반야바라밀'이란 말이 더 중요하게 느껴졌다. 이 말은 완전한 지혜, 초월적인 깨달음 또는 번뇌의 바다를 건너 피안으로 이르게 해주는 깨달음이란 뜻이었다.

이 경전에서 나는 우리의 마음을 괴롭히는 무지와 어리석음을 끊어내었다. 반야심경의 본래 이름은 '반야바라밀다심경'이다. 그런데 금강경과 이 경전에 나오는 '공(호)' 사상이 바로 양자역학의 원리와 일치했다. 반야심경에는 이런 가르침이 있었다.

"사리불이여, 색(色)이 공(空)과 다르지 않고, 공이 색과 다르지 않으니 색이 곧 공이고 공이 곧 색이니라. 수, 상, 행, 식 또한 이와 같으니라. 사리불이여, 모든 법이 공으로 표시되니 그들은 생겨나거나 파괴되지 않느니라. 불결하거나 성스럽지 않으며, 늘지도 줄지도 않느니라."

"그러므로 공 안에서는 색도 없고 수, 상, 행, 식도 없고, 눈과 귀와 코와 혀와 몸과 정신도 없고, 형상과 소리와 냄새와 맛과 감촉과 법도 없고, 안식에서 의식에 이르기까지 어떤 세계도 없고, 무명에서 늙고 죽음에 이르기까지 연기가 생기거나 소멸되는 일도 없고, 고통도 없고, 고통의 원인이 없고, 고통의 멸함이 없고, 멸하는 길이 없고, 이해도 없고, 얻을 것도 없느니라."

우리 인간의 능력으로 이 세상에서 감지되는 개념은 1과 2는 다르고 늘 따로 존재한다. 그런데 반야심경과 양자역학에서의 가르침은 1과 2가 다르지 않고 동시에 존재할 수 있다는 것이었다. 즉 색과 공이 다르지 않고 색이 공이고 공이 색이었다. 1이 2이고 2가 1이었다. 그런데 고전물리학의 세상에서 이렇게 중첩되어 있는 사물을 과학적으로 측정하면 1이 아니면 2일 수밖에 없었다.

즉 우리가 현실에서 감지하는 것은 색 아니면 공일 뿐이다. 이것이 인간의 한계였다. 그런데 인간의 한계 넘어 저쪽에는 다른 세상이 존재했다. 그 세상이 실재하는 우주였다. 그래서 우주에서는 색과 공이 공존했다. 부처님은 우리에게 공존을 통해 이해를 배우고 행복한 세상을 찾아 드디어 자유의 삶, 우주를 느끼라고 가르친 것이었다.

나는 대학에 들어와 물리학과 화학을 같이 공부하면서 완전히 양자역학에 빠져들게 된 것이다. 그러다 화학과 교수님이신 최동식 교수를 통해 초전도체 분야에 대해서도 나는 관심을 가지게 되었다. 나는 대학 입학 1년 만에 2학년이 되고, 그 다음 해에 나는 4학년 졸업반이었다. 이런 나를 가장 눈여겨보며 아껴주었던 교수님이 바로 최 교수님이었다. 내가 4학년이던 해, 그는 화학과 부교수였다.

그는 대단한 집안 출신의 엘리트 코스를 밟은 사람이었다. 그의 할아버지가 한글학자이자 독립운동가인 최현배 선생이고, 그의 아버지는 윤동주 시인의 유고 시집을 펴낸 정음사 대표 최영해였다. 그 자신은 경기고를 졸업하고 서울대학교에서 화학 학사를 하고 미국 버지니아 대학에서 박사 학위를 받은 정통 엘리트였다. 그럼에도 불구하고 그는 고려대학교의 학풍에 걸맞은 성품의 인자한 학자였다. 늘 소탈하고 학생들을 아꼈다. 그리고 그는 항상 국가적 차원에서의 발전과 성장을 고민하는 선각자였다. 그는 강의 시간마다 학생들에게 늘 말했다.

"요즘 학생들은 좀 더 치열하게 살았으면 좋겠어. 열심히 노력하여 후손에게 좋은 환경을 물려줘야지. 이것이 왜 여러분들이 이 대학에 들어와서 열심히, 그것도 창의적으로 공부하고 노력해야 하는 이유야. 알겠나?"

그의 학문에 대한 치열한 철학은 나에게도 큰 영향을 미치게 된 것이었다. 그는 늘 강의 시간에 BCS 이론을 부정하고 자신의 모델과 이론을 새롭게 구축하는 것이 자신의 꿈이라고 강조했다.

"여러분, 여러분의 꿈은 무엇인가? 나는 여러분들이 과학자의 꿈을 가져야 한다고 생각해. 그런데 과학자가 되려면 최소한의 자세가 필요하지. 그것은 무엇인가? 누가 말해 보지."

모두가 머뭇머뭇하는 사이 내 뒤에 앉아 있던 학생이 손을 들었다.

"예, 교수님. 그것은 호기심. 끊임없는 호기심이라고 생각합니다."

최 교수는 고개를 끄덕이며 말했다.

"뭐, 그것도 맞는 말이지. 호기심, 대단히 중요하지. 그런데 나는 다른 것이 더 중요하다고 생각해. 그것은 말이야. 바로 기존의 이론을 의심하고 부정하는 용감함과 무모함이지. 보통 대단한 천재들이 내놓은 이론들을 우리는 너무나 당연히 비판 없이 받아들이지. 그렇지 않은가? 특히 노벨상을 받은 학자의 이론이라고 하면, 그냥 믿어 버리지. 한국 사람들은 이 용감함과 무모함이 너무 모자라. 여러분, 내 꿈이 무엇인지 아나?"

그는 초전도체의 이론과 역사적 발전의 내용을 가르치는 강의에서, 자신은 BCS 이론을 부정한다고 강조했고, 언젠가 새로운 이론을 만드는 것이 꿈이라고 했다. BCS 이론은 초전도 현상의 원리를 양자역학의 관점에서 설명하는 이론이었다. 1957년에 미국의 과학자들인 존 바딘, 리언 쿠퍼, 그리고 로버트 슈리퍼가 그들의 이름 앞 글자를 따서 지은 이름이고, 이 이론으로 그들은 노벨물리학상을 받았다. 그런데 이 이론은 극저온 상태의 초전도체에 대한 설명으로는 가능했다.

"나는 말이야. 기존의 상식처럼 되어 있는 극저온에서만 초전도 효과가 있다는 사실. 이것이 틀렸다는 것을 주장하고 싶어. 다른 말로 하면 자연 상태, 즉 상온과 상압에서도 초전도가 있을 수 있는데, 우리는 단지 모른다고 생각해. 말하자면 도전을 하지 않아서 그런 거야. 나는 노벨상을 받은 과학자들에게 도전을 해보는 거야. 그래서 상온에서 작동하는 초전도체를 만드는 것이 내 꿈이고, 그리고 이를 바탕으로 새로운 초전도체 이론을 만드는 것이야."

나와 모든 학생들은 최 교수의 주장에 아무 말도 하지 못하고 그를 쳐다볼 뿐이었다. 나는 이때 그의 꿈을 나의 꿈으로 만들어 보자는 결심을 하게 되었다. 그래서 대학 졸업 후에도 늘 그와 연락을 했고 내가 보스턴에 있던 시절에도 비록 서로 떨어져 있었지만 거의 같이 연구를 진행했다고 할 수 있었다.

4

1987년, 나는 2년 만에 대학을 수석으로 졸업했다. 방황기는 끝났고, 내 머릿속은 부처의 반야심경과 양자역학으로 가득 찼다. 대학 졸업과 동시에 나는 대기압에서의 초전도체 개발을 목표로 삼았다. MIT에 진학하고 케털리 교수를 찾아간 것도, 그가 나를 박사 과정 학생으로 받아준 이유도 모두 언젠가 상온, 상압 초전도체를 찾는 데 있었다.

케털리 교수의 주 연구 분야는 상온 초전도체가 아니었지만, 그는 양자 시뮬레이션 연구에 집중하고 있었다. 나는 그를 도우며 연구에 참여했고, 틈틈이 초전도체 관련 정보를 수집했다. 케털리 교수의 배려로 최소한의 과목 학점만 이수하고 대부분의 시간을 실험실에서 양자 연구에 몰두할 수 있었다.

물리학 실험실에서 흔히 사용하는 온도 단위는 켈빈(K)이다. 절대영도(0K)는 이론적으로 물질의 모든 분자가 정지한 상태를 의미한다. 이는 섭씨 273.15도로 매우 낮은 온도이다. 온도가 엄청나게 낮아지면 저항이 사라지는 초전도 현상을 발견한 오네스는 1913년 노벨상을 받았다. 그 이후 수많은 과학자들이 최 교수님과 나처럼 상온에서 관찰되는 초전도체를 찾기 위해 연구에 집중했다.

1970년에는 이미 온도를 상당히 높여 4.5K에서 작동하는 니오븀 게르마늄 초전도체가 발명되었고, 내가 MIT에 오기 전인 1986년에는 스위스 IBM 연구원들이 최초의 산화물로 23K에서 초전도 현상을 관찰하여 1987년 노벨상을 받았다. 온도를 조금이라도 더 올릴 수 있는 초전도체를 찾기만 한다면 누구든지 노벨상을 받는 상황이었.

내가 MIT에 온 1987년 11월에는 앨라배마 대학의 엠 케이 우가 35K에서 같은 특성을 발견하며, 그야말로 피 말리는 온도 올리기 경쟁이 계속되고 있었다. 마침, 나는 케털리 교수의 제안과 추천으로 1학년 학생들을 대상으로 기초물리학 과목을 강의할 수 있게 되었다. 덕분에 학비 면제와 함께 케털리 교수 연구비에서 생활비를 지원받게 되었다. 내 기초물리학 강의에는 MIT 대학교 여러 학부의 학생들이 수강 신청을 했다. 우주항공학, 물리, 화학 분야는 물론, 생물학과 의학에 관심 있는 학생들도 필수 과목으로 수강했다. 나는 1학기와 2학기 내내 강의를 이어갔다.

이 강좌에서 나는 베티, 베티 오브라이언을 만나게 되었다. 그녀는 생물학이 본인의 전공 분야라고 했다. 나보다 두 살 많았던 그녀의 꿈은 MIT에서 학부를 마치면 의사가 되어 뇌신경학 전문의가 되는 것이었다. 나와 그녀는 4년간의 시간을 함께했다. 내가 MIT에서 박사 학위를 받던 같은 해에 그녀는 대학을 졸업하고 의과대학에 진학하기 위해 캘리포니아 샌디에고에 있는 UCSD로 향했다. 그런데 무슨 운명의 장난인지, 나 역시 같은 해 UCSD로 향했다. 그때가 1992년이었다.

어느 날 강의가 끝난 뒤, 베티 오브라이언이 내게 다가와 따로 만나고 싶다고 제안했다. 기초물리학 강좌가 열리는 계단식 강의실은 거의 100여 명의 학생이 참석하는 곳이라 나는 그녀의 얼굴을 기억할 수 없었다.

"미안합니다. 학생은?"

내가 머뭇거리자 그녀는 웃으며 말했다.

"아, 저는 생물학 전공을 하는 베티 오브라이언이라고 합니다. 선생님과 따로 이야기를 좀 하고 싶은데, 시간을 내어 주실 수 있는지요?"

"예, 물론 시간을 낼 수는 있지만 왜 그러는지? 그냥 여기서 내 강의에 대해 궁금한 점이 있으면 질문해 주면 됩니다."

나는 여전히 당황스러워 말을 더듬었다. 베티는 긴 갈색 머리에 하얀 피부, 단정한 용모의 앳된 학생으로 보였다.

"저는 지난 학기에 이어 이번에도 선생님 강의를 듣고 있습니다. 그런데 선생님에게 호감도 느끼고, 또 물리학 강의를 하면서 동양 철학에 대해 언급하는 것도 흥미로워서 좀 더 대화를 하고 싶습니다."

그녀는 인상과는 다르게 적극적으로 자신의 생각을 밝혔다. 나 역시 특별히 그녀의 제안을 싫어할 이유는 없었다.

"그럼 어떻게 만나면 좋을까요?"

그녀는 눈을 크게 뜨고 기쁜 표정으로 말했다.

"혹시 이번 토요일 점심 시간쯤 시간을 내어 주시면 제가 차로 선생님을 픽업하겠습니다. 선생님 연구실이 저 건너편 빌딩이죠?"

그녀는 이미 나의 연구실 위치도 알고 있는 모양이었다.

"좋아요. 그렇게 합시다."

그 주 토요일 오전 11시경, 그녀는 나의 연구실 앞으로 빨간색 포르쉐 스포츠카를 몰고 나타났다.

'아니, 학생이 무슨 포르쉐 차를 몰고 다니나. 굉장히 비싼 차인데.'

나는 그녀의 배경이 궁금했다. 9월 초라 날씨는 싱그럽고 바람도 살랑거렸다. 그녀는 머리에 노란 스카프를 묶고 갈색 선글라스까지 착용하고 있었다. 나는 속으로 생각했다.

'이 학생의 정체가 뭐야? 좀 특이하네.'

"선생님, 타세요. 반갑습니다."

"베티, 고마워요."

"저희 집이 여기서 한 40분 떨어진 곳인데, 점심 준비를 해놓았으니 모시고 가겠습니다."

나는 예상 밖의 제안에 그저 얼떨떨할 뿐이었다.

그녀는 나를 옆에 앉히고 즐거운 듯 이야기를 건넸다. 나는 그저 근처 카페나 벤치에서 이야기할 생각을 했는데, 내 예상이 빗나갔다.

그녀는 주저 없이 차를 몰았다. 찰스 강변을 벗어나자 보스턴 외곽 쪽으로 차는 달리기 시작했다. 시원한 가을 바람과 함께 나무들이 우거진 숲속으로 그녀는 차를 몰았다. 한참을 달려가자 그녀는 언덕 위 저택으로 들어가는 입구에서 차 안에 있는 버튼을 눌렀고, 철문으로 장식된 정문이 열리기 시작했다.

문 중앙에는 외국 영화에서 나오는 귀족 가문의 문장과 같은 장식이 새겨져 있었다. 정문을 지나 숲속으로 5분 이상을 달려간 것 같았다. 숲속을 벗어나니 갑자기 평원이 펼쳐지며 궁전 같은 3층짜리 고색창연한 돌 건물이 나타났다. 건물 오른쪽에는 다른 부속 건물이 두 채 있었고, 한 건물 입구에는 말 두 마리를 손질하는 인부가 보였다.

"자, 선생님. 다 왔습니다. 내리시죠."

"고마워요."

나는 꿈을 꾸는 듯한 느낌으로 차에서 내렸다. 그녀를 따라 집으로 들어가니 거실 앞으로는 2층으로 올라가는 긴 계단이 보였고, 오른쪽으로는 도서관처럼 벽 전체에 책들이 가득한 방이 있었다. 그녀는 나를 그곳으로 안내했다. 그곳에는 중후한 백인 남성과 여성이 캐주얼

한 차림으로 앉아 있었다.

"어서 와요. 저희는 베티의 부모입니다. 저는 롭이고 저의 아내는 샌디입니다. 우리 베티가 선생님 이야기를 종종 하던데, 반갑습니다."

그들은 마치 유럽에서 온 것 같은 영어 말씨를 사용했다.

"예, 반갑습니다. 저는 강철수라고 합니다. 한국에서 유학 온 대학원 학생입니다. 이렇게 점심까지 초대해 주셔서 감사합니다."

"갑자기 베티가 선생님을 모시고 와서 당황스러울 수도 있어서… 허허."

그녀의 아버지가 주로 이야기를 했다. 그때 하녀인 듯한 여성이 와서 말했다.

"점심이 다 준비되었습니다."

그녀의 어머니는 나를 안내하며 말했다.

"이리 오시죠."

나는 그들을 따라 반대편 방으로 향했다. 점심은 각종 굴과 조개 요리를 시작으로, 주식은 랍스터 요리와 버터기름에 삶은 옥수수, 그리고 클램 차우더가 나왔다. 후식으로는 치즈케이크가 나왔다. 음식은 집에서는 보통 먹을 수 없는, 고급 호텔에서나 맛볼 수 있는 요리들이었다. 롭 오브라이언은 나에게 랍스터에 대해 설명했다.

"이 랍스터는 이곳 보스턴에 있는 해양연구소 직원들이 잡아 온 연구용 랍스터입니다. 이 정도 크기는 대략 15년 정도 된 것들이랍니다. 제가 그 연구소에 자선금을 내고 이사회 의장으로 있는지라, 가끔 잡은 랍스터를 우리 집으로 보내옵니다."

그의 아내는 내가 어떠한 배경의 사람인지 궁금해했고, 특히 어떻게 알았는지 고등학교 시절 내가 참가한 국제 수학 올림피아드 대회에서 금상을 받은 것도 알고 있었다.

"제가 들어보니 한국에서 고등학교 시절 국제 수학 올림피아드에 출전하여 금상을 받았다고 들었어요. 이렇게 수학 천재를 만나다니 반가워요. 사실 저의 조카가 지금은 뉴욕 컬럼비아 대학에서 수학 교수로 재직 중인데, 그 친구는 대학생 때 국제 수학 올림피아드에서 금상을 받았지요. 이름이 존 페커먼인데 혹시 아시는지? 하여간 그래서 제가 그쪽에 대해 좀 알고 있습니다."

나는 존 페커먼이라는 이름을 알고 있었다. 그는 수학계의 노벨상이라고 알려진 필즈상 수상자였다.

"예, 저는 그분을 직접 만난 적은 없지만, 그분이 필즈상도 받으셨죠."

나는 베티의 어머니인 샌디를 보며 이야기를 이어갔다. 그녀는 내가 자신의 조카에 대해서도 자세히 알고 있는 것을 보더니, 자신의 남편과 딸을 번갈아 쳐다보며 흐뭇한 미소를 지었다. 그녀의 어머니는 또한 내가 어떻게 2년 만에 대학을 졸업할 수 있었는지, 그리고 내가 자신의 딸보다도 2살이 어리다는 사실도 알고 있었다. 나에 대해 지대한 호기심을 많이 가지고 있었다. 하여간 내가 받은 느낌은 베티의 집안이 아마도 보스턴 지역에서 대단한 유지라고 생각되었고, 그들도 나에게 대단한 관심을 표명했다.

점심 식사와 환담이 끝난 후 베티의 부모님은 다시 나와 만날 기회가 있으면 좋겠다고 했고, 베티는 말은 하지 않았지만 싱글벙글 웃는 얼굴로 나를 기숙사까지 차로 바래다주었다.

예상치 못했던 베티 가족과의 만남이 있은 후, 베티와 나는 가끔 만나 산책도 하고 주말도 함께 보냈다. 우리는 자연스럽게 서로 관심 있는 분야에 대해서도 이야기했다. 그녀는 MIT 졸업 후에는 의과대학에 진학하여 신경과학을 공부할 생각이라고 했다.

특히 MIT에서 우연히 듣게 된 내 물리학 기초 강의를 통해 그녀는 컴퓨터 작동 원리 측면에서 뇌신경 구조를 연구하고 싶다고 했다. 나는 그녀와의 대화 속에서 언젠가는 컴퓨터와 인간의 뇌, 그리고 양자역학이 한 방향으로 진화할 것 같다는 생각을 하게 되었다.

내가 나중에 알게 된 사실은 그녀의 집안이 원래 아일랜드계 가톨릭 집안으로, 이곳 보스턴 지역의 유명한 유력가였다는 것이다. 특히 그녀의 아버지는 매사추세츠주를 대표하는 민주당 상원의원이었고, 마침 당의 원내 총무직을 맡고 있었다.

그녀의 이야기를 듣고 보니 가끔 신문이나 TV에서 그녀의 아버지를 본 기억이 났다. 나는 베티가 왜 나에게 호감을 가지고 있는지 처음에는 잘 몰랐다. 나중에 그녀의 고백을 들었다. 처음에는 나를 깍듯이 미스터 강이라고 불렀지만, 언제부터인가 나중에는 나를 '철'이라고 늘 불렀다.

"철, 사실 나는 거의 1년간 당신의 강의를 들으며, 당신이 하고 있는 일과 당신이 천재라는 점에 반했어요."

나는 베티의 말에 대단히 당황했다. 나는 사실 독신주의자였다.

만약 내가 수재가 아니었고 양자역학이라는 학문에 대한 욕구가 없었다면, 나는 아마도 불교의 출가자로 중이 되었을 것이다.

나는 누구와 인연을 강하게 맺는 것에 대한 두려움을 가지고 있었다. 마치 화학에서 공유 결합 같은 돌이킬 수 없는 관계. 나는 그런 관계를 늘 피했다. 이온 결합 같은 언제든지 쉽게 헤어질 수 있는 인간관계에 대해서는 부담이 없었지만. 그러나 베티에게 나의 마음속에 자리 잡고 있는 그런 생각을 말할 수는 없었다. 나의 이런 문제만 아니면 나도 베티의 모든 것에 호감이 갔다.

5

1992년 3월, 나는 샌디에고로 왔다. UCSD는 27명의 노벨상 수상자를 배출한 연구 중심의 명문 대학이었다. 16명의 교수는 모두 노벨상 수상자들이었다. 나는 UCSD 공학과에 있는 성배영 교수의 실험실에 포스트닥으로 오게 된 것이었다. 전체 대학 캠퍼스는 라호야에 위치해 있었고, 전공 분야에 따라 여러 지역에 흩어져 있었다.

캠퍼스가 있는 라호야라는 동네는 스페인어로 '보석'이라는 뜻이라고 했다. 이곳은 두말할 필요도 없는 샌디에고의 보석 같은 휴양지였다. 이곳 역사를 살펴보니 1891년 자선가인 엘런 브라우닝 스크립스가 이곳으로 이사한 후 스크립스 해양연구소와 스크립스 병원을 설립하고 라호야 도서관도 건립했다고 했다.

1920년대와 30년대에는 할리우드 스타들이 근처에 위치한 라 발렌시아 호텔로 몰려오면서 인기를 끌기 시작했다. 1960년대 중반에 UC 샌디에고가 설립되면서 교수들과 학생들에 의해 혁신과 학문의 중심지로 거듭나게 되었다.

또한 근처에 미국에서 가장 규모가 큰 해군 기지가 있어 해변에서는 심심치 않게 항공모함이 정박해 있는 모습도 보였고, 하늘에는 늘 전투기가 날아다니고 있었다. 라호야에 있는 스크립스 병원 근처에는 여러 바이오 관련 연구소가 설립되어 있고 인근에는 바이오 벤처 타운도 조성되어 있었다. 이곳에 오기 전에는 잘 몰랐지만, 와보니 왜 베티가 이곳 의과대학을 선택했는지 조금은 이해가 갔다.

내가 이곳에 오고 여름이 바로 지난 그해 가을, 베티는 신학기에 맞춰 UCSD 의과대학 의학과 MD 과정의 신입생으로 오게 되었다. 우리는 다시 만나게 된 것이다. 우리는 뭔가 헤어질 수 없는 운명적인 끈이 서로를 연결하고 있다는 느낌이 들었다.

대학 근처에는 규모가 큰 웨스트필드 쇼핑몰이 있고, 주변에 고급 콘도들과 서민형 콘도들이 위치해 있었다. 나는 몰 근처에 있는 서민형 콘도에 월세로 방을 얻었다. 대학 실험실도 가깝고 몰도 가까이 있어 생활하기가 편했다. 가을이 되자 베티가 이곳으로 온다는 연락을 보내왔다. 나는 베티를 맞으러 공항으로 나갔다. 공항은 더 남쪽에 위치하고 있었고, 내가 살고 있는 동네에서는 차로 한 25분 정도면 갈 수 있는 거리였다. 아직도 낮에는 약간 덥게 느껴지는 날씨였다.

샌디에고 공항은 사실 80년대 초까지만 해도 시골 공항같이 느껴지는 곳이었다. 비행기에서 직접 내려 걸어서 건물로 들어가는 목가적인 곳이었다. 불과 10여 년 만에 공항은 국제공항답게 새로운 건물로 증축되고 있었다. 원래 샌디에고는 해군 기지와 항공 관련 산업체들이 주를 이루고 있는 꽤 한가한 시골이었다. 내가 온 90년대부터 IT와 바이오 분야의 스타트업들이 이곳에 들어오기 시작하면서 활기를 띠고 있었다.

특히 1985년에 UCSD 교수였던 어윈 제이콥스가 MIT 동창생들과 함께 창업하여 성공한 퀄컴이라는 회사는 무선 전화와 통신 연구 및 개발 기업으로 무서운 속도로 성장해 가고 있었다. 제이콥스 교수가 MIT에서 컴퓨터 공학으로 석사와 박사를 했고 또 그의 MIT 친구들과 이곳에서 창업한 회사였기 때문에 나는 이곳에 오기 전 보스턴에서 이미 잘 알고 있는 대학원 선배들이었다.

그러나 공항은 여전히 다른 대도시 공항에 비해서는 아직도 여유가 느껴지는 한가한 곳으로, 공항 건물 앞쪽의 주차장은 야자수로 곳곳에 조경이 되어 샌디에고 특유의 풍경을 표현하고 있었다. 나는 건물 1층에 들어서며 아침에 보스턴에서 떠난 UA 035편 비행기의 도착 시간을 TV 화면에서 확인하고 있었다. 20분 정도를 기다리니 화면에 비행기가 착륙했다는 표시판이 들어왔다. 얼마 지나지 않아 그녀가 2층에서 아래층 짐 찾는 곳으로 내려오는 모습이 보였다.

"하이, 베티."

나는 몇 달 만에 보는 그녀를 보며 손을 흔들었다. 반가웠다.

"오, 철. 반가워."

그녀도 작은 가방 하나를 든 가벼운 모습으로 나에게 달려왔다. 우리는 서로 얼싸안았다.

"그동안 잘 지냈지? 우리는 인연이 깊은 것 같아."

그녀는 나를 똑바로 쳐다보며 말했다. 그녀의 갑작스러운 말에 나는 다시 한번 당황하지 않을 수 없었다. 그녀의 짐은 단출했다.

"부모님은 잘 계시지? 아버님은 가끔 TV나 뉴스에서 뵙지만."

"그럼, 잘 계시지. 철에게 안부를 전해달라고 하셨어. 엄마는 이번 겨울에 한번 이곳으로 놀러 오시겠다고 했어. 알지 않아? 보스턴의 겨울이 어떤지. 아마 여기서 겨울을 보내실 생각인가 봐."

그녀는 마치 남에 대한 이야기를 하듯 자신의 부모에 대해 언급했다.

"베티가 공부할 의대 캠퍼스와 내가 있는 공학 캠퍼스가 별로 멀지 않더군. 그래 언제부터 학기가 시작하나?"

나는 이제 학생이 아닌 베티를 어떻게 대해야 하는지, 그리고 어떤 스타일로 그녀에게 이야기를 해야 하는지 혼란스러웠다.

그녀는 내가 사는 콘도의 다른 동 건물에 방을 얻었다. 사실 몇 달 전 여기 오기 전날, 보스턴에서 그녀는 나에게 결혼을 제안했지만 내가 거절하는 바람에 좀 껄끄러운 사이가 되었다. 결혼도 싫다, 동거도 싫다는 나를 그녀는 어떻게 해서든지 이해하려고 노력했다. 나의 복잡한 마음을 그녀에게 충분히 납득시키지 못하는 나 자신이 싫었다. 나는 그녀를 좋아했지만, 관습적인 얽힘을 싫어하는 나. 그러나 이런 문제로 나와 베티는 서로 남남이 되는, 헤어지는 관계는 원치 않았다.

우리는 틈틈이 시간이 날 때마다 인근에 위치한 토리파인 글라이더 항구에서 산책도 하고, 라호야 연극 공연장에서 연극도 관람하고, 토리파인 주립공원에서 탁 트인 멋진 풍광을 보며 하이킹을 즐겼다. 우리는 만날 때마다 서로의 공부나 연구 관심 분야에 대해 이야기했다. 어떻게 보면 에로스가 아닌 플라토닉 러브였다.

그런데 샌디에고로 온 이후 얼마 안 되어 놀랍게도 서준이 형과 그의 가족을 만나게 된 것이다. 서준이 형과의 재회는 나에게 새로운 활력소를 불어넣어 주었다. 가능하면 그와 많은 시간을 보내려고 노력했다. 내가 어릴 때는 늘 나의 고민을 서준이 형과 상의했는데, 이제는 그에게 나의 사적인 고민들, 베티와의 관계에서 생기는 고민들을 이야기하지 않았다. 모든 것을 이제는 내가 안고 살았다.

나의 연구에도 많은 극적인 진척이 있었다. 우연히 투손에서 만난 짐 비게이. 그로 인해 나의 연구는 획기적인 전환점을 맞게 되었던 것이다. 그와 친해지고 나서 보니, 그의 아버지는 나바호 원주민을 대표하는 저명인사였다.

그는 한국전 참전용사였고 나바호 원주민 출신으로는 드물게 핵물리학 박사로 원자탄 개발로 유명해진 뉴멕시코에 있는 로스앨러모스 국립연구소에서 일했고 은퇴했다. 마침 짐을 알게 되어, 1994년 그의 아버지 프레드 비게이 박사가 국가 과학 재단인 NSF에서 주는 표창을 받는 행사가 워싱턴 D.C.에서 있었는데 나도 초청을 받아 참석했다. 내가 받은 첫인상은 마치 영화에서 본 인디언 추장과 같은 후광을 가진 인물이었다.

나는 짐과 데스밸리 국립공원의 안내원인 알 낙카이의 도움으로 두 번 정도 추가로 광물 조각을 받아 기본적인 연구는 어느 정도 완료되어 가는 상황이었다. 그리고 1995년 봄에는 카이스트 교수로 가기로 예정되어 있었다. 그러던 어느 날 양복을 입은 건장한 남성 두 사람이 대학 실험실로 나를 찾아왔다.

"당신이 강철수인가? 우리와 같이 갈 곳이 있어."

뭔가 심상치 않은 일이 일어난 느낌이었다.

"예, 내가 강철수인데 당신들은 누구야?"

나는 그들에게 신분을 밝히라고 요구했다.

"나는 연방수사국 요원인 톰 파크이고 이 사람은 짐 패거슨이요. 우리를 따라가야겠어."

그들은 나에게 신분증을 제시했다. 나는 무슨 영문인지 이해는 가지 않았지만, 저항을 할 수 없는 상황으로 판단했다. 그들은 체포하는 이유를 묻는 나에게 답을 하지 않았다. 나는 순순히 그들을 따라 건물 앞에 주차해 있는 검은색 밴에 올랐다.

그들은 나를 샌디에고 지역 연방수사국 수사실로 데리고 갔고, 그곳에 도착해서야 나를 체포한 이유를 설명했다. 그들의 이야기는 내가 불법적으로 국립공원 직원에게 광물을 채취하도록 요구했고, 내가 하는 연구가 미국 정부의 안보와 관련된 민감한 분야라서 나를 일단 구금해야 한다는 것이었다.

나는 그들에게 나를 구금할 수 있는 체포 동의서를 보자고 계속 주장했지만 그 주장은 묵살되었다. 그리고 나를 같은 건물의 지하실로 데리고 갔다. 희미한 불빛의 복도 끝에 있는 마치 경찰서 유치장 같은 방에 나를 구금한 것이다.

　방에는 작은 침대와 화장실이 따로 갖춰진 공간이 있었다. 그나마 다행스러운 것은, 구금하고 약 한 시간 후에 나를 이곳으로 데리고 온 톰 파크라는 친구가 나타나서, 외부로 전화는 할 수 있다고 하며 무선 전화기를 건네주고 또한 간단한 저녁 식사를 제공했다. 나는 연방수사국에 구금된 사실을 성 교수, 그리고 짐과 베티에게 전했다. 성 교수에게 이 사실을 알렸지만 그는 어쩔 줄 몰라 하며 내가 원하는 것이 있으면 말하라고 하고 전화를 끊었다.

　짐의 경우는 대단히 미안하다고 했고 한 시간 후에 다시 나에게 전화하여 자신이 알아보니 알이 고의로 고발한 것은 아니고, 저녁에 이상한 행동을 하는 알을 보고 국립공원 책임자가 연방수사국에 연락하면서 일이 이렇게 되었다는 것이었다. 나는 앞이 캄캄했다. 마지막으로 베티에게 전화하여 변호사를 알아봐 달라고 부탁했다. 나는 그날 밤 전혀 잠을 이루지 못하고 밤을 새웠다.

　그런데 그 다음 날 새벽, 침대에 누워 있는 나를 파크 요원이 깨우는 바람에 정신을 차렸다.

　"강 박사, 당신 참으로 대단한 사람인 모양이야. 일단 풀어주기로 했으니 그리 알아. 상부의 제일 높은 보스가 전화를 했더군. 워싱턴 D.C. 본부 연방수사국 국장이 직접 나에게 오늘 새벽에 지시를 했어. 내가 FBI에 들어오고 처음 있는 일이야. 국장이 나 같은 사람에게 직접 전화를 하다니. 국장은 당신네 나라 대사와 상의해서 내린 결정이라고 했고 아마 당신네 나라 대사관으로부터 무슨 연락과 조치가 있을 거야. 하여간 앞으로 조심하라고. 잘못하면 당신은 추방도 당할 수 있지만 미국 감옥도 갈 수 있어. 알겠어?"

나는 그가 나를 강 박사라고 부르며 하는 이야기에 대해 무슨 내용인지 전혀 알 수는 없었지만 안도의 한숨을 쉬었다. 나는 그에게 힘없는 목소리로 말했다.

"하여간 감사합니다. 앞으로 조심하겠습니다."

그날 아침에 내가 실험실로 나타나자 성 교수는 깜짝 놀라며 나를 맞이했다. 사실 그는 내가 국립공원 광물 채취 건에 대해서는 전혀 언급한 적이 없었기에, 내가 연방수사국에 구금된 일에 대해 궁금해했다. 그러나 나는 그 배경에 대해 소상히 이야기할 수는 없었다.

나중에 안 사실은 베티가 나의 사정을 자신의 아버지에게 이야기해서 도움을 요청했다는 것이다. 마침 그의 아버지는 상원에서 국가안보위원회의 위원장이었다. 그의 아버지가 나의 사정을 연방수사국장과 한국 대사에게 이야기하여 나를 일단 풀어주도록 했다는 것이었다.

나는 나의 연구 활동에 대해 더 이상 숨기지 못하고 조금 자세하게 베티와 그의 아버지와 상의를 했다. 사실 내가 투손의 광석과 보석쇼에 갈 때는 가끔 베티도 같이 동행한 적이 있어서, 그녀는 자세히는 몰랐지만 내가 외계에서 지구로 떨어지는 운석으로 연구를 하고 있다는 정도는 알고 있었다.

베티 아버지는 아무래도 내가 하는 연구가 대단히 민감한 분야이니 앞으로 조심하는 것이 좋겠고, 가능하면 구체적인 연구 결과나 진척사항을 일단 비밀로 하는 것이 바람직할 것 같다고 이야기했다. 내 생각에도 아직은 연구가 초기 단계에 있어 뭐라 말할 수는 없지만, 언젠가 내가 상온, 상압 초전도체를 이용하여 양자컴퓨팅을 상용화하는 날이 온다면 그 응용 분야 중의 하나가 국가의 암호 체계를 해독할 수 있는 기술이 될 수 있다는 것을 나는 알고 있었다.

오브라이언 상원의원은 이 기술에 대해 자세히는 몰랐지만 그는 국가안보위원회 위원장으로서 그 정도로 이 분야의 미래 기술이 중요하다는 것은 파악하고 있는 것 같았다. 아마도 이러한 우려를 그는 이미 알고 있었고, 이러한 내용에 대해 워싱턴 D.C.에 있는 한국 대사와도 상의한 모양이었다. 며칠 후 워싱턴 D.C. 한국 대사로부터 전화를 받았다.

"강철수 박사님, 저는 이성구 대사입니다. 하여간 이번 문제는 오브라이언 상원의원께서 양국의 문제를 잘 중재해 주셔서 원만히 해결이 되었습니다. 한국에 귀국해서도 일단 연구는 문제없이 진행할 수 있을 겁니다. 그렇게 아십시오."

사실 내가 아무 일 없이 연방수사국에서 풀려나고 무사히 한국으로 귀국하고 나서 세월이 좀 지나서 어느 날 카이스트 교정으로 찾아온 국정원 요원을 통해서 나는 조금 더 자세히 전후 사정을 알 수 있었다. 워싱턴 D.C.에 있는 한국 대사관에 나와 있는 우리나라 국정원 직원이 대사의 지시로 한국 본부에 보고를 했고, 결국 한국과 미국의 안보 책임자들의 결정에 의해 내가 풀려났던 것이다. 물론 그 중심에는 베티의 아버지가 있었고.

결국 한국과 미국 정부의 합의로 나는 자유롭게 한국으로 돌아와 연구를 계속할 수는 있었다. 그러나 그 이후 나는 미국과 한국 정부의 감시 대상이 되었던 것이다. 좋게 말해서는 나를 보호한다는 명목이었다.

카이스트에 온 지 몇 해 후에 나는 자유롭게 양자 관련 연구나 초전도체에 대한 일은 계속했지만 크립토나이트에 대한 특허를 낼 수도, 학회에서 발표도 할 수 없었다. 또한 한국 정부에서는 국정원에서 나에게 담당 요원을 때때로 파견하여 나를 감시하게 만들었다. 이 사태로 한 가지 좋았던 점은 베티 아버지의 도움으로 미국국립보건원(NIH)으로부터 인간의 뇌와 컴퓨터를 연결하는 연구에 나도 컴퓨팅 부문에 연구원으로 참여하여 연구비 지원을 베티와 같이 받게 된 것이었다.

인생의 길흉화복은 예측이 늘 불가능하니 너무 슬퍼할 것도 혹은 너무 기뻐할 것도 없다는 고사성어 '새옹지마'. 나는 어릴 때부터 이 고사성어를 좋아했다. 그래서 그런지 몰라도, 나의 가장 큰 단점은 희로애락에 대해 너무 냉정하다는 것이었다. 이것이 늘 베티가 말하는 나에 대한 평가였다. 한국에 귀국하기 직전 베티와 나는 크립토나이트에 대한 대책을 미리 강구했다. 한 가지 극복할 아이디어가 떠올랐다.

"베티, 한 가지 타개할 방안이 있어. 통상 특허는 20년 동안만 독점적 지위가 인정되는 한계가 있지. 공식적으로 학계에 발표도 못하는 상황에서, 특허를 피해 갈 방법을 찾으면 되는 거야. 모든 것이 새옹지마야."

나는 일전에 베티에게 새옹지마의 유래에 대해 설명했기 때문에, 내가 이 단어를 언급할 때마다 그녀도 이제는 고개를 끄덕이며 동의했다. 나의 갑작스러운 말에 베티는 나의 말에 집중했다.

"그래서요? 철."

내가 생각해 낸 사례는 코카콜라의 경우였다.

"베티, 이렇게 하면 어떨까? 왜 코카콜라가 제조법을 특허로 내지 않고 비밀로 하고 있다는 이야기 알지?"

"그렇지요. 철, 나도 들어서 알고 있는데."

나는 내 생각을 계속해서 베티에게 이야기했다.

"코카콜라의 경우 소수의 임원만이 부분적으로 배합 비밀을 알고 있고, 이 경우 한 가지 위험은 만약 비밀이 유출되면 법의 보호를 받을 수 없다는 문제가 있기는 하지만. 그래서 내 생각에는 크립토나이트 광석의 소스, 정제법과 화합물 배합 비율을 코드화하려고 해. 그리고 나와 베티만이 알고 있는 것이지. 우리가 서로 기억만 하고 있자고. 나는 이미 광석 추출에 대한 모든 실험 결과와 배합 내용에 대한 실험 기록을 파기했어."

베티는 고개를 갸웃하며 나에게 질문을 던졌다.

"그런데 철, 그렇게까지 해야 할 이유가 있을까요?"

나는 베티를 쳐다보며 말했다.

"내가 보기엔 만약에 상온에서의 초전도체 기술과 양자컴퓨팅이 완전히 상용화될 경우, 한국과 미국 정부에서 이토록 나의 연구에 민감해하는 이유가 국가 차원에서는 언젠가 암호에 대한 안보가 완전히 취약해지기 때문일 거야. 그러니 다른 국가 안보팀에서도 서로 상온 전도체 기술을 확보하려고 혈안이 되어 있고 수단과 방법을 가리지 않고 정보를 얻어내려 할 거야."

사실 1980년대 말까지만 해도 세계 과학계는 초전도 열풍으로 몸살을 앓고 있었다. 이 때문에 많은 노벨물리학상이 초전도체 연구자에게 주어지기도 했다. 그러나 그 열풍은 90년대에 들어오면서 갑자기 식기 시작했다. 기존의 BCS 이론이 점차 쏟아져 나오는 새로운 연구 결과를 설명할 수 없었기 때문이다.

이 이론에서는 전자가 쌍을 이루면 자화율이 0이 되어야 하는데, 초전도 현상을 일으키는 높은 온도 상황에서 0이 더 이상 되지 않았기 때문이다. 한국에서는 어느 정도 상온 초전도체의 성공을 감지한 최 교수가 ISB 이론이라는 새로운 모델을 1993년에 발표했다. 그는 고려대 생산기술연구소와 기초과학연구소가 주최하는 초전도 세미나에서 그의 획기적인 이론을 공개했다.

"안녕하세요, 최동식입니다. 저는 오늘 상온에서 초전도체를 만들 수 있는 이론적 근거를 발표하고자 합니다. 그것은 바로 저의 ISB 이론입니다. 저는 이 이론을 통해 상온에서 초전도체를 만들 수 있다고 주장합니다."

그의 발표에 장내는 소란스러워졌다. 참석한 과학자들은 그의 말을 믿지 못하겠다는 표정으로 웅성거렸다.

"저는 확신을 가지고 이야기합니다. 전자들이 집단 진동이라는 협동 현상을 보일 때, 한쪽 끝에 전자가 유입되면 다른 쪽으로 밀려 한 칸씩 이동이 연쇄적으로 일어나며 이때 빛처럼 저항 없이 움직이기 때문에 터널링 현상이 일어납니다. 저의 이 주장은 전자는 입자이기도 하지만 액체론적 측면에서는 파동 성격에 근거한 것입니다. 저는 이를 바탕으로 '초전도 띠'라는 개념을 만들었습니다. 영어로 Interatomic Superconducting Band라고 하고 앞 글자를 따서, 저는 ISB 이론이라고 명명했습니다. 이 이론을 바탕으로 임계온도, 임계 전류 밀도, 임계 자장의 전자 물성 중에 하나를 높일 수가 있는 겁니다. 그래서 상온에서 초전도체 개발이 가능한 것을 주장하는 것입니다."

그의 혁명적인 발표에 대해 학회에 참석한 과학자들의 비판이 쏟아져 나왔다. 서울대 물리학과 김한성 교수의 비판이 가장 심했다. 최 교수는 몇 달 후인 9월에 과학동아 기자와의 인터뷰에서 그의 속마음을 털어놓았다.

"저는 노벨상을 받은 과학자들의 말만 맹신하는 일반 연구자의 자세는 잘못되었다고 생각합니다. 솔직히 마이스너 효과가 반드시 나타나야 초전도체가 된다는 주장도 말이 안 됩니다. 사실 저희 연구실에서는 저의 이론에 맞는 초전도체를 여러 개 찾아내었습니다. 그래서 현재 특허도 준비 중이지요. 저의 ISB 이론에 대해 비판하는 것은 받아들일 수 있지만, 최근 한국에서 학문 간의 장벽이 너무 심하다는 것을 느꼈습니다. 참으로 실망스럽습니다. 그리고 사실 제가 초전도체 연구에 대한 도전은 학생들에게 물리학을 강의하며 시작되었습니다."

그 말은 사실이었다. 늘 최 교수님은 학생들에게 강의하면서 공부에 몰입하고 집중하자고 강조했다. 그는 학생들에게 이야기한 내용에 대해 자신이 솔선수범하는 모습을 보여주고자 노력했다. 그것이 바로 초전도체의 새로운 이론 수립에 도전한 것이었다.

"여러분, 학생들, 우리 모두 전자 속으로 한번 들어가 몰입해 보자구."

나는 최 교수께 나의 연구 결과를 자세하게 말씀드린 적은 없었다. 그러나 최 교수께서 아마도 나의 상온 초전도체의 성공을 감지한 듯이, 그의 ISB 이론을 세상에 발표한 것이다. 그러나 그의 주장에 대한 학계의 관심은 대단히 부정적이었다.

나는 내가 얻은 상온 초전도체 진척 상황에 대해 한국과 미국 정부와의 약속 때문에, 최 교수님을 포함하여 누구에게도 자세한 연구 결과를 공개할 수는 없었다. 단, 나의 연구 진척 상황은 늘 베티와는 공유하고 있었다.

6

나는 1995년 27세의 나이로 한국과학기술원, 즉 카이스트의 교수로 임용되었다. 당시 대전 지방 신문에는 최연소 천재 교수가 카이스트에 임용되었다는 기사가 실리기도 했다. 귀국하기 전 나는 내가 부임할 학교 캠퍼스가 서울 홍릉에 있다고 착각했다. 미국에 있는 동안 한국의 최근 변화에 덜 민감했거나 솔직히 관심이 없었다. 그런데 귀국 직전에야 근무할 곳이 서울이 아니라 대전 유성이라는 사실을 알게 되었다.

어릴 적 부모님을 따라 온천욕을 위해 종종 찾아왔던 유성은 서울역에서 기차를 타고 대전역에 내려 택시를 타고 찾아가면, 온천 여관 몇 채와 온통 논밭뿐인 시골 휴양지였다. 그런데 수십 년 만에 대학교수로 방문한 유성 주변은 천지가 개벽하고 있었다.

대한민국은 1970년대로 넘어오면서 과학 기술 육성을 위한 인프라 구축이 절실했다. 우선 서울 동대문구 홍릉을 중심으로 한국과학기술연구소를 비롯한 여러 연구 및 교육 기관이 개설되었다. 그러나 추가적으로 정부 출연 연구소를 홍릉에 계속 건설하려니 더 넓은 부지가 필요했다. 마침내 본격적인 새로운 국가 연구단지로 대전 유성 근처에 위치한 대덕단지가 결정되었고, 1974년부터 공사가 시작되었다.

내가 귀국했던 1995년에는 이미 대덕단지에 화학연구소, 전자기술연구소, 표준연구소, 기계금속연구소 등이 설립되어 가동되고 있었고, 주변 외곽을 군인들이 지키고 있었다. 그만큼 정부에서는 이곳을 국가 미래를 걸 정도로 중요한 곳으로 생각했다.

그와 함께 유성 온천장 주 도로를 마주 보며 자리 잡고 있는 넓은 지역은 카이스트 캠퍼스로 조성되고 있었고, 모든 건물은 새로 신축되고 있었다. 카이스트 캠퍼스 뒤쪽으로는 충남대학교가 이미 자리를 잡고 있었다. 온천 휴양지와 연구단지, 그리고 근교에는 갑천과 같은 개천과 산책로가 조성되어 있는 현대적 타운이 들어서고 있었다. 영산이라고 불리는 계룡산과 백제 때의 산성이 남아 있는 계족산이 중심이 되어 단지 주변을 둘러싸고 있었다. 주변 지역에는 대청호와 공주의 공산성 등 수많은 명소들이 자리 잡고 있어, 문화적인 도시를 이루고 있었다. 사방에 산이 많아 주말이면 나도 동료들과 등산을 자주 하게 되었다.

내가 일하게 된 카이스트는 외국에서 갓 박사 학위를 받은 젊은 수재들이 모여들고 있었다. 또한 정부의 전폭적인 지원으로 신생 대학이었음에도 한번 해보자는 열정과 집념이 넘쳐나는 분위기였다. 당시 미국 교육부가 인정하는 공학 교육 평가 기관인 ABET가 이 대학을 평가했는데, 석·박사 과정의 수준이 미국 대학 상위 10% 수준이라고 했다. 따라서 신설 대학교인 카이스트는 국가 차원에서 산업 발전에 필요한 과학 기술 분야의 인재 양성과 기초 및 응용 연구를 주도하는 기관으로 자리매김하고 있었다.

내가 귀국한 1995년도에는 서울대 화학과를 수석으로 졸업하고 미국 대학에서 많은 연구 경력을 쌓은 심상철 교수가 카이스트의 원장으로 일하고 있었다. 그는 유기광화학 분야에 수많은 업적을 쌓은 학자로, 내가 관심 있어 하는 양자역학 응용 분야에도 관심을 표하며 연구비 지원을 해주려고 노력했다.

그러나 이 당시에는 국제적으로도 초전도체 자체에 대한 관심이 많이 줄어들어, 연구비를 받기가 힘든 상황이었다. 어쩔 수 없이 나는 상온 초전도체 연구를 비공식적으로 이어 나갔다. 그리고 일반적인 양자 분야의 응용 연구와 베티와의 뇌 과학 연구는 공식적인 차원에서 지원을 받아 진행할 수 있었다.

마침 내가 이곳에 온 그해 가을, 베티로부터 갑자기 전화가 왔다. 그녀는 약간 화가 난 목소리였다.

"철, 하도 연락이 없어 궁금해서 전화했어. 어떻게 그렇게 무심해? 오랜만에 고국에 귀국하여 새로운 직장에서 일을 하려니 정신이 없을 거라고는 생각했지만, 그래도 너무 무심하네."

"베티, 정말 미안해. 진작 내가 먼저 전화를 했어야 했는데. 응, 나는 잘 지내고 있어. 샌디에고는 어때?"

나는 늘 베티에게 쩔쩔매었다.

"철, 놀라지 마. 다음 주에 내가 한국에 갈 테니 시간을 좀 비워두라고."

"베티, 뭐, 갑자기?"

그녀는 다음 주 서울 남산 인근 신라호텔에서 '뇌-컴퓨터 인터페이스 국제 심포지엄(International Symposium on BCI Research and Standards)'이라는 학회가 열리는데, 자신도 참석차 한국에 오기로 했다는 것이었다. 이 당시만 해도 BCI, 즉 뇌-컴퓨터 인터페이스(brain-computer interface), 인간의 뇌와 외부 장치 간의 직접적인 상호작용을 연구한다는 주제는 다분히 비인도적인 혹은 비인간적인 연구 분야로 취급받고 있었다. 그만큼 연구자들은 개념적인 기초 연구를 하고 있었다.

사실 베티는 아직 의과대학 4학년 학생이었지만, 이미 대학교수와 BCI 관련 연구에 조력자로서 참여하고 있었다. 그녀가 교수의 지지를 받은 배경에는 NIH의 기초 연구비가 베티를 연구원으로 포함시켜 그 교수에게 지급되고 있었기 때문이었다.

학회는 월요일부터 3일간 진행될 예정이라고 했다. 그녀의 제안에 따라 나도 그 학회에 참석하기로 했고, 우리는 학회 시작 전날인 일요일에 호텔에서 만나기로 약속했다.

"베티, 안녕."

내가 호텔 로비로 들어가자 나와 약속한 시간에 로비 소파에서 그녀는 나를 기다리고 있었다. 우리는 환한 얼굴로 서로의 손을 붙잡았다.

"한국에 오는데 고생은 안 했어? 시간이 많이 걸리지?"

그녀는 샌디에고에서 직접 출발하는 대한항공편으로 왔다고 했다.

"아니야, 철. 나는 고등학교 시절 부모님과 함께 일본과 중국을 여행한 적이 있어서 동양이 처음은 아니야. 물론 한국 방문은 이번이 처음이지만."

우리는 로비 소파에 앉아 지난 몇 달간 서로 보지 못한 회포를 풀었다. 베티와 학회에 참석해 보니 아직 BCI에 대한 연구는 개념을 정립하는 단계였고, 가장 큰 문제는 아직도 우리 인간의 뇌에 대한 자체 연구 내용이 너무 부족하다는 사실이었다. 일단 베티와는 외부와 인터페이스할 수 있는 뇌의 적당한 부위가 어디인지에 대한 연구에 집중하는 것이 좋을 것 같다는 의견에 동의했다.

그녀는 나와 충분히 시간을 같이 할 생각으로, 학회가 끝난 후 곧바로 미국으로 돌아가지 않고 4일 후에 샌디에고로 돌아가는 비행기 표를 예약했다고 나에게 이야기했다. 상의 끝에 그녀는 학회가 끝난 나머지 시간은 대전에서 나와 같이 보내기로 결정했다.

그녀는 내가 어떻게 살고 있는지 궁금한 모양이었다. 그리고 일전에 샌디에고에서 있었던 연방수사국 사건에 대해 나와 더 의논하고 싶은 눈치였다. 우리는 학회가 끝난 목요일 아침, 나의 차로 대전을 향해 출발했다. 주중이라서 그런지 고속도로는 차가 많이 없었다. 나는 죽전휴게소에 들러 점심도 할 겸 차를 세웠다.

"베티, 여기는 고속도로 휴게소인데 좀 쉬고 점심도 먹고 가려 하는데, 괜찮아?"

그녀에게는 한국에서의 모든 것이 신기한 모양이었다.

"철, 좋아. 뭐를 먹을까? 나는 한국 라면을 먹고 싶어."

미국에서 나를 만난 후 가끔 내가 끓여주는 라면에 맛을 들인 그녀는 지난 며칠 동안 호텔에서 먹은 한국의 양식 메뉴에 좀 식상한 모양이었다.

"그래, 베티. 그럼 나도 같이 라면을 먹을게."

우리는 휴게소 음식점에서 라면을 시켜 같이 먹었다. 베티와 이렇게 한국에서 만나 라면을 같이 먹다니. 그녀는 내가 한국에 온 이후 진행 중인 초전도체 연구에 대해 궁금한 모양이었다.

"철, 한국에 돌아온 이후 연구는 생각대로 잘 진행 중인 거야? 사실 나와 아버지는 저번에 샌디에고에서의 사건 이후 걱정이 많아. 다시는 철에게 그런 일이 없어야 하는데. 나도 철이 떠나고 아버지에게 들었어. 한국 정부와 미국 정부에서 철의 연구에 대해 꽤 민감한 반응을 보이고 있다는 것을."

"맞아, 베티. 한국으로 돌아와서는 샌디이고에서 개발한 초전도체를 양자컴퓨팅 시스템 구축에 활용하기 위한 기초적인 연구를 해왔지. 말하자면 물성을 정밀 규명하여 생산 재현성과 결함 허용도 등에 대한 실험들을 이야기하는 것이야. 현재까지 확인한 전반적인 물성은 긍정적이지. 그래서 지금은 이 상온 초전도체를 근간으로 구축할 양자컴퓨팅의 기초 설계를 해보고 있는 중이야. 다행히 한국 정부나 미국 정부 쪽에서 무슨 방해 움직임은 없는 것 같아. 하여간 지금 한국 정부에서 약간의 연구비 지원을 받고 있으니, 그나마 다행이지."

"참, 여기 오기 전 아버지에게 들은 이야기는 지금은 CIA에서 철에 대해 모니터링을 하고 있을 거라고 하더라고. 하여간 조심해야지."

그녀는 여전히 걱정된다는 듯이 나를 쳐다보며 말을 이어 나갔다. 나는 그녀가 그렇게까지 나를 항상 걱정해 주는 태도에 늘 미안하고 감사했다.

"자, 베티. 그 이야기는 그만하고. 이렇게 한국을 처음 방문했으니, 대전에 가면 내가 문화 탐방의 안내자 역할을 열심히 할게. 알았지? 음, 생각해 보니까 아, 참. 대전에 가면 우선 베티에게 불교 사찰도 보여주고. 또 나와 같이 등산도 하고."

나는 보스턴에서 그녀를 만났을 때 내가 어린 시절부터 불교에 관심이 있었고, 사실은 그 종교 덕분에 양자역학에 관심을 더 가지게 되었다고 몇 번 이야기한 적이 있었다. 그녀는 절이나 불교에 대한 지식은 별로 없었지만 나로 인해 새삼 관심을 표했던 적이 있었다.

대전에 도착하자 학교 정문에서 바로 보이는 유성온천호텔에 그녀를 숙박시켰다. 그리고 호텔 바로 옆에 있는 대중 온천장에서 한번 한국 문화를 느껴보라며 그녀를 그곳으로 안내했다. 그녀는 뜻밖에 좋다고 하여 나는 남탕으로, 그녀는 여탕으로 들어갔다. 그녀는 그날 저녁, 대중목욕탕에 대한 경험을 이렇게 말했다.

"사실 부모님과 예전에 일본을 여행할 때 대중탕에서 목욕을 한 경험이 있었어. 뭐랄까? 동양인은 서양인에 비해 내향적인 문화를 보여준다고 생각했는데, 예외가 목욕 문화 같아. 그런데 참, 오늘 한국에 와서 목욕탕에 가보니 목욕탕에서 손님에게 때를 밀어주는 여성을 봤는데, 참으로 흥미롭게 보였어. 오늘은 경험을 못했는데 다음에는 나도 해보고 싶어. 서비스 비용은 어떻게 지불하지?"

"하하, 베티. 한국 문화에 대해 관심이 많은가 봐. 내가 천천히 다 설명을 해볼게."

나는 그녀가 이번에 한국을 방문 동안, 한국 문화에 대해 많은 것을 설명해야겠다고 생각했다.

그 다음 날 아침, 우리는 호텔 식당에서 같이 아침 식사를 하고 계룡산으로 향했다. 우선 우리는 계룡산에 있는 갑사와 마곡사를 방문했다. 나는 그녀에게 절의 역사와 건축의 특징, 그리고 부처님에 대해 설명을 하며 나의 어린 시절 방황에 대해서도 설명했다.

"철, 뭐 그렇게 아는 것도 많아. 역사에 대한 전문가 같아. 호호."

그녀는 대단히 즐거워하며 한국의 가을 산과 절을 돌아보며 많은 질문도 던졌다. 그녀가 말한 어제 목욕탕에서의 느낌과 오늘 절에 대한 반응을 듣고 새삼 나는 베티의 전생이 한국 여성이 아니었을까 하는 생각을 했다. 그럴 정도로 그녀는 한국과 동양 문화에 대단한 흥미를 가지고 있었다.

그 다음 날 우리는 계룡산 등반도 같이 하고 산에서 내려오면서 입구에 있는 식당에서 그녀에게 산채비빔밥, 도토리묵 무침과 해물파전과 막걸리를 대접했다. 베티는 한국에서 처음 본 절에 대해 많은 관심을 표명했다.

"한국 사원의 모습은 일본과 중국에서 본 사찰에 비해 모습이 많이 다르네. 일본의 절은 대부분 색칠을 하지 않아 그냥 오래된 나무의 갈색 모습이라면, 중국의 절은 빨간색을 많이 사용하여 외부에 칠을 했고, 한국의 절은 또 알록달록한 여러 가지 색깔의 무늬를 하고 있고, 많이 달라 보이네. 그리고 절에 있는 불상들의 모습도 조금씩 달라 보이고 무엇을 의미하는지 모르지만. 또 절 입구마다 무슨 괴물 같은 형상의 불상들은 다 뭐지?"

"하하, 베티. 궁금한 것이 참으로 많네. 맞아, 절의 건축 양식은 나라마다 많이 달라. 그 이유는 그 나라의 기후, 문화적 배경, 그리고 건축 기술에 따라서 특징이 다르지. 일본의 경우는 소박하고 간결한 디자인이 특징이고, 중국은 늘 웅장하고 대칭적인 배치의 건축이 특징이고, 한국의 경우는 자연과의 조화로운 모습을 강조한다고 해. 그런데 베티가 말하는 알록달록한 색은 '단청'이라고 하는데, 내가 알기에는 인도 초기 사원의 건축물에 색을 칠하는 전통이 중국으로 전파되었고, 또 한반도로 넘어오면서 한국적 양식으로 발전했다고 알고 있지."

"그리고 불상에 대해서는 나도 좀 헷갈려. 내가 알기에는 세 종류의 불상이 있어. 우선 가장 중요한 불상은 부처님, 즉 석가모니의 불상인데 통상 절에 가보면 가장 중앙에 큰 건물이 위치해 있고 그 건물을 대웅전이라고 하는데 그곳에 부처님상이 모셔 있지. 그리고 두 번째 불상은 모든 중생들을 구제한다는 아미타여래가 있고. 그리고 한국의 절에 가장 인기가 많은 보살이라는 불상인데, 역사적으로 부처를 도와 자비를 베푼다는 여러 보살이 있는데. 나도 자세히는 모르지만 아마도 부처의 제자들이 아닌가 싶어. 미륵, 문수, 보현, 자장 등 모두 우리 인간을 고통에서 구한다는 보살들이지. 그런데 이 불상들의 모습은 전문가가 아니면 잘 모를 정도로 비슷해. 아, 그리고 베티도 잘 봤는지 모르지만 자세히 보면 불상들의 손가락의 형상이 약간씩 달라. 다음에 절을 방문하면 잘 관찰해 봐. 손의 상징이 예를 들어 깨달음에 이른 모습이라든가, 소원을 들어준다든가, 혹은 중생에게 위안을 준다는 상징이라고 해. 나도 공부는 했지만 실제로 보면 헷갈리지. 그리고 절 입구에 있는 괴물은 금강역사라고 하는데 사찰 입구를 지키고 있는 역할을 하고 있지."

나는 내가 알고 있는 불교에 대한 모든 지식을 총동원하여 베티의 궁금증을 해소시키려 노력했다.

"베티, 다음에 오면 말이야, 경주라는 옛 왕국의 수도가 있는데, 그곳에 있는 불국사와 석굴암을 구경시켜 주지."

그녀는 흡족한 마음으로 한국을 떠나며 다시 만날 것을 약속했다. 그리고 그녀는 떠나기 전날 아버지의 생각이라며, 내가 한국 정부에 크립토나이트 공급 문제에 대해서는 좀 더 손을 써야 할 것으로 보인다고 이야기했다.

초전도체에 대한 연구는 상온에서 완벽히 작동하는 크립토나이트를 가장 최소한의 함량으로 기존 금속과의 배합 비율을 결정하는 데 집중했고, 귀국한 지 일 년 만에 최종 배합 화합물의 물성을 정밀 규명하는 일을 완료했다. 나와 같이 일하는 대학원 학생들에게도 크립토나이트의 존재와 배합에 대한 상황에 대해서는 철저히 비밀로 했다.

또한 대량 생산을 대비하여 품질 유지에 대한 데이터 확보에 집중했다. 한국에 온 이후 크립토나이트 확보에 대해서는 다행히 베티 아버지의 주선으로 미국 CIA와 한국 국정원의 합의를 해주었다. 그 내용은 나를 처음부터 도와준 짐 비게이의 회사인 '나바호 보석회사'의 이름으로 광석을 채취하여 나에게 보내주는 공식적인 수입 허가증을 발급해 주었다.

또한 미국 CIA 쪽에서 데스밸리 국립공원 책임자에게도 문제 삼지 말도록 지시가 있었다. 그런데 문제는 광석의 양이 늘 충분하지 않아 점점 더 규모가 큰 연구를 진행하기에는 제한을 받고 있었다.

그리고 학교에 온 지 일 년이 지난 후에는 이 초전도체를 바탕으로 양자컴퓨팅의 기초 디자인 연구를 진행하고 있었다. 가장 핵심적인 기술 개발은 상온 초전도체로 고리를 만들어 기본적인 큐비트를 구축하는 실험을 계속했다. 고전 컴퓨터에서 정보를 표현하는 기본 단위인 비트의 경우, 0 또는 1의 두 가지 상태만 가질 수 있는 반면, 큐비트는 0과 1의 중첩 상태, 즉 0과 1이 동시에 존재하는 상태를 말했다. 이러한 중첩 상태 덕분에 양자컴퓨터는 고전적인 기본 컴퓨터에 비해 강력한 계산 능력을 제공할 수 있는 것이었다.

일단 목표를 100큐비트 정도의 프로토타입 컴퓨팅 시스템 구축으로 정하였다. 내가 운영하고 있는 실험실 구석에 철문으로 만든 방을 만들어 이 방에서만 상온 전도체를 크립토나이트로 배합하여 초전도체의 원료를 생산하였다. 이 방에는 학생들의 출입을 엄금했다.

7

시간은 빠르게 흘러갔다. 이제 실험실에 거대한 크기의 양자컴퓨팅 기본 모형을 구축했다. 나는 이 모형을 바탕으로 기초적인 실험을 진행했다. 상온 초전도체를 사용하니 냉각 시스템도 필요 없어지고 시스템을 작동할 때 발생하는 발열 문제도 현격하게 개선되었다. 그러나 여전히 큐비트의 중첩 상태를 유지하기 위해서는 초저온 상태로 유지하며 외부 영향을 최소화할 수밖에 없었다.

나는 거의 7년을 상온 상태에서도 외부의 영향을 받지 않는 큐비트 장치를 만들기 위해 노력했지만 성과는 미미했다. 나는 냉정하게 다시 한번 이 문제를 극복할 방안에 대해 검토하기 시작했다.

그러던 2001년 초에 보스턴으로부터 반가운 소식을 듣게 되었다. 내가 MIT에서 공부하고 있을 때 나의 은사였던 볼프강 케털리 물리학과 교수가 43세의 나이에 노벨물리학상을 받았다는 소식이었다. 그는 '보스-아인슈타인 응집체' 관련하여 꾸준히 연구한 결과 현대 양자 과학의 기술 발전에 이바지했다는 것을 이제 세상으로부터 인정을 받은 것이다. 나는 그에게 전화를 걸어 그와 함께 노벨상 수상을 기뻐했다. 그가 세상의 기술 발전에 기여하는 모습을 보면서 나도 다시 한번 나 자신과의 싸움에서 이겨야겠다는 결심을 했다.

'집중해야 해. 다른 생각을 하지 말고.'

내가 부교수로 승진하던 2004년, 마침 MIT 출신이며 노벨상 수상자인 로버트 러플린 박사가 카이스트의 총장으로 부임했다. 그는 UC 버클리를 1979년에 졸업하고 MIT에서 박사 학위를 받은 석학으로, 이곳에 오기 전에는 로렌스 리버모어 국립연구소 수석연구원과 스탠퍼드 대학에서 교수로 재직했다.

그는 양자 유체를 처음으로 발견하고 그 공로로 48세의 나이인 2008년에 노벨물리학상을 받은 과학계의 젊은 스타였다. 한국 정부에서는 카이스트를 선진국 위상에 걸맞은 국제적인 연구 중심 대학으로 만들기 위해 그를 총장으로 초빙한 것이다. 그는 54세의 나이로 첫인상이 정열이 넘치는 음악가 슈베르트를 닮은 얼굴을 하고 있었다.

그의 총장 취임식은 대강당에서 열리고 있었다. 나도 다른 교수들과 같이 그의 취임식에 참석하기 위해 학생들과 방송 기자들이 모여 있는 강당으로 향했다. 나의 동료 교수들은 모두 그에 대한 기대로 들떠 있었고, 내 옆에 앉은 같은 과 동료인 백원일 교수가 작은 목소리로 이야기했다.

"외국인이 다 대학 총장으로 오고 대단합니다. 그리고 노벨상 수상자라는 타이틀까지 있는 유명 학자라서 총장 취임식이 TV 방송에도 나오는 모양입니다."

나도 그의 말을 거들었다.

"하여간 대단한 분이 총장으로 오시니 저도 기대가 큽니다."

내 동료는 말을 이어 나갔다.

"참, 강 교수. 그분이 MIT 출신 박사라고 하니 강 교수님 선배가 되겠네요. 또 내가 알기에는 양자 현상 연구 업적도 있고."

사실 나는 그가 이 대학에 오기 전부터 면식이 있는 학자였다. 그의 취임 후에 한 번 개인적으로 찾아갈 생각이 있었다. 취임식 현장에는 많은 사람들이 참석하고 있었다. 러플린 총장은 취임사를 발표했다. 물론 영어로 말하고 옆에서 통역이 그의 말을 한국어로 통역했다.

"안녕하세요. 반갑습니다."

그는 서투른 한국말이었지만 한국말로 인사를 시작했다.

"저는 대한민국 정부의 제안을 받아들여 이렇게 여러분 학교의 총장으로 부임했습니다. 저는 여러분에게 약속합니다. 지금 세계는 빠른 속도로 탈산업화 시대로 접어들고 있습니다. 그리고 아시아에서는 중국이 개방하며 급속히 자본주의를 받아들이고 있습니다. 저는 이러한 변화에 걸맞게 카이스트를 환골탈태시킬 것입니다."

우리 대학의 학생과 교수뿐 아니라 모든 국민들이 그가 대한민국 발전에 기여해 줄 것을 기대했다. 나는 그가 부임한 지 한 달 후쯤에 총장실로 그를 찾아갔다. 사실 내가 그를 찾아간 가장 큰 이유는 내가 미국에서 가져오고 있는 광석에 대해 상의하기 위함이었다.

"강 교수, 반갑습니다. 이야기를 들어보니 저와 MIT 동문이군요. 또 양자역학을 연구하고 있고. 하여간 여러분과 일을 같이 하게 되어 기대가 큽니다. 그런데 무슨 일로 저를 찾아왔나요?"

나는 반갑다는 인사와 함께 다분히 사무적인 질문을 그에게 던졌다. 내가 양자컴퓨팅 연구를 하고 있고 한국에 귀국하기 전, UCSD에서 초전도체 연구를 하면서 데스밸리에 있는 분지에서 광석을 채취해서 현재의 연구에 활용하고 있다는 이야기를 했다. 그리고 귀국하기 전에 있었던 연방수사국에 구금된 일도 언급했다.

"총장님, 사실 구금된 후에 매사추세츠 상원의원이자 민주당 원내총무인 롭 오브라이언 씨의 도움으로 이렇게 귀국할 수 있었습니다. 그때 저의 광석 수입 건에 대해 한국 정부와 미국 정부 간에 중재를 했다고 하더군요. 그래서 한국에 돌아왔지만 아주 작은 양의 광물을 미국에서 수입 절차를 밟아 공급받고, 연구를 계속하고 있습니다. 그런데 문제는 총장님도 아시다시피 미래에는 양국의 안보에도 관련될 수 있는 양자컴퓨팅의 상용화에 대한 문제라서요. 앞으로 더 많은 양의 광석을 추출해서 연구를 하려면 한국과 미국 간의 정치적이고 국가 안보적인 문제가 있지 않겠습니까? 이제 한국에 오신 카이스트 총장님으로서 양국 사이에 중재를 하는 데 좀 도움을 주시면 합니다."

러플린 총장은 나의 이야기를 듣고는 고개를 끄덕이며 생각에 잠겼다.

"강 교수, 알겠습니다. 사실 나는 이번에 카이스트 총장으로 부임하면서 이곳의 사정은 모르겠지만, 나는 내가 경험한 MIT와 UC의 시스템을 혼합하여 그 장점만을 카이스트에 접목해야겠다는 생각으로 왔습니다. 강 교수도 나와 같이 MIT와 UC 출신이니 같이 한번 카이스트를 변화시키는 데 앞장서 주기 바랍니다. 그리고 강 교수가 지금 하고 있는 연구는 미래에 세계를 변화시킬 수 있는 기술입니다. 대단히 민감한 상황이군요. 이렇게 하지요. 우선 제가 오브라이언 상원의원과 상의하고, 그리고 한국 정부에는 과학부 장관과 일단 이야기를 해보겠습니다."

나는 그에게 전도체에 대해서는 언급했지만 상온 전도체라는 말은 하지 않았다. 또한 그도 나에게 초전도체의 핵심 광물이 무엇인지는 알려고 하지 않았다.

그리고 한 달 후 어느 날 좀 늦은 저녁 시간에 총장은 총장실이 아닌 그가 생활하고 있는 캠퍼스 내에 위치한 관사로 나를 불렀다. 그는 여기에 온 이후 캘리포니아에 있는 아내와 자식들을 남겨 놓은 채 혼자 생활하고 있었다. 관사 거실로 들어서는 한쪽 벽에는 전자피아노가 놓여 있었고 그는 피아노를 치고 있었다. 그런데 피아노 앞 소파에는 처음 보는 정장을 한 신사가 한 명 앉아 있었다.

"강 교수, 어서 와요. 아마도 궁금했을 것 같은데. 미국과 한국 정부 사이에 절충안을 만들었습니다. 양국 정부의 입장은 이렇습니다. 강 교수가 자유롭게 연구하되 핵심적인 연구비를 앞으로는 한국 정부와 미국 정부가 반반씩 부담하고, 대신 상용화할 경우 안보에 관련된 기술에 대해서는 전적으로 한국과 미국 정부만 사용할 수 있다는 조건입니다. 그리고 대신 미국 정부는 데스밸리에 추출 공장을 지을 부지와 권리를 강 교수에게 허여하도록 했습니다. 저번에는 잘 몰랐는데, 오브라이언 상원의원의 딸인 베티가 MIT에서 강 교수의 제자였고 지금은 UCSD 의대 교수로 강 교수와 같이 뇌 연구도 하고 있다고 들었는데, 맞습니까? 하여간 이번에 중간에서 베티가 그 협상안을 만드는 데 수고를 많이 했다고 합니다."

나는 총장에게 진심으로 감사하다는 말을 했다. 사실 지난 몇 년간 이 문제가 가장 나를 괴롭히는 문제였다. 특히 내가 양자컴퓨팅 상용화를 잘 추진해도 결국에는 광물 원료 수급이 가장 문제였기 때문이다.

그는 나에게 차를 권하며 말을 이어 나갔다.

"참, 이분과도 인사를 하세요. 이분은 대한민국 국가정보원 요원입니다. 워낙 강 교수가 하는 연구가 민감한 분야라서 한국에서는 앞으로 이분이 강 교수의 안위와 실험실 보안 문제에 협조할 겁니다. 그리고 다음에 미국에 출장 갈 기회가 되면 그쪽에서는 중앙정보부, 즉 CIA 요원을 베티가 소개할 겁니다. 하여간 이제 나도 총장으로서 강 교수와 같이 카이스트의 양자 기술을 세계 최고 수준으로 높일 기회가 생겼으니까, 정말 잘 되었습니다. 축하합니다."

나는 총장 옆에 앉아 있는 양복을 깔끔하게 입고 있는 사람에게 인사를 했다.

"잘 부탁합니다. 강철수입니다."

그는 본인 소개를 했다.

"예, 저는 국정원 산업기술부 소속의 백민준 요원입니다. 말씀 많이 들었습니다."

그는 아주 깍듯하게 인사를 했다. 날카로운 인상을 한 30대 중반으로 보이는 젊은이로 처음 보는 얼굴이었다. 그는 서울대 공대 전자공학과를 졸업한 후 국정원에서 일하고 있다고 하며, 내가 미국을 가면 만나게 될 CIA 쪽 친구와도 사실 면식이 있다고 했다. 그는 2년 전에 워싱턴 D.C. 한국 대사관에서 일하다 귀국했다고 했다. 그래서 나의 샌디에고 사건에 대해서도 잘 알고 있었다.

그 후 그와 나는 개인적으로 자주 만나며 가까운 사이가 되었다. 그는 나에게 늘 어느 누구도 믿어서는 안 된다고 이야기했다. 정보 세계에서는 친구도 적도 없는 모양이었다.

내가 카이스트에 조교수로 부임했을 때에는 이미 기라성 같은 석학들이 교수로 영입되어 포진하고 있었다. 서울대학교에서 응용물리학과를 졸업하고 미국 메릴랜드대에서 전산학을 전공한 원광연 교수는 가상현실연구센터장 소장으로 있었다. 또한 한국 양자컴퓨터의 1세대 연구자라고 할 수 있는 이순출 교수가 물리학과 정교수로 일하고 있었다. 그는 서울대 물리학과 출신으로 미국 노스웨스턴 대학에서 고체물리학으로 박사를 한 정통 물리학자였다.

나는 또한 로봇 분야에서도 일하고 있는 몇 분의 교수도 알게 되었다. 물론 나는 당시 로봇 분야에 대해서는 문외한이었다. 같은 카이스트의 선배 교수로 변중남 교수, 그리고 오준호 교수를 알게 되었다. 변 교수는 가장 시니어 교수였다.

그는 일찍이 서울대 전자공학과를 졸업하고 미국 아이오와 대학에서 전기공학으로 박사 학위 후 1977년 카이스트의 전신인 키스트의 홍릉 캠퍼스에 전자공학과 교수로 부임했다. 카이스트 개원 초기에 부임하여 대학 발전에 많은 기틀을 쌓은 분으로 알려져 있었다. 그는 최적화 이론이나 퍼지 이론을 바탕으로 하는 제어 공학 분야의 선구자로 한국에서는 당시 미개척 분야인 로봇 공학 발전을 이끌고 있었다.

또 로봇 개발에 몰입하고 있는 오준호 교수는 31세의 나이인 1985년 초창기에 카이스트에 교수로 영입되었다고 했다. 그는 연세대를 졸업하고 UC 버클리에서 기계공학 박사를 받은 영재였다. 그는 무엇이든지 만드는 데는 열정과 재능을 가진 어린아이같이, 모든 것에 흥미를 느끼고 연구에 집중하고 골몰하고 있었다. 나는 양자 시스템에 대해 학문적 흥미와 삶의 모든 것을 건 연구자였지만, 오준호 교수와 변중남 교수를 통해 로봇 연구에 대한 관심을 새롭게 가지게 되었다.

대학에서는 양자컴퓨팅 연구센터를 구축하고, 나는 그 센터의 센터장으로 부임하게 되었다. 나는 이제 양자컴퓨팅에 관련된 정부 연구비를 한국과 미국에서 반반 제공받고 있었다. 그때만 해도 한국의 교수로서 그렇게 파격적인 외부 연구비를 받는 연구자는 별로 없었다. 그러한 나의 배경이 센터장으로 임명되는 데 중요한 역할을 했다.

8

양자컴퓨팅 분야는 1980년대에 이론적 토대가 마련되었고, 내가 샌디에고에서 초전도체 개발에 몰두하던 1994년, 피터 쇼어가 '쇼어 알고리즘'을 발표하며 상업화에 대한 가능성이 급증했다. 당시 미국을 포함한 선진국의 정보 당국은 이 기술이 미래 암호학에 미칠 영향을 우려했다.

2000년대에 접어들며 IBM과 스탠퍼드 대학이 7큐비트 양자컴퓨터로 쇼어 알고리즘을 실행하는 데 성공했다는 발표가 있었다.

2000년이 넘어서면서 내가 개발한 초전도체를 이용한 양자컴퓨팅 구현에는 한계가 많다는 것을 다시 한번 실감했다. 나는 다수의 대학원 학생을 확보하고 연구실을 운영하고 있었지만, 실제 양자컴퓨팅의 프로토타입을 구축하려면 엔지니어링, 컴퓨터 과학, 특히 기본 반도체칩 생산 및 슈퍼컴퓨팅을 연구하는 국내외 전문가들과의 협력이 필수적이었다.

이 문제를 베티와 상의한 결과, 크립토나이트와 상온 초전도체의 존재는 비밀로 하고, 나머지 연구 부분은 최대한 외부와 협력하는 전략으로 일을 추진하기로 했다.

나는 양자칩 디자인 연구를 내 연구소에서 주로 담당하기로 했고,

그 디자인에 따른 칩 제조는 SK 연구소의 고성덕 박사팀과 협력했다. 또한, 프로세스 및 제어 시스템 구축은 삼성연구소와, 운영 소프트웨어 구축은 LG CNS 팀과 각각 공동 연구 과제를 만들어 추진하기로 했다. 특히 LG CNS 팀과는 소프트웨어 알고리즘을 범용적인 응용이 가능한 알고리즘 디자인에 집중했다.

드디어 2004년, 나는 실험실에서 프로토타입의 100큐비트 규모의 상온 양자컴퓨팅 시스템을 구축하는 데 성공했다. 이는 세계 어느 누구도 따라올 수 없는 업적이라고 생각했다. 이제 상온 초전도체를 이용한 컴퓨팅 시스템의 기초적인 구조를 만들었지만, 과연 기대대로 작동할지, 얼마나 많은 에러가 발생할지는 알 수 없었다. 이러한 딜레마를 해결해 준 것이 바로 이서준 교수와의 협력 과제를 통해서였다.

대학 연구와 달리 여러 기업과 다양한 협력을 통해 하나의 프로젝트를 추진하다 보니 예상치 못한 수많은 문제에 부딪혔지만, 나는 포기하지 않고 모든 난관을 극복해 나갔다.

다행히 몇 년 전 MIT 출신 총장으로 온 로버트 러플린 총장의 물심양면적인 지원을 받아 연구를 수행하는 데 특별한 어려움은 없었다. 그런데 그는 취임한 지 단 2년 만에 총장직에 사표를 던졌다. 나는 그의 입장을 충분히 이해했지만, 한국은 그의 급작스러운 행동을 전혀 이해하지 못했다. 말하자면 한국과 미국의 근본적인 인식 차이에서 나타난 불협화음이라고 생각했다.

러플린 총장은 본인이 살아온 삶의 척도로 한국 대학을 개혁하려고 했다. 그러나 한국 사람들은 그것을 이해하지 못했다. 자본주의에서 성공한 미국의 과학자는 미국식으로 KAIST를 개혁하려고 했다. 그는 한국 대학의 경직된 관료주의나 정부 주도의 운영 방식 등 한국의 고질적인 문제들을 미국식 자유주의와 효율성을 바탕으로 극복하려 했으나, 한국 사회의 특수성과 미묘한 정서적인 측면을 이해하지 못했다.

나는 그의 방향이 옳다고 생각했다. 만약 KAIST가 개인의 대학이었다면 그의 개혁은 가능했을지도 모르는 일이었다. 그런데 KAIST는 정부의 대학이었고, 과학과 기술을 중심에 둔 대학이었다. 총장은 정치와 전통, 관행만이 존재하는 대학을 법대와 예술대를 포함하는 종합대학으로, 그리고 전액 등록금 면제를 받던 학부 학생들도 등록금을 내야 하는 일반 대학으로 개혁을 추진했다.

그러나 한국 정부나 학생, 교수들은 모두 반대했다. 한국의 입장과 그의 입장을 동시에 이해하는 나로서는 가슴이 아팠다. 그는 떠나는 마지막 날 총장실로 나를 불렀다. 그는 대단히 외로워 보였다.

"강 교수, 오랜만입니다. 좀 더 있으려고 했는데 섭섭합니다. 저는 한국의 사회주의적 의식, 그리고 한국 사람들이 자꾸 애국심만 강조하는 것을 더 이상 이해하지 못하겠습니다. 저는 대학에서 강조되어야 하는 것은 단지 경제적인 논리라고 생각합니다. 왜 한국 사람들은 경제적인 추구가 나쁜 것이라고 하는지 모르겠습니다."

그는 대단히 답답해하며 지난 2년간의 고충을 토로하고 있었다. 그는 한국을 사랑했다. 나는 그를 그저 위로할 수밖에 없었다.

"총장님, 저는 총장님을 이해합니다. 그리고 한국은 총장님을 사랑합니다. 그 마음은 알아주시면 좋겠습니다. 제가 보기에는 다만 세상을 보는 시각이 많이 다른 것 같습니다. 그런데 이것은 누가 옳고 그르다라는 시각으로 보면 곤란합니다."

나는 그가 한국을 떠나가면서 조금이라도 한국을 이해해 주면 좋겠다고 생각했다.

"강 교수, 강 교수의 말을 잘 알겠습니다. 혹시 샌프란시스코에 올 일이 있으면 연락하세요. 베티와 같이 와도 좋고."

나는 그의 집무실을 나오면서, 인사를 마치고 쓸쓸하게 사무실로 들어가는 그의 뒷모습을 다시 돌아보았다.

'언제쯤 우리 인간이 다른 문화를 받아들이고, 단순한 공존을 넘어 소통을 통해 공유하고 서로 충분히 이해할 수 있는 날이 올까?'

나는 그동안 러플린 총장의 지원으로 안정적인 연구를 지속할 수 있었다. 이제 어느 정도 작동할 수 있는 양자컴퓨팅 시스템을 구축한 것이었다. 이러한 상황에서 나를 지원해 준 러플린 총장은 퇴진하게 되었고, 나도 겨우 구축한 양자컴퓨팅의 성능 테스트 문제로 여러 가지 고민을 하고 있었다.

이렇게 시스템 개발 관점에서 이런저런 고민을 하고 있었는데, 어느 날 서준이 형이 나를 찾아왔다. 우연히 그는 몇 가지 단백질 구조를 밝히는 데 어려움이 많다고 고민을 말하며 나에게 도움을 요청한 것이었다. 그런데 마침 내가 LG CNS와 구축한 알고리즘은 범용적인 용도로서 단백질 구조 규명과 단백질에 반응하는 합성 물질 스크리닝에 활용이 가능했다.

나는 그에게 도움을 제공하는 조건으로 내가 구축한 시스템의 성능을 확인하는 작업을 진행시킬 수 있게 된 것이다. 특히 가장 중요한 사항은 작동 시간 내에 얼마나 오류가 나는지 확인해야 했고, 동시에 이러한 오류를 추가로 줄일 수 있는 시스템 개발이 필요했다.

2004년 봄이었다. 바로 내가 이런 고민을 하고 있을 때, 나는 서준이 형을 만난 것이다. 때로는 우연이 필연을 만든다는 생각이 들었다. 이 교수와 만난 다음 주에 서울에서 그의 대학원생들이 나를 찾아왔다. 그들 중 한 명이 베트남에서 유학 온 학생이라고 하며 나에게 인사했다.

"예, 이 교수님께 말씀 많이 들었습니다. 저는 황안민이라고 합니다. 어릴 때부터 아시는 사이라고."

그는 유창한 한국말을 하고 있었다. 나는 이서준 교수와 나누었던 생각을 그에게 설명했다.

"아, 사실은 저와는 친구는 아니고, 저의 형과 이 교수님과 친구 사이시죠. 반갑습니다. 자, 그럼 연구에 대해 이야기해 볼까요? 지난주에 이 교수님으로부터 대략적인 이야기는 들었습니다. 노화 관련 약물을 개발하는 것이 목적인데, 우선 필요한 일이 단백질 구조 확인이라고 하시더군요. 그런데 단백질의 구조를 밝히려고 하는 데 그 일이 만만치 않으시다고."

황안민은 자세하게 그동안 일한 내용에 대해 자료를 보여주면서 설명했다. 나는 그가 제공하는 데이터를 활용하여 양자컴퓨팅을 이용해 계산을 진행했고, 동시에 오류 수준을 확인하는 데 집중했다. 우리는 일주일에 한 번씩은 전화나 혹은 대면 미팅을 진행했다.

이 교수는 샌디에고 시절부터 지금까지 노화에 관련된 여러 질병 중 치료제가 거의 없는 분야인 알츠하이머와 파킨슨병의 원인에 대해 꾸준히 연구하고 있는 모양이었다. 그는 기초 실험과 동물 실험을 통해 공통적으로 작용하는 새로운 단백질 효소를 찾아냈다고 했다.

그는 나에게 이 효소의 정확한 3차원 구조 예측을 원했다. 그는 효소의 정확한 구조를 알아야 자세한 작동 원리를 알 수 있고, 동시에 효소의 특정 부위에 이상적으로 결합하는 합성 물질을 신약으로 디자인할 수 있다고 했다.

내가 할 일은 내가 개발한 프로토타입 양자컴퓨팅으로 효소의 구조를 밝혀내고, 그 다음에는 합성 물질과 효소의 결합에 대해 계산하여 가장 이상적인 물질을 디자인하여 합성해 볼 수 있도록 이 교수를 돕는 일이었다. 나는 이 일을 비공식적인 차원에서 추진했다.

단백질 구조를 밝혀내는 데, 한 달이 채 걸리지 않았다. 내가 한 달도 안 되어 단백질의 전체적인 구조를 이 교수에게 보여주었을 때, 그는 너무나 놀라워했다.

"강 교수, 와, 컴퓨팅의 성능이 정말 대단하고 믿을 수가 없네. 통상 일 년 이상은 족히 걸리는 일인데. 하여간 감사하네. 이제 강 교수 덕분에 내가 하는 일이 순풍을 맞게 됐어."

"아닙니다, 교수님. 저도 이제 초기에 시스템을 구축했기 때문에 여러 가지 시스템에 대한 평가와 조율이 필요한 상황이라 저의 연구에도 도움이 됩니다."

나에게도 사실 그와의 협력 연구가 양자컴퓨팅 시스템의 성능 검증에 도움을 주고 있는 것은 사실이었다. 그리고 합성 물질 스크리닝을 통해 약물의 구조와 약효의 경향 패턴을 찾는 일은 실시간으로 실행이 가능했다.

양자컴퓨팅의 가장 큰 난제는 계산은 빨리할 수 있지만 오류가 나오는 문제였다. 그런데 이 교수 팀이 나에게 알려주는 단백질의 실제적 구조와 합성 물질과의 결합관계, 그리고 물질들의 생화학적인 실험 결과를 보니 내가 그들에게 제공한 정보가 그렇게 많은 오류를 내지 않는다는 것을 시사해 주고 있었다.

나는 상온임에도 불구하고 오류가 심각하지 않은 수준의 양자컴퓨팅 초기 제작에 성공한 것이었다. 물론 오류가 전혀 없는 시스템을 보완하기 위한 추가적인 연구는 계속해 나갔다.

그렇게 또 2년의 시간이 지나가고 있었다. 나는 2006년 말 12월, 오랜만에 이서준 교수와 미국을 방문했다. 사실 그해 초부터 여러 가지 고민을 했다. 더 이상 나의 양자컴퓨팅 연구 진척 결과를 비밀로만 할 수는 없었다. 비록 크립토나이트에 대한 비밀은 공개할 수 없지만, 상온 초전도체 양자컴퓨팅에 대한 진행 상황을 공개하는 것이 미래에 필요한 외부 협력과 지원을 받는 데 필요하다는 판단에서였다.

우선 나는 이서준 교수를 만나 그 해 말에 있는 국제양자학회에서 우리의 연구 결과를 발표해야겠다는 나의 속내를 털어놓았다.

"이 교수님, 사실 그동안 자세히 말씀을 드릴 수는 없었지만, 저는 오랫동안 상온 초전도체 연구를 해왔고, 지난 몇 년 전부터 구축한 기술을 기반으로 양자컴퓨터를 개발해 왔습니다. 그리고 지난 2년간 제가 구축한 시스템으로 이 교수님과 단백질 구조 연구를 해왔습니다. 잘 아시다시피. 사실 제가 가장 걱정했던 것은 과연 제가 구축한 시스템으로 기대하는 성과가 나올 것인가 하는 것이었습니다. 그동안 자세히 저의 입장을 말씀 못 드린 것은 죄송하고요. 그런데 이제 아시다시피 기대하는 결과를 얻고 있지 않습니까? 그래서 동의를 해주신다면 저와 공동 저자로 이번 겨울에 미국에서 열리는 국제양자학회에서 발표를 하려고 합니다. 어떻게 생각하시는지요?"

서준이 형은 심각한 얼굴로 나의 이야기를 경청했다. 그리고 고개를 끄덕이며 말했다.

"알겠어, 강 교수. 솔직히 그동안 궁금하기는 했는데, 그런 일이 있었구만."

나는 상온 초전도체의 핵심적인 부분인 크립토나이트에 대한 이야기는 그에게 하지 않았다.

"강 교수, 뭐, 나에게도 좋은 일이지. 그렇다면 나도 같이 공동 저자로 그 학회에 참석하도록 하지. 그러면 무슨 준비를 해야 하나?"

"잘 아시다시피 이번 3월 말까지 발표 초록을 제출해야 하고, 그리고 제가 알아서 학회 등록은 하겠습니다."

우리는 같이 작성한 발표 초록을 2월 말에 학회 발표위원회에 보냈다. 서준이 형과의 학회 참석 준비는 순조롭게 진행되었다. 12월 학회 일정에 맞춰 우리는 난생처음 함께 미국행 비행기에 올랐다.

"형과 이렇게 비행기를 타보기는 처음이죠. 감회가 새롭네요. 마치 어릴 적, 함께 강화도로 여행을 가는 것 같은 기분이에요."

나는 문득 그와 함께 여름밤을 보냈던 강화도 여행을 떠올렸다. 서준이 형도 나와 같은 감정을 느끼는지 내 말에 잠시 감상에 잠긴 듯했다.

"그럼, 나도 철수와 이렇게 비행기를 타니 똑같은 느낌이 드네. 우리가 함께 보냈던 강화도의 밤이 많이 기억나지. 그런데 이렇게 세월이 흘러, 우리가 함께 외국 학회에서 같이 연구한 결과를 발표하게 되다니. 참으로 인생은 모를 일이야."

그는 나를 바라보며 말했다. 시카고 오헤어 공항에 도착하니 마침 눈보라가 몰아쳐 기상 상태가 좋지 않았다. 우리는 겨우 택시를 타고 시내에 있는 학회 주관 호텔에 도착할 수 있었다.

다음 날 아침부터 학회는 시작되었다. 첫날 학회에서는 양자학 기초 연구 분야에 대한 발표는 많았지만, 컴퓨팅 상용화에 대한 진척은 별로 공개되지 않았다. 학회 운영위원회에서 워낙 우리의 연구 내용이 혁신성이 높다고 생각했던지, 우리는 학회 둘째 날 오전 10시 제일 큰 강당에서 진행되는 플래너리 세션에서 발표할 수 있도록 배려해주었다.

나와 이 교수님은 발표 20분 전에 강당에 도착했다. 약 천 명이 들어갈 수 있는 강당에는 앞쪽에 두 개의 대형 TV가 설치되어 있었고, 이미 대부분의 좌석은 사람들로 가득 차 있었다. 우리의 발표 제목인 '상온 초전도체를 이용한 양자컴퓨팅 시스템 구축과 그 응용 연구'라는 제목을 보고 대부분의 연구자들은 놀라움과 회의적인 생각을 가지고 참석했을 것이다. 내가 우선 연단으로 올라가 발표를 시작했다.

"여러분, 반갑습니다. 저는 한국과학기술연구원에서 양자역학을 연구하고 있는 강철수입니다. 저는 오늘 이 자리에서 그동안 저희 연구팀이 구축한 상온 초전도체를 기반으로 하는 양자컴퓨팅 시스템과 세계 최초로 오늘 그 응용 분야에 대한 연구 결과를 발표하고자 합니다. 우선 저는 컴퓨팅 분야에 대해 발표를 하고, 이어 단백질 연구를 수행한 서울대학교 이서준 교수와 나와서 그 응용 결과를 발표하도록 하겠습니다."

연단에서 보니 어둠 속에서 모든 청중들은 숨을 죽이고 있었다.

"아마도 여러분들이 가장 궁금해하는 부분이 제가 어떻게 상온, 상압에서 작동하는 초전도체를 개발했는가일 것입니다. 그런데 그 내용에 대해서는 특허 문제와 국가 차원의 정보 공개 제한 때문에 언급을 하지 않겠습니다. 그러나 그것과 관련된 실험 결과는 다음과 같이 몇 개의 슬라이드에서 자세히 설명하겠습니다."

나는 초전도체의 구성 물질과 양자칩의 디자인과 함께 구체적인 큐비트 제어 기술에 대해서는 언급을 자제하며, 전체적인 시스템의 개념에 대해 설명했다. 또한 극저온 초전도체 양자 시스템에 비하여 내가 구축한 상온 초전도체 양자컴퓨팅이 얼마나 발열과 에너지 소비를 줄일 수 있는지를 데이터를 제시하며 강조했다. 이어 등단한 이서준 교수는 단백질 구조 규명과 규명한 단백질을 이용하여 어떻게 단시간 내에 효과가 있는 신약 개발 후보를 도출했는지에 대해 소상히 발표했다.

우리의 발표가 끝나자 수많은 사람들이 질문을 하려고 했지만, 발표 시간의 제약 때문에 4명만이 질문을 했다. 그래서 우리의 발표가 끝나고 연단에서 내려서자 수많은 사람들이 우리를 에워쌌다. 나는 그동안 연구해 온 상온의 초전도체를 이용한 100큐비트의 양자컴퓨팅 작동 결과와 이서준 교수와 협력하여 단백질의 구조 분석과 그 연구 결과를 처음으로 세상에 공개한 것이었다.

학회에서의 발표 이후, 상온 초전도체를 이용하여 양자컴퓨팅 시스템을 세계 최초로 구축하는 데 성공했다는 뉴스에 대한 반응은 실로 엄청난 것이었다. 그러나 내가 상온 초전도체 개발에 대한 배경을 자세하게 언급하지 않아, 나의 결과에 대한 부정적인 시각도 많았다.

시카고 학회에 같이 동행했던 이서준 교수는 한국으로 먼저 돌아가고, 나는 시카고 오헤어 공항에서 샌디에고행 유나이티드 에어 비행기에 몸을 실었다. 목적지는 샌디에고였다. 샌디에고에 올 때면 늘 나의 마음은 설레었다. 물론 지난 몇 년간 한두 번 이곳을 방문할 기회는 있었지만, 이번에는 대단히 중요한 미팅이 예정되어 있었고, 또 샌디에고에 온 김에 베티의 얼굴도 보고 갈 겸 들른 길이었다. 새삼 라호야 인근 공항에 도착하니 벌써 샌디에고에서의 사건도 10여 년 전이었다는 생각이 갑자기 들었다.

'한국과 시카고는 모든 것이 꽁꽁 얼어 있는 겨울 날씨인데. 샌디에고는 여전히 봄 날씨네. 세월이 이렇게 빨리 지나가나? 마치 엊그제 내가 여기서 연방 정부 요원에 잡혀간 것 같은데.'

나는 새삼스럽게 시카고와는 너무나 다른, 12월의 샌디에고에서의 봄과 같은 날씨와 공항 밖 푸른 야자수 풍경에 신기해하고 있었다. 이제 베티도 의대를 졸업하고 인턴과 레지던트를 끝내고, 뇌신경과 전문의로서 일하고 있었다. 그녀는 최근 연구 과제의 주 책임자가 되어 굉장히 바쁜 나날을 보내고 있었다. 그리고 그녀의 아버지도 이제는 정계에서 은퇴하고 거의 대부분의 시간을 해외여행으로 보내고 있다고 했다.

사실 이번 샌디에고 방문은 두 가지 목적이 있었다. 하나는 공식적으로 CIA 요원을 만나는 것과 본격적인 광물 추출에 대한 관계자들과의 미팅 때문이었다. 그래서 이번 샌디에고 방문에는 국정원의 백민준 요원도 나와 동행했다. 마침 나와 비슷한 시간에 도착한 백 요원을 공항에서 만나, 같이 숙소로 향했다. 우리의 숙소는 토리 파인 골프장 안에 위치해 있는 토리 파인 리조트였다.

베티가 이미 리조트 라운지에서 우리를 기다리고 있었다. 그런데 그녀 옆에는 낯선 백인 남성이 같이 하고 있었다. 나는 베티를 보자 반가웠다.

"하이, 베티. 오랜만이야."

우리는 옆에 있는 사람들은 아랑곳하지 않고 서로 껴안았다. 우리는 서로 말은 안 했지만 눈으로 통했다. 베티는 백 요원에 대해서는 이미 아는 듯한 눈치를 하며 나를 보며 이야기했다.

"강 박사님, 여기는 CIA 요원 피터, 피터 베이커입니다."

나는 그에게 악수를 청했다.

"반갑습니다. 강철수입니다."

그도 반가운 듯 친절한 미소를 지으며 나의 손을 잡았다. 그런데 내 옆에 있는 백 요원이 그를 보며 말했다.

"야, 피터. 오랜만이야. 하하. 이게 얼마 만이지?"

그는 CIA 요원인 피터 베이커를 잘 아는 눈치였다. 순간, 몇 년 전 러플린 총장이 처음 백 요원을 나에게 소개했을 때, 그가 CIA 쪽 담당자와 면식이 있다고 했던 말이 떠올랐다.

"야, 그래 민준. 오랜만이야."

그들은 서로 반가운 듯 얼싸안았다. 나중에 백 요원에게 들은 이야기는 자신은 1995년생이고 피터는 1993년생으로 비슷한 또래이며, 그는 원래 미시간 대학교에서 이론물리학을 전공하고 CIA 산업부에서 근무하면서, 백 요원이 워싱턴 D.C. 대사관에 근무할 때 서로 만난 적이 있는 사이라고 했다. 서로 각자 자신의 국가를 위해 일하고 있지만 같은 분야에서 일하다 보니 이런저런 일로 정보도 교환하고 그와는 친구가 되었다고 했다. 그러나 아무리 친해도 서로 기밀을 지키는 일에는 철저하다고 백 요원은 강조했다.

우리는 향후 진행할 방향에 대해 상의했다. 베티는 이미 UCSD에서 MD 학위를 받고 같은 대학병원 신경과에 조교수로 있었다. 나는 그녀의 뇌신경 연구 과제에도 관여하고 있었고, 내가 한국에서 개발하고 있는 양자컴퓨팅을 이용해 그녀의 데이터 분석도 해주고 있었다. 베티와 나는 두 정보 요원에게 두 가지를 상의했다.

"여러분도 잘 아시다시피 우리가 하는 분야는 일단 비밀을 잘 지켜야 합니다. 특히 우리가 하는 분야는 점점 국가 차원의 경쟁이 심해지고 있습니다. 지난주에 제가 시카고 국제양자학회에서 그간의 저의 연구를 공개했습니다. 물론 상온 초전도체에 대한 핵심적인 기술 내용은 발표하지 않았습니다. 그렇기에 최근 러시아나 중국을 포함한 다른 국가에서 저희들이 하고 있는 연구 결과에 촉각을 곤두세우고 있습니다. 저희 연구 결과가 외부로 새어 나가지 않도록 보안을 유지하는 데 도움을 요청합니다. 그리고 또 한 가지, 장기적으로는 데스 밸리에 광물 추출 공장을 설립해야 합니다. 저는 내년 후반부를 목표로 계획을 수립하려고 합니다. 현재는 전혀 계획도 수립이 안 된 상태이고 예산도 없습니다. 이 문제에 대해서 오늘 두 분과 의견을 나누고 싶습니다."

두 정보부 요원은 잘 알겠다고 답하며 다음에 또 만나기로 약속했다. 특히 내가 요청한 추출 공장 설립 문제는 자신들이 결정할 수는 없고, 돌아가서 정보부의 책임자들과 상의 후 연락을 주겠다고 했다. 두 요원들과의 미팅 후, 나는 오랜만에 베티와 시간을 가졌다. 우리는 그동안 못다 한 이야기를 했다.

"그런데 베티, 아직도 싱글이야? 이제 결혼을 하지?"

나는 베티의 감정을 모르는 척하며 베티에게 물었다. 그녀는 순간 슬픈 듯한 얼굴을 하며 정색을 하고 나를 쳐다보았다.

"철, 만약 당신도 계속 독신주의를 표방하면 나도 마찬가지야. 다른 사람에게는 관심 없어."

나는 솔직히 그러한 반응을 보이는 베티에게 늘 미안했다. 그러나 나의 개인적인 삶에 대한 고집을 굽힐 수도 없었고, 동시에 누군가 나의 삶 속에 들어오는 것을 허락할 수는 없었다.

"미안해, 베티. 내가 할 말이 없군."

나는 베티의 손을 잡았다. 그녀는 나에게 손을 맡긴 채 소리 없이 눈물을 흘렸다. 우리는 그 다음 날이 마침 토요일이라서 오랜만에 같이 간 적이 있는 애리조나 투손으로 차를 몰았다. 몇 년 만에 찾은 투손은 별로 변화가 없는 도시로 보였다.

우리가 여기에 온 목적은 짐을 만나서 광물 채취와 공급에 대한 사정을 확인하기 위해서였다. 짐에게는 약 2주 전에 베티와 한 번 방문하겠다고 미리 전달해 놓은 상황이었다.

"두 분 반갑습니다. 이미 세월이 좀 흘렀지만 저번에 뜻하지 않은 사고로 미안합니다. 알 낙카이도 늘 미안하게 생각하고 있습니다. 다행히 이제는 연방 정부의 허가증이 있어 걱정 없이 저희는 광물 채취를 하고 있습니다. 다만 원하시는 양을 구할 수가 없는 것이 문제입니다. 저번에 데스밸리 방문했을 때도 보셨겠지만, 여러분이 원하는 광물의 대부분은 분지 표면에는 별로 없고 땅속에 있기 때문에 전문적인 실태 조사와 추출 전문가도 필요한 상황입니다. 특히 표면에는 화강암으로 덮여 있어 특수한 굴착기도 필요할 겁니다."

짐은 오랜 기간 광물 사업을 하다 보니 광물 채취에 대해서도 일가

견을 가지고 있었다. 그가 결국 강조하는 것은 자금의 문제였다. 나와 베티는 그에게 감사를 표하고 우리의 입장을 설명했다.

"너무 걱정 마세요. 당장 엄청난 양이 필요한 것은 아닙니다. 충분한 시간이 있습니다. 참, 그리고 지원이 필요한 부분이 있으면 저희를 도와주는 CIA 요원의 전화번호를 드릴 테니 요청하시기 바랍니다. 우선 급한 것은 실태 조사를 하는 일인데, 이 일은 짐이 나중에 좀 맡아주면 합니다."

그는 알겠다고 하며 늘 최선을 다해 돕겠다고 이야기했다.

9

나는 2007년 1월 중순에야 한국으로 돌아올 수 있었다. 이 몇 주 사이에 한국에서도 우리의 시카고 학회 발표에 대해 국내 학회 관계자와 언론에서 서준이 형에게 취재를 요청하고 있었다. 그러한 요구가 있다고 귀국 전날 서준이 형은 나에게 전화로 알려주었다.

"강 교수, 내가 한국에 돌아오니 주요 일간 신문사와 KBS와 같은 매체에서 인터뷰를 하자고 연락이 왔지만, 강 교수가 아직 귀국을 하지 않고 있다고 내가 거절했어. 어떻게 하면 좋을지 모르겠네."

나는 우리의 연구 결과에 대해 많은 관심과 비판이 있을 것이라는 것을 충분히 예견하고 있었다.

"네, 알겠습니다. 제가 귀국하는 대로 대처하도록 하겠습니다. 내일 도착하면 전화드릴게요."

서준이 형도 꽤나 언론의 인터뷰 요청 때문에 시달리고 있었던 모양이었다. 예상했던 것처럼 내가 인천공항에 도착하자 여러 언론 관계자들이 입구에서 나를 기다리고 있었다. 나의 얼굴을 이미 알고 있는 모양으로 모두 나를 향해 모여들었다. 그들 중에 아마도 가장 선임인 듯한 기자가 대표로 마이크를 잡고 나에게 질문했다.

"강 교수님, 반갑습니다. 지난 12월 말 미국 시카고의 국제양자학회에서 발표한 내용이 지금 과학계의 가장 뜨거운 뉴스로 올라오고 있습니다. 우선 한 말씀 해주시죠."

"여러분, 반갑습니다. 저희 연구 발표에 모두 관심을 가져주셔서 감사합니다. 일단 제가 말씀드리고 싶은 부분은 한국에서도 세계적인 최첨단 연구를 하고 있다는 자부심을 먼저 강조하고 싶습니다. 그런데 제 생각에 오늘 이 자리에서 여러분들이 궁금한 점에 대해 자세한 답을 드릴 수는 없을 것 같군요. 간단하게 설명하기 어려운 내용이라서. 저의 제안을 말씀드리겠습니다. 우선 KBS와 인터뷰 날짜를 잡도록 하겠습니다. 그 인터뷰에서 전반적인 저의 생각과 입장을 말씀드리는 것이 좋을 것 같습니다. 혹시 여러분 중에 KBS에서 나오신 기자가 계시면 저에게 알려주십시오. 제가 따로 연락드리겠습니다."

나는 본인이 KBS 과학부 기자라며 명함을 내미는 손선미 기자와 향후 인터뷰 일정에 대해 상의한 후 헤어졌다. 아마도 이제 세상이 다시 나를 가만히 놔둘 것 같지 않다는 예감이 들었다. 문득 고등학교 시절 국제 수학 올림피아드에서 금상을 땄던 때를 떠올렸다.

'그때는 부모님이 나를 보호해 주셨는데, 이제는 내가 나를 보호해야 할 것 같아.'

나는 2주 후에 잡힌 KBS와의 특집 인터뷰에서 내가 어린 시절 어머니와 방문했던 절의 스님으로부터 알게 된 부처님의 가르침을 통해 대학에서 양자역학에 관심을 가지게 되었다는 점, 그리고 대학에서 특별한 교수님을 만나 초전도체에 관심을 가지게 되었다는 것을 언급했다. 지금은 아주 초기 단계의 연구를 하고 있고 국민적인 관심을 가지고 지켜봐 달라는 이야기를 강조했다.

그리고 나서 한두 달 동안 조선일보, 중앙일보, 그리고 동아일보의 토요일 과학 지식 뉴스에 나의 이야기가 대서특필되었다. 내가 어린 시절부터 수학 신동이었다는 이야기와 함께. 그리고 반년이 지나가면서 세상이 조금 조용해졌다. 나는 오랜만에 최 교수님을 찾아뵙고, 그간의 사정을 직접 설명드렸다. 내가 초전도체에 대해 자세히 말하지 못하는 내용에 대해서도 이해하고 계셨다.

나의 시카고에서의 발표가 자극이 되었는지, 미국을 중심으로 엄청난 속도로 양자컴퓨팅에 대한 국가적 투자와 함께 스타트업들이 설립되기 시작했다. 특히 캐나다에서는 D-Wave Systems라는 초전도체 양자컴퓨팅 회사가 세계 최초로 산업용 양자컴퓨터 출시를 발표했다. 물론 이 회사의 초전도체는 극저온을 유지해야 하는 한계가 있었다. 이 회사의 컴퓨터는 최적화 문제 해결에 효과적으로 접근할 수 있는 양자 어닐링 방식의 기술이었다. 그런데 이 방식은 다양하고 폭넓은 계산 수행에는 제한적이었고, 나는 일찍이 양자 게이트 기반 컴퓨팅 분야를 선택하여 언젠가는 꼭 범용적인 컴퓨터를 상용화해야겠다는 결심을 하게 되었다.

양자컴퓨팅에 대한 세계적 경쟁이 치열해지는 사이 국내에서 로봇 연구도 서서히 구체화, 활성화되고 있었다. 작년 2006년에는 내가 학내에서 존경하는 변중남 교수가 한국로봇공학회 초대회장으로 당선됐다.

한국에서도 산업 발전에 로봇 연구가 중요하다는 인식이 있었고, 직간접으로 로봇을 연구하는 전문가들과 산업체 소속의 인사들을 중심으로 한국로봇공학회가 창설되었고 변 교수가 초대회장으로 일하게 되었다. 나는 로봇 전문가는 아니었지만 관심이 있었기 때문에 회원으로 가입했다.

특히 우리 학교에서 실용적인 로봇을 만드는 데 가장 심혈을 기울이는 교수는 단연코 오준호 교수였다. 그는 같이 연구하는 학생들과 함께 거의 실험실에서 살다시피 하고 있었다.

한국을 포함한 대부분의 선진국들은 점차 고령화되는 사회를 예견하고 있었다. 심지어 13억의 인구를 가진 중국도 미래의 고령화를 걱정하고 있었다. 가장 고령화로 타격을 받는 산업 분야는 자동차나 기타 제품들처럼 조립을 꼭 필요로 하는 공장이었다. 점점 젊은 일손이 모자라는 생산 과정에 자동 조립 시스템을 도입하는 것에 모든 선진국 기업들은 관심을 가지고 있었다. 여기에 필요한 기술이 바로 공장에서 사람 대신 반복적인 일을 수행하는 로봇팔 같은 기계의 연구와 개발이었다. 이 당시 세계 1위 자동차 회사인 일본의 도요타 공장에서는 이미 로봇 자동화 시스템을 도입하여, 심지어는 여성도 생산공정에 문제없이 투입되어 힘이 필요한 조립 과정은 로봇의 도움을 받고 있었다.

10

러플린 총장이 홀연히 사퇴하고 떠난 지 몇 달이 지났다. 정부는 러플린 총장의 후임으로 이번에는 같은 MIT 출신이고 오랫동안 MIT에서 학과장을 지낸 한국인 서남표 교수를 후임 총장으로 지명했다. 아마도 정부에서는 러플린 총장이 여러 차원에서 능력은 있었지만 미국인이라 대학의 개혁을 추진하는 과정에서 한국인의 정서를 잘 몰라 중도 하차했다는 생각을 한 모양이었다. 그래서 미국에서 대학 개혁을 경험한 한국인이 가장 이상적인 총장 후보로 생각한 것이었다.

마침 7월 여름이라 대부분의 학생들은 여름 방학이라 취임식에는 작은 수의 교수들과, 역시 대중에 관심이 많아서인지 대중 매체의 기자들이 취임식을 함께하고 있었다. 그 역시 전임 총장과 유사한 취임사를 하고 있었다. 그러나 다른 점은 그는 한국말로 취임사를 했다.

"여러분, 반갑습니다. 저도 전임 총장님이었던 러플린 박사와 마찬가지로 한국 정부에서 이 대학교를 세계적인 대학으로 만들어 달라는 요청을 받았습니다. 저는 여러분과 함께 KAIST가 세계적인 대학이 될 수 있도록 최선을 다하겠습니다."

그는 상대적으로 젊었던 전임 총장과 달리 인생을 살면서 많은 것을 경험한 노령의 철학자 같은 인상을 풍겼다. 나중에 알고 보니 그는 MIT에서 명예교수로 은퇴한 70세의 노인이었다. 그는 한국 정부의 부름을 받고 한걸음에 한국으로 달려왔다고 했다. 그는 MIT의 여러 연구소에서 소장도 지내고 미국 과학 재단의 공학 담당 부총재도 지낸 대단한 한국 분이었다.

서 총장은 러플린 총장의 2년 임기를 뛰어넘어 7년 동안 KAIST 총장을 지냈다. 그는 누구보다도 개혁 의지가 대단했다. 나를 포함한 모든 교수들과 학생들은 한국인 출신 신임 총장인 서남표 교수에게 많은 것을 기대했다. 그런데 그는 겉으로 보기에는 한국말도 잘하는 한국인이었지만, 그의 속은 역시 전임 총장처럼 자본주의적 시각의 교육관으로 가득한 미국인이었다.

한편 2010년이 넘어가면서 그동안 아카데미에서나 언급해 왔던 인공지능이 미국의 주도로 새로운 국면을 맞이하고 있었다. 특히 미국 샌프란시스코 실리콘밸리에 위치한 여러 스타트업을 중심으로 점점 구체적인 상용화 노력이 시도되고 있었다. 혁신은 서서히 일어나지만 모멘텀을 받으면 한순간에 세상을 바꾼다고 나는 늘 생각해 왔다.

원래 인공지능이라는 개념 자체는 애매모호한 상태의 정의였다. '인공지능'이라는 말은 미국 프린스턴 대학교 수학과 박사 출신이고 MIT와 스탠퍼드 대학에서 교편을 잡고 있던 존 매카시가 1956년 다

트머스 회의에서 '지능적인 기계를 만드는 과학과 공학'이라는 의미에서 처음 언급했다. 그래서 오랫동안 인공지능이라는 말은 그저 개념적으로나 존재하는 다소 혼란스러운 개념이었다.

그런데 이렇게 개념으로만 존재했던 인공지능이 지난 10여 년 동안 구체적인 기술로 발전하기 시작한 것이었다. 사실 이렇게 되어온 배경에는 슈퍼컴퓨터의 상용화를 통해 기초적인 기반이 가시화되기 시작했기 때문이었다. 이제 개념 속에 있던 인공지능이 우리 연구자의 손에서 서서히 구체화되기 시작했다. 인공지능을 구현하는 여러 방법들 중 하나인 기계 학습, 그리고 기계 학습의 한 방법인 딥러닝이 더 정확한 개념으로 이해되었다.

기계 학습은 성능을 향상시킬 수 있는 컴퓨터 프로그램을 말했고, 딥러닝은 인공 신경망의 한 종류였다. 이러한 인공지능을 바탕으로 이제 본격적인 슈퍼컴퓨터의 시대가 도래했다. 데이터를 모으고 처리하는 중앙 처리 시스템이 중요한 자리를 차지하기 시작했다. 이제 모두 딥러닝 기술로 무엇을 할 것인가 고민하기 시작했다. 내가 연구하고 있는 양자컴퓨팅도 언젠가부터 이렇게 시작되고 있는 인공지능과 접목할 수 있을 것이라 생각했다.

하루는 기계공학과 오준호 교수님을 만났다. 그는 늘 즐겁고 행복해 보였다.

"오 교수님, 안녕하세요? 어떻게 지내세요?"

"강 교수, 반갑소. 나야 뭐 늘 머릿속에 로봇 만드는 생각밖에 없지. 아이디어는 많이 떠오르는데, 문제는 늘 연구비가 문제지. 하여간 갈 길이 멀어."

그는 거의 10여 년 전부터 학생들과 함께 열심히 사람처럼 두 다리와 팔을 가진 로봇을 만드는 데 골몰했다. 아주 초보적인 단계로 보였고 제대로 작동도 하지 못하는 것 같았다. 그는 산업용으로 사용할 수 있는 로봇과 사람과 같은 형상의 로봇을 만들려고 노력하고 있었다. 그러나 아직은 초보 단계의 노력으로 보였다.

대학 캠퍼스 이곳저곳에 개나리와 철쭉꽃이 피면서 그동안 추웠던 겨울을 뒤로 밀어내며 2011년의 봄은 시작되고 있었다. 따사로운 봄날의 햇살이 내 연구소 창문에도 비치고 있었다. 나는 여느 날처럼 실험실에서 학생들과 연구에 집중하고 있었다.

특히 최근에 나는 여전히 큐비트의 냉각 시스템을 상온으로 바꾸기 위한 연구와 큐비트 수를 조금씩 늘려 1,000큐비트 구축 연구에 집중하고 있었다. 이렇게 큐비트 수를 늘려가니 확실히 양자 오류 문제는 개선되는 실험 결과를 보여주었다.

어느 날, 나는 실험실에서 중앙처리장치(CPU), 그래픽처리장치(GPU), 그리고 언어처리장치(LPU)를 하나의 양자처리장치(QPU)로 통합하는 새로운 알고리즘을 찾기 위한 연구에 몰두하고 있었다. 특히 내가 기존의 CPU와 GPU를 통합하여 새로운 QPU를 생각하게 된 계기는 극저온 초전도체와 달리 상온 초전도체를 사용하게 되면, 시스템의 구조적 경량화가 가능했기 때문이다. 나는 이런 장점을 이용하여 처리장치의 성능을 향상시키려 노력하고 있었다.

실험실 벽시계가 오후 2시를 훌쩍 넘긴 시각, 갑자기 허기가 밀려왔다. 외부 약속이 없는 날이면 늘 그렇듯, 냉장고에 있는 샌드위치로 늦은 점심을 간단히 해결하고 있었다. 그때, 외출했다 돌아온 한 학생이 실험실로 들어섰다.

"교수님, 뉴스 보셨어요? 엄청난 지진이 일본에서 일어난 모양입니다."

그는 대단히 놀라운 표정을 하며 심각하게 말했다.

"그래, 뭐 늘 일어나는 지진이 아닌가?"

종종 그랬지만, 또 일본에서 지진이 났다는 소식이 전해 왔다고 생각했다. 나는 일본 쪽에서 늘 들려오는 지진이나 태풍 소식에 이번에도 그러려니 했다. 그런데 이번 지진은 상상할 수 없는 규모 9.0에다 특히 인근 바닷가에서 발생했기 때문에 더 심각한 재앙을 가져왔다. 한국에서도 거의 실시간으로 하루 종일 그 심각한 상황이 전달되고 있었다.

그날 저녁 9시 뉴스에서는 정확히 일본 시간 오후 2시 46분에 태평양 쪽 연안에서 지진이 일어났고, 이어 파고가 9.3m 이상 되는 쓰나미가 후쿠시마를 포함한 해안 마을을 덮치는 영상을 계속해서 보여 주고 있었다.

그런데 마침 쓰나미는 그 마을에 있는 후쿠시마 제1원자력발전소를 덮치는 바람에 원자로 건물이 순식간에 파괴되어 수소 가스 폭발이 연이어 일어난 것이었다. 핵발전소가 파괴되자 인근에 사는 사람들과 부락은 모두 방사선으로 오염되어, 발전소를 포함하여 마을이 순식간에 사람이 살 수 없는 폐허가 되는 사태를 맞았다.

정말 나도 이렇게 처참한 광경은 처음이었다. 과거 1986년에 옛 소련 체르노빌 원전 사고와 같은 대재앙이었다. 다행히 동해안 쪽이 아닌 반대편 태평양 연안에서 일어난 사건이라 한국 쪽에 직접적인 피해는 보고되지 않았다. 그러나 바다로 퍼져나가고 있는 방사선 오염이 서서히 동해안 쪽으로 밀려오고, 일본을 포함한 우리나라 해안에서 잡는 생선은 심각한 방사선 오염으로 먹지 못할 것이라고 연일 TV와 신문에서 떠들고 있었다.

파괴된 핵발전소의 상황을 살피려 들어간 직원이 방사선에 오염되어 죽어 나갔다. 이러한 자연재난이 발생했을 때 인간 대신 위험한 장소에 들어가서 상황을 판단하고 또한 복구에 투입할 수 있는 무인 로봇의 필요성을 절감하게 되었다. 학계와 산업계에서 로봇을 연구, 개발하고 있던 과학자들에게 무인 로봇의 상용화가 요구되었다. 원거리에서 조종할 수 있는 무인 로봇이 등장하여 미래에는 사람이 아닌 로봇이 위험한 환경에서 일할 수 있으면 좋겠다고 모두 생각했다.

이 사건이 있고 몇 달 후 나는 로봇을 열심히 만들고 있는 오 교수님의 최근 근황이 궁금해 그의 연구실에 들렀다. 그는 여전히 무엇이 그렇게 재미있는지 열심히 뭔가를 들여다보고 있었다.

"어, 강 교수. 오랜만이야. 잘 지내지?"

"예, 저야 뭘 늘 그렇습니다. 그런데 교수님, 두 달 전에 일어난 일본의 재난을 보니 그런 위험한 장소에 투입할 수 있는 사람 모양을 한 로봇이 절실히 필요할 것 같은데, 어떻게 생각하시나요?"

"맞아, 강 교수. 내 생각에도 그런 현장에 투입할 수 있는 로봇이 있으면 얼마나 좋겠는가? 이번에도 보니까 아주 작은 탱크 같은 무인 로봇으로 방사선이 엄청나게 오염된 지역으로 투입하는 것이 TV에 나오긴 하던데, 얼마나 실효성이 있는지는 나도 잘 모르겠어. 하여간 나도 그 방향에 대해서는 심각하게 생각해 보는 계기가 된 사건이었어. 그런데 강 교수도 잘 알겠지만, 아직 대기업에서는 그런 분야에 대해 투자할 관심도 없는 것 같고. 대학에서는 아이디어가 있어도 정부나 기업에서 연구비 지원이 없으면 어떻게 해볼 도리가 없지."

"강 교수, 참 고민이 하나 있어. 최근에 기업 쪽에서 연락이 왔는데, 공장에서 사용할 로봇팔을 개발해 보자는 거야. 그런데 사업화 협력을 하려고 하니 대학에서는 힘든 것 같아. 어떻게 해야 할지 모르겠네."

"교수님, 그런 고민이라면 총장님을 한번 찾아뵙고 말씀드려 보세요. 무슨 아이디어가 있을 겁니다. 왜냐하면 최근에 총장님이 무인 자동차 연구 내용을 외부에 홍보하고 계시지 않습니까? 산학협력에 관심이 많으신지라."

나는 전임 러플린 총장과 마찬가지로 서남표 총장도 늘 산업화를 강조하며 학교 내에서 홍보거리를 찾고 있다는 것을 잘 알고 있었다. 그래서 오 교수의 로봇 개발에 대해서도 신임 총장이 비상한 관심을 표명할 거라고 생각했다. 그는 고민하다 나의 제안대로 서남표 총장에게 이야기했더니 선뜻 학교 벤처를 창업하라고 권했다고 했다. 오 교수의 고민과 총장의 관심이 함께 맞아떨어진 것이었다.

2011년에 기계공학과 오준호 교수는 총장의 제안을 받아들여 교내 로봇 전문 벤처기업인 레인보우 로보틱스를 설립하고 발행한 주식의 20%를 학교에 내놓았다. 외부 기업에서는 공장에서 사용할 수 있는 로봇을 공동 개발하자고 그에게 요청했다. 오 교수는 그 요청에 따라 공장에서 사용할 수 있는 산업용 로봇을 열심히 개발하고 있었다. 그 당시 일본에서는 특히 사람의 형상을 흉내 낸 로봇이 매스컴에서 관심을 끌고 있었다.

서남표 총장은 다행히 지난 몇 년 동안 국민적인 지지를 받고 있었다. 그는 특히 미국에서 수많은 명사들에게서 기부금을 받아왔고, 또한 한국의 재벌들을 잘 설득하여 큰 기부금을 내도록 했다. 그는 그 돈으로 캠퍼스 내에 기념비적인 건물도 지었다.

그런데 안타깝게도 그에 대한 학내 분위기는 점점 부정적으로 변해갔다. 특히 교수들 사이에서는 그를 '독선과 고집의 총장'이라며 비난했다. 그는 교수의 테뉴어 심사 제도도 강화하고, 특히 모든 교수들에게 영어 강의를 지시했다. 그러던 중 학교에서 4명의 학생이 자살하는 사건이 발생했다. 그런데 그는 기자들과의 인터뷰에서 사건에 대해 언급하면서 다음과 같이 말했다.

"사실, 미국 명문대에서도 자살률은 한국보다 더 높습니다. 물론 저희 대학교의 경우 대부분의 학생들이 과학고 출신인 데다 대학에 들어와서도 계속해서 열심히 공부를 해야 하니 그 스트레스가 만만치 않을 겁니다. 그러나 이것은 학생들이 각자 이겨내야 할 문제입니다. 세상에 쉬운 것이 있습니까?"

그의 말이 틀렸다고 할 수는 없었다. 이 세상은 약육강식의 생존을 요구하는 사회였다. 특히 미국적인 시각에서는 너무나 당연한 생각과 발언이었다. 그러나 그의 인터뷰 내용은 학교 내에서뿐만 아니라 사회적으로도 엄청난 파장을 불러일으켰다. 결국 교수협의회에서는 그의 퇴진을 요구하기에 이르렀다. 나도 센터장의 자격으로 협의회에 참석하여 몇 가지 의견을 개진했다.

"제 생각에는 저희들이 다시 한번 총장님을 만나 서로 절충안을 내놓는 것이 좋을 것 같습니다. 총장의 퇴진 요구는 적절하지 않다고 생각합니다. 사실 우리끼리 이야기지만, 여러분들도 대부분 미국을 포함한 서구에서 공부하고 학위를 받았으니 잘 알 것 아니겠습니까? 진정 무엇이 KAIST 미래 발전을 위해 필요한 것인지. 솔직히 전임 총장님이나 서 총장님이 진행하는 학교 개혁 방향은 틀린 것이 아니지 않습니까? 정교수 테뉴어 평가도 그러하고, 영어 강의도 마찬가지 아니겠습니까? 이런 개혁을 계속해 나가지 않으면 대학의 미래도 없을 것이고 더불어 대한민국의 미래도 없다는 것을 한번 생각해 보십시오."

나의 의견에 대해 몇몇 교수는 동조했지만, 결국에는 투표를 통해 총장 퇴진을 요구하기로 결정했다. 여전히 한국은 체면이 중요하고, 경쟁이 아닌 모두를 그저 아우르는 그런 평균화 정책이 늘 이기는 사회였다. 자신의 퇴진을 요구하는 교수와 학생을 상대로 서 총장은 본인이 피해자라며 검찰에 고소장을 제출하며 사태는 더 악화되었다.

그리고 그도 결국에는 두 번째 임기를 넘기지 못하고 정부 인사들과 학생, 그리고 교수의 반발에 못 이겨 사퇴하고 말았다. 그도 결국 한국인이었지만 미국인의 한계를 넘지 못한 모양새였다. 아니 한국은 아직 미국식 혁신을 받아들일 토양이 준비되지 못한 것이었다. 어쩌면 아마도 영원히 그럴 것이다. 그도 전임 총장과 마찬가지로 쓸쓸하게 한국을 떠났다.

서남표 총장의 후임으로 여전히 미국 공과대학에서 학장과 총장직을 경험한 한국계 미국인, 강성모 총장이 취임했다. 그는 전임 총장들의 문제를 잘 파악하고 있었다. 강 총장은 '수평적 소통'을 강조하며 학생들을 각종 위원회에 멤버로 참여시키고, 또한 행정 직원들과도 대화의 시간을 가지는 데 노력했다.

전임 총장들과 달리 그는 한국 문화와 정서를 다분히 반영한 차원에서 대학을 운영하기 위해 노력했다. 나는 이 세상 모든 일에는 양면성이 있는 것 같다는 생각이 들었다. 개혁적이면 반발은 심하지만 발전이 있고, 개혁이 약해지면 반발은 무마되지만 발전은 없었다. 이 세상에 모두를 만족시키는 해법은 존재하지 않는 것 같았다.

11

2007년 캐나다에서 설립된 양자컴퓨팅 스타트업 디 웨이브 시스템즈는 차별적인 사업 전략으로 전통적인 양자컴퓨팅 분야에서 벗어나 양자 어닐링 기술 개발에 집중하며 산업별 최적화 문제 해결에 매진했다. 주요 사업으로 항공우주 산업, 자동차, 금융, 물류, 에너지 산업에 효율성을 제공하는 데 주력했다.

2013년에는 캘리포니아 버클리에서도 리게티 컴퓨팅이라는 양자 회사가 설립되어 컴퓨팅 구축 관련 연구 개발과 사업을 독자적으로 진행하겠다고 선언했다.

이제 나도 이러한 외부 경쟁력에 자극을 받아 개발 속도를 더 내야겠다는 생각이 들었다. 이렇게 가시화되는 양자 기술 분야에 마이크로소프트, IBM, 구글, 아마존 같은 대기업들이 가만히 있지 않을 것이라고 생각했다.

2014년이 되자 나는 구축하고 있는 상온 초전도체 양자컴퓨팅을 기존 슈퍼컴퓨터와 하이브리드형으로 디자인하여 컴퓨팅 역량을 극대화하는 쪽으로 연구를 진행시키고 있었다.

양자컴퓨터의 본격적인 상용화 연구를 위해서는 초전도체 원료 수급 문제 해결이 시급했다. 기존 원료의 양과 품질로는 개발을 진척시키기 어렵다는 한계에 직면했기 때문이었다. 이 문제가 해결된다면 컴퓨팅 시스템 효율화와 2011년부터 추진해 온 시스템 경량화에 더욱 박차를 가할 수 있을 것이다.

궁극적인 목표는 현재의 휴대폰처럼 양자컴퓨터를 소형화하는 것이다. 아직 갈 길이 멀지만, 좀 더 신속한 개발과 상용화를 위해, 특히 자체 양자칩 생산의 필요성이 커지고 있었다.

이는 더 이상 혼자 해결할 수 있는 일이 아니기에, 그동안 협력관계를 유지해 온 SK 연구소의 고성덕 박사를 찾아갔다. 고 박사는 자동차나 일반 기계 부품에 들어가는 반도체칩을 더욱 소형화하는 연구에 주력하고 있었다.

"고 박사님, 오랜만입니다. 이제 양자컴퓨팅 분야의 경쟁이 점점 더 치열해지고 있습니다. 저희 쪽에서는 현재 양자칩의 소형화에 집중하고 큐비트 수를 늘릴 수 있는 연구에도 힘쓰고 있습니다. 그래서 이제 본격적인 협력이 필요해 찾아왔습니다."

고 박사는 내가 국가 차원에서 얼마나 중요한 일을 하는지 잘 알고 있었다. 그는 SK 경영진을 설득하여 내가 요구하는 양자칩 소형화 연구에 기술적인 지원을 해주기로 약속했고, 그가 잘 아는 삼성전자 쪽 연구원들에게도 부탁하여, 컴퓨터 운영 장치 소형화와 생산에 도움을 주기로 약속했다.

또한 나는 같은 대전에서 양자컴퓨팅 분야 연구에 종사하고 있는 표준연구소 이용호 박사의 초전도체 양자컴퓨터 연구에도 협력하기로 약속했다. 그는 냉각 상태 유지가 필수적인 초전도체 기반 양자컴퓨터를 개발하고 있었다.

미국에서 새로운 협력 파트너를 발굴하고 있는 베티와의 진척 상황도 점검할 겸 미국을 방문할 생각으로 베티에게 전화를 했다.

"철, 잘 지내지. 철이 지난번 국제양자학회에서 발표한 이후 몇 년 사이에 굉장한 변화가 있었던 것 같아. 아버지 말씀으로는 연방 정부 쪽에서도 철이 하는 연구에 대해 비상한 관심이 있다고 하고, 나도 IBM과 공동 연구 과제를 하고 있지만, 이곳 대기업 쪽에서도 움직임이 심상치 않아. 투자받을 수 있는 기회도 점점 늘어나고. 하여간 위협과 기회가 공존하는 상황인 것 같아."

베티는 그간의 상황을 소상히 전해 주었다. 특히 나는 최근 베티의 뇌 연구에도 내가 구축한 양자컴퓨팅을 활용할 계획을 생각하고 있었다.

"베티, 그럼 2주 후에 샌디에고로 가려고 하니, 시간 비워둬. 참, 잘 지내고 있지?"

일도 중요했지만, 늘 베티에게 미안한 마음이 들어 그녀가 일 외에 어떻게 지내는지 늘 궁금했다.

"잘 알면서 왜 그래. 철, 나의 마음을 몰라?"

그녀는 나의 물음에 갑자기 감상적인 목소리로 말을 잇지 못했다.

"미안해, 베티. 내가 왜 베티의 마음을 모르겠어? 하여간 2주 후에 보자고."

미국 출장 전에 미국에서 만날 사람들과 미리 연락하여 합의한 며칠간의 미팅 스케줄을 베티에게도 보내주었다. 사실 나는 미국 출장 전에 한국 국정원의 백민준 요원과 미국 CIA의 피터 베이커에게 2주 후에 미국에서 양국의 고위 책임자들과 미팅을 할 수 있도록 준비해 달라고 요청했다.

정확히 2주 후, 나는 샌디에고 라호야 입구에 있는 앰배서더 호텔 2층 회의실에서 한국 국정원 곽정원 차장, CIA 부국장 하워드 영 등 양국의 정보 책임자, 그리고 베티와 마주 앉았다. 물론 백 요원과 피터도 같이 배석했다. 내가 먼저 말을 꺼냈다.

"우선 이 회의를 주선해 준 백 요원과 피터에게 감사합니다. 또 이렇게 저의 요청에 참석해 주신 여러분께도 감사드립니다. 우선 제가 그간의 상황을 간략하게 말씀드리겠습니다. 지난 1994년부터 연구했던 상온, 상압 초전도체 연구가 이제 구체화되어 양자컴퓨팅 시스템을 세계 최초로 구축할 수 있게 되었습니다. 현재 양자컴퓨팅 상업화 경쟁이 본격화되고 있습니다. 물론 아직 초기 단계이고 기존 슈퍼컴퓨팅의 능력을 뛰어넘을 수 있는지는 더 두고 봐야겠지요. 그런데 지난 1994년에 양국의 정보 관계자들이 저의 기술에 대해 요청했던 사항이 있었습니다. 제가 상온 초전도 양자 시스템 구축에 성공하면 양국의 암호 해독에 제 기술을 사용한다는 조건으로 광물 사용 허가와 약간의 연구비를 제공받고 있었습니다. 그래서 오늘 여러분에게 다음과 같은 새로운 제안을 드립니다. 앞의 슬라이드를 봐주십시오."

나는 준비한 슬라이드 발표 자료를 보여주기 시작했다.

"우선 다시 한번 그간의 연구 결과를 요약해서 말씀드리고, 저의 제안을 말씀드리겠습니다."

나는 최근까지의 진행 상황을 그들에게 설명했다. 그들의 입장에서 가장 관심 있는 분야는 암호 해독 분야라는 것을 나는 잘 알고 있었다. 나는 그동안 수행했던 구체적인 연구 결과를 보여주었다.

"자, 여러분도 보시다시피 이제 기본적인 시스템은 완벽하게 구축되었고, 특히 큐비트의 숫자를 대폭 늘려가는 기술 연구와 함께 시스템 경량화에 도전하려고 합니다. 그래서 저는 다음과 같이 제안합니다."

"여러분과 같이 양자 암호 해독 프로젝트를 본격적으로 수행하겠습니다. 이 연구 결과의 모든 권리는 양국 정부가 가지는 것으로 약속합니다. 대신 저는 이제 데스밸리에서의 본격적인 광물 추출 공장 건설이 필요합니다. 이를 위해서는 데스밸리 공원 일대에 대한 지질 조사를 해야 하고, 제가 원하는 광물의 양도 예측해야 하며, 또한 공장 건설에 필요한 추출 기술과 환경 평가 등, 해야 할 일이 참으로 많습니다. 그런데 가장 중요한 것은 추진 예산입니다. 저는 이 공장 건설에 관련된 예산의 2/3는 미국 정부가, 1/3은 한국 정부가 지원해 줄 것을 요청합니다."

양국의 책임자들은 이 과제의 중요성을 충분히 이해했다. 그러나 그들을 설득하는 데는 시간이 걸렸다. 내 옆에 앉아 있던 베티가 추가적인 설명을 이어갔다.

"저는 UCSD 의대 교수 베티 오브라이언입니다. 원래 저는 MIT를 졸업할 때 강 교수님의 제자였습니다. 그래서 지금까지 하나도 빠짐없이 강 교수의 연구 내용과 그의 헌신, 그리고 진심을 잘 압니다. 이제 미래는 기존 슈퍼컴퓨팅을 넘어 양자컴퓨팅 시대로 갈 것입니다. 이 분야에 가장 앞서가는 연구자가 바로 강 교수님입니다. 지금 양국의 정보 책임자 여러분에게 제안한 내용은 향후 미국과 한국 정부 입장에서 안보와 관련하여 궁극적인 경쟁력을 확보하는 데 필수입니다. 그러니 잘 검토하셔서 긍정적인 답을 주실 것을 기대합니다."

그녀는 그들과 나를 번갈아 쳐다보며 진심을 다해 양국의 책임자들을 설득하고 있었다. 우리의 발표를 다 들은 CIA 차장은 한참의 침묵 끝에 다음과 같은 답을 주었다.

"두 분 말씀 잘 알겠습니다. 제 생각에는 한국에서 오신 국정원 차장님과 또한 여러분 과제를 책임지고 지원하는 백 요원, 피터와 오늘 저녁까지 상의하여 내일 답변을 드리겠습니다."

그날 저녁 나는 같은 호텔에 묵고 있는 백 요원에게 전화하여 상황을 물었다.

"백 요원, 강철수입니다. 어떤 것 같습니까?"

나는 그날 오전에 있었던 회의가 어떻게 되었는지 물었다.

"강 교수님, 글쎄요. 사실은 저희들과 회의가 끝난 후에 저희 차장님과 CIA 차장이 급히 비행기를 타고 랭글리 CIA 본부로 가셨습니다. 그리고 오늘 밤에 돌아오겠다고 했습니다. 그래서 저와 피터는 지금 호텔에서 대기하고 있습니다. 솔직히 어떻게 될지는 잘 모르겠습니다."

"아, 그렇군요. 알겠습니다."

나는 베티와 오랜만에 차를 몰고 델마 해변에 있는 포세이돈 레스토랑으로 향했다. 옆좌석에 앉아 있는 베티도 내가 백 요원으로부터 전해 들은 코멘트에 대해 걱정을 했다. 오랜만에 이 레스토랑을 찾은 우리는 웨이터에게 해변가 자리를 요청했다. 마침 해는 바다 지평선 너머로 넘어가며 마지막 핵융합 반응으로 새빨갛게 물들고 있었다. 우리는 바닷가 저녁노을을 보고 싶을 때, 종종 이 레스토랑에 오곤 했다.

그 다음 날 아침, 나는 백 요원에게 전화를 받았다. 오늘 오전 11시에 어제 만났던 호텔 회의실에서 나와 베티를 보자는 것이었다. 우리는 시간에 맞춰 회의실에 도착하여 문을 열었다. 그들은 한참 전에 와서 사전에 회의를 하고 있는 듯했다. 우리를 보자 국정원 곽 차장이 나를 보며 한국말로 말했다.

"강 교수님, 잘 된 것 같습니다. 이리 와 앉으십시오."

그는 우리에게 자리를 안내했다. CIA 차장 하워드 영이 양국 정부를 대신해서 전체적인 의견을 전달했다.

"사실 어제 저는 곽 차장님과 랭글리로 날아가 양국 정부와 직접적인 조율을 하고 오늘 새벽에 다시 돌아왔습니다. 물론 저희 정보 당국에서는 강 교수님의 기술에 큰 기대를 걸고 있습니다. 왜냐하면 미-소련 경쟁관계가 무너진 이후, 이 세계는 다변화되는 경쟁 구도로 가고 있습니다. 그래서 더 위험한 세상이 앞으로 펼쳐질 것으로 예상합니다. 저희는 국가 차원의 안보 문제를 암호 해독 기술 확보에 두고 있습니다. 어제 본부로 가서 이 점을 가지고 양국의 상급자들을 설득했습니다. 그래서 그 결과는 어제 강 교수님이 제안한 안을 받아들이기로 했습니다."

그의 발언에 이어 국정원 곽 차장이 이번에는 유창한 영어로 추가적인 설명을 이어 나갔다.

"맞습니다. 저는 어제 하워드 영 차장과 같이 저희 쪽과 미국 쪽의 결정권자들을 설득했습니다. 앞으로 공장 건설에 대한 충분한 자금과 함께 양국의 규제 문제에 대해서도 신경을 쓰기로 했습니다. 그래서 광물 조사 프로젝트와 공장 건설 책임자로 짐 비게이를 임명하기로 했습니다."

나와 베티는 그의 말에 깜짝 놀랄 수밖에 없었다. 그들은 이미 짐 비게이에 대해서도 잘 알고 있었고, 특히 그의 아버지에 대해서도 소상히 알고 있었다.

"그리고 양국의 연락책은 지금까지 해온 것처럼 백 요원과 피터가 맡기로 했습니다. 저희와는 1년에 한 번 정도 오늘처럼 미팅을 해서 진척사항을 확인만 하면 됩니다."

하워드 영 차장은 마무리 발언을 했다.

"양국 정부에서는 이 과제 이름을 '프로젝트 제네시스'로 정했습니다. 그래서 진척 보고서를 저희와 공유할 때에는 '프로젝트 G'로 해주시면 되고, 특히 요청드리는 것은 정보 보안에 철저히 신경 써주시기 바랍니다. 물론 백 요원과 피터의 지원이 늘 있을 겁니다만."

양국의 정보국 차장들은 우리와 굳게 악수하며 건투를 빈다는 말과 함께 떠났다.

12

4년 전에 일본에서 일어난 지진과 같은 심각한 자연재난이 발생했을 때, 인간 대신 위험한 장소에 들어가 상황을 판단하고 복구에 투입할 수 있는 무인 로봇의 필요성을 절감했다. 학계와 산업 생산 현장에서 활용할 로봇을 연구하던 과학자들은 서서히 무인 로봇에 대한 관심과 함께 인간 형상을 한 로봇에 대해서도 각종 연구를 진행하고 있었다.

각국의 학계와 기업의 무인 로봇 개발 연구를 촉진하고 대중들의 관심을 모으기 위한 노력의 일환으로 미국 국방고등연구계획국, 즉 DARPA(Defense Advanced Research Projects Agency)가 국제적 행사를 준비하고 있었다. 다르파는 1958년에 설립된 미국 국방부 소속의 연구 기관으로 1957년 소련이 개발한 위성체 스푸트니크 1호에 위기를 느낀 아이젠하워 대통령이 창설한 기관이었다.

2015년 6월 미국 캘리포니아 포모나에서 재난 구조용 로봇 결선 대회가 열렸다. 이 대회는 다르파가 주관한 행사였다. 이 대회에는 미국, 일본, 독일, 이탈리아, 한국 등 24개 팀이 참가했다. 세계에서 로봇 연구로 쟁쟁한 단체는 모두 참가하고 있는 상황이었다.

미국에서는 항공우주국 NASA, 글로벌 방산 항공우주 기업 록히드마틴, 대학에서는 카네기멜론대, MIT, 도쿄대와 한국의 서울대 같은 기라성 같은 로봇 연구팀이 참가했다. 그런데 여기에 카이스트 오준호 교수팀도 참여했다. 그와는 이 대회가 있기 일주일 전에 우연히 대학 구내식당에서 만났다.

"강 교수, 오랜만이야."

그는 늘 즐겁고 재미있는 표정으로 점심을 먹고 있던 나를 불렀다.

"아, 오 교수님. 반갑습니다. 요즘 어떻게 지내세요?"

"강 교수, 최근에 보니 TV와 신문에도 대서특필되고, 이제 유명인이야. 하하."

"아닙니다. 여전히 로봇 연구로 바쁘시죠? 무지개 회사 일은 잘 진행되고 있겠지요?"

나는 그가 4년 전에 창업한 로봇 개발 회사인 레인보우로보틱스를 지칭하며 말했다.

"하하. 무지개 회사라. 그렇지. 나는 무지개 같은 미래를 꿈꾸지. 아, 참. 강 교수. 나는 학생들과 다음 주에 미국 캘리포니아에서 열리는 로봇 경진 대회에 참석해. 알고 있지? 우리 팀이 개발한 로봇 휴보가 예선전을 통과하고 이제 다음 주에 미국에서 결선전이 있어."

나는 최근에 그가 개발하고 있는 로봇 휴보를 대학 신문에서 사진으로 본 기억이 났다.

"예, 기억합니다. 교수님이 2000년에 일본 자동차 회사 혼다가 만든 아시모라는 작은 로봇을 보고 충격을 받았다고 하지 않았습니까? 그래서 자극을 받아 인간 같은 로봇을 만들게 되었다는."

"하여간, 우리 대한민국이 우승할 수 있도록 많은 응원 부탁하네."

다음 주 KBS에서는 특별 방송으로 오 교수 팀이 참가하는 다르파 대회를 중계하고 있었다. 미국 특파원이 현장에서 진행되고 있는 경기에 대해 설명했다.

"여러분, 놀랍습니다. 우리 대한민국 카이스트 기계공학과 오준호 교수팀이 제작한 휴보 로봇이 지금까지 좋은 성적을 거두고 있습니다. 평가 기준으로 8개 수행 과제가 있습니다. 로봇 혼자서 운전하기, 차에서 내리기, 문 열고 건물로 들어가기, 벽의 밸브 돌리기, 드릴로 구멍 뚫기, 장애물 돌파하기, 계단 오르기, 그리고 돌발 미션을 포함한 이 8개의 과제를 가장 많이, 가장 빠르게 하는 로봇이 이기는 대회입니다. 앞서 오늘 오전에는 미국과 일본 팀의 로봇은 5가지 과제만 수행한 상황입니다. 오늘 오후에 한국의 휴보가 참가합니다. 국민 여러분의 많은 응원 부탁드립니다."

TV에서는 대회 순서를 기다리는 오 교수와 학생들이 보였다. 이 특별 방송을 많은 국민이 보고 있었다. 결국 이 대회에서 최종 우승한 로봇은 바로 오 교수의 휴보였다. 나를 포함한 대한민국의 국민들은 이러한 결과를 TV 중계로 보고 있었지만 믿기지 않는 광경이었다.

우승한 오 교수는 학생들과 어깨동무를 하고 춤추고 뛰는 모습이 생중계되고 있었다. 눈이 오나 비가 오나 늘 꾸준히 연구했던 오 교수가 그날의 세계 우승자였다.

나는 귀국한 오 교수에게 저녁 식사를 대접하며 그의 성과를 축하해 주었다. 그는 이제 모든 국민이 그의 존재와 얼굴을 아는, 나보다 더 유명인사가 되어 TV와 신문에 자주 그의 연구 성과가 소개되었다. 우리 인간은 우리와 같은 형상을 한 기계가 인간과 같은 동작과 반응을 보일 때, 감정적인 교류를 하는 존재라는 생각이 들었다. 그래서 그런지 그는 국내뿐 아니라 세계에서도 알아주는 유명인사가 되었다.

그는 '휴보의 아버지'로 불렸다. 그러나 이 당시 휴보를 포함하여 대회에서 소개된 로봇들은 제대로 잘 걷지도 못하는 갓난아이 같았다. 상용화로 갈 수 있는 길은 아득히 멀어 보였다.

나는 2015년 가을부터 거의 연말까지 미국에서 시간을 보냈다. 우선 샌디에고에서 베티를 만나 최근의 연구 진척 상황을 공유한 후 나는 짐 비게이와 접촉했다. 그는 이미 '프로젝트 G'의 광물 생산 시설의 책임자로서 구체적인 실행 계획을 수립하고 있었다.

나는 그와 지난번처럼 데스밸리 공원 내 리조트에서 만나자고 했으나, 그는 395번 고속도로에서 오른쪽으로 데스밸리 공원 길로 꺾어지는 삼거리에 위치한 론 파인이라는 마을에 있는 모텔을 예약해 놓았다며 그곳으로 오라고 연락했다. 나는 왜 굳이 짐이 론 파인에서 지내자고 하는지 이해할 수 없었다.

나는 샌디에고에서 알라모 렌터카의 신형 지프차를 빌려 그가 만나자고 약속한 론 파인으로 향했다. 샌디에고에서 출발한 지 얼마 후, 드디어 395번 고속도로로 들어서니 왼쪽으로 시에라 네바다 산맥의 연봉이 이어지며 가을의 장관을 연출했다. 나는 문득 20여 년 전에 이 길을 달리며 보았던 산의 경치를 기억했다.

'그때는 봄이었지. 벌써 20년도 더 흘렀네…'

짐이 미리 일러둔 대로 데스밸리 공원으로 빠지는 190번 도로가 있는 삼거리에 론 파인이라는 마을 간판이 보였다. 그가 일러준 모텔은 론 파인에서 휘트니산이 바로 보이는 산 아래 조용한 골목에 위치하고 있었다. 휘트니산은 미국 본토에서 가장 높은 산으로, 아침, 점심, 저녁에 따라 햇빛이 반사되며 시시각각 산의 색깔이 변했다. 내가 도착했을 때에는 낮의 강한 햇빛에 반사되어 온통 눈이 온 것처럼 하얀 산으로 변해 있었다. 그는 어제 도착했다고 하며 모텔 입구에서 나를 반기며 악수를 청했다.

"강 교수님, 반갑습니다. 오랜만입니다."

"짐, 수고가 많습니다."

우리는 작은 모텔 입구에 있는 의자에 자리했다.

"교수님, 그동안 일어난 일을 설명드리겠습니다. 일단 저는 미국 연방 광산 관리위원회로부터 공식적인 채굴 허가증을 받았습니다. 물론 이 일은 CIA 피터 파커가 도와주고 있어 문제가 없습니다. 우선 가장 중요한 사안은 우리가 찾은 광물이 많이 있는 광맥을 확인해야 합니다. 이를 위해 이미 기술자를 고용하여 일차 계약을 했습니다. 내일 그들과 같이 작업을 시작할 예정입니다. 제가 가장 우려하는 것은 광물이 우베헤베 분화구에만 분포되어 있을 경우입니다. 잘 아시다시피 지금도 저희들이 노면에 있는 광물 조각만 채취하는 데도 문제가 많았는데, 국립공원 내에서의 본격적인 채굴은 아마도 불가능할 겁니다. 아무리 우리 일이 국가적인 안보에 중요하다고 해도, 국립공원 내에 있기 때문에 정치적인 반대도 만만치 않을 겁니다."

"맞습니다, 짐. 저도 가장 걱정하는 부분이 그것입니다."

지난 몇 십 년 동안 그저 실험실에서 일만 하면 되었지만, 이제 과제를 본격적으로 추진하려 하니 해결해야 할 일과 극복해야 할 과제가 결코 만만치 않았다. 짐은 계속해서 말을 이어 나갔다.

"예, 그렇습니다. 그래서 분화구를 중심으로 광범위한 지표 지질 조사를 할 겁니다. 이 일에는 알려주신 자외선 투사 방법을 동원할 예정입니다. 대략, 지표 지질 조사는 순조롭게 진행될 것으로 생각합니다. 그 다음에는 저에게 알려주신 전기저항 전기탐사 기술을 통해 광맥을 찾아볼 예정입니다. 그리고 전체적인 광맥 지도가 그려지면, 교수님과 같이 시추 위치를 몇 군데 결정할 예정입니다. 이 시추가 우리 과제의 승패를 좌우할 겁니다. 만약 시추가 성공적일 경우, 우리가 발견한 광맥에서 채취한 시료의 광물학적 분석, 함량, 분포 범위 파악과 함께 경제적인 채굴 가능성도 평가해야 합니다. 광물 분석에 대해서는 강 교수님도 자문을 해주셔야 하고. 이 과정이 모두 잘 끝나면 공장 건설에 대한 인허가 절차와 연방과 주 단위의 환경 평가 규제도 거쳐야 합니다. 참, 그리고 정제 공정 관련해서는 이제 공장 단계의 환경을 고려한 생산 공정을 개발하시는 것은 강 교수님 쪽에서 하고 계실 것으로 압니다."

물론 나도 광물 채취와 정제 공장 건설에 대해 대략적인 과정을 알고 있었지만, 짐의 설명을 들어보니 모든 과정이 결코 만만치 않은 작업임을 다시 한번 실감했다. 짐과 지질 조사반은 우베헤베 분화구를 중심으로 2주째 지질 조사를 실시하고 있었다. 짐이 여러 번 말한 것처럼.

'나바호 조상들이 대대로 제사를 지냈다는 분화구 바로 밑에만 우리가 찾는 광물이 분포한다면 정말 낭패가 아닐까? 이 문제는 또 어떻게 해결해야 하나.'

나는 지난 일주일 동안 거의 잠을 잘 수 없었다. 3주가 접어드는 어느 날 아침, 짐은 지질 조사는 완료했다고 하며 조사반이 작성한 지도를 가지고 내 방으로 찾아왔다. 그는 내 앞에서 지도를 펼쳐 보이며 싱글벙글 웃고 있었다.

"교수님, 이 지도를 보십시오. 그동안 지표 조사와 암석 분석을 통해 다음과 같은 광물 분포도를 만들었습니다. 다행히 우리가 찾는 광물층은 분화구에서 시작하여 네바다주 경계선을 넘어 분포합니다."

그는 데스밸리 공원을 중심으로 캘리포니아와 네바다주를 아우르는 지도를 보여주며 곳곳에 빨간색 X로 표시한 곳을 보라며 손으로 가리켰다.

"짐, 이 X 표시가 우리가 찾은 광물이 있는 곳인 모양이군요. 알겠습니다."

과연 그의 말처럼 X 표식은 우베헤베 분화구에서 시작하여 네바다주 쪽으로 뻗어 나가 있었다.

"교수님, 제 생각에는 일단 데스밸리 공원에서 바로 벗어나는 이 바깥 지점과 그 다음 이 지점을 한번 시추해 보면 하는데 어떻게 생각하시는지요?"

그는 공원 경계선에서 약간 벗어난 지점과 네바다주에 들어가 있는 지점을 손으로 가리켰다.

"좋습니다. 짐, 그렇게 해봅시다."

바로 그 다음 날 아침부터 우리는 두 곳의 시추 작업에 들어갔다. 우리는 또 2주의 시간을 보낸 끝에, 두 곳의 광물 분포 상황과 함께 채취한 시료를 대상으로 광물학적, 화학적 분석 작업에 들어갔다. 이 과정은 나에게는 쉬운 과정이었다. 지난 20년 이상 반복해 온 실험이었기 때문이다.

두 곳에서 채취한 광물에서 우리는 크립토나이트의 존재를 확인할 수 있었다. 그런데 네바다주 쪽에서 시추한 위치가 더 큰 광맥이 있다는 것이 확인되었고, 암석에서 존재하는 크립토나이트도 더 많이 함유되어 있었다. 나는 정말 기뻤다. 이 소식을 베티에게도 알렸다. 그녀는 주말을 이용해 론 파인으로 오겠다고 답했다. 짐도 이제 걱정을 덜해도 되는 상태라며 며칠간 좀 쉬자고 제안했다. 마침 주말에 베티도 온다고 하니 자신이 론 파인 주변을 구경시켜 주겠다고 자청했다.

'론 파인은 그저 395번 도로변에 있는 작은 마을일 뿐인데, 뭐가 그리 대단하다는 걸까?'

토요일 아침에 베티가 우리의 숙소인 모텔로 찾아왔다.

"철, 정말 좋은 소식입니다. 저도 걱정했는데. 사실 크립토나이트가 없다면 모든 것이 물거품이니까."

그녀도 기쁜 얼굴로 나를 포옹했다. 옆에 있던 짐이 말했다.

"자, 베티도 왔으니, 이제 모든 시름과 걱정을 내려놓고 제가 이 동네 구경을 오늘 시켜드리겠습니다. 우선 식사를 하고 제 차가 있는 곳으로 오십시오."

베티와 나는 그를 따라 하루 종일 동네 구경에 나섰다. 짐은 원래 이 지역이 선사시대부터 파이우트 인디언 부족들이 살던 고향이라고 했다. 그래서 그 옛날 현재의 캘리포니아, 네바다, 애리조나주를 중심으로 자신의 조상인 나바호족, 아파치족, 마리코파족, 그리고 파이우트족이 살았다고 했다. 자신의 입장에서는 파이우트 인디언이 자신의 친척이기 때문에 가끔 시간이 나면 론 파인을 찾는다고 했다. 나는 그에게 말했다.

"짐, 참 존경스럽습니다. 요즘처럼 바쁜 세상에 조상을 다 생각하고. 그리고 가끔 짐의 이야기를 들어보면 그 먼 옛날, 짐의 조상들이 과거 중국과 한국 지역에서 러시아를 거쳐 북미와 남미 대륙으로 건너왔다니. 참으로 믿기 어려운 우리의 역사입니다. 생각해 보면 인간의 역사는 정말 대단하지요?"

그는 우리를 데리고 그의 차로 우선 론 파인 뒤쪽 길로 올라가기 시작했다. 한참을 올라가니 휘트니산 정상에 있는 계곡에서는 물이 콸콸 흘러내리고 있었다. 믿을 수 없는 광경이었다. 우리는 소나무가 무성한 리조트 지역에 차를 주차했다. 가을이었지만 아래쪽은 여전히 더운데 이곳 산 정상은 시원하다 못해 쌀쌀했다.

짐은 이곳이 여름에도 서늘하다면서 휴가와 트레킹을 즐기는 사람들이 많이 온다고 했다. 곳곳 숲 사이에는 방갈로들이 늘어서 있었다. 정상에서 산 아래를 내려다보니 정말 멋진 풍경이 펼쳐졌다. 우리는 산 휴게소에 있는 간이식당에서 샌드위치와 프렌치프라이로 점심을 때웠다. 그리고 짐은 론 파인으로 내려오는 길에 '앨라배마 힐스'라는 팻말이 있는 곳에 차를 세웠다.

"자, 여러분. 이곳에서 내려서 한번 둘러보십시오."

주차장에 내려 화살표가 있는 팻말을 따라 걸어가니, 갑자기 현실이 아닌 공상 속의 장소 같은 광경이 펼쳐졌다. 마치 공상과학 영화에 나오는 황량한 황색 바윗돌이 온통 둥글둥글, 기묘한 모습으로 늘어서 있었다. 아치 같은 모양과 함께 각양각색의 돌들이 있는 지역. 베티와 내가 계속 감탄하며 돌아다니니 그는 이곳의 역사를 소상하게 말했다.

"사실 이곳은 할리우드 영화 제작사에서는 대단히 중요하게 생각하는 곳입니다. 이곳은 많은 영화의 촬영 장소입니다. 옛날에는 주로 카우보이 영화를 찍던 곳입니다. 그런데 최근에도 종종 다른 종류의 영화를 찍는 곳입니다. 그 왜 러셀 크로우가 주연한 글래디에이터를 기억하십니까? 로버트 다우니 주니어 주연의 아이언맨에서 아프가니스탄 장면. 기억하세요? 바로 여기서 찍은 겁니다."

그는 신이 나서 우리에게 말하고 있었다. 나는 짐이 그렇게 말하는 순간, 몇 번이나 본 적 있는 아이언맨과 글래디에이터의 장면이 생각났다. 나와 베티는 이구동성으로 말했다.

"와, 그렇군요. 정말 대단합니다."

우리는 계속해서 감탄사를 발했다. 짐은 스타트랙, 트랜스포머도 여기에서 촬영했다며 그의 지식을 총동원하여 자랑하고 있었다.

나는 2017년 1월, 잠시 한국으로 돌아와 진행 상황을 점검했으나, 일주일 만에 다시 론 파인으로 돌아올 수밖에 없었다. 그 이유는 비록 광석 채취와 정제 공장 건설 장소에 대해서는 작년 연말에 결정했지만, 그 인허가 절차와 환경 평가, 그리고 토지 이용 허가를 얻는 것이 만만치 않은 작업이었다. 이 과정에 우리는 미국 현지 회사를 하나 설립할 수밖에 없었고, 우리는 짐을 광석 채취 및 정제 공장을 운영하는 회사의 대표로 임명하고 모든 서류는 그의 이름으로 진행했다.

그런데 그나마 가장 큰 행운의 우연은 우리가 광물 채취와 정제 공장을 캘리포니아주가 아닌 네바다주에서 세운 일이었다. 만약 우리가 캘리포니아주에 공장을 세웠다면 문제는 심각했을 것이다. 그 이유는 미국의 여러 주에서 캘리포니아주의 환경 규제는 연방 정부의 NEPA(National Environmental Policy Act) 법보다 더 엄격하여 온실가스, 대기 오염, 폐수 규제 등으로 공장 허가 승인을 받는 데 걸리는 시간을 누구도 장담할 수 없는 일이었다. 그런데 네바다주는 이웃 주인 캘리포니아와 달리, 광업 및 정제 산업에 대해서도 우호적일 뿐만 아니라 승인 절차도 간소하고 특히 세금 감면 및 인센티브를 제공했다. 더 놀라운 차이는 캘리포니아는 8%가 넘는 법인세와 지방세를 요구했지만, 네바다주는 법인세와 소득세도 없었다.

마침내 우리는 2017년 5월, 라스베거스에서 북쪽으로 향하는 95번 도로를 통과하는 비티(Beatty)라는 작은 동네에 사무실을 얻었다. 비티는 바로 주 경계선 너머에 위치한 데스밸리 국립공원과 우베헤베 분화구가 마주 보이는 네바다 쪽의 작은 마을이었다.

우리는 바로 데스밸리 공원이 마주 보이는 네바다 쪽 주 경계선 주변을 중심으로 광물 채취 허가권과 공장 건설 허가에 대한 승인을 네바다주 정부에서 받아낼 수 있었다.

마침 그 지역은 전혀 사람이 살지 않는 사막 지역이었기 때문에 환경 평가 과정에서 지역 사회의 공청회라든가 의견 수렴도 필요하지 않았다. 그리고 우리는 연방 정부와 주 정부에 제출하는 서류에는 크립토나이트와 구체적인 정제 과정을 자세히 언급하지 않았다. 우리는 대규모 정제 프로세스에 이온 교환 크로마토그래피 기술을 추가했다.

나는 베티와 짐에게 말했었다.

"그동안 두 분이 수고가 많았습니다. 이제 공장에는 외부 사람들을 뽑아 운영해야 하는데, 크립토나이트에 대한 정제 기술 정보는 두 분만 알고 계시기 바랍니다. 참, 그리고 짐에게 한 가지 부탁은 추출 과정에서 나오는 부산물을 저에게 500그램 정도 보내주기 바랍니다. 제가 연구에 필요해서."

이것은 2017년 여름이었다.

그해 여름, 오랜만에 한국으로 돌아오니, 지난 봄에 한국에서 열렸던 인간과 인공지능의 바둑 대회가 가장 큰 대중들의 화제였다. 국제 바둑 대회에서 18차례나 우승한 이세돌이 인공지능과의 5번의 대결에서 한 번은 이겼지만 나머지 게임에서 모두 진 충격적인 뉴스였다. 영국의 스타트업 딥마인드를 3년 전에 구글이 인수한 이후, 구글의 CEO인 에릭 슈밋은 본격적인 바둑 전문 인공지능 프로그램을 개발했고, 그 프로그램 이름을 알파고라고 붙였다.

서울 시내에 있는 포시즌스 호텔에서 열린 대국은 TV에서 한국어, 중국어, 일본어, 영어로 생중계되었다. 모든 대국이 끝난 후, 이세돌 기사와 구글의 에릭 슈밋을 초청하여 TV에서는 특집 방송을 내보내고 있었다. 이세돌이 먼저 입을 열었다.

"저는 당연히 인간이 이길 것이라고 확신했죠. 이 게임에서 지면 인간이 너무 무력한 것 아닙니까?"

그는 카랑카랑한 목소리로 여전히 흥분하며 말하고 있었다. 그러자 좌담석에 같이 앉아 있던 구글의 슈밋 대표는 그를 위로하며 말했다.

"사실 대국의 결과와 상관없이 최종 승자는 인류입니다. 물론 알파고라는 인공지능이 이 기사에게 이겼지만, 이 인공지능을 만든 사람은 기계가 아니라 인간이기 때문이죠. 그래서 위대한 인류의 승리하고도 말할 수 있습니다."

그 말을 들은 이세돌은 자신에게 약간은 위로가 되었다고 생각했는지 말했다.

"사실 제가 알파고의 능력을 너무 과소평가했던 것 같습니다. 이번의 패배는 이세돌이 패배한 것이지, 인간이 패배한 것은 아니지 않나 그렇게 생각해 보겠습니다."

이세돌의 충격적인 패배는 인공지능이 상아탑의 실험실을 떠나, 이제 사람이 사는 세상으로 들어와 언젠가는 인간의 삶을 위협할지도 모른다는 위기감을 느끼게 한 엄청난 사건이었다. 선진국은 정부 차원에서의 육성과 함께 민간 기업에서 인공지능에 대한 관심과 투자가 급격히 늘어나기 시작했다.

13

2017년 가을부터, 나는 양자컴퓨팅의 소형화와 큐비트 증설 연구에 꾸준히 몰두했다. 여러 연구 과제 중에서 가장 힘들었던 난제는 지난 10년간 전혀 진척을 보여주지 못하고 있는 양자칩의 중첩 상태 유지에 필요한 극저온 시스템 개선 문제였다. 상온에서 외부 영향을 최소화할 새로운 금속을 찾기 위해 다양한 화합물로 실험을 계속했다.

대부분의 화합물은 전혀 개선의 결과를 보여주지 못했다. 다만, 니켈과 철 합금인 뮤메탈이 일부 전기파를 차단하는 효과를 보였다. 그러나 안타깝게도 전기장, 음파, 진동과 방사선은 막지 못했다. 흥미로운 점은 뮤메탈의 주성분이 니켈, 철, 구리, 몰리브덴으로 내가 사용하고 있던 우베헤베 광석의 주성분과 같다는 것이었다. 그래서 한국으로 돌아오기 전, 짐에게 크립토나이트 추출 후 남은 부산물 500그램을 보내달라고 부탁했던 것이다.

나는 연구소의 연구원으로 지난 몇 년간 나와 같이 양자칩에 사용할 새로운 소재를 찾는 일에 매진하고 있던 민재문에게 미국에서 보내온 부산물로 실험을 해보라고 지시했다. 그는 오랫동안 긍정적인 결과를 얻지 못해, 연구 주제에 대해 조금은 부정적인 시각을 가지고 있었다.

"소장님, 제가 실험을 해보기는 하겠습니다만, 아무래도 이번 실험을 끝으로 다른 과제를 연구할 기회를 주시면 좋겠습니다."

사실 나도 그렇게 오랫동안 실험을 했지만 긍정적인 결과를 얻지 못해, 다른 접근 방안을 생각 중에 있었다.

"알겠어. 민 연구원, 이번에 마지막으로 한 번 실험해 보고, 결과가 부정적이면 다른 접근 방법으로 극저온 문제를 해결해 보자고. 자, 다시 한번 도전해 보자."

그는 지난 몇 년 동안 반복해 온 실험을 다시 시작했다. 단 한 번의 실험에서 부산물이라고 하며 소장이 건넨 시료에서 예상 밖의 결과가 나오자, 민 연구원은 다시 같은 실험을 반복해 보았다. 자신의 실험 결과를 믿을 수 없었다. 그는 급히 강 교수를 찾았다.

"소장님, 이번에는 정말 놀라운 결과를 얻었습니다."

그는 그렇게 말하면서도 자신의 실험 결과를 의심했다. 그래서 내가 보는 앞에서 그는 여러 전파의 측정 중에서, 그 물질이 특히 음파를 차단하는지 실험을 해보았다. 측정기기에서는 경이로운 결과를 보여주고 있었다. 그 부산물을 건네준 나 자신도 놀라움을 금치 못했다. 우리는 즉시, 이 부산물로 양자칩을 코팅하자 놀랍게도 모든 전기 전자파와 진동에 의한 방해가 사라졌다. 나는 마침내 냉각 시스템이 전혀 필요 없는 전체적인 양자컴퓨팅의 기본 골격을 완성했다.

컴퓨팅 운용에 냉각 시스템의 지원이 전혀 필요 없어짐에 따라 본격적인 소형화 연구에 돌입했다. 이제부터의 도전은 멀티 패터닝(Multi Patterning) 기술로 큐비트의 소형화 연구, 기존 컴퓨팅과의 하이브리드를 위한 인터페이스 연구, 그리고 큐비트 고도화를 향후 5년 연구 목표로 설정했다. 그리고 장기적이고 궁극적인 목표는 양자 인공지능의 개발이었다.

가끔 나와 연락을 하고 있는 짐은 미국에서 크립토나이트 생산 공장 운영에 몰두하고 있었고, 베티와 나는 양자컴퓨터를 이용한 인간 뇌와 컴퓨터 연결 연구에 박차를 가하고 있었다.

그러던 중, 심상치 않은 사건들이 발생하기 시작했다. 나는 대학 양자연구소 소장으로서 점점 더 다양한 연구 과제를 수행하고 있었기에, 연구소에는 대학원생, 박사후 과정 연구원, 그리고 행정 요원 등, 점점 많은 인력들이 근무하고 있었다.

어느 날, 연구소 컴퓨터 시스템이 악성코드에 감염되어 마비되고 일부 연구 정보가 유출되는 사건이 벌어졌다. 나는 즉시 국정원 백 요원에게 전화를 걸었다.

"백 요원님, 강철수입니다. 오늘 아침 출근하니 연구소 컴퓨터 시스템이 온통 모두 마비되었습니다. 외부 사이버 공격으로 생각되는데, 빨리 조사해 주십시오. 이미 총장실에 연락했고 컴퓨터 전문가들이 와서 조사 중입니다."

나는 다급히 백 요원에게 긴급한 상황을 전달했다. 정보 유출이 확실해 보여, 모든 연구원을 대상으로 개인 컴퓨터와 중앙 정보 시스템을 점검했다. 일부 내부 기술 보고서가 유출되었지만, 나와 베티가 아는 크립토나이트 핵심 정보와 양자컴퓨팅 구축의 민감한 내용은 모두 우리 머릿속에 있었기에 연구에 큰 타격은 없었다.

며칠 후, 연구소를 다녀갔던 백 요원에게서 전화가 걸려왔다.

"교수님, 백 요원입니다. 미국 피터에게도 협조를 요청했습니다. 흥미로운 것은 분명 중국이나 북한, 러시아 쪽 사이버 공격인 것 같은데 구체적인 주소는 알 수 없습니다. 아, 그리고 저희 조사 결과, 연구소 행정실 한미경 과장이 게임 프로그램을 다운로드받으면서 악성코드가 유입되었다고 합니다. 다음 주에 연구소에 가서 한 과장을 만나보겠습니다. 일단 교수님은 연구소의 모든 컴퓨터와 데이터 룸을 중심으로 더욱 강력한 보호벽 시스템을 구축하시기 바랍니다."

이 말을 들은 후, 나는 한 과장을 불러 상황을 확인했지만 특별히 의심이 가거나, 구체적인 문제는 발견되지 않았다.

그렇게 몇 달이 흘렀다. 5월 초 어느 날, 내가 평소 알고 지내던 고려대학교 후배에게서 전화가 왔다.

"강 선배님, 김희구입니다. 오랜만입니다. 그런데 최 교수님이 갑자기 돌아가셨습니다. 지금 고려대 안암병원에서 전화드립니다."

"무슨 소리야, 희구야. 알겠어. 지금 출발하지."

나는 후배 희구에게서 들은 갑작스러운 최 교수님 소식을 믿을 수 없었다. 몇 주 전만 해도 통화했었는데. 그는 여전히 연구에 매진하고 있었고, 내가 최근 들은 바로는 제자들에게 연구 결과가 완성되기 전에는 함부로 발표하지 말라고 강조하신다는 소문이었다. 아마도 내가 상온 초전도체에 대한 핵심 정보를 공유하지 않는 상황에서, 너무 빨리 연구 업적을 발표하려 서두르지 말라는 메시지로 이해되었다.

나는 고려대 본교 근처 안암병원으로 달려갔다. 병실에는 많은 후배와 최 교수님의 제자들이 모여 있었다. 그들 중에 조금 전 나에게 전화했던 희구가 보였다. 희구도 나를 알아보고 급히 다가왔다.

"형, 오셨어요. 너무 경황이 없는 상황입니다. 실험실 친구들 이야기로는 오늘 오전까지 아무 이상이 없었다는 겁니다. 모두 갑작스러운 일이라 당황하고 있습니다."

나는 이 사실을 국정원 백 요원에게도 연락하여 조사를 요청했다. 나에게도 충격적인 사건이었다. 최근 백 요원과 미국에 있는 피터로부터 나와 베티에게 신변 위협이 있을 수 있으니 조심하라는 메시지가 왔었다. 구체적인 증거는 없지만, 내 핵심 기술 정보를 노리는 국가나 기업들이 있을 수 있다는 것이었다.

병원에서는 약물 중독에 의한 사망은 아니라고 발표했다. 최 교수님의 나이는 73세였다. 특히 백 요원에 의하면 중국 쪽 정보국의 움직임이 심상치 않다는 것이었다.

14

이런 와중인 2019년 12월, 인간의 모든 일상이 서서히 멈춰 서기 시작했다. 바로 코로나바이러스의 역습이 시작된 것이다. 채 반년도 안 되는 사이에 코로나바이러스는 전 세계로 퍼져나갔다. 연일 신문과 TV 뉴스에서는 천만 명 이상이 감염되었고, 사상자가 60만 명에 이른다는 두려운 메시지가 전달되고 있었다.

그런데 특이한 현상은 유독 백인 위주의 서구 사회를 중심으로 감염 속도와 사망자가 증가하고 있었다는 것이다. 미국과 남미, 그리고 영국을 위시한 서구 사람들. 그들에게 바이러스가 주는 고통은 감염에 의한 죽음보다 자유의 속박이었다. 그들은 자유로운 삶을 갑자기 억압하는 정부의 지시에 따를 수 없었다.

바이러스는 정부에 의해 자유가 제한당하는 동양에서는 창궐의 힘이 약했지만, 자유의 의미가 중시되는 서구 사회에서는 마음껏 활개 치기 시작했다.

서구인은 과학의 메시지도 불신했다. 자신이 이성적이라고 착각하는 인간은 늘 감정적이었다. 코로나 팬데믹은 동양인은 감정적이고 서양인은 늘 이성적이라고 생각했던 나의 고정관념을 변화시켰다. 바이러스 앞에서 동양인은 이성적이었고 서양인은 감정적이었다.

나의 경우, 한국과 미국에서 모든 업무 속도가 줄어들었다. 출장을 자제하고 모든 일과 미팅은 연구소에서 컴퓨터 화상 미팅으로 대체했다. 거의 일주일에 한 번 정도 미국에 있는 베티와 줌 미팅으로 서로를 볼 수 있었다.

"베티, 지금 그곳은 몇 시지? 여기는 오후 2시인데. 베티는 괜찮아? 부모님은 어떠신가?"

나는 베티가 있는 샌디에고 시간을 누구보다 잘 알고 있었지만, 늘 그녀와 화면으로 만나면 그곳이 몇 시냐고 물었다. 그리고 그녀와 주변 분들의 안위가 걱정되었다.

"철, 몇 시는 몇 시야. 여기는 밤이지. 호호. 그래, 잘 지내고 있지? 지금 미국에는 코로나가 창궐하고 있지만 사람들이 마스크도 잘 쓰지 않고 많은 사람이 감염되고 있어. 우리 병원에서도 모든 것이 정지된 상황이야. 다행히 나와 우리 부모님은 괜찮아."

그녀는 시무룩한 표정으로 노트북 스크린을 통해 나를 쳐다보았다.

"베티, 하여간 조심하고 반드시 마스크도 착용하고. 지금은 별 방법이 없어."

나는 최근 베티와 통화할 때마다 조심하라는 말을 강조했다.

"베티, 여기 한국 상황은 미국과는 조금 달라 보여. 원래 여기는 늘 미세먼지가 많아 한국 사람들은 마스크 착용이 습관화되어 있었어. 그러다 보니 한국은 자연스럽게 마스크를 가장 잘 착용하는 모범 국가가 된 거지. 또 정부에서는 기존 진단 개발 회사들을 독려하며 매우 빠른 속도로 코로나 진단 시약을 생산해서, 한국에서는 감염 검사를 받는 것도 쉽지. 그런데 미국에서는 놀랍게도 진단 시약 개발도 늦어지고, 병원에 비축한 의료 장비도 모자라서 환자를 보는 의료인들이 감염되고, 하여간 난리라고 연일 보도하던데. 그 이유가 아마도 미국은 거의 100% 중국산을 수입하다 보니, 코로나 상황에서 중국은 자국에서만 사용하려고 갑자기 제품 수출을 중단하는 바람에 미국에서는 품귀 현상이 일어나고 있는 모양이야. 하여간 베티도 조심해야지."

나는 지난 몇 달 동안, 이렇게 순식간에 사람들이 여기저기서 죽어 나가고 서로 만나지도 못하는 무력감에 빠진 인간들의 모습에 우리 인간은 대단한 존재가 아니라, 그저 한심한 존재라는 생각밖에 들지 않았다. 끊임없는 탐욕을 추구하는 존재. 그런데 이렇게 사회 시스템이 무너질수록 더 이성적이지 못한 존재. 그런 모습의 인간이 나 자신이라고 생각하니 답답하기만 했다.

나는 가끔 이렇게 모든 것이 답답하게 느껴질 때면 서준이 형에게 연락했다. 오늘따라 전화를 하니 그는 곧 전화를 받았다. 그는 담담한 목소리로 답했다.

"그래, 강 교수도 고생이 많지. 인간이 수백 년간 구축한 과학과 기술도 때로는 바이러스라는 눈에 보이지도 않는 작은 존재에게 무력한 것 같아. 사실 이것이 인간을 포함한 생명체들의 한계이기도 하지. 내가 연구하고 있는 제약 바이오 분야에서도 가장 골치 아픈 존재가 사실 바이러스와 우리 몸속의 암세포야. 이놈들은 끊임없이 순식간에 몸을 변신시켜 새로운 모습으로 우리에게 갑자기 나타나거든. 그래서 치료하기도 힘들고. 이 싸움은 생명체 사이에 끝도 없는 숙명적인 투쟁이지."

나는 그의 이야기를 들으며 그가 이야기하는 생명체의 한계라는 말을 실감했다.

"맞습니다. 저희 분야는 늘 우주의 현상을 관찰하며 새로운 물리 법칙을 찾는 무생물의 세계라면, 형이 연구하는 분야는 생명을 다루는 생명체의 세계가 아닙니까? 어느 쪽의 세계가 더 좋은 세상일까요? 하하."

이렇게 코로나 사태를 맞아 그동안 그렇게 바빴던 일상이 조금 천천히 돌아가다 보니, 서준이 형과 나는 다분히 철학적인 담론을 한가하게 교환하고 있었다. 서준이 형은 평생 인간의 죽음을 방지할 수 있는 기술을 찾고 있다고 했지만, 그는 쉽지 않은 게임이라고 실토했다. 유구한 역사의 세월 속에 인간은 병과 노화를 피해 영원히 살려고 발버둥치고 있었지만, 내가 보기에는 승산이 별로 없어 보이는 도박 같았다.

2021년 하순이 되자 미국을 비롯한 선진국과 나머지 국가들 사이에는 코로나바이러스에 대처하는 상황이 급변하기 시작했다. 미국과 영국의 제약사들은 불과 1년도 안 되는 짧은 기간에 혁신적이고 효과 있는 코로나 백신을 개발하여 국민들에게 공급하기 시작했다.

2022년으로 넘어가자 백신 접종을 가장 많이 한 미국, 이스라엘, 영국은 감염자와 사망자가 급격히 줄어들기 시작했다. 특히 미국을 중심으로 효과가 월등한 코로나 백신이 개발되어 매우 빠른 속도로 사람들이 백신을 맞기 시작했고, 동시에 코로나 사태 초기에 수많은 사람들이 이미 감염되어 생긴 집단 면역 효과로 인해, 코로나 상황은 빠른 속도로 개선되어 가고 있었다. 반면 한국을 포함한 다른 나라들은 효과 있는 백신의 수급이 늦어지면서 오히려 감염자가 늘어가고 있었다.

특히 세계에서 가장 감염 규제를 잘하고 있던 중국은 자체 백신을 개발했음에도 효과가 없는 백신으로 알려지면서, 감염자와 사망자는 순식간에 늘어나기 시작했다. 급기야 중앙의 공산당은 전국을 아파트 단위로 봉쇄하는 정책을 시행하는 바람에 사회의 불만은 점점 높아지고 국가 경제는 최악의 상태를 맞이하고 있었다.

결국 서구의 과학이 동양의 이성을 누르고 바이러스와의 싸움에서 이기기 시작했다. 이렇게 바이러스가 지배하는 세상이 되니, 인간 사이의 교류 시간은 줄어들었지만, 대신 각자 하고자 하는 연구와 일에 집중할 수 있는 시간은 늘어났다. 코로나 사태 와중에도 구글, IBM, 마이크로소프트사에서는 양자컴퓨팅 개발에 엄청난 투자를 시작했다. 한편 중국에서는 자국산 양자 우월성을 실현했다고 발표했다.

양자 우월성이란 기존 슈퍼컴퓨팅 성능을 양자 기술이 넘어섰다는 주장인데, 그 주장은 신빙성이 없어 보였다. 구체적인 내용은 알 수 없었다. 중국은 코로나 팬데믹으로 심각한 경제적 타격을 입고 있었지만, 기술 개발 분야에서는 서서히 미국을 추월할 것이라는 뉴스가 여기저기서 흘러나오기 시작했다.

한편 2007년에 창업한 캐나다의 디웨이브와 2013년에 설립된 미국의 리게티의 경우, 그들이 구축한 양자컴퓨팅 기술을 클라우드로 고객들에게 제공하는 서비스 사업으로 열심히 영업을 전개하고 있었지만, 여전히 적자에서 벗어나지 못하고 있었다. 그들이 연구 개발 비용으로 엄청난 재원을 사용하고 있었던 것도 수익성을 악화시키는 요인이었다. 나는 이러한 양자 기반 사업의 흐름을 보면서, 결국 초전도체 기반 양자컴퓨팅 사업도 적은 비용 투자와 소비자가 감당할 수 있는 저렴한 제품 가격 책정이 향후 사업의 성패를 가르는 요인이 될 것으로 예측했다.

그리고 2023년으로 접어들고 있었다. 최 교수님이 돌아가신 지도 몇 년이 지났다. 그의 제자들 중에 몇 명이 퀀텀에너지연구소라는 벤처를 창업하고 역시 상온, 상압에서 작동하는 초전도체 연구에 집중하고 있었다.

2023년 8월, 이들은 LK-99라는 이름의 상온 초전도체를 완성했다고 발표했다. LK-99는 납, 구리와 인을 사용하여 고온과 진공상태에서 거의 이틀 이상을 처리하여 만든 화합물이었다. 그런데 그 내용에 대해 안타깝게도 국내외 연구자들이 자신들의 검증을 통해 거의 대부분 부정적인 평가를 내리고 있었다. 그들은 포기하지 않고 열심히 도전을 계속하고 있었다.

15

2024년에 접어들면서 세상은 코로나 감염 사태의 충격에서 서서히 벗어나 정상적인 일상의 모습으로 돌아오고 있었다. 간간이 사람들이 코로나에 감염되기는 했지만, 감염에 의한 사망률은 급격히 줄어들었다.

그러나 우리가 정상적이라고 느낀 이 세상은 코로나 상황 전의 세상과는 많이 다른 모습으로 돌아왔다. 당연히 매일 출근해야 한다고 생각했던 일터는 일주일에 한두 번은 집에서 일하는 양상으로 변해 있었다. 집에서도 며칠 일하고, 때로는 직장에 출근하는 하이브리드형 세상이 된 것이다. 미팅도 대면보다는 비대면으로 하는 방식이 일상화되었다. 인간은 매우 빠르게 새로운 환경에 적응해 가는 놀라운 특성을 가지고 있었다.

지난 몇 년간 코로나 팬데믹 와중에서도 과학과 기술은 중단되지 않고 꾸준히 발전하고 있었다. 바이러스의 존재가 무서워 숨어 지낸 지난 몇 년 동안의 비대면 세상에서도 인간은 더 열심히 무언가를 연구하고 개발하고 있었다. 불과 몇 년 사이에 인공지능 기술과 양자과학 기술은 더 이상 연구실에 머물지 않고 일반 대중을 향해 연구실에서 탈출하기 시작했다.

특히 인공지능 기술은 과거 애플의 아이폰이 출시되면서 갑자기 새로운 디지털 세상이 온 것처럼, 작년에 오픈AI라는 미국 실리콘밸리의 스타트업 회사가 챗GPT라는 언어 부분에서 대량학습을 시킨 대형 언어 모델 기반의 생성형 인공지능 상품을 출시하면서 순식간에 대중화되기 시작했다.

양자과학에 대한 소식도 아직은 설왕설래가 많았지만, 이 기술도 곧 우리 인간 사회에 새로운 혁명을 가져올 것이라고 다들 이야기하고 있었다. 일반 대중들도 양자과학에 대한 관심이 급증하고 있었다. 나는 연초에 오랜만에 인사도 할 겸 MIT에 계신 은사 케털리 교수님과 통화를 했다.

"교수님, 잘 지내시죠? 저 철수입니다. 오랜만입니다. 새해 복 많이 받으세요."

케털리 교수님은 나를 반가워하며 이런저런 소식을 전했다.

"철수, 축하하네. 최근 그렇게 획기적인 양자컴퓨팅 연구를 하고 있다니. 하여간 대단해. 참, 그리고 작년 봄에 한국 대통령과 고위급 정부 인사들이 보스턴을 방문하여 나도 같이 만난 적이 있었어. 그 사람들이 한미 교류를 강조하면서 나에게도 지원을 해달라고 하더군."

나도 작년 4월 하순, 보스턴을 방문한 한국 대통령이 MIT와 하버드 대학을 방문했다는 뉴스를 본 기억이 났다.

"아, 교수님. 맞습니다. 저도 알고 있습니다. 최근 한국에서도 양자과학에 대한 흥미가 급격히 높아지고 있습니다. 한 번 한국에 오셔서 오랜만에 저희 학교도 방문해 최근 연구 결과도 말씀해 주시면 좋을 것 같고, 또 한국과 민간 교류에 대해서도 관심을 가져주시면 고맙겠습니다."

그는 명랑한 목소리로 말을 이어 나갔다.

"좋을 것 같네. 안 그래도 작년에 대통령과 같이 온 세종시 시장도 나의 방문을 요청하던데. 그렇다면 중간에서 철수가 시장님과 이야기해 보면 어떨까? 한번 올 초에 나의 한국 방문 일정을 잡아보자고."

"좋습니다. 교수님, 마침 세종시는 저희 대학이 있는 유성과 인접해 있는 도시입니다. 제가 한번 시장께 전화하여 일정을 확인해 보겠습니다."

나는 이제 코로나도 끝나고 서로의 교류도 다시 활발해진 상황이라, 행정부가 있는 세종시와 함께 MIT 은사 케틸리 교수님을 초빙하여 일반인 대상 특강을 준비했다. 그는 코로나로 지난 몇 년 동안 만나지 못하는 사이 머리는 하얗게 되었지만, 여전히 정력이 넘치는 연구자였다.

준비한 그의 강연은 1월 말 정부세종컨벤션센터에서 약 400여 명의 시민이 참석한 가운데 진행되었다. 그는 강연에서 양자과학의 이해를 통한 미래 투자 가치와 미래 인재 양성을 강조했다. 그는 우렁찬 목소리로 말했다.

"새로운 물질을 발견하기 위한 방법 중 하나가 바로 양자과학이고, 보즈-아인슈타인 응집체 구현 이후 후속 연구가 활발하게 이루어지면서 초전도체, 양자컴퓨터 연구 개발에 크게 기여하고 있습니다."

그가 세계 최초로 관찰했던 '보즈-아인슈타인 응집체'에 대해 일반인이 이해할 수 있는 수준에서 간단하게 설명하고 있었다. 그는 이 연구 결과로 20여 년 전에 노벨상을 받았다. 물론 그때 나도 그의 수상 소식에 엄청난 자극을 받아 더 열심히 연구하기로 한 계기가 되었었다.

원래 1924년과 1925년 사이, 보스와 아인슈타인이 주장했던 이론을 나의 지도교수는 2000년에 실험실에서 그 현상이 실제로 일어나는 물리적 현상으로 증명한 것이었다. 그의 이러한 발견은 이제 점점 현실화되고 있는 양자컴퓨팅 기술의 효율성을 향상시킬 수 있는 계기를 제공했다. 그는 과학자들도 전문가가 아니면 이해하기 힘든 기술적인 개념을 한국의 일반 대중에게 열심히 설명하고 있었다.

"저는 오랫동안 한국인 과학자들과 같이 연구를 해왔습니다. 특히 저의 MIT 제자 중에 이곳 카이스트에서 교수로 있는 강철수 박사는 지난 몇 년간 획기적인 연구 결과로 상온 초전도체 기반의 양자컴퓨팅을 개발하고 있지요. 정말 대단하고 놀라운 연구 결과입니다. 아마 곧 그는 노벨상을 받아야 할 정도의 엄청난 일을 하고 있는 것이지요. 이처럼 양자과학은 한국을 포함하여 전 세계에서 빠르게 발전하고 있고 많은 기회를 제공할 것입니다. 여러 산업으로의 확장, 국제적 협업이 가능하며, 더 넓게 협력하면 이 분야를 더 빠르게 발전시킬 수 있을 것으로 예상합니다."

그는 대중을 대상으로 하는 강연에서 나에 대한 언급을 하며 이야기를 이어갔다. 맨 앞줄에 앉아서 그의 이야기를 듣고 있던 나를, 옆에 배석한 세종시 시장은 흐뭇한 미소를 지으며 쳐다보았다.

그의 특강은 일반 대중에게도 양자 기술의 중요성을 강조하는 좋은 기회였다. 그런데 그 특강에는 많은 정부 고위급 인사들도 참석하고 있었다. 케틀리 교수님이 특강에서 내가 노벨상을 받을 정도의 연구를 하고 있다는 그의 언급은 또 언론에서 대서특필되는 바람에 나는 한 달 이상 TV 방송국과 언론의 타겟이 되었다. 그래서 그랬는지 2024년 후반기부터 정부는 양자과학 연구 개발 프로그램 지원에 더 많은 예산을 할애했다.

그는 카이스트에도 방문하여 학생들 대상 강의도 했지만, 또 다른 일정으로 카이스트-MIT 양자 정보 겨울학교를 나와 다른 대학 동료들과 같이 열었다. 그는 이 자리에서도 양자과학 인재 양성을 강조했다.

"MIT에서도 모든 양자 기술 연구에는 젊은 학생들, 연구원들이 참여하고 있지요. 이들은 과학의 미래에 대단히 중요한 역할을 할 것입니다. 또한 재능 있는 학생들을 위해 한국과 같은 나라가 교육과 연구에 투자한다면 더 좋은 연구를 할 수 있는 여건이 마련되고, 언젠가 그 결과에 대해 세계에서 인정을 받을 수 있을 것이라고 생각합니다."

케털리 교수는 젊은 시절부터 뛰는 것을 좋아했다. 그는 과거 보스턴 마라톤 대회에도 출전한 바 있었다. 그래서 카이스트 방문을 기념하여 그와 함께 캠퍼스 바로 옆에 있는 갑천 산책로를 나의 카이스트 제자이자 이제는 같은 대학의 교수로 있는 최형순 교수와 같이 기념 단기 마라톤 행사도 가졌다. 케털리 교수님은 고맙게도 카이스트를 포함한 한국 연구자들과 공동 협력 연구도 계속 이어가고 있었다.

최근 인공지능이 상용화되고 급속히 발전해 나가자, 타 산업의 기술 발전에 적용하는 사례가 늘어나기 시작했다. 그중에 인공지능 기술을 로봇 개발에 적용하는 시도도 급증하고 있었다.

사실 로봇의 발전 역사는 오래되었다. 1961년 유니메이션의 설립자 조셉 엥겔버거 박사가 산업용 로봇 '유니메이트'를 개발하면서 공장용 팔 로봇이 상용화되었다. 우선 단순 작업이 많이 요구되는 자동차 조립 공장에 신속하게 적용되기 시작했다.

그 이후 전자제품 조립이라든가 반도체 제조, 식품 포장 작업용 로봇으로서 자리 잡기 시작했다. 로봇의 발전은 전 세계 기업의 공장 자동화에 엄청난 기여를 하고 있었다. 여러 국가 중에서 놀랍게도 대한민국이 세계에서 공장 로봇이 가장 많이 설치된 나라로 발전하고 있었다.

그러나 산업 현장에서는 이렇게 빠르게 상용화된 로봇은 가정이나 일반용으로서의 적용은 아주 미미했다. 가정에서 사용할 수 있는 로봇은 여러 가지 시도가 있었지만 상용화에는 모두 실패하고, 결국 집에서 사용하는 로봇 청소기와 음식점에서 가끔 볼 수 있는 서빙 로봇 정도였다.

산업 현장에서 성공한 로봇 산업은 아직도 소비자를 대상으로 하기에는 기술을 포함한 여러 가지 면이 많이 모자랐다. 인공지능도 챗GPT 상용화 전까지는 그저 기본적인 날씨나 알려주는 인공지능 스피커 정도였다.

2015년 MIT 출신들이 창업한 보스턴 다이내믹스에서 4족 보행 로봇 '스팟'과 2족 보행 로봇 '아틀라스'를 선보였다. 그러나 갈 길이 멀어 보였다. 겨우 갓난아이처럼 비틀거리며 걷는 정도였다. 늘 그렇지만 어설픈 새로운 기술은 시장의 니즈를 만족시키지 못하니, 대단히 획기적인 기술이지만 회사의 매출은 미미하고 늘 적자를 내기 마련이다.

사실 이 회사는 회사 실적이 좋지 않아, 원래 2017년에 일본 손정의의 소프트뱅크에서 인수되었다가, 2020년 말에 현대자동차의 정의선 회장이 개인적으로 관심이 있어 이 회사에 투자한 상황이었다. 현대차 정의선 회장은 자동차와 함께 미래 먹거리로 로보틱스를 생각하고 있는 모양이었다. 그러나 최근까지도 이 회사의 매출 실적은 좋지 않았다.

그런데 2024년 후반부에 접어들면서 새로운 휴머노이드 로봇 개발 스타트업들이 미국과 중국을 중심으로 우후죽순처럼 창업되고 있었다. 그 이유는 아마도 인공지능 기술이 오랫동안 유아기에서 벗어나지 못하던 로봇의 두뇌를 어른으로 성장시키는 미래 기술이 될 것이라고 모두 확신했기 때문이다. 그동안 보스턴 다이내믹스에서 일하던 엔지니어들이 나와 창업한 피겨 AI는 짧은 시간에 생성형 AI와 접목하여 과거에 비해 월등한 활동 능력을 보여주는 휴머노이드 로봇을 선보였다.

또한 테슬라의 창업자 일론 머스크도 휴머노이드 로봇 '옵티머스'의 개발에 박차를 가하면서, 이 로봇이 전기차만큼이나 테슬라의 미래를 이끌 신사업이 될 것이라고 강조하고 있었다.

나는 이제 나의 인생 목표를 다시 설정해야겠다고 생각했다. 세상을 획기적으로 바꿀 수 있는 그 무언가에…

제4부

융합의 세계 2024-2030

1

유성에서 출발한 공항버스는 인천공항 제1터미널에 잠시 정차한 후 다시 출발하여 약 15분 만에 제2터미널로 서서히 진입하고 있었다. 대부분의 승객들이 이미 제1터미널에서 내린 터라 버스 안에는 두세 명의 손님만이 남아 있었고, 시끄럽던 차내는 고요한 침묵에 잠겼다. 터미널 주변은 벌써 어두워지기 시작했고, 공항 건물 밖의 신호등 불빛이 하나둘씩 켜지고 있었다.

강철수는 이른 새벽 스위스를 여행 중인 이서준과 통화한 후 새벽녘에야 잠자리에 들 수 있었다. 그러나 평소와 달리 깊이 잠들지 못하고 뒤척이며 자주 깼다. 초조함에 아침잠을 거의 포기하고 일찍 일어났다. 늘 냉정했던 평소 모습과는 사뭇 다른 그의 모습이었다.

거실에서 간단히 아침 식사를 마친 후, 그는 스위스 취리히로 가는 대한항공 비즈니스석 표를 서둘러 예약했다. 그리고 오전에 간단한 여행 짐을 챙겨 사무실에 출근해 몇 가지 일을 처리한 뒤, 오후에는 연구소에 들러 행정팀장에게 며칠 외국 출장을 다녀온다고 귀띔했다. 유성에서 인천공항으로 떠나는 버스를 탄 시간은 오후 5시경이었다.

공항 비즈니스 클래스 라운지에서 새벽에 떠날 비행기를 기다리며 모바일 폰을 꺼내 이서준에게 '예정대로 내일 오후 7시에 취리히 중앙역에서 만나면 될 것'이라는 확인 메시지를 다시 한번 보냈다. 그의 머릿속은 여러 생각으로 복잡했다.

'과연 형이 내 제안을 듣고 동의할까? 솔직히 이건 일방적인 내 생각일 뿐인데. 형은 그동안 암 치료도 받고 이제 건강 유지가 힘들어 은퇴한 상황인데. 하여간 형을 잘 설득해야 할 텐데.'

그는 비행기 출발을 기다리며 계속 안절부절못했다. 레드와인 몇 잔도 그의 조바심을 잠재우기에는 별 효과가 없는 듯했다. 라운지에는 봄철을 맞아 유럽으로 여행하는 노부부로 보이는 여행객들이 붐볐다. 그러나 막상 출발 시간이 되어 비행기에 탑승하니 비즈니스석은 평소와 달리 많이 비어 있었다.

비행기는 새벽 1시 반이 다 되자 기장의 출발 안내 방송과 함께 늘 듣던 굉음을 뒤로하고 깜깜한 밤하늘로 솟구쳐 오르기 시작했다.

"철수야, 너의 입장은 잘 알겠는데, 미안하지만 나는 그 제안에 별로 관심이 없어."

서준은 철수의 이야기를 채 들어보지도 않고 앉은자리에서 벌떡 일어났다. 철수는 그렇게 화를 내는 서준을 본 적이 없었다. 순간 이서준의 얼굴은 목 핏줄에서 올라온 피의 색깔로 빨갛게 달아올랐다. 강철수는 너무 당황하여 자신도 모르게 서준의 팔을 강하게 붙잡았다.

"형, 뭐 그렇게까지 화를 낼 정도는 아니지 않습니까? 너무합니다. 정말."

그는 늘 자신을 격려하고 지지해 주었던 서준이 형에게 너무나 당황스럽고 섭섭하여 자신도 모르게 큰 소리를 지르고 있었다.

"손님, 괜찮으세요? 이제 도착할 시간입니다."

강철수가 이서준에게 소리를 지르고 있는데, 서준이 형 옆에 있는 젊은 여성이 무슨 말을 하며 자신의 어깨를 흔들었다. 순간 그는 눈을 떴다. 비행기가 출발한 후 그에게 식사와 스낵을 제공했던 여승무원이 그의 어깨를 두드리고 있었다.

"손님, 괜찮으세요?"

"아, 네. 제가 깜빡 잠이 들었던 모양입니다. 이제 곧 도착하나요?"

강철수는 정신을 차린 후 승무원에게 말을 건넸다. 여승무원은 그에게 슬며시 웃으며 조용히 말했다.

"예, 꿈을 꾸신 모양입니다. 잘 주무셨나요? 이제 25분 후면 비행기는 착륙합니다."

강철수는 어제 하루 종일 피곤한 상황에서 새벽에 탄 비행기라 깜빡 잠들었던 모양이었다. 비행기는 큰 흔들림 없이 착륙했다. 편안한 옷차림과 운동화를 신은 그는 작은 여행용 가방 하나를 들고 있었고, 추가로 찾을 짐이 없어 신속히 게이트를 빠져나오고 있었다.

공항 출구를 찾았다. 그는 공항에서 시내 중앙역까지 가깝다고 이미 알고 있었기에, 출구를 나오면 우버 택시를 부를 예정이었다. 그러나 나오는 입구 벽에 보니 인천공항에서 서울역으로 가는 고속기차처럼, 이곳에도 SBB 열차가 매 10분마다 중앙역으로 간다는 전광판을 볼 수 있었다. 그는 택시보다 기차가 더 빠를 수 있다는 생각으로, 기차표 판매대에서 표를 구매하여 대기 중인 기차에 올랐다.

기차에는 자신처럼 대부분의 여행객들이 중앙역으로 가는지 다소 붐볐고, 앉을 자리는 이미 없었다. 중앙역까지는 10분 정도밖에 소요되지 않았다. 중앙역에 내려 시간을 보니 아직 저녁 6시 정도밖에 되지 않았다. 그는 대형 스크린을 보며, 오후 6시경 루체른을 출발하여 취리히로 들어오는 기차편을 알아보고 있었다.

그가 기다리는 기차는 제7트랙으로 저녁 7시에 도착하는 2358편이라는 것을 확인했다. 그는 한 시간 정도의 여유를 확인하고 역 구내에 있는 가게와 음식점을 한 번씩 살펴본 후, 역 정문을 통해 밖으로 나왔다.

저녁노을이 붉게 물들어 가며 아직도 해는 환하게 역 정문 쪽을 비추고 있었고, 싱그러운 봄바람이 살랑살랑 불고 있었다. 그는 심호흡을 한번 했다. 이곳이 처음이라 주변을 한번 둘러보며 산책하기로 했다.

하루에 3천 대의 기차가 지나간다는 스위스에서 가장 큰 역이라고 했지만, 정문에서 본 취리히역의 모습은 서울역보다는 약간 규모가 커 보였고, 돌로 지은 서울역과 비슷한 건축 양식의 건물로 보였다. 그리고 정문 앞 광장에는 청동색 동상이 하나 서 있었다. 가까이 가보니 1800년대 살았던 알프레드 에스처라는 정치가이자 사업가로 스위스 철도 발전에 큰 공로가 있다는 설명판이 동상 아래 부착되어 있었다.

'잘 모르겠지만 이 양반이 옛날에 철도 산업 발전에 지대한 공로가 있었던 모양이구만.'

그는 천천히 산책하며 역 주변을 돌아보았다. 인천공항에서 비행기를 타고 오면서 줄곧 자신을 짓누르던 부담감은 취리히 중앙역에서 저녁노을과 시원한 바람 속에서 서서히 녹아내리며 사라져 갔다.

'그래, 너무 미리 걱정하지 말자. 나는 누가 뭐래도 이성적이고 냉정한 성격의 소유자가 아닌가?'

그는 이제 가벼운 마음으로 다시 중앙역 입구를 향해 걸었다. 손목시계의 시간은 이미 6시 45분을 가리키고 있었다. 그는 서둘러 트랙 7번 입구로 가서 루체른에서 도착하는 2358편 기차를 기다렸다.

아직 도착 전이라 트랙 입구에서는 한 사람도 나오지 않았다. 그런데 바로 몇 분 후, 역 벽에 걸려 있는 커다란 몬데인 시계가 정확히 7시를 가리키자 빨간색 기차는 정확히 7번 트랙으로 들어오고 있었다.

'빨간색 초침의 스위스 몬데인 시계. 흠, 시계 하면 스위스. 스위스의 인프라는 시계의 품질처럼 정확하네. 한 치의 오차도 없이.'

과거 그는 유럽에 출장차 몇 번 온 적이 있었다. 그가 유럽의 몇몇 나라에 대해 느낀 점은 희한하게도 독일어를 사용하는 나라들, 즉 독일과 스위스, 오스트리아의 열차 운행은 늘 정확하게 시간을 지키며 돌아간다는 인상을 받았고, 프랑스나 이탈리아, 스페인의 경우는 기차의 연착도 잦다고 느꼈다. 이러한 느낌도 다 민족의 문화와 관련이 있지 않은가 생각했다. 이런 생각과 함께 순간 다른 생각을 하고 있는 사이, 강철수 앞에 이서준이 나타났다.

"이봐 강 교수, 나야. 무슨 생각을 그렇게 하고 있어?"

이서준은 몇 달 전 은퇴했을 때보다 훨씬 혈색도 좋고 건강해 보였다.

"형, 미안합니다. 잠깐 딴생각에 형도 못 알아보고. 이렇게 나와 주셔서 고맙습니다. 형수님과 여행은 잘하고 계시죠?"

강철수는 두 손으로 이서준의 손을 붙잡고 흔들었다.

"오늘 형수님과 같이 안 오셨나요?"

"아, 아무래도 강 교수가 어제 전화로 뭔가 중요한 이야기를 하려는 것 같아서, 나 혼자 왔지. 어차피 우리는 루체른에서 이틀을 더 체류할 예정이라 오늘 늦게 돌아가면 돼. 그리고 기차를 타면 1시간도 안 걸리고, 우리가 잡은 호텔도 루체른 기차역 근처야. 지난 몇 달 동안 유럽을 기차로 여행해 보니 모든 역사 유적지는 기차역 근처에 다 있더라고. 기차로 여행하는 것이 차로 여행하는 것보다 훨씬 편한 것 같아."

이서준은 아주 활기찼고, 과거에 비해서 더 건강해 보였다.

"형, 하여간 감사합니다. 그리고 오랜만에 뵈니 많이 건강해지신 것 같아, 저도 기분이 좋습니다."

강철수가 보기에도 이서준이 더 건강해진 것 같아 그는 진심으로 기쁜 마음이었다.

"자, 그러면, 이렇게 하시죠. 제가 역에 먼저 도착하여 둘러보니 위층으로 올라가면 조용하고 깔끔한 음식점들이 몇 보이더군요. 저와 저녁을 드시면서 이야기를 좀 하시고, 저는 그 이후 공항으로 돌아가서 오늘 저녁은 공항 근처 호텔에서 하루를 묵고, 내일 아침 비행기로 서울로 떠나려고 합니다."

"아, 그래. 그렇게 하지. 좋아."

이서준은 강철수를 만난 후, 계속 그의 눈치를 보며 왜 그가 자신을 보자고 했는지 궁금해했다. 그러나 일단 그의 말을 들어봐야겠다고 생각했다. 그는 강철수를 따라 2층에 있는 이탈리아 음식점으로 들어갔다. 음식점에는 다행히 손님도 많지 않았고, 2층 코너에 위치해 있어서 기차역임에도 대단히 조용했다. 그들은 음식과 음료수를 주문했다. 그리고 서로의 눈치를 살폈다. 과거의 만남과는 다르게 서로의 서먹함이 낯설게 감돌고 있었다.

"형, 제가 먼저 간단히 이야기를 드리겠습니다."

서준도 기다렸다는 듯이 고개를 끄덕였다.

"좋아."

그는 철수를 정면에서 조용히 쳐다보았다.

"예, 말씀을 드리지요. 형도 아시다시피 저는 지난 세월 거의 20년 넘게 양자컴퓨팅에 저의 인생을 걸었습니다. 그동안 일어난 모든 것을 자세히 말씀드릴 수는 없었지만, 저는 최근에 엄청난 돌파구를 찾아내어 이제 노트북이나 모바일 폰 정도 사이즈의 양자컴퓨터를 만들 수 있게 되었습니다. 그간의 자세한 이야기는 차차 말씀드리도록 하지요."

"저는 다음과 같은 시각의 생각을 가지게 되었습니다. 형을 보면 평생 노력을 하셨지만, 인간의 노화를 완벽하게 막는 방법을 찾는 일은 그렇게 쉽지 않은 일인 것 같아요. 말하자면 제 생각에는 탄소 기반 생명체의 한계라고나 할까요. 하여간 제가 보기에 하루아침에 인간이 영생할 수 있는 방안을 찾는 것은 거의 불가능해 보입니다. 그런데 형도 아시다시피 지난 몇 년 동안 인공지능이나 로봇 기술, 그리고 제가 하고 있는 양자과학 분야는 엄청난 속도로 발전하고 있습니다. 즉 어떻게 보면 지금 디지털의 비유기적인 발전이 유기체의 진화를 앞지르고 있습니다. 앞으로는 더 가속화될 것 같습니다. 하여 저는 최근 여러 가지 고민을 하다가 다음과 같은 제안을 형에게 하려고 합니다."

철수는 오랫동안 고민해 왔던 생각을 서준에게 하나하나 털어놓기 시작했다. 그는 한 치의 흔들림도 없었다. 그의 이야기를 듣는 서준도 최근까지 철수로부터 한 번도 들어보지 못한 이야기라서 그도 모든 것을 집중해서 강 교수의 말에 귀를 기울이고 있었다. 그러나 간간이 목이 마른지 컵에 있는 음료수를 들이켰다.

"저는 이 세상에 지금까지 존재하지 않았던, 인간과 정말 닮은 휴머노이드 로봇을 만들기로 목표를 세웠습니다. 마치 하느님이 자신의 형상처럼 아담과 이브를 만든 것처럼요. 이 목표를 달성하기 위해 저는 형이 구축한 바이오 기술과 투자 역량, 그리고 제가 이룩한 양자 기술을 융합하여 새로운 형태의 존재를 만들자는 제안을 하는 겁니다. 이 존재는 생명체는 아닙니다만, 그렇다고 무생명체라고도 할 수 없는 대단한 존재가 될 것입니다. 이 여정에 베티도 참여시킬 예정입니다. 그녀의 뇌 과학 기술도 대단히 중요한 요소가 될 것입니다. 그래서 형께 저와 베티, 이렇게 셋이서 이런 것을 현실화할 벤처를 창업하자는 것입니다. 특히 저는 형의 탁월한 감성적 직관과 저의 이성적 판단을 융합하면 더 혁명적인 결과물을 만들 수 있을 것이라 생각합니다."

침묵이 흘렀다. 음식점이 붐비지 않아서인지 그들은 서로의 대화 사이에 긴 침묵의 흐름을 새삼 느끼고 있었다. 두 사람 다 전혀 음식은 입에 대지도 않고 있었다. 말을 마친 철수는 맞은편에 앉아 있는 이서준 교수의 얼굴 표정을 살폈다.

"저의 갑작스러운 제안에 대해 아마 대단히 당황스러우실 것 같습니다. 형."

그의 이야기를 들은 서준은 매우 심각한 표정으로 입을 서서히 열었다.

"응, 솔직히 너무나 놀랍고 갑작스러운 제안이라…"

서준은 머리가 대단히 복잡해졌다.

"조금 생각을 해봐야겠어. 사실 철수도 알다시피 내가 암에 걸리고 이제 이런저런 노화 현상으로 내 자신이 직접 힘든 것을 경험했고. 그래서 내가 최근 학교와 회사에서도 은퇴를 한 것도 잘 알 테고. 그리고 철수의 이야기처럼 나는 평생 항노화 연구를 해왔지만 엄청난 진척이 있지도 않고. 다 맞는 지적이야. 사실 나도 최근 들어 나 자신에 대해 많이 실망하고 있어. 인간은 유기체의 존재로서 삶의 근본적인 현상을 극복하기는 쉽지 않지. 좀 생각해 보겠어. 그리고 답을 주도록 하지. 한 일주일 정도만 시간을 줘. 사실 강 교수의 제안은 대단히 놀랍고 매력적이기는 해. 그리고 강 교수가 양자 기술에 그렇게 엄청난 혁신을 이룬 것도 잘 몰랐고. 그저 상온, 상압의 차별적인 초전도체로 장점이 많은 양자컴퓨팅 기술 개발을 철수가 하고 있다는 점은 나도 좀 알고 있었지만."

"예, 잘 알겠습니다. 한번 충분히 생각해 보시고 연락을 주십시오."

철수는 그 자리에서 긍정적인 답을 얻지는 못했지만, 고개를 숙이며 감사를 표했다. 그들은 식사를 하면서 그동안 못다 한 이야기를 나누며 나머지 시간을 보냈다.

밤 10시가 넘어 루체른 호텔로 돌아온 서준은 그날 저녁 철수와 나눈 이야기를 아내인 은영에게 털어놓았다. 혼자 고민하기에는 너무나 심각하고 엄청난 철수의 제안이었기 때문이다. 아내인 은영도 어젯밤 한국에서 걸려 온 철수의 전화를 받은 후 전전긍긍하는 남편에 대해 걱정하고 있었다.

은영은 남편인 서준과는 성격적으로 많이 달랐다. 다분히 감정적이고 때로는 생각이 너무 많아 중대한 결정을 하는 데 많이 힘들어하는 서준과 달리, 그의 아내인 은영은 대범한 성격으로 고민이 많은 남편의 문제에 늘 좋은 해결안을 제시해 주었다. 남편의 이야기를 다 들은 은영은 침착한 목소리로 말했다.

"당신 이야기를 들어보니, 강 교수의 생각은 참으로 놀라운 제안이네요. 저는 물론, 그런 분야의 기술적인 전문가는 아니지만, 최근까지 파악한 선진국들의 주요 기술 관련 육성 정책을 보면, 거의 하나같이 3~4가지의 같은 분야를 핵심 국가 안보와 경제 정책으로 선정하고 있어요. 즉 인공지능, 바이오, 양자 기술과 휴머노이드 로봇 분야입니다. 뭐 당신도 평생 바이오 분야에서 일해서 잘 알겠지만, 이런 분야들은 서로 상호 보완적이고 향후 각국의 운명과 생존을 좌우할 기술 분야죠. 아마도 이러한 기술의 발전에 따라 우리의 삶에 미치는 영향도 지대하지만, 한편 인간의 흥망성쇠에 미치는 영향도 클 것 같아요. 제 생각에는 당신의 건강이 허용하는 한도 내에서 강 교수를 도와 일해 보면 좋을 것 같아요. 우리나라의 미래를 위해서도 그렇고, 지구의 평화를 위해서도 기여를 한다는 의미가 있지 않을까요? 저도 설립하는 회사의 정치적인 전략을 수립하는 데 도움도 줄 수 있고. 내가 정치적이라고 하는 이유는 강 교수의 제안과 결과물은 굉장히 민감한 분야라서, 정치적이고 심지어 군사적이기도 해요. 참, 그리고 황 사장과도 상의를 해보세요. 아무래도 황 사장의 지원도 결국에는 필요할 것 같군요."

그녀의 이야기를 귀담아듣고 있던 서준은 밝아진 표정으로 말했다.

"당신의 이야기를 들어보니, 내 머릿속이 확 정리되는 것 같아. 조금 전까지만 해도 나의 머릿속은 복잡하기만 했는데. 맞아, 당신의 이야기가. 내 생각에도 철수의 제안은 엄청난 내용이고 만약 성공한다면 인간의 미래가 대대적으로 바뀔 수 있는 혁명적인 기술이지. 물론 인간에게 좋은 건지, 아니면 나쁜 건지는 더 생각해 봐야겠지만."

서준과 철수가 취리히에서 만난 지 4일 후, 독일 프랑크푸르트에 도착한 서준은 철수에게 이메일로 간단히 본인의 생각을 전하며 곧 전화를 하겠다는 내용의 메시지를 보냈다. 서준과 은영은 몇 달 동안의 유럽 여행을 정리하고 한국으로 돌아갈 채비를 하고 있었다.

2

그리고 한 달 후인 2024년 6월 하순, 서준은 유성에 있는 호텔에서 2주째 장기 체류를 하고 있었다. 거의 매일 강철수와 만나 향후 창업할 회사의 운영 방안과 자금 문제 등 여러 가지에 대해 고민하고 있었다. 늘 오후 시간만 되면 그들은 각자의 생각을 정리하여 강철수의 연구소에서 회의를 하곤 했다.

철수는 서준에게 과거 한국으로 돌아오기 전 있었던 데스밸리 공원에서의 에피소드를 포함하여 연방수사국에 체포되었던 일, 그리고 한국으로 돌아와서도 국정원과 미국 CIA와의 관계 등에 대해 대략적인 이야기를 들려주었다. 이 이야기를 듣고 있는 서준은 너무 놀라서 입을 다물지 못하고 있었다.

"아니, 강 교수. 나는 우리가 샌디에고에서 만난 후 몇 번 여행을 같이 했을 때 좀 이상하다고 생각은 했지만… 정말 무슨 영화의 한 장면처럼 놀랍기만 하네. 와."

"형, 한 가지 꼭 말씀드릴 점은 몇 가지 기술에 대해서는 한미 간의 미묘한 정치적 문제 때문에 아직 자세한 내용을 말씀드릴 수 없습니다. 그 점은 양해해 주시기 바랍니다. 그리고 아무래도 때가 될 때까지는 주변에도 함구해 주시면 좋겠습니다."

서준은 매우 불안한 표정으로 동의하며 고개를 끄덕였다.

"형, 지금까지 서로 논의한 상황을 정리해 보면, 우선 창업의 성격은 카이스트 대학 실험실 벤처로 하고, 기본 자본금은 형이 60%, 제가

30%, 그리고 베티 쪽에서 10%를 담당하기로 했습니다. 핵심적인 임원 자리에 대해서는 형이 대주주이지만 여전히 대표이사 자리를 고사하시니 제가 대표를 맡고, 형은 운영 담당, 그리고 베티는 부분적인 기술 담당으로 정했습니다. 그리고 우선 행정에 필요한 인력은 형이 책임지기로 하고, 저는 기술적인 부분의 인력을 확보하는 쪽으로 일을 시작하겠습니다. 창업에 필요한 문서나 서류 관련, 승인을 받는 일은 경험이 많은 형이 해주시기로 하셨고요. 참, 회사의 이름을 정해야 하는데 혹시 좋은 생각이 있으신가요?"

철수는 지난 몇 주 동안 서준과 상의한 내용을 잘 요약하여 정리하고 있었다.

"아, 이름? 응, 생각을 좀 해봤지. 아마 강 교수도 아는 사람 같은데. 왜 그 이스라엘 역사학 교수 유발 하라리라고. 그의 저서 중에 '호모 데우스'라는 책이 있지. 읽어본 적이 있어?"

"그럼요. 한국도 종종 방문하는 분인데, 일전에 저희 카이스트를 방문하여 특강을 한 적도 있지요. 저도 참석했었는데. 호모 데우스라는 뜻은 신이 되려고 도전하는 호모 사피엔스, 즉 인간이란 뜻이지 않나요? 바이오 기술과 디지털 기술을 융합하여 이제 인간이 영생불멸의 신의 위치에 도전한다는."

"맞아, 우리가 지금 하고자 하는 일이 바로 인간으로서 신의 길에 도전하는 것 같아서. 그래서 호모 데우스의 머리글자를 따서 HD Technology라고 회사 이름을 정하면 어떨까?"

"저는 좋습니다. 우리가 창업을 통해 도전하려는 바가 확실하게 전달되는 의미라 저는 찬성합니다."

철수는 이러한 의견 피력과 함께 그동안 카이스트에서 구축한 기술과 시설 등에 대해서도 다음과 같이 서준에게 이야기했다.

"그리고 이미 대학교 총장님과는 상의한 사항이기는 합니다만, 지금 제가 운영하고 있는 연구소의 인력과 시설, 그리고 제가 가지고 있는 특허 등에 대해서도 회사로 넘겨주는 데 학교에서 동의해 주셨습니다. 다만 그 기술 가치에 대해서는 저희들이 어느 정도의 금전적인 보상과 함께 회사에서 발행할 주식을 조금 넘겨주기로 했습니다. 또한 이것은 미국 CIA 쪽과도 좀 이야기를 했는데 네바다주에 있는 광석 추출 공장에 대해서도 그 운영 권리를 우리가 만드는 회사로 넘겨주기로 했습니다. 다만 좀 민감한 부분이 있어 자세히는 지금 말씀 못 드리지만, 미국 쪽의 요구사항에 대해서는 베티가 리에종 역할을 하기로 했습니다. 물론 그녀 뒤에는 베티의 아버지도 관여하고 있습니다. 지금은 그분도 은퇴를 해서 옛날 같지는 않지만 아직도 워싱턴 D.C.에서 여러 가지 영향력을 행사하고 계시죠."

그들은 일단 학교 근처에 있는 사무실을 하나 임대했다. 그곳에는 행정적인 일을 할 수 있는 작은 공간과 함께 회의실을 만들어 창업하는 벤처로서의 구색을 갖추기 시작했다. 다행히 기술적인 업무들은 대부분 카이스트 연구소에서 수행해 가면서, 향후 벤처 자체의 연구소 부지는 차차 알아보기로 했다.

기본적인 회사의 자본금은 서준이 개인적으로 300억 원을 내놓았고, 철수는 과거 서준의 회사로부터 받은 주식을 팔아 150억 원, 그리고 미국에 있는 베티 쪽에서 50억 원을 내놓았다. 총 500억 원의 자본금이 마련되었다. 정확히 서준이 60%, 철수가 30%, 그리고 베티가 10%의 지분을 가지는 구조였다. 이 자본금을 바탕으로 발행할 주식 수, 액면가 등을 포함한 제반의 회사 설립과 사업자 등록에 대한 일은 서준의 리더십으로 일사천리 진행되었다.

500억 원의 자본금은 신속하게 철수와 서준이 꿈꾸는 휴머노이드 로봇을 개념화하는 데 일단 충분한 연구 자금이 되었다. 기본 자본금 중에서 대학에 약속한 100억 원을 빼고 나서도 400억 원의 자금으로 한 2년 정도는 견딜 수 있을 자금이라고 서준은 생각했다. 다행히 철수가 대학에서 이미 구축한 연구소의 인력과 시설, 그리고 네바다주에 가동되고 있는 공장으로 많은 고정 비용을 절약할 수 있었다.

철수는 이제 밤낮으로 구체적인 기술 확보와 휴머노이드 로봇 개발 계획 수립에 매진하고 있었다. 또한 카이스트의 교수 역할도 같이 하는 상황이라 그는 대단히 바쁜 나날을 보내고 있었다.

"형, 한 가지 의논드릴 일이 있습니다. 좀 중요한 일이라 상의를 드리고자 합니다."

서준과 철수는 이제 거의 매일 아침 이른 시간이면 학교 근처에 임대한 회사 사무실에서 만나 간단한 아침 식사를 하며 회의를 하곤 했다. 서준의 벤처 창업과 운영에 대한 경험은 철수가 꿈꾸고 있는 일을 실현하는 데 엄청난 도움이 되고 있었다.

"한 가지는 저와 같이 미국에 출장을 한 번 가셔야겠습니다. 아무래도 이번에는 네바다에 있는 공장도 저와 같이 방문해 보시고, 또 베티와도 만나 우리가 개발할 휴머노이드의 두뇌 구축에 대한 상의도 좀 드려야 할 것 같습니다. 지금이 10월이니까 일정을 12월 초로 하여 출장 계획을 수립하면 좋을 것 같고. 또 한 가지는 고민해 본 결과 양자컴퓨팅과 로봇 피부에 대한 개념 설정은 저와 형이 주도하면 될 것 같은데, 로봇의 몸체에 해당되는 전문성은 아무래도 외부에서 인재를 영입하여 CTO 역할을 맡기면 어떨까 생각합니다. 어떻게 생각하시는지요?"

철수는 이제 형과 동생 관계를 떠나 벤처 창업의 동업자이자 동료로서 서준을 대하고 있었다. 물론 둘만이 있을 때에는 여전히 형, 철수라고 서로 불렀지만.

"응, 안 그래도 철수와 한번 조만간 빨리 미국을 다녀와야겠다는 생각은 했어. 사실 나도 최근에 인공지능과 휴머노이드 로봇 개발이 워낙 빠른 속도로 미국과 중국 중심으로 돌아가고 있다고 생각되어서. 그저 한국에서만의 노력으로는 당연히 한계도 있어 보이고. 하여간 철수 말처럼 출장 일정을 미리 잘 짜봐야 할 것 같고. 그리고 철수가 말한 로봇 전문가 영입은 내 생각에도 중요한 것 같아. 혹시 생각해 본 사람이 있어?"

철수는 일을 수행함에 있어 매우 치밀한 사람이었다. 그는 이미 마음속으로 점 찍어 둔 사람이 있어 서준에게 말을 꺼낸 것이다.

"예, 형도 이미 짐작하시겠지만 우리가 구상하는 로봇은 다른 경쟁사들의 로봇처럼 플라스틱이나 알루미늄 재질의 외피가 아닌, 사람 같은 피부와 근육을 생각하고 있지 않습니까? 그래서 제 생각에는 그저 로보틱스만 전공한 사람보다는 대학에서 생물학을 공부하고 대학원에서 로보틱스를 전공한 사람이 우리 회사에 딱 맞는 사람이라고 봐요."

"하하. 맞아, 나도 그렇게 생각해."

철수의 말을 들은 서준도 고개를 끄덕이며 흡족한 표정으로 동의를 표했다. 철수는 몇 달 전 스위스를 여행 중인 서준에게 전화하기 전부터 이미 본인이 구상하는 사업 목표, 운영 방안, 그리고 확보할 인적 자원에 대한 그림이 그의 머릿속에 있었던 것이다.

그는 저번에 서준이 자신의 사업 제안에 대해 승낙하는 순간부터 그가 원하는 사람들과 접촉하고 있었다. 그가 서준에게 CTO로 제안한 사람은 바로 서울 홍릉에 있는 한국과학기술연구원, 즉 KIST의 로봇연구소에서 부소장으로 일하고 있는 신무열 박사를 말하고 있었다. 신 박사는 한국의 대학에서 생물학을 공부하고 미국으로 건너가 컴퓨터 과학과 로보틱스를 공부한 특이한 경력의 소유자였다. 그는 3년 전부터 마침 KIST의 로봇연구소 부소장으로 일하고 있었고, 그의 연구 활동과 업적에 대해서 철수는 국내 로봇 학회와 국제 학회 참가 등을 통해 이미 파악하고 있었던 것이다. 그의 전공 분야는 로봇의 구동에 가장 핵심 역할을 하는 액추에이터라고 부르는 구동기 기술이었고, 그는 한국 최고의 전문가로 인정받고 있었다. 철수는 서준이 그의 제안에 동의한다는 말에, 서준에게 이력서 한 장을 내밀었다.

"형, 여기 이력서가 있습니다. 제가 이메일로도 보내드리겠습니다. 한번 자세히 보시죠."

이력서에는 신 박사의 사진과 함께 자세한 이력과 경력이 서술되어 있었다. 대강 신 박사의 이력을 훑어본 서준은 말했다.

"알겠어. 우리에게 맞는 사람 같네. 한번 찬찬히 살펴보지."

그리고 정확히 3주 후, 신무열 박사는 철수와 같이 로봇의 몸체에 대한 개발 계획을 수립하고 있었다. 그는 얼마 가지 않아 적극적으로 철수를 도와 구체적인 개발 계획을 확인해 나가고 있었다.

특히 로봇의 몸체 구성에 있어, 내부의 구조와 디자인에 대해서는 주로 철수와 협력하고, 외부 피부의 구성에 대해서는 서준과 협력해 나가고 있었다. 서준도 철수와 마찬가지로 신 박사의 전문성과 열정에 흡족해하고 있었다. 신 박사는 월요일부터 토요일까지 일을 했고, 하루의 일과도 거의 늘 새벽이 되어야 마감했다.

그런데 한 가지 그의 습관은 서준과 철수를 포함하여 대부분의 직원들이 퇴근하고 나면 자신의 책상에 앉아 여러 가지 서류나 데이터를 자신의 개인 외장하드 드라이브에 복사하는 것이었다. 그는 이럴 때면 늘 주변을 조심스럽게 살피고 있었다.

11월 초부터 철수가 제안한 미국 출장에 대해 서준도 계획 수립에 정신이 없었다. 새벽에 열리는 핵심 미팅에는 이제 서준과 철수뿐 아니라 신 박사도 꼭 참석하며 장기적인 계획에 대한 의견 조율뿐 아니라 매일매일의 일상적인 진척 상황도 같이 점검해 나가고 있었다.

그러던 11월 둘째 주 월요일 새벽, 여느 날과 마찬가지로 철수는 사무실에 먼저 출근하여 커피를 준비하고 있었다. 커피가 거의 다 마련되자 서준도 나타났다.

"형, 주말은 좀 쉬셨습니까? 참, 집은 구하셨어요? 얼마 전까지도 호텔에서 고생하고 있었는데. 하여간 형은 건강을 제일 조심해야 합니다."

철수는 서준과 같이 창업 이후 개인사에 대해서는 철저히 선을 지키고 있었는데, 오늘은 두 사람만 있어서인지 서준의 개인사에 대해 궁금해했다.

"아, 안 그래도 집사람하고 지난 주말에 아파트 계약을 했어. 바로 여기서 멀지 않은 전민동에. 그리고 내 건강은 이제 많이 좋아졌어. 걱정 안 해도 될 것 같아."

"하여간 다행입니다. 이제 우리 회사에서 제일 중요한 사안이 형의 건강입니다."

서준은 새벽에 출근하면서 사온 파리바게뜨 샌드위치를 내려놓았다.

"그나저나 오늘은 신 박사 출근이 늦네요."

서준은 신 박사가 아침 회의에 늦자 걱정하며 이야기했다. 신 박사는 매주 월요일 서울에서 출근하여 토요일까지는 유성에서 구한 월세 아파트에서 지내고 있었다. 아파트 월세는 회사에서 부담하고 있었다. 이것은 신 박사의 기여에 만족한 서준의 배려였다. 원래 예정했던 회의 시간은 한 시간이나 늦어지고 있었다. 조바심이 난 철수는 신 박사에게 전화를 했지만 전화는 반응이 없었다.

그날 철수가 신 박사의 아내로부터 전화를 받은 시간은 이미 늦은 저녁 시간이었다.

"예, 안녕하세요. 저는 강철수입니다. 예, 카이스트에 교수로 있는…"

신 박사 아내의 목소리는 쉬어 있었고 흐느낌의 속삭임 같았다.

"예, 저는 신무열 씨의 아내입니다. 어제 남편은 아침에 등산을 갔는데. 매주 일요일이면 인근에 있는 산으로 등산을 가거든요. 그런데 오늘 새벽이 되어도 돌아오지를 않았어요. 아무리 연락을 해도 연락이 안 되고. 그래서 오늘 오전에 경찰서에 신고를 했는데…"

그녀는 말을 잇지 못하고 한참을 흐느꼈다.

"그런데 오늘 저녁 7시쯤에 경찰에서 연락이 왔어요. 남편을 산에서 발견했는데…"

그녀는 철수에게 남편이 등산로에서 멀리 떨어진 산 정상 근처에서 사망한 채로 발견되었다고 전했다. 신 박사는 50대 초반의 나이로 평소에도 운동을 많이 하는 아주 건강한 사람이었다. 철수는 신 박사의 사망에 대해 서준에게도 알렸지만, 동시에 국정원의 백민준 국장에게 신속히 연락했다. 백민준은 이제 국내외 산업 스파이 사업을 총괄하는 산업국의 책임자로 일하고 있었다.

"백 국장님, 강철수입니다. 저번에 만나서 회사 진척 상황과 신 박사 영입에 대해 이야기한 것이 엊그제 같은데 벌써 3주가 지나갔습니다. 하여간 시간이 빨리 흘러갑니다. 전화드린 것은 다름이 아니고, 저번에 영입한 신무열 박사의 갑작스러운 사망 소식이 있어서. 예, 참으로 충격적이라. 하여간 경찰은 등산 중에 실족사를 한 것 같다고 하는데, 혹시 모르니 그쪽에서도 한번 수사를 해주시기 바랍니다."

과거 연구소에서 해킹 사건이 있었을 때에도 우연히 일어난 사건이 아니었기 때문에 이번에도 철수는 내심 걱정하고 있었다. 특히 올해 들어 인공지능을 포함한 여러 기술 분야의 국가 간 경쟁이 치열해지면서 종종 기술을 훔치기 위한 국가 간의 스파이 사건이 뉴스에 보도되곤 했다.

특히 휴머노이드 로봇 개발에 대한 경쟁은 굉장히 치열했다. 과거 2015년 미국 다르파 로봇경진대회에서 카이스트의 오준호 교수팀이 우승을 할 당시, 미국을 포함한 선진 국가들의 로봇 개발 실력은 하위에 있었지만 꾸준한 투자와 연구로 나날이 발전하고 있었다. 2015년 로봇경진대회에서 상위권에 들었던 다른 대학팀은 오리건 주립대학팀이었다. 그 대학팀이 같은 해 설립한 회사가 바로 어질리티 로보틱스라는 미국의 비상장 로봇 공학 회사였다.

사실 카이스트의 오 교수팀도 비슷한 시기에 한국에서 레인보우 로보틱스라는 회사를 창업하여 대회에서 일등을 한 휴보 모델을 중심으로 열심히 로봇을 개발하고 있었다. 특히 한국에서 산업 로봇 분야에서는 많은 발전이 있었지만, 한국의 국가적인 지원의 토양도 약하고 전반적인 인프라가 취약한 상황에서 국가적 경쟁력은 점차 뒤처지고 있었다.

그런데 한국과는 달리 미국의 로봇 관련 벤처회사들의 발전은 2022년도 후반이 되면서 두드러지게 되었고, 중국은 외부적으로 민감한 반응을 보이며 중국만의 실력을 구축하는 데 모든 노력을 경주하고 있었다.

　꾸준한 어질리티의 괄목할 만한 기술 발전으로, 최근에 개발된 이족 휴머노이드 물류 로봇인 '디짓'은 아마존의 물류 작업에 투입되었다. 또한 2022년에 설립한 피규어사는 미국의 빅테크사인 오픈AI, 마이크로소프트, 그리고 엔비디아와 아마존의 투자를 받아 불과 설립 2년 만에 '피규어 2.0'이라는 휴머노이드 로봇을 출시하여, 독일 자동차 회사인 BMW 스파르탄버그 공장에 투입되어 차체 제작 공정과 금속 부품을 옮기는 작업에 투입되고 있었다.

　한편 자동차 회사 테슬라는 자체 개발한 로봇인 '옵티머스'를 공장에 투입한다는 뉴스를 대대적으로 발표하고 있었다. 2년 전 챗GPT를 개발하여 한순간에 생성형 인공지능 선두주자가 된 오픈AI는 4년 전에 해체된 개발팀을 다시 모집하여 자체 휴머노이드 로봇 개발을 결정했다.

　미국 민간 기업의 이러한 움직임은 중국을 포함한 전 세계의 휴머노이드 로봇 개발에 불을 질렀다. 미국 다음으로 인공지능을 연계한 휴머노이드 로봇 개발에 가장 적극적인 국가는 중국이었다. 중국은 코로나 사태 이후 경제 상황이 좋지 않은 상황에서도 국가 차원의 독려 아래 수많은 로봇 벤처들이 탄생했다. 위슈커지유한공사가 개발한 유니트리 로봇 외에도 세계의 관심을 받는 로봇 개발이 우후죽순처럼 시작되고 있었다.

　중국은 이처럼 인공지능을 포함한 휴머노이드 로봇 개발에는 모든 국가적인 자원을 총동원하여 미국과의 경쟁에서 이기기 위해 노력하고 있었다. 중국 정부의 자금 투자는 미국의 민간 투자비를 훨씬 넘어서고 있었다.

철수가 백 국장에게 전화를 한 지 일주일 후, 철수와 서준은 저녁 시간 서울로 올라와 강남에 있는 한 한식집의 외딴방에서 백 국장을 만나고 있었다. 서준과 백 국장은 3주 전에 철수와 같이 대전에서도 한 번 만난 적이 있어 구면이었다.

"두 분 반갑습니다. 바쁘신데 서울로 올라오시라고 해서 죄송합니다. 워낙 사안이 민감하고 중요하여 두 분을 같이 뵙게 되었습니다."

백 국장은 이제 중년의 모습을 한 깔끔한 복장의 신사로 보였다. 지난번 신 박사의 사망 사건으로 궁금해하는 철수와 서준에게 사건의 전말을 빨리 전하려는 그의 기색은 역력했다.

"두 분 놀라지 마십시오. 국정원에서 조사한 내용은 대단히 놀라운 간첩 사건으로 파악되었습니다."

철수와 서준은 놀란 나머지 입을 다물지 못했다.

"사건의 전말은 이렇습니다. 신 박사는 중국의 스파이로 밝혀졌습니다. 그리고 KIST 연구소의 책임연구원으로 있던 송치용이라는 박사가 있었는데, 이 사람이 중국 정보부의 흑색 요원으로 밝혀졌습니다. 이 친구가 오랫동안 신 박사를 협박하고 사주하여 결국 신 박사는 중국의 첩자가 되었던 것입니다. 신 박사의 은행 계좌를 조사해 보니 지난 2년간 큰돈의 중국 자금이 흘러 들어간 증거를 발견했습니다. 그리고 송이라는 친구는 원래 중국 국적인데 한국인으로 신분 세탁을 하여 연구소에 입사했는데, 원래 이 친구는 중국 국가로봇연구소에 근무하던 친구입니다. 그런데 이 친구는 신 박사 사망 후 이미 출국하여 종적을 감추었습니다. 물론 우리 정부가 중국 정부에 신원 확인을 요청했지만 답이 없습니다. 그리고 신 박사의 시체 검안을 했습니다. 사실 각종 정밀 검사를 하느라 시간이 좀 걸렸습니다. 시체에서 간첩들이 사용하는 아주 미세한 양의 독극물이 발견되었고. 참, 그리고 신 박사의 집을 수색해 보니 지난 한 달 동안 회사에서 빼낸 자료들이 발견되었습니다. 이 자료는 넘겨드릴 테니 내용을 파악해 보시고. 우리가 추측하기에는 아마도 신 박사가 최근에는 송이라는 친구에게 비협조적이었던 것 같습니다. 하여간 회사의 정보는 이미 중국 쪽으로 넘어간 것 같고. 제가 보기엔 그들이 강 교수님의 양자 기술에 대한 정보를 노린 것 같습니다."

백 국장의 말을 듣고 있던 철수는 신 박사가 일하는 중간에 연구소 뒤쪽 코너에서 담배를 피우며 한숨을 쉬는 모습을 몇 번 목격했던 기억을 떠올렸다. 철수와 서준은 백 국장과 서울에서 만난 후 늦은 시각에 대전으로 내려왔다. 백 국장으로부터 건네받은 신 박사의 자료에는 그 당시 철수가 신 박사와 같이 수행했던 휴머노이드 로봇의 디자인에 대한 정보와 향후 개발 계획이 소상히 복사되어 있었다.

그러나 베티하고만 공유하고 있는 민감한 양자 기술에 대한 내용은 다행히 없었다. 또한 서준과 같이 구축하고 있는 로봇의 근육과 외피 개발에 대한 내용도 빠져 있었다. 철수는 이러한 내용을 백 국장에게도 연락하고 서준에게도 이 사실을 알렸다.

"강 대표, 그나마 참으로 다행이네요."

서준은 최근 들어 철수에게 강 대표라는 말로 회사에서의 그의 역할을 각인시키고 있었다.

"강 대표, 그나저나, 참으로 무섭네요. 사실 나도 거의 평생 벤처를 창업하여 지금까지 일해 왔지만 이런 일은 없었는데. 하여간 강 대표가 잘 알아서 하겠지만 무슨 대책을 세워야 하지 않겠습니까. 또 갑자기 신 박사가 사망했으니 우리가 하는 일에도 차질이 생겼고."

"형, 맞습니다. 심각하게 고민해 봐야겠습니다."

3

그해 12월 말, 서준과 철수, 그리고 베티는 라호야 웨스트필드 몰 맞은편에 위치한 앰배서더 스위트 호텔에서 모임을 가졌다. 서준과 철수는 2주 전 서울을 출발해 샌디에고로 바로 오지 않았다. 그들은 서울에서 라스베거스행 비행기로 라스베거스에 도착하여 마중 나온 짐 비게이와 함께 인근 작은 마을 비티에 있는 광석 추출 공장과 사무실을 방문하여 3일을 보냈다. 그리고 서준과 철수는 다시 라스베거스로 돌아와 비행기를 타고 샌디에고로 온 것이었다.

12월 말, 크리스마스와 휴가 시즌이 다가오고 있었다. 호텔 입구에는 대형 크리스마스 트리가 장식되어 있었고, 로비는 전 세계에서 온 수많은 겨울 여행객들로 붐볐다. 서준과 철수, 그리고 베티는 2층에 있는 회의실을 빌려 이틀째 미팅 중이었다. 모두 연말과 휴가에는 관심이 없었고, 예외 없이 모두 심각한 얼굴로 최근 상황을 분석하고 있었다. 우선 베티가 입을 열었다.

"지금 미국에서 느끼기에도 중국과의 민감한 경쟁은 피부로 느껴지는 상황입니다. 그리고 사실 중국뿐 아니라 러시아, 북한, 기타 다른 국가들도 우리 기술에 대한 정보 확보에 혈안이 되어 있는 것 같아요. 저번에 중앙정보부 피터의 이야기도 그런 것 같았습니다. 그래서 최근 CIA도 내부 조직 변경이 있었답니다. 그의 말에 의하면 한국팀은 중국팀으로 흡수시키고 따로 팀을 보강, 독립시켜 중국에 대한 정보 수집과 공작 능력을 더 강화시키고 있다고 합니다. 저는 무엇보다 우선 두 분의 안위도 걱정되고."

베티는 한국에서 철수에게 무슨 일이 생길까 봐 걱정이 태산인 모양이었다. 이번에는 서준이 입을 열었다.

"사실 지난 몇 달 동안 한국에서의 사업 환경도 내가 오랫동안 일했던 바이오 쪽과는 또 다른 것 같습니다. 어쩌면 양자 기술과 로봇 개발 사업은 국가 안보와도 더 밀접한 관련이 있는 특수 산업이라, 정부 규제도 까다롭고 민감한 것 같고."

철수도 서준의 의견에 본인의 생각을 보태었다.

"솔직히 말씀드리면 제 생각에도 한국에서 휴머노이드 로봇을 개발하는 데 인적 자원과 협력사 확보에 한계도 있고, 워낙 이 분야는 재료 수급이라든가 개발과 생산에 대해 외부 용역을 많이 요구하는 분야라서…"

이번에는 베티가 말을 이어받았다.

"그런데 제 생각에는 무엇보다도 중요한 것이 회사의 기밀 관리와 여러분, 그리고 핵심 직원의 안전 문제라고 생각해요."

그들은 거의 일주일 동안, 향후 어떻게 회사를 운영하고 각자 필요한 업무를 수행할 수 있을지 최선의 방안을 찾아내려 노력하고 있었다. 결국 철수가 그간의 여러 의견을 종합하여 말했다.

"제가 회사의 대표로서 그간의 말씀들을 정리해 보면, 결론은 한국에서 미국으로 회사를 이전하는 것이 여러모로 유리할 것 같습니다. 우선 베티가 이야기하는 것처럼 한국보다 미국에서 안전을 도모하는 것이 수월할 것 같고. 이 문제는 제가 백 국장과 CIA 쪽과도 더 이야기를 해볼 사안입니다. 그리고 미국으로 회사를 이전해야 하는 또 다른 이유는 저희 기술의 핵심은 사실 네바다의 추출 공장입니다. 이 공장과 근접한 거리에 개발 연구소가 위치해야 할 것 같고, 전문 인력 수급과 협력사와의 관계 유지에도 미국이 한국보다는 더 나을 것 같습니다. 특히 신 박사 후임으로 로봇 개발을 주도할 사람을 뽑아야 하는데 제 생각에는 한국보다 미국에서 전문가를 찾아보는 것이 좋을 것 같습니다. 그리고 현재 로봇 개발도 미국 중심으로 이루어지고 있습니다. 하여 한국보다는 미국에서 미래를 도모하는 것이 어떨지 생각하는 겁니다. 또한 이것은 이서준 박사님께서 의견을 주셔야 하지만, 최근 들어 우리가 필요로 하는 자금도 어쩌면 한국보다는 미국에서 투자금을 확보하는 것이 더 낫지 않을지? 그래서 저는 두 분께 미국으로 회사를 이전하자는 제안을 드리는 겁니다."

철수의 의견은 명쾌했다. 사실 이 분야의 기술과 인프라를 미국이 주도하고 있는 이상, 한국에서보다는 미국에서 연구 개발과 사업을 주도하는 것이 더 큰 이점이 있어 보였다. 서준의 생각에도 철수가 지적한 몇 가지 점에서 한국보다는 오히려 미국으로 회사를 이전하는 것이 여러모로 유리해 보였다.

"알겠습니다. 나도 강 대표의 종합적인 의견에 전적으로 동의합니다."

철수와 서준의 의견을 들은 베티는 한결 표정이 밝아졌다.

"감사합니다. 두 분, 저의 제안을 받아줘서. 그리고 한 가지 두 분께 말씀드릴 점은 회사의 운영에 대해서는 우리가 독립적인 입장이지만, 우리의 안전 문제에 대해서는 한국의 정보 담당자인 미스터 백과 미국 쪽 피터와도 상의를 하는 것이 필요할 것 같습니다. 또 다른 한 가지는 우리가 양국 정부에 예전부터 약속한 양자 정보 해독에 대한 연구 프로그램은 이참에 우리의 사업 부분에서 분리하여, 미국과 한국 정부의 전담 연구 프로그램으로 운영하는 것이 좋지 않을까요?"

이러한 제안을 들은 철수도 베티의 의견에 동의했다.

"자, 그럼 일단 미국으로 회사를 이전하기 위한 작업으로 규제나 서류상의 문제는 이서준 박사님이 맡아주시고, 저는 베티와 같이 향후 미국에서 어떻게 전문 인력을 확보하고 로봇 개발을 추진할 것인지 생각을 해보겠습니다. 참, 그리고 이번에 이 박사님도 같이 오셨으니, 일단 회사 사무실을 하나 구해 계약을 하고 한국으로 귀국하시는 것이 좋겠습니다."

그들은 며칠 동안 샌디에고 인근에 사무실과 연구 개발 시설을 구축할 장소를 물색하고 다녔다. 세 사람이 서로 잘 알고 있는 곳으로 정하는 데 동의했고, 일단 라호야 지역의 벤처 부지를 생각하게 되었다.

우선 임시로 앰배서더 스위트 호텔 건너편에 있는 임대 건물에 넓은 면적의 사무실을 구했다. 이 건물 길 바로 건너편에 베티가 일하고 있는 UC 샌디에고 뇌과학 연구소가 위치해 있어 더욱 좋은 선택이라고 모두 생각했다. 마침 코로나 사태 이후 여러 회사들이 직원들의 재택근무를 선호하는 상황이라, 건물에는 사무실 공간이 비어 있는 곳이 많아서 저렴한 가격에 바로 사무실을 임대할 수 있었다.

4

2025년, 유엔은 이 해가 양자역학 탄생 100주년이 되는 것을 기념하여 양자과학과 응용의 중요성을 대중들에게 알리기 위해 '세계 양자과학 기술의 해'로 선포하였다. 이처럼 양자역학이 과학자의 실험실에서 인간의 삶 속으로 서서히 침투해 들어오고 있었다.

어느 나라나 마찬가지이지만 여러 분야의 학문이나 기술 관련 학회나 모임이 개별 국가의 관심에 따라 그 나라의 큰 도시에서 매년 지역 행사로 진행된다. 흥미로운 현상은 미국이라는 개별 국가의 행사인데, 자국민뿐만 아니라 전 세계의 전문가나 기업들이 모두 너도나도 경쟁적으로 이 미국의 학회에 참석했다. 왜 이런 현상이 생기는 것일까? 그것은 최근 대부분의 기술 혁신과 그 방향을 미국이 주도하고 있기 때문이었다. 20, 30년 전만 해도 유럽이나 일본의 참여와 존재를 느낄 수 있었지만, 지금은 거의 모든 분야를 미국이 홀로 이끌고 있었다. 그래서 좋든 싫든 너도나도 미국의 모임에 참석하는 것이었다.

매년 1월 초가 되면 세계 최대 소비자 가전 박람회인 CES(Consumer Electronic Show)가 미국 가전 협회 주관으로 라스베거스에서 개최되었다. 이 박람회는 TV, 오디오, 비디오 등 일상생활과 밀접한 전자 신제품들이 전시되며, 세계 가전 업계의 흐름과 미래상을 한눈에 볼 수 있는 박람회였다. 그런데 최근 들어 전자제품은 자동차를 포함하여 대부분 연동되고 기술이 융합되기 시작했다.

특히 올해는 인공지능, 반도체 기술, 로봇 기술과 양자 기술을 모두 포함하는 융합적인 기술의 집약체들이 모이는 그런 전 세계 기술의 경연장으로 CES는 변신해 가고 있었다. 이번 박람회 준비위원회에서는 양자 기술에 대한 특별 프로그램을 운영한다고 발표했다. 그러다 보니 이 박람회에서는 새로운 기술을 소개하고, 세계 빅테크의 오피니언 리더들을 기조 연설자로 초청하여 가전과 IT 분야의 새로운 패러다임을 제시하고 있었다. 미국을 비롯한 선진국의 기업들과 한국에서도 삼성, LG, 현대 등의 대기업 CEO들이 빠짐없이 이 모임에 참석하고 있었다.

세계 정치와 경제에 대한 흐름을 알려면 매년 1월 중순 스위스 스키 리조트인 다보스에서 열리는 세계 경제 포럼(World Economic

Forum)에 참석해야 하듯이, 세계 기술의 흐름을 이해하려면 이 CES에 꼭 참석해야 하는 것이 이제 관례가 되어가고 있었다.

올해도 어김없이 1월 7일부터 4일 동안 라스베거스 만달레이 컨벤션 센터에서 열리는 CES 박람회에 전 세계 50개국 이상의 거의 4,500개 업체의 20만 명이 넘는 사람들이 이곳으로 몰려들고 있었다. 전시 품목은 5G, 블록체인, 인공지능, 모빌리티, 드론, 로봇 등 40여 개의 분야를 망라하고 있었다. 양자컴퓨팅 분야도 분과를 신설하여 현재 진행 추이를 파악하도록 배려하고 있었다.

올해도 여러 오피니언 리더들의 기조연설이 예정되어 있었지만, 7일 오전에 열리는 엔비디아의 대표인 젠슨 황의 연설을 듣기 위해 거의 모든 CES 참석자들은 미켈롭 울트라 아레나로 향하고 있었다.

엔비디아는 불과 몇 십 년 전까지만 해도 게임기 프로그램을 만드는 캘리포니아의 이름 없는 작은 스타트업에 불과했다. 그런데 최근 몇 년 사이에 인공지능의 존재가 세상을 사로잡기 시작하자, 그래픽 처리 장치인 GPU를 개발하여 하드웨어와 소프트웨어를 공급하는 가장 핵심적인 회사로 발돋움했다. 엔비디아는 순식간에 인공지능 반도체 공급의 전 세계 선두주자가 되었다. 이 회사를 창업했던 타이완 출신의 과학자, 젠슨 황은 어느덧 유명인이 되어 있었다.

그가 등단하기 직전 아레나의 대형 화면은 인간이 구축한 인공지능이 가져다줄 행복한 미래를 보여주었다. 특히 육체가 불편한 사람이 웨어러블 로봇의 도움으로 일어서는 모습은 관중들의 눈시울을 붉히게 했다. 바로 그때 젠슨 황은 하얀 백발에 그 특유의 검은색 비닐

잠바를 입고 관중 앞에 섰다.

"여러분, 안녕하십니까? CES는 단순히 기술 혁신을 선보이는 자리가 아니라, 기술과 인간이 만나는 교차점입니다."

그는 그의 이름과 소속을 말할 필요가 없었다. 불과 몇 년 만에 그의 존재를 모르는 사람은 행사장에 단 한 명도 없었기 때문이다. 이제 그는 기술 혁신의 선두주자로서 마치 한 강력한 국가의 전지전능한 지도자와 같은 존재로 인식되었다. 그의 한마디 한마디가 세상을 지배하는 기술의 방향이 된 것이다.

"저는 오늘 제가 1993년에 만든 한 작은 게임 디자인 회사가 미래에 인공지능과 로봇 기술을 어떻게 접목하여 우리의 미래를 재편할지, 그리고 저희 회사가 그 선두주자로서 어떻게 변신해 왔는지 보여드리고자 합니다."

그는 그의 회사와 자신이 개인과 기업의 생활 방식을 변화시키는 중심에 서 있다는 것을 강조하고 있었다. 그의 모습은 흡사 신과 같았으며, 쇼 전체를 압도적으로 주도했다. CES에 참석한 사람뿐 아니라 SNS를 통해 전 세계 사람들이 그의 말을 주목하고 있었다.

"로봇 혁명은 수조 달러 규모의 새로운 산업을 창출할 것입니다."

그는 그 미래의 산업 중심에 바로 자신과 자신의 회사인 엔비디아가 있다는 말을 다시 한번 강조하고 있었다. 그리고 그의 발표 마지막 화면에서는 현재 전 세계에서 개발되고 있는 대표적인 휴머노이드 로봇들이 나타났다. 그 휴머노이드 로봇들 중심에 그가 서 있었다.

"미래는 이제 움직이는 인공지능 시대, 즉 Physical AI가 주도합니다."

그리고 그는 어두워지는 화면을 뒤로하고 단상에서 서서히 사라져 갔다.

5

2025년 1월 중순, 한국으로 돌아온 철수와 서준은 정신없이 바쁜 나날을 보냈다. 당면한 문제는 한국에서 창업한 회사의 정리와 기존 대학 연구소의 인력 및 시설에 대한 고민이었다.

"강 대표, 다행히 한국의 회사를 정리하는 문제는 그렇게 어렵지 않을 것 같아. 우리가 외부의 투자를 정식으로 받지도 않았고 회사 인력도 몇 명 소수이기 때문에. 내가 알아본 바로는 미국에 회사를 차리려면 두 가지 경우가 있더라고. 하나는 미국에 자회사를 차리는 경우인데, 한국에서 오랫동안 사업을 한 회사들이 보통 미국에 자회사를 차리지. 강 대표도 잘 알겠지만, 내가 몇 년 전에 샌프란시스코에 피에이 테라퓨틱스의 바이오 자회사를 설립한 것과 같은 방법이지."

"또 하나의 다른 방법은 영어로 Reverse-Flip이라고 하는데 역전환 구조라는 뜻이야. 이것은 미국 법인을 모회사로 하는 것이지. 그리고 한국에서 창업한 회사는 미국 회사의 자회사로 변경하고. 이런 경우에 장점은 미국에서 자금 유치도 용이하고, 또 향후 잘 되면 미국 법인을 자연스럽게 나스닥에 올릴 수도 있고. 따라서 우리가 지금 결정해야 하는 것은 한국의 사업을 다 정리하고 미국으로 갈 것인가? 혹은 한국에서 구축한 사업체를 계속 유지하면서 미국에 자회사를 차릴 것인가? 두 방법 중에 하나를 선택해야 할 것 같아."

철수는 최근 들어 늘 서준의 열정과 기여에 고마워하고 있었다. 자신이 꿈꾸는 미래를 현실화하는 데 서준은 정말 소중한 사람으로 인식되었다.

"잘 알겠습니다. 말씀하신 것처럼 이제 막 한국에서 창업했고, 아직 정식 투자를 받지 않아 회사 인력도 미미한 상태이니 미국 법인을 모회사로 창업하는 것이 좋겠습니다. 다만 한국에서의 사업을 모두 정리하고 미국으로 가는 것보다는…"

철수는 카이스트에서 오랫동안 구축한 그의 연구소에 대해 많은 애정을 가지고 있었다. 그는 계속해서 말했다.

"저는 한국에는 자회사를 남겨두고 싶습니다. 그 대신 지금의 대학 인력과 연구소는 저번에 베티가 아이디어를 주었는데, 우리에게 가장 민감한 분야인 양자 암호 기술을 계속 개발하는 것으로 하면, 우리나라 입장에서도 좋고 향후 미국과 협상하는 것도, 정보를 공유하기에도 장점이 있을 것 같습니다. 마침 이 분야의 전문가로 연구소의 부소장으로 있는 공구 박사가 있으니, 이 친구에게 한국에서의 운영을 맡겨도 좋을 것 같습니다. 그렇게 되면 한국의 인력 운영에도 문제가 없고."

"강 대표, 좋아요. 그렇게 합시다."

서준도 철수의 의견에 적극 찬성하고 있었다. 회사의 미국 이전 건에 대해서는 대학 본부와 정부에서는 반대하는 입장이 있었지만, 대학에는 향후 회사 실적에 따라서 지속적인 기부금을 약속했고, 정부의 기술 발전에 적극 협조한다는 양해각서를 교환하여 원만히 해결되었다.

서서히 사방에서 개나리가 피기 시작했던 3월 초에 서준과 철수는 다시 샌디에고로 돌아올 수 있었다. 서준의 경우 아내는 일단 한국에 남아 있기로 했다. 그리고 그의 아들인 도연도 어느덧 나이가 40이 되어가고 있었다. 도연은 황안민의 회사에서 이미 중견 간부로 성장하고 있었다.

철수와 서준은 미국에서의 법인 이름은 HD Technology로 하고, 대신 한국의 자회사는 HD Technology Korea로 정했다. 또한 향후 미국에서의 투자자 유치를 고려하여, 법인 형태는 한국의 경우 일반적인 주식회사와 유사한 C-Corporation으로 정했다.

이 법인 형태는 철수와 서준이 생각하는, 언젠가 회사의 사업 규모를 키우고 투자 유치를 통해 미국 증권시장 상장을 목표로 하는 데 적합한 선택이었다. 그리고 회사는 캘리포니아보다는 서류상으로는 델라웨어에서 설립하는 것으로 결정하였다. 그 이유는 일반적으로 미국의 벤처 캐피털이 델라웨어를 늘 선호하기 때문이었다.

또한 한국에서의 특허 등 핵심 자산을 미국 법인에 양도하는 문제도 서준이 평소 잘 알고 있던 한국과 미국의 변호사와 세무사를 고용하여 별문제 없이 처리하고 있었다. 철수는 한국에서 연구소의 근무 인력 중 3명의 핵심 인력을 장기적으로 미국에 체류할 수 있는 비자를 받아 샌디에고 쪽 모회사로 발령을 내었다.

최근 들어 미국 이민 정책의 급변으로 외국인이 미국에 체류하기 위해 비자를 받는 과정에도 까다로운 문제가 많이 발생하고 있었다. 그러나 한국에서 로봇 기술의 전문가들이 미국에서 창업하는 회사에 와서 근무한다는 조건의 비자 발급은 매우 쉽게 진행되었다.

또한 미국 현지에서 철수는 일반적으로 대학에서 생물학이나, 약학, 혹은 의학 쪽을 전공하고 인공지능이나 컴퓨팅과 로보틱스 분야에서 일하고 있는 전문가들을 선택적으로 영입하였다. 특히 CTO로는 MIT를 졸업하고 다년간 보스턴 로보틱스에서 근무하고 있던 제임스 스튜어트를 영입하였다.

보스턴 로보틱스는 몇 년 전 현대자동차의 자회사로 편입된 상황이었다. 보스턴 로보틱스는 군사 작전을 포함한 위험한 조건에서 임무를 수행할 수 있는 4족 로봇을 주로 개발하고 있었다. 그러나 현대의 자회사로 편입된 이후, 재작년에는 인간을 닮은 새로운 버전의 휴머노이드 로봇 '아틀라스'를 선보이고 있었다.

HD 테크의 본사와 연구소는 2026년 여름이 지나가면서 라호야 인근 지역에 회사로써의 구색을 서서히 갖추어 가기 시작하였다. 베티도 자연스럽게 UC 샌디에고에서 교수직을 유지하면서, 점점 더 많은 시간을 할애하여 철수와 일하고 있었다. 일주일에 두 번 이상은 회사의 핵심 멤버들이 새벽에 회의실에 모여 서로의 의견을 교환하고 있었다. 먼저 철수가 회사 대표로서 입을 열었다.

"여러분, 지금 미국과 중국, 그리고 한국을 포함한 선진국들이 중심이 되어 휴머노이드 로봇의 개발 경쟁은 치열합니다. 그런데 제가 생각하는 차별적 로봇의 핵심은 3가지라고 생각합니다. 첫째, 핵심은 탁월한 지능입니다. 그리고 두 번째는 로봇의 무한한 에너지 확보가 필수입니다. 지금 문제는 배터리의 성능이 너무 약하다는 것입니다. 아직도 대부분의 로봇 활동 시간은 몇 시간으로 제약이 너무 많습니다. 그리고 마지막으로 감성적 로봇, 즉 인간적인 면모를 가진 로봇이 되어야 합니다. 저는 이 세 가지의 차이가 결국은 휴머노이드 로봇의 성공을 좌우할 것이라 생각합니다. 물론 현재 가장 시장 가치가 큰 로봇은 특정 산업에 특화된 로봇입니다. 그러나 저는 궁극적으로 인간처럼 범용적인 역할을 할 수 있는 독립적인 로봇의 구현을 생각하고 있습니다. 참, 그리고 저는 처음부터 클라우드를 통해 제어되는 로봇이 아닌, 엣지 로봇을 생각하고 있습니다. 인간처럼 독립적인 판단과 행동을 할 수 있는."

"오늘 미팅에서는 그동안 각 부문별로 준비 중인 개발 전략과 내용을 정리하여 로봇의 전체적인 모습을 한번 공유하고자 합니다. 제가 몇 장의 발표 자료를 준비했으니 화면을 봐주시기 바랍니다."

회의실 앞에 설치되어 있는 초대형 TV 스크린에는 평범해 보이는 백인 남성의 모습이 나타났다. 그러나 그것은 인간의 사진이 아니라 철수가 생각하고 있는 휴머노이드 로봇의 모습이었다. 그는 계속 말을 이어 나갔다.

"여러분이 지금 보시는 로봇의 모습은 현재 미국을 포함하여 전 세계에서 개발되고 있는 휴머노이드 로봇과는 전혀 다릅니다. 모든 회사들은 지금 영화 '아이언맨'에 나오는 피부가 금속으로 된 로봇을 개발하고 있지만, 저희는 겉모습도 인간 같은 로봇 개발을 목표로 합니다."

"우리가 개발하려는 로봇은 박사급의 지능을 가진 두뇌와 외부 모습은 일단 40대 백인 남성으로 맞추려고 합니다. 그리고 키는 175cm, 무게는 70kg 정도를 생각하고 있습니다. 흔히 우리가 길에서 만나는 평범한 사람의 모습입니다. 각 부위의 움직임, 즉 자유도 또한 최대한 인간의 모습에 가까워야 합니다. 사실 이러한 개발 목표 설정은 다른 경쟁사들이 생각하기에는 불가능한 목표일 겁니다. 그러나 이러한 정도의 로봇 개발이야말로 우리 회사의 목표임을 여러분은 팀에게 다시 한번 주지시켜 주시기 바랍니다."

사실 이미 그 미팅에 참석하고 있는 사람들도 모두가 철수가 말하는 목표에 공감하고 동의하고 있었다. 철수는 다음 슬라이드를 비춰가며 말을 이어 나갔다.

"여기 보시다시피 로봇의 각 부위별로 부문별 책임자와 부책임자를 다시 한번 정리해서 말씀드리겠습니다. 우선 두뇌 부분은 베티가 주 책임자이고 제가 부책임자 역할을 하겠습니다. 그리고 로봇의 본체 개발은 당연히 존이 주 책임자이지만 이서준 박사님은 부책임자의 역할을 하실 겁니다. 조금 후에 이 박사님께서 나오셔서 설명드리겠지만 로봇의 피부와 근육의 개발에 대해 설명을 해주실 겁니다. 근육의 개발은 로봇의 에너지 원천으로 대단히 중요한 프로젝트입니다. 그럼 우선 베티가 나와서 전체적인 두뇌 쪽의 개발 방향을 설명하겠습니다. 참, 그리고 지금부터는 우리가 개발하는 핵심 기술의 플랫폼에는 고유 상품의 이름, 즉 트레이드마크를 붙여 사용하겠습니다. 미래의 상용화를 대비해서. 물론 회사에서는 상표 등록을 할 예정입니다."

베티는 자신이 준비한 슬라이드 몇 장을 비추며 설명을 시작했다. 그녀는 이제 행복해 보였다. 아마 그것은 이제 매일 강철수와 시간을 보낼 수 있게 되었기 때문일 것이다.

"이미 몇 년 전부터 강 대표와 저는 기본적인 두뇌 개발의 전략과 디자인을 마친 상태입니다. 여러분, 아마도 뉴로모픽 반도체라고 들어보셨죠?"

베티는 말하며 좌중을 둘러보았다. 모두가 고개를 끄덕였다.

"예, 잘 아시다시피 뉴로모픽칩은 인간의 뇌 구조와 기능을 모방하여 만든 차세대 반도체입니다. 그리고 기존의 컴퓨터처럼 명령을 순차적으로 처리하는 것이 아니라, 병렬로 정보 처리를 하고 학습을 할 수 있는 혁신적인 반도체이지만 문제는 전력 소모가 매우 큽니다. 이미 인텔과 IBM에서도 제품이 나오고 있고, 한국에서는 삼성과 SK에서도 이 분야에 발 빠르게 움직이고 있습니다. 우리는 전력 소모가 거의 없는 칩을 개발할 예정입니다."

"여러분들이 여기 슬라이드에서 보는 것처럼, 겉으로 보기에는 인텔이나 삼성의 칩과 유사한 제품으로 보이죠? 그러나 우리는 근본적으로 아주 다른 칩을 디자인하고 있습니다."

"저도 오랫동안 연구를 해왔지만, 최근 인간이나 동물의 뇌에 대한 연구 결과를 보면 인간과 고등 동물의 뇌신경 작동이 결국은 양자과학적 원리에 의해 작동되고 있다는 현상이 점차 밝혀지고 있습니다. 그래서 저와 강 대표는 몇 년 전부터 양자 기술에 기반한 뉴로모픽칩을 개발해 왔습니다. 아마도 전 세계에서 가장 인간의 뇌를 모방한 칩이 될 것입니다. 특히 저희가 생각하는 로봇은 강 대표께서 앞에서 언급하신 것처럼 클라우드에 의해 작동되는 로봇이 아니라, 인간처럼 독립적으로 판단하고 인지하는 이른바 '엣지 로봇 시스템'을 구축하려 합니다. 사실 몇 년 전 강 대표는 초소형의 양자컴퓨팅 시스템의 구현에 성공했습니다. 그리고 최근에 가장 문제가 되고 있는 양자 오류 문제도 완벽하게 해결했습니다. 이 기술은 다른 경쟁자들에 비해 최소한 10년 정도는 앞선 성과입니다. 그래서 우리만이 현재 인간의 뇌에 가장 근접한 구조를 구현할 수 있게 되었습니다."

"그리고 앞에서 강 대표가 제안한 것처럼, 우리가 개발하고 있는 핵심 기술에 고유 이름을 붙이기로 했습니다. 이러한 저희만의 모델명을 공식적으로는 Super Neural Network 1.0, 즉 SNN 1.0으로 정했습니다. 그리고 계속해서 업그레이드해 나갈 겁니다. SNN 2.0, 3.0 이런 식으로. 또한 이 모델은 일반적인 인공지능 시스템에서 사용하는 데이터를 사용하지 않습니다. 조금 구체적인 내용을 말씀드리면 저희는 강철수 대표의 뇌를 MRI로 스캔한 후, 이를 바탕으로 3차 구조 신경망을 디자인하고 있습니다. 이렇게 하여 상식적으로 모든 엔지니어들이 생각하고 있는 기본 알고리즘은 사용하지 않습니다. 현재 여러분도 잘 아시다시피, 모든 로봇의 물리적 움직임은 알고리즘과

학습에 기반합니다. 이런 방법으로는 미세하고 비예측적인 움직임을 기대하기에는 늘 한계가 있습니다. 그런데 저희들은 강 대표의 뇌를 기본 프레임으로 하기 때문에 학습과 알고리즘을 필요로 하지 않습니다. 이미 저는 이 시스템을 시뮬레이션해 본 상황입니다. 그 초기 결과는 강 대표 정도의 지능을 복사한 상태인데, 확인한 바에 의하면 강 대표의 의식은 복제되지 않았습니다. 일단 두뇌의 프로토타입 개발은 그 방향으로 진행될 것입니다."

참으로 놀라운 연구 내용을 베티는 발표하고 있었다. 철수는 흐뭇한 표정으로 베티를 쳐다보며 그녀의 설명에 계속 고개를 끄덕이며 미소를 짓고 있었다. 이 내용을 들은 서준과 존은 놀라운 표정으로 어안이 벙벙했다. 철수가 말을 이어 나갔다.

"제일 중요한 핵심이 로봇의 두뇌입니다. 말씀드린 바와 같이 두뇌 개발에 저는 베티를 도와 최선을 다하려고 합니다. 자, 그러면 존이 나와서 로봇 본체 개발에 대해 설명을 하겠습니다."

존은 35세의 로봇 개발 전문가로 철수보다도 더 어린 나이에 박사 학위를 받고 로봇 분야에서 일해 온 천재였다. 그는 중학교와 고등학교를 2년 만에 마친 친구였지만, 대학원 수준의 생물학에 대한 지식도 갖추고 있었다.

그는 로봇 몸체 개발에 필요한 외부와의 협력관계와 향후 맺어야 하는 외주 계약에 대해 언급을 하였다. 그가 가장 강조한 부분은 로봇의 액추에이터를 최고 품질로 개발해 줄 회사를 찾는 데 주력하고 있었다. 그리고 다음에는 서준이 나와서 그가 맡고 있는 인공 피부와 근육 개발 방향에 대한 설명이 있었다.

"앞에서 발표한 내용을 종합해 보면 우리가 개발하려는 로봇은 아무도 흉내 낼 수 없는 혁신적인 제품이 될 것 같습니다. 저는 오늘 세 가지 분야에 대해 현재 진행되는 내용을 좀 요약해서 말씀드리겠습니다. 우선 인공 피부 관련입니다. 우리가 적용할 인공 피부는 이미 제가 황 사장과 창업한 피에이 테라퓨틱스사에서 제품으로 현재 팔리고 있습니다. 앞에서 강 대표께서 우리가 개발할 로봇은 40대 백인 남성이라고 했는데, 저희 피에이 테라퓨틱스가 이미 플랫폼 기술을 확보하고 있기 때문에 그런 외피를 가진 로봇의 구현이 가능한 겁니다. 우리 기술은 소비자의 요구에 따라 여성과 남성, 나이, 그리고 인종에 따라 맞춤형 인공 피부 사업을 하고 있습니다. 그래서 몇 달 전부터 샌프란시스코에 있는 저희 회사 바이오 연구소에서 로봇에 적용할 인공 피부를 연구 개발하고 있습니다. 사람에 적용하는 기존 피부와는 대단히 다르기 때문에, 로봇 골격에 부착해서 자랄 수 있는 피부를 새롭게 개발하고 있는 겁니다."

"또한 로봇의 경우에는 인간과는 다른 혈액 공급이 필요하기 때문에 로봇에 적합한 인공 혈액도 개발하고 있습니다. 앞으로 이 피부 기술을 Super Skin 1.0으로 SS 1.0이라는 이름으로 상표 등록을 할 예정입니다."

"그리고 인공 근육 개발에 대해서는 사실 베티와 강 대표가 저를 많이 지원해 주고 있습니다. 기본 아이디어는 강 교수가 개발한 상온 초전도체를 원료로 해서 섬유를 만듭니다. 그리고 그 섬유를 이용하여 인공 근육으로 개발하는 작업을 하고 있습니다. 굉장히 도전적인 과제입니다. 상온 초전도체를 원료로 하기 때문에 냉장 지원 시스템이 필요 없고, 또 근육 자체가 초전도체이기 때문에 에너지가 엄청나게 절약됩니다. 또한 인간의 근육에 비해서 앞으로 더 실험을 해봐야 알겠지만 최소한 5배 정도의 강도를 가질 겁니다. 가히 슈퍼맨의 근육이라고 할 만합니다. 이 기술의 이름은 Super Muscle 1.0, 즉 SM 1.0으로 합니다."

"그리고 한 가지 더, 저는 인공 근육을 통해 에너지를 발생하는 시스템 개발도 생각하고 있습니다. 처음에는 현재 로봇용으로 상용화되고 있는 배터리와 하이브리드형으로 에너지를 제공하는 근육 모델을 개발할 예정입니다. 저희의 목표는 한 번 충전에 최소한 12시간은 작동하는 에너지원의 개발입니다. 그리고 궁극적으로는 배터리 없이 인공 근육으로만 움직일 수 있는 로봇을 개발할 생각을 하고 있습니다. 피부와 인공 근육을 유지하는 데 필요한 영양 소스인 인공 혈액의 개발이 그래서 매우 중요합니다."

로봇 개발에 대한 모든 진척 상황은 순조롭게 진행되고 있었다. 그런데 미국에서 창업한 이후 몇 달이 지나가면서 가장 큰 문제는 자금 확보의 문제였다. 그동안 확보한 자금의 사용 속도는 생각보다 너무 빨랐다. 서준은 미국과 한국의 투자선을 확보하기 위해 우선 철수에게 본인의 생각을 이야기했다.

"강 대표, 투자 관련, 그동안 내가 알아본 상황을 가지고 상의를 해보자고. 우선 한국에서의 투자 상황은 좋지 않습니다. 한국은 최근 극심한 고령화와 저출산이 계속 경제 발전의 발목을 잡고 있어서 문제가 심각합니다. 물론 지난 몇 년 동안 정부도 적극적으로 양자 기술을 포함해서 인공지능과 휴머노이드 로봇 개발을 지원하고 있기는 하지만 한계가 있습니다. 그래서 나는 미국 쪽의 자금줄을 알아보고 있어요."

"내가 몇 년 전에 샌프란시스코에 우리 PA Therapeutics의 미국 자회사를 설립하고 나서 현지 자금 확보를 위해 나를 많이 도와준 친구가 하나 있었어요. 이름은 제임스 조라고 하는 친구인데 물론 한국계 미국인이고 미국에서 태어나 스탠퍼드 대학에서 화학으로 박사 학위를 받은 친구인데, 오랫동안 벤처 캐피털 쪽에 경험이 많은 친구이지요."

"벤처 캐피털에 대해 잠깐 설명을 하면, 한국에서는 벤처 투자회사를 말하는데 잠재력이 있는 벤처 기업에 자금 투자도 하고, 경우에 따라서는 경영 및 기술 지도를 제공하여 높은 수익을 추구하는 금융 자본을 말하지요. 이런 기업을 미국에서는 벤처 캐피털(Venture Capital)이라고 부르고 약칭하여 VC라 흔히 말합니다. 그곳에서 일하는 친구들을 벤처 캐피털리스트라고 하지요. 내가 일하고 있는 바이오 산업의 경우에는 미국에 소위 3대 바이오 허브라고 하여 보스턴, 샌프란시스코, 그리고 여기 샌디에고에 바이오 관련 대학교와 벤처, 그리고 회사들이 몰려 있어서 그곳을 3대 허브라고 합니다. 동시에 자금을 대는 VC들도 그곳에 모여 있어요. 나 같은 경우는 과거 제임스의 도움으로 특히 동양계 친구들이 만든 회사에서 자금을 투자받고 있지요. 역시 샌프란시스코에 본사를 둔 바이오루미네선스 벤처스(Bioluminescence Ventures)라는 곳으로, 노우키 하라사키 박사라는 일본계 친구가 매니징 파트너로 있고 2022년에 파트너로 참여한 한국인 클레어 킴(Chloe Kim) 박사라고 버클리에서 공부하고 미국 회사에도 있었고 한국에서는 유한양행에서도 근무한 경력이 있는 친구이지요. 하여간 이처럼 바이오 벤처에만 투자를 하는 VC들도 있습니다."

철수는 유심히 서준의 설명을 듣고 있었다.

"그런데 내가 며칠 전에 제임스와 상의를 해보니, 우리의 경우는 IT나 인공지능과 같은 테크 분야에 투자하는 회사들을 찾아야 한다고 합니다. 그 친구 이야기로는 세쿼이아 캐피털이라고 규모면에서 압도적인 회사도 있고. 이 회사는 100조 원이 넘는 투자 규모를 가지고 있고 우리가 너무나 잘 아는 빅테크, 예를 들어 애플, 구글, 줌, 시스코 등에 초창기에 투자를 했던 전설적인 회사입니다. 반면에 최근 실질적으로 가장 영향력이 강한 회사를 제임스는 추천해 주는데. 아마 강 대표도 잘 알 거예요. 피터 틸이라고. 과거 페이팔을 일론 머스크와 같이 공동 창업한 친구이지요. 그리고 최근에는 팔란티어 테크놀로지를 공동 창업하고 그 회사의 회장으로 있지요. 이 친구를 중심으로 2005년에 설립한 파운더스 펀드라는 회사가 가장 실질적인 영향력을 행사하고 있다고 합니다. 그래서 스페이스 X, 에어비앤비, 스포티파이, 팔란티어 등의 포트폴리오를 가지고 운영액은 올해 2025년 기준으로 20조 원이 넘는 규모를 운영하고 있는 파운더스 펀드에 한번 접촉해 보자고 제임스가 제안을 하는데."

철수는 바이오 분야에 투자를 하는 VC에 대해서는 처음 들어보았지만, 피터 틸이 만든 파운더스 펀드에 대해서는 잘 알고 있었다. 이 회사는 테크 전반에 대한 투자를 하지만 특히 우주, 인공위성, 핀테크와 헬스케어 분야의 스타트업에 조기 투자를 하고 있었다. 철수는 일전에 피터 틸이 쓴 '제로 투 원'이라는 저서를 통해 그가 주장하는 효율성과 혁신, 그리고 창의적 파괴에 대해 완전히 공감하고 있었다.

피터 틸이 주장하는 '더 나은 미래는 저절로 찾아오는 것이 아니라 누군가 천재가 나타나 근간을 흔드는 혁명적인 기술로 인해 세상이 변할 수 있다'는 그의 주장에 철수도 동의하고 있었다. 특히 철수는 피터 틸이 2000년에 창업한 데이터 분석 소프트웨어 기업인 팔란티어가 기존의 아날로그 시스템을 인공지능이 이해하는 데이터로 변환시켜 군대 전차나 전투기 혹은 부대 운영 시스템을 디지털 트윈으로 구현하는 기술에 놀라고 있었다. 최근 이 회사의 주가가 급등하고 있는 것도 철수는 잘 알고 있었다.

철수는 서준의 설명에 고개를 끄덕이며 말했다.

"저도 피터 틸의 회사에 대해서는 잘 알고 있습니다. 제 생각에도 우리 회사가 만들려고 하는 미래가 피터 틸의 철학과 일맥상통하는 것 같습니다. 그래서 제 생각에는 이 회사를 접촉하며 투자를 모색해보는 것이 어떤가 하는 생각이 듭니다."

철수의 의견을 들은 서준은 밝은 표정으로 말했다.

"강 대표도 그렇게 생각한다고 하니, 내가 제임스를 통해 이 회사와 접촉을 해보지요. 내 생각에는 강 대표가 우선 베티와 회사 소개

자료를 일단 잘 만들어 보는 것이 좋겠어요. 우리가 구축하려는 혁신적인 기술을 바탕으로 우리의 포트폴리오 구성, 즉 '가장 인간적인' 휴머노이드 로봇의 모습, 그러니까 개발 계획과 생산 계획, 일정과 비용, 그리고 상용화의 경우에 예상되는 시장 가치 등 발표 자료, 피치덱을 잘 만들어야 합니다."

"예, 잘 알겠습니다. 그러면 이 박사님이 그쪽에 먼저 접촉하여 일정을 잡는 동안에 우리는 발표 내용을 잘 정리해 보겠습니다."

서준과 철수의 미팅이 있은 몇 주 후, 그들은 투자 관련 진행사항을 검토하기 위해 서로 시간을 내어 라호야에 있는 회의실에서 다시 만났다. 철수는 지난번에 서준이 말한 피터 틸 쪽과의 접촉 상황에 대해 궁금해하고 있었다.

"강 대표, 그쪽과 접촉을 했는데, 우선 내가 제임스와 그쪽의 몇 파트너들과 만나 우리 회사를 일차 소개해 달라고 합니다. 그리고 그 내용에 대해 긍정적일 때 강 대표와 베티 그리고 그쪽에서는 피터 틸도 참석하는 미팅을 주선해 주겠다고 합니다. 그리고 만약 결과가 긍정적일 경우에 우리 쪽에 대한 현장 실사, 영어로 듀 딜리전스라고 하는 과정을 진행하여 우리 쪽에서 주장하는 내용이 얼마나 신뢰성이 있는지 확인을 하고, 최종 결정을 하면 일차 투자 계약서를 만들자고 합니다. 그러니 강 대표가 베티와 만들고 있는 회사 자료를 좀 더 간단히 축약해서 그 자료를 가지고 내가 제임스의 도움을 받아 일차 미팅을 해보겠습니다."

서준의 이야기를 들은 강철수는 투자회사와의 미팅 일정에 대해 긍정적으로 생각하고 있었다.

"예, 수고가 많으십니다. 잘 알겠습니다. 그러면 일차 접촉을 해보시고, 더 상의를 하지요. 하여간 저는 현재 기술 개발에 열중하고 있겠습니다."

며칠 후 서준은 새벽 비행기로 샌프란시스코 공항에 도착했다. 마침 계절은 9월 초라서 문득 40여 년 전에 본인이 스탠퍼드 대학교에 유학 오던 날을 떠올렸다.

'벌써 40년 전. 세월이 이렇게 순식간에 흘러가다니. 내 나이도 벌써 60대 중반이 아닌가?'

그의 머릿속은 샌프란시스코에서 보낸 그 몇 년, 그의 지도교수, 아내 김은영과의 첫 만남의 장소였던 이 공항, 그의 아들, 파노라마처럼 그의 청춘과 삶이 지나갔다.

제임스 조 박사는 공항 밖에서 이미 그를 기다리고 있었다. 서준은 제임스의 차를 타고 파운더스 펀드 회사 본사가 있는 레터만 드라이브로 향했다. 차는 공항에서 북쪽에 위치한 샌프란시스코 시내 쪽을 향해 달렸다.

금문교를 건너가기 직전, 약 30분이 지나 차는 회사에서 알려준 주소에 도착했다. 주변에는 소나무들이 우거져 있는 화단이 있었고, 옆에 있는 붉은 벽돌 건물에 회사 본사가 있다고 제임스가 알려주었다. 알고 보니 그 주변에는 수많은 투자회사들이 모여 있는 곳이었다.

회사는 빌딩 D라고 되어 있는 건물의 5층에 자리 잡고 있었다. 엘리베이터로 5층에 도착하니 파운더스 펀드라는 회사 이름이 보이고, 한 여성이 서준과 제임스 조를 맞이했다. 제임스가 앞에 나서서 말했다.

"안녕하세요, 저는 제임스 조라고 합니다. 오늘 오전 10시에 알렉산더 왕과 미팅이 있어서 왔습니다."

제임스가 사무적인 인사를 건네자, 안내하고 있는 여성은 말했다.

"예, 알렉산더가 3번 회의실에서 기다리고 있습니다. 왼쪽 복도를 따라가면 3번 회의실이 보일 겁니다."

그들은 안내양의 설명에 따라 3번 회의실의 문을 열고 들어갔다. 방에는 이미 3명의 직원이 기다리고 있었다. 두 명은 동양계의 젊은 남성이었고, 그리고 미소를 띠고 있는 한 백인 여성이 문으로 들어오는 서준과 제임스를 반기고 있었다. 그들 중 동양 친구가 제임스에게 악수를 건네며 인사를 했다.

"제임스, 잘 왔어. 여기는 내 동료 시안 류, 그리고 이쪽은 브리짓 해리스. 서로 인사를 하지요."

제임스는 그들에게 서준을 소개했다. 서준은 옷 상의에서 명함을 꺼내며 자신을 소개했다.

"여러분, 반갑습니다. 저는 이서준이라고 하고 HD 테크의 경영팀에 있습니다. 이렇게 시간을 내어 주셔서 감사합니다."

서준은 그들 3명에게 명함을 건네며 악수를 청했다. 그러자 자신을 알렉산더 왕이라고 소개한 제임스의 친구가 말했다.

"자, 앉으시죠. 이쪽에 커피와 음료수가 준비되어 있습니다. 두 분,

커피를 드릴까요?"

이렇게 서로 자신을 소개하고 음료수를 제공하면서 미팅이 시작되었다. 이미 제임스가 사전에 HD 테크의 배경에 대해 설명을 해서인지 그들은 서준과 회사에 대해 기본적인 내용을 잘 인지하고 있었다. 우선 제임스가 입을 열었다.

"오늘 오신 이서준 박사님은 원래 한국에서 서울대학교의 생명공학 분야 교수이시면서 거의 30여 년 전에 바이오 벤처를 창업해서 오늘날 그 벤처는 큰 제약회사로 발전했고, 그 회사의 지사와 연구소가 이곳 샌프란시스코에도 있습니다. 아 참, 이 박사님도 저희들처럼 스탠퍼드에서 박사 학위를 받으신 분입니다. 여기 알렉산더와 브리짓이 스탠퍼드 대학을 졸업했습니다. 시안 류는 조지 워싱턴 대학에서 국제경제학을 전공했고."

제임스는 서준이 스탠퍼드에서 공부를 했다는 것을 강조하며, 회의 분위기를 부드럽게 이끌어 가려고 노력하고 있었다.

"그렇군요. 모두 같은 대학 동문이라니 더 반갑습니다. 어떻게 할까요? 제가 회사 소개 자료를 좀 준비해 왔는데?"

서준이 그들에게 회의를 어떻게 진행하는 것이 좋을지 물어보자 알렉산더가 의견을 말했다.

"예, 좋습니다. 그런데 아마도 제임스를 통해서 저희 회사에 대해 들으셨겠지만, 저희는 웬만한 스타트업에는 투자를 하지 않습니다. 가장 중요한 것은 스타트업의 대표와 핵심 임원의 믿을 수 있는 실력이 제일 중요하고, 그리고 가지고 있는 핵심 기술이 누가 봐도 엄청난 혁신을 뒷받침하지 않는 회사에는 처음부터 관심이 없습니다. 그러니 너무 시간 낭비할 것은 없고 핵심만 발표해 주시면 됩니다."

처음 만났을 때에는 다들 미소를 지으며 친절해 보였지만, 회의를 시작한 순간 알렉산더를 비롯한 젊은이들은 매우 사무적인 표정으로 자신들이 원하는 것이 무엇인지 냉랭하게 언급했다. 서준은 그들의 원하는 것이 정확히 무엇인지 잘 인식하고 있었다. 그는 과거 여러 번 한국에서나 미국의 투자회사와의 미팅에 참석하여 경험이 많았다. 그래서 짧은 시간에 핵심을 말하는 것이 왜 중요한지 잘 알고 있었다. 서준은 말했다.

"알겠습니다. 저도 여러분의 바쁜 시간을 빼앗을 생각은 없습니다. 그래서 발표 자료는 딱 한 장 준비했습니다."

그러면서 그는 회의실 중앙에 있는 스크린에 한 장의 슬라이드를 올렸다. 슬라이드에는 핵심 기술은 무엇인지, 그 기술로 만들려는 로봇의 최종 이미지에 대한 설명, 그리고 원하는 투자액만이 적혀 있었다.

"저희 회사에서는 3가지 기술 개발이 핵심입니다. 첫째는 로봇의 지능입니다. 우리가 구현하려는 지능의 정도는 여러분 정도의 천재 레벨입니다."

서준이 설명을 시작하자 3명의 참석자들은 서로 믿을 수 없다는 표정으로 서로를 쳐다보았다. 서준이 말을 이어 나갔다.

"그리고 두 번째는 에너지 소스입니다. 궁극적으로는 내부에서의 에너지 생산으로 배터리가 필요 없는 로봇을 생각하고 있습니다. 그러나 중단기적으로는 기존의 배터리와 하이브리드형의 에너지 소스를 제작할 생각합니다."

"그리고 세 번째 기술은 로봇 외부가 인간 같은 피부와 근육으로 이루어진 로봇입니다. 이 세 가지가 저희들이 개발하려는 로봇의 핵심 기술입니다. 그리고 저희는 앞으로 3년 내에 완전히 상용화가 가능한 프로토타입의 로봇을 선보일 겁니다. 그리고 저희들이 원하는 자금은 약 한국 돈으로 2조 원이 넘는 돈, 즉 15억 달러 정도의 자금이 필요합니다. 이상입니다."

서준이 발표하는 데는 채 10분이 걸리지 않았다. 알렉산더를 포함한 3명은 할 말을 잊어버린 듯했다. 그러자 소프트뱅크 등 동양 쪽의 회사에도 투자한 경험이 있는 시안 류가 입을 열었다.

"예, 정말 대단한 기술을 말씀하고 계십니다. 그런데 솔직히 그러한 주장은 믿을 수가 없습니다. 현재 미국과 기타 다른 나라에서 진행되는 인공지능과 로봇, 그리고 양자컴퓨팅 기술 등에 대해 누구보다 잘 알고 있는 저희들로서는 자세한 실험 자료를 봐야겠고, 또 필요에 따라서는 현장 실사가 필요할 것 같습니다."

시안 류는 서준이 말하는 기술을 전혀 신뢰하지 않고 있었다. 그 말을 듣고 있던 알렉산더 왕이 입을 열었다.

"예, 맞습니다. 시안의 말처럼 너무나 놀라운 기술을 바탕으로 한 로봇 개발을 말씀하셔서. 그러나 저는 개인적으로 제임스를 잘 알고 있고, 우선 이 박사님을 소개한 제임스의 능력을 일단 믿고 싶습니다."

그는 제임스를 쳐다보며 미소를 지었다.

"그래서 이렇게 하시죠. 저희들이 오늘 이 박사님에게 들은 이야기를 피터에게 직접 전달하겠습니다. 피터가 들어보면 흥미를 느낄 내용 같아서. 그리고 피터가 긍정적이라고 하면 다음에는 그쪽 회사의 대표와 피터가 직접 만나는 미팅을 제안할 겁니다. 이렇게 놀라운 기술 제안에는 피터와의 직접적인 만남이 가장 중요할 것 같습니다."

알렉산더가 말하는 피터는 그 회사를 창업하고 지금은 팔란티어 테크놀로지의 회장으로 있는 피터 틸을 말하고 있었다.

그들과 미팅이 끝난 후, 제임스 조는 서준에게 잘 될 것 같다는 희망적인 언급을 했다. 서준은 그 말을 믿지는 않았다. 그런데 며칠 후 제임스 조의 말처럼 알렉산더는 신속히 피터 틸과의 미팅을 성사시켰다. 그 배경에는 이서준의 실력과 그의 진실을 잘 알고 있는 제임스가 알렉산더를 잘 설득한 이유도 있었다. 스탠퍼드에서 MBA 학위를 받은 알렉산더 왕은 이서준을 처음 만났을 때 서준이 말하는 기술이 바로 피터 틸이 늘 주장하는 그의 철학과 딱 맞아떨어진다고 말했다.

피터 틸은 서독에서 태어난 독일계로 스탠퍼드에서 철학을 전공하고 법학자 자격증을 딴 또 다른 천재였다. 그는 늘 독창적인 기술이 세상을 바꾸고 진정한 기술은 경쟁이 아닌 독점을 추구한다고 주장했다. 그런 피터의 성격과 사상을 누구보다 잘 알고 있는 사람이 알렉산더 왕이었다.

서준이 알렉산더와 그의 팀을 만난 지 3주 후, 샌프란시스코 파운더스 펀드 본사에서 다시 한번 미팅이 이루어졌다. 이번 회의에는 HD 테크 쪽에서는 철수와 서준, 그리고 베티가 참석했다. 그런데 파운더스 펀드 쪽에는 피터 틸과 알렉산더 왕만이 나타났다. 피터는 샌디에고에서 온 HD 테크의 멤버들에게 회사 소개도 요구하지 않았다. 그는 그저 편안하게 의자에 앉아 다리를 꼬고 커피를 마시면서, 회의 책상 건너편에 앉아 있는 세 사람을 노려볼 뿐이었다. 그가 갑자기 말했다.

"강 박사, 당신이 MIT에서 공부할 때 당신의 지도교수가 볼프강 케털리 박사죠?"

피터의 당돌한 질문에 철수는 생각했다.

'이 친구가 이미 내 배경에 대해 조사를 했구나.'

"예, 맞습니다."

피터는 말을 이어갔다.

"사실 케털리 교수는 나의 먼 친척입니다. 그래서 이미 그분께 당신에 대해 알아봤습니다. 하여간 그건 그렇고. 당신은 바보인가, 천재인가? 말씀해 보세요?"

피터의 질문은 대단히 무례하고 당돌했다. 피터는 이미 철수에 대해 모든 것을 알고 있다는 눈치였다. 철수의 MIT 시절 지도교수가 독일 출신이라는 것, 그리고 피터의 친척이라고.

'무슨 엉뚱한 소리를 하고 있는 거야.'

철수도 피터를 노려보며 몇 초의 침묵의 시간이 흘러가고 있었다. 철수도 피터 틸의 정신 상태에 대해 이미 잘 분석을 하고 있었다. 그러나 그것을 알 리 없는 서준과 베티는 속이 까맣게 타들어 가고 있었다.

"피터, 나는 어릴 때부터 천재라는 이야기를 들을 때마다 나 자신을 싫어했습니다. 그러나 당신이 묻는다면 나는 지금 천재입니다. 그리고 나는 몇 년 내에 세상을 바꿀 겁니다. 내가 꿈꾸는 세상은 인간의 한계를 넘어서는 그런 세상을 꿈꾸고 있지요. 당신도 저와 마찬가지로 그런 세상, 즉 기술이 인간의 삶을 바꾸는 그런 세상을 꿈꾸고 있는 것 아닙니까?"

피터는 여전히 철수를 노려보며 철수의 말에 귀를 기울이고 있었다. 또 몇 초의 침묵이 흘렀다. 이윽고 피터가 입을 열었다.

"좋습니다. 강 교수, 오랜만에 제가 찾던 사람을 만난 것 같군요."

그는 일어서서 철수가 앉아 있는 반대편으로 오더니 철수에게 미소를 지으며 악수를 청했다. 그리고는 철수를 바로 쳐다보며 말했다.

"자, 한번 해봅시다. 당신 회사를 살릴 투자처를 찾아봅시다."

그는 HD 테크의 자세한 설명도 들어볼 생각도 없이, 알렉산더 왕을 돌아보며 말했다.

"알렉산더, 당신이 팀장이 되어 이 회사와의 투자 관련 실사를 추진해. 신속히 하자고. 알겠어?"

그는 강하게 이야기했다. 그 순간 그는 웃음을 띠면서 말했다.

"자, 여러분, 제가 오늘 점심을 사겠습니다. 바로 여기서 걸어서 5분 거리에 제가 잘 가는 음식점이 있습니다. 피치노 프레시도라는 이태리풍을 가미한 캘리포니아 스타일의 요리를 제공하는 곳입니다. 이 음식점은 골든 게이트 넘어 북쪽 힐즈버그라는 동네에 농장을 가지고 직접 요리 재료를 키우고 있지요. 재료의 신선도를 제일 중요하게 생각하는 음식점입니다. 음식은 최고의 품질과 맛을 자랑합니다. 제가 추구하는 최고의 사업 품질처럼."

6

피터 틸이 철수에게 약속했던 투자는 이듬해 새해에도 여전히 성사되지 못하고 있었다. 가장 큰 이유는 마지막 계약서 협상에 시간이 오래 걸리고 있었기 때문이었다. 피터는 철수와 서준이 원하는 투자액 규모에는 쉽게 동의했지만, 회사 운영에 대한 강한 욕심을 드러냈다. 2026년 1월, 피터와 철수는 다시 만났다. 피터의 설득은 집요했다.

"강 대표님, 제가 알기로는 강 대표님께서 오랫동안 대학교수로 있었고, 미국에서 사업 경험이 전무하지 않습니까? 그래서 저희 쪽에서 회사 경영에 충분히 지원을 해줄 수 있는 전략적 투자자, 즉 SI(Strategic Investor)로 하겠다는 것 아닙니까?"

피터의 계속된 설득에도 철수는 전략적 투자보다는 재무적 투자를 원한다고 이야기했다.

"피터의 제안은 우리 입장에서 고맙습니다. 물론 제가 사업 경험은 전무합니다. 그러나 우리 회사를 저와 함께 창업한 이서준 박사님은 오랫동안 벤처를 운영해 왔고, 이제 그의 회사는 한국에서 알아주는 중견 바이오 제약사가 되어 있습니다. 그래서 제가 대표를 맡고 있지만 회사 운영에는 그분이 많은 리더십을 발휘하고 있습니다. 특히 재무적인 문제는 제가 회사 대표로 있지만 그분과도 상의를 해야 합니다."

철수의 입장도 강경했다. 그 역시 피터가 회사 경영에 직접 관여하는 것에 부담을 느끼고 있었다. 벤처 캐피털의 경우 미국에서는 짧은 기간의 투자 회수를 목표로 하는 경우에는 재무적 투자를 선호했지만, 중장기적인 사업 파트너로서 새로운 사업 진출 등의 전략적 목표를 가진 투자자의 경우에는 전략적 투자의 형태를 선호했다. 피터 틸은 철수의 회사에 대한 욕심이 유독 강했다. 그는 HD 테크의 미래 가치를 누구보다도 잘 알고 있었다.

2월로 넘어가면서 알렉산더도 서준에게 전화를 걸어 전략적 투자에 대한 설득을 하고 있었다. 알렉산더의 전화를 받은 서준은 답했다.

"알렉산더, 그쪽 회사의 입장과 특히 피터가 우리 회사에 대해 가지는 관심과 애정에 대해서는 감사를 드립니다. 하여간 제가 다시 강 대표님과 상의를 하여 우리 회사의 입장을 알려드리도록 하겠습니다."

서준도 철수처럼 피터가 회사의 경영에 대해 욕심을 보이는 것을 경계하고 있었다. 잘못 투자를 받았다가는 회사의 자율권이 위태로울 수 있기 때문이었다. 서준은 철수를 설득하여 절충안을 만들고 있었다.

"강 대표, 피터 틸이 우리 회사에 대단한 욕심을 내고 있는 상황이라, 무조건 반대만 해서는 이 계약이 성사되지 않을 것 같습니다. 그래서 저는 저쪽에서 받아들일 만한 절충안을 제안하고 싶습니다."

철수도 쉽게 진행될 줄 알았던 투자가 벌써 다섯 달을 넘어가자 조바심을 내고 있었다. 가지고 있는 회사의 자금도 거의 바닥을 보이고 있었다.

"예, 맞습니다. 협상안을 다시 만들어 보죠. 우리가 양보할 수 있는 것은 양보하지만 피터 쪽에서 경영에 사사건건 간섭하는 것은 막아야 합니다."

서준이 보여준 절충안은 재무적 투자 형태로 하되 파운더스 펀드 쪽에 회사 이사회에 한 자리를 주는 것으로 제안했다. 또한 이사회가 경영 관련 주요 결정권을 가진다는 조항을 계약서에 추가하고, 1년에 두 번은 파운더스 펀드 쪽에 회사 운영에 대한 재무 실사를 허용하는 조건으로 새로운 제안서를 만들었다.

결국 이 제안을 피터 쪽에서 받아들이고 2월 말이 되어서야 계약을 체결할 수 있었다. 자금은 3월부터 신속히 회사로 들어오기 시작했다. 계약서에는 투자금에 대한 내용과 함께 회사 운영과 경영에 대한 지원도 포함되어 있었다. 파운더스 펀드에서는 결국 HD 테크의 경영과 운영에 대한 독립은 약속했다.

이사회에는 실사팀을 주도해서 이끌던 알렉산더 왕이 참여하기로 결정되었다. 그는 피터의 오른팔이었다. 다행히 알렉산더는 제임스

조와 친한 관계였기 때문에 회사의 운영에 심각한 문제를 제기하지는 않았다.

자금이 계획대로 유입되기 시작하자, 철수와 서준은 회사의 경영진을 보강하고 각 부문의 전문가들도 영입하기 시작했다. 특히 현지화 정책으로 팀장 이상은 모두 미국 시민권을 가진 사람들로 고용 정책을 결정했고, 경영 관련해서는 파운더스 펀드에 약속한 대로 이사회의 역할을 강화시켰다.

강철수 대표를 중심으로 기술 담당 부사장으로는 미국에서 회사를 시작할 때 CTO로 영입했던 제임스 스튜어드를 임명했고, 사업 담당에는 서준을 부회장으로 임명했다. 그리고 베티는 여전히 UC 샌디에고 교수를 역임하며 기술 자문 회의 의장을 맡도록 했다. 베티와 철수는 기술 자문 회의에 로보틱스와 양자컴퓨팅 분야에서 세계적으로 활약하는 저명한 인사들을 영입했다.

그리고 그동안 서준이 담당하고 있던 재무 부문에는 알렉산더 왕이 추천한 스티브 유를 CFO로 임명했다. 스티브 유는 중국계 미국인으로 그의 아버지는 홍콩에서 이민을 와서 사업에 성공한 사람이었다. 미국에서 태어나 자란 스티브 유는 시카고 대학에서 MBA 학위를 받고 샌프란시스코에 있는 여러 투자회사에서 근무한 경험이 있는 친구였다.

철수와 서준은 알렉산더가 추천한 스티브 유에 대해 외부의 평을 자세히 알아보았으나 특별한 결점을 발견하지 못했다. 특히 회사의 사외이사로 있는 알렉산더 왕의 추천도 있어 회사의 CFO로 그를 뽑기로 한 것이었다.

그의 영입을 결정하기 전, 두 번이나 철수는 그를 회사로 초청하여 서준과 베티와 같이 만나는 자리를 만들었다. 오후 시간에 그와 회사에서 만나 여러 가지 관심사에 대한 이야기를 나누었고, 저녁 시간에는 회사 근처 웨스트필드에 있는 타이완 음식으로 유명한 딘타이펑에서 저녁 식사를 하기로 했다. 스티브는 뜻밖에 이 음식점에 온 것을 대단히 기뻐했다.

"강 대표님, 정말 감사합니다. 저는 어릴 때부터 이 음식점을 좋아했는데 불행하게도 샌프란시스코에는 이 음식점이 없습니다. 저희 아버지는 홍콩에서 이민을 왔는데 제가 어릴 때 자주 저희들을 데리고 라스베거스에 도박을 하러 가셨죠. 잘 아시죠? 중국 사람들이 유난히 도박을 좋아한다는 것을. 그래서 라스베거스에 갈 때마다 저희들을 데리고 꼭 딘타이펑에 갔었죠. 그래서 저는 지금도 얇은 만두피와 풍성한 소가 특징인 샤오롱바오를 가장 좋아합니다."

이 이야기를 들은 베티와 철수도 이구동성으로 그의 말에 동조했다. 베티는 말했다.

"맞아요. 저희도 오랫동안 이 음식점의 단골입니다. 물론 회사에서 가깝기도 하지만. 이 음식점의 모토를 아세요?"

스티브는 궁금한 얼굴로 답했다.

"그런 것까지는 모르겠는데요."

베티는 흘긋 철수를 쳐다보더니 웃으며 말했다.

"예, 이 음식점의 모토는 '식재료는 천연으로, 반죽은 수작으로, 소는 성실해야 한다'라고 하죠. 여기 들어오다가 입구에서 보셨죠? 창문으로 직원들이 만두를 빚는 모습을. 대단히 인상적이지 않습니까? 호호."

사실 철수와 서준, 그리고 베티는 스티브 유를 만나 여러 가지 대화를 나누었는데, 그의 좋은 인상과 재무에 대한 전문성, 그리고 그의 적극성에 대해 대단히 만족하고 있었다. 그러나 스티브 유 집안의 은밀한 비밀에 대해서는 철수와 서준은 알 턱이 없었다. 철수와 서준은 스티브 유에 대해 한국 국정원에 있는 백 국장과 CIA 쪽에 추가적인 조사를 요청하지 않았다. 늘 인간은 타자의 본성에 대해 완벽하게 알기는 쉽지 않다.

이제 충분한 자금 수혈 아래 철수와 서준, 그리고 베티는 모든 역량을 다해 로봇 개발에 몰두했다. 우선 철수는 제임스 스튜어드와 함께 로봇의 두뇌와 본체에 장착할 양자컴퓨팅 운영 시스템 구축에 모든 노력을 집중하고 있었다. 양자 시스템에는 백만 개의 큐비트를 구축하기 위해 양자칩의 표준화와 칩의 크기를 미세화하고 입체화하기 위한 기술 개발에 노력하고 있었다. 한국의 삼성과 SK에서 특히 칩의 미세화 디자인과 샘플 생산에 많은 도움을 주었다.

특히 삼성에서는 협력 과제에 대해 더 적극적인 관심을 표명했다. 그 이유는 삼성도 휴머노이드 로봇 개발에 더 많은 투자를 하기로 2년 전부터 결정했기 때문이었다. 3년 전에 삼성이 카이스트 오준호 교수가 대학에서 창업했던 레인보우로보틱스를 자회사로 편입하고, 삼성에서 오 교수를 특별 자문으로 임명한 것도 그런 이유에서 비롯했다.

베티가 구축하려는 SNN 1.0의 디자인은 기본적인 양자컴퓨팅 시스템 규격이 정해져야만 구체화될 수 있었다. 이에 철수는 양자컴퓨팅 시스템의 미세화와 성능 안정화에 모든 인력을 집중했다.

가장 큰 난관은 그들이 개발한 양자컴퓨팅 기술을 활용하여 기존의 고전적 뉴로모픽 시스템을 양자 기술로 확장하고, 두뇌 유사 구조와 양자 병합을 구현하는 것이었다. 이러한 목표 달성을 위해 철수는 제임스, 베티와 함께 핵심 기술 개발과 디자인에 대해 밤샘 토론을 이어갔다.

철수가 먼저 전체 현황을 설명하며 제임스에게 질문했다.

"결국 베티가 구상하는 디자인의 목표는 인간의 뇌와 동일한 시냅스-뉴런 구조를 양자 기술 기반으로 물리적으로 구현하는 것입니다. 제임스, 이런 디자인에 필요한 핵심 기술은 무엇이라고 생각합니까?"

베티가 요구하는 핵심 기술 확보를 위해 제임스와 그의 팀원들은 거의 밤낮없이 움직였다. 오늘 회의실에 나타난 제임스는 며칠간 세수도 옷도 갈아입지 못한 듯한 모습이었다.

"사실 핵심 기술은 몇 년 전부터 IBM과 MIT에서도 시도하고 있는 '스파이킹 양자 뉴런'입니다. 이는 스파이킹 뉴로모픽 모델을 양자 상태로 확장시키는 것으로, 이제 어느 정도 기술을 확보한 상황입니다. 다만 양자 시냅스와 몇 가지 인터페이스 개선 문제는 시간이 좀 더 필요할 것 같습니다."

그 말을 듣던 베티는 만족스러운 얼굴로 말했다.

"좋습니다. 결국 우리가 원하는 것은 빠르고 효율적인 상황 판단과

의사 결정을 할 수 있는 로봇의 두뇌 아닙니까? 저는 여러분이 구축한 기술을 바탕으로 고차원 정보처리가 가능한 양자 얽힘과 중첩을 활용하는 벡터 계산 고속 정보처리 시스템을 디자인하려 합니다."

한편, 서준은 철수가 제공해 주는 정보를 바탕으로 로봇에 적용할 인공 피부와 인공 근육의 구체적인 디자인과 개발에 많은 시간을 할애하고 있었다. 그리고 이들 피부와 근육의 유지에 필요한 인공 혈액 개발에 황 사장의 지원을 받아 모든 역량을 집중하고 있었다.

1년이란 세월은 모든 것을 바쳐 일에 집중하는 철수와 서준에게는 찰나 같은 시간이었다. 그리고 그 시간은 멈추지 않고 계속하여 빠르게 흘러가고 있었다.

2026년도 서서히 저물어 가고 있었다. 회사에는 점점 어두운 그림자가 다가오기 시작했다. 그러나 로봇 개발에 정신이 없었던 철수와 서준은 서서히 다가오는 위기의 그림자를 감지하지 못하고 있었다. 그 위기의 발단은 사실 서준이 2년 전에 파운더스 펀드를 방문하여 알렉산더 왕과의 만남에서부터 시작되었다.

제임스 조와 친했던 알렉산더는 오래전부터 제임스에게 철수와 서준에 대해 궁금해했고, 만약 그들이 미국으로 오게 되면 자신에게 꼭 소개를 해달라고 요청한 바 있었다. 그래서 재작년 후반부 서준에게 파운더스 펀드를 소개한 사람은 제임스 조였지만, 그것은 우연이 아니었다. 우연이란 없었다. 사람들은 늘 우연이라고 생각하지만, 그것은 조작된 우연이었다.

사실 알렉산더의 정체는 중국 정보국의 지휘를 받고 미국으로 파견된 흑색 요원이었다. 중국 정보부는 그를 어린 시절부터 미국으로 유학을 보내 명문대를 졸업시켰다. 지금 알렉산더는 미국의 투자회사에서 암약하고 있었다. 스티브의 아버지도 오래전부터 중국 정보국과 관계를 가지고 있었다. 그래서 자연스럽게 스티브도 그의 아버지와 알렉산더의 영향권 아래에 있으면서 알렉산더의 사주를 받고 있었던 것이다.

중국 정보국이 철수의 양자 기술에 대해 주목하기 시작한 것은 벌써 오래된 일이었다. 카이스트 연구소에서 정보를 빼내 가려고 한 적도 있었고, 몇 년 전 철수와 서준이 HD 테크를 창업하고 나서 카이스트에서 CTO로 영입했던 신무열 박사의 사망 사건 뒤에도 중국 정보국이 있었다. 이제 철수와 서준이 회사를 미국으로 옮겨오자, 중국 정보국도 더 적극적이고 발 빠르게 움직이고 있었다.

특히 지난해에 미국은 국가 안보와 관련하여 NATO 우방국, 그리고 한국, 일본 등과 같은 주요 동맹국과의 협력을 강화하고 있었다. 그 배경에는 지난해부터 본격적으로 철수의 카이스트 연구소, 즉 HD 테크 코리아에서 한국과 미국 정부에 약속했던 양자 센서와 양자 통신 기술을 공유하기 시작했기 때문이다. 이 첨단 기술로 인해 미국과 한국은 방위 체계 위협, 암호 해독, 군사 작전 시뮬레이션과 통신 도청과 같이 국가 안보의 민감한 분야에서 우위를 점할 수 있게 되었다.

이 사실을 잘 알고 있던 중국 정보국은 점차 더 과격하고 과감한 계획을 수립하고 있었다. 그것은 HD 테크의 기술에 대한 정보 탈취

뿐 아니라 회사를 재무적으로 도산시키고, 또한 철수를 암살하려는 작전 계획이 수립되고 있었다. 이러한 작전 계획을 수립한 중국 정보국 고위층에서는 샌프란시스코에서 암약하고 있던 알렉산더 왕을 작전의 책임자로 임명했던 것이다.

그는 미국으로 건너오면서 어린 시절부터 받아온 인종 차별에 대한 내면적인 반감을 강하게 가지고 있었다. 그가 고등학교 다니던 시절에는 같은 학년의 아이들로부터 구타도 당하고 '중국놈은 중국으로 가'라는 멸시가 그가 성장하면서 중국을 위해 더 열심히 일하는 강력한 무기가 되었던 것이다.

수많은 흑색 요원들이 미국에서 활동하고 있었지만 중국에서 유독 알렉산더를 택했던 이유는 바로 그의 일관된 중국 공산당에 대한 충성 때문이었다. 그런 이력으로 그는 젊은 나이였지만 미국에서 활동하는 흑색 요원 중에서 가장 인정받는 고위급 스파이 중에 한 명이었다.

그는 주기적으로 미국 빅테크의 동향을 파악하여 중국 정보국에 보고하고 있었다. 몇 년 전부터 제임스 조로부터 입수한 강철수의 회사에 대한 정보를 중국 정보국에 보고한 결과, 일단 그 회사에 대한 투자를 긍정적으로 해주라는 지령과 함께 중국에서 세탁한 불법 자금이 HD 테크에 자연스럽게 흘러 들어가도록 만들었고, 또 그의 사외이사 지위를 이용하여 그의 지시를 받고 있는 스티브 유를 재경 담당 임원인 CFO로 영입하도록 했던 것이다.

그런데 철수와 서준이 여전히 모르고 있던 또 다른 사실은 철수의 개인 비서로 일하고 있는 제인 도우가 사실은 CIA의 흑색 요원으로서 CIA로부터 철수와 서준을 감시하는 역할을 맡고 있었던 것이다. 이렇게 회사는 중국과 미국의 감시 대상이 되었던 것이다. 한국에서의 위협을 피해 미국으로 왔지만, 근본적인 위협을 철수와 서준은 피하지 못하고 있었다.

그러던 중, 제인이 회사의 임직원 정보를 CIA 쪽에 넘기게 되었고, CIA는 임직원의 정보를 면밀하게 분석하고 있었다. 그 정보 분석을 통해 CIA는 제인에게 특히 스티브 유의 행적을 잘 관찰하라는 지령을 내렸다. 그러나 스티브 유를 조종하고 있는 사람이 알렉산더 왕이라는 사실은 아직 모르고 있었다.

스티브 유는 알렉산더와 같이 회사의 기술 개발 현황을 관찰하여 중국 쪽에 보고하고 있었다. 그런데 스티브 유는 그를 감시하고 있는 제인에 대해 알게 되었고, 스티브 유는 제인을 먼저 제거하기 위해 노력했으나 오히려 눈치를 먼저 챈 제인이 스티브를 살해한 것이었다. 사실 회사로 입사한 직후부터 제인은 자연스럽게 스티브에게 접근하고 있었다. 스티브는 제인의 유혹에 서서히 넘어가고 있었다.

어느 금요일 오후 제인은 스티브에게 말했다.

"스티브, 주말에 우리 같이 팜스프링스로 여행 가는 거 어때요? 관심 있으면 연락 줘요."

스티브도 평소에 제인에게 호감을 느낀 터라 거절할 이유는 없었다. 그들은 30대의 젊은이들이었다.

"좋아, 제인. 그렇게 하자고."

둘의 은밀한 팜스프링스 여행은 서로 뭔가 이상하다는 느낌을 준 기회가 되었다. 그래서 그들은 더욱더 상대방에 대한 비밀을 알아내려고 기회를 엿보고 있었다. 스티브 유는 평소처럼 금요일 저녁에도 늦게까지 사무실에서 일하고 있었다. 스티브는 일할 때 늘 버릇처럼 중국차를 마시고 있었다. 그런데 기회를 노리고 있던 제인은 잠시 스티브가 사무실에서 자리를 비운 사이에, 그의 사무실로 들어가 찻잔에 무언가 액체 몇 방울을 떨어뜨리고 나왔다.

그리고 다음 날 토요일 아침, 철수는 여느 때와 마찬가지로 출근했다. 철수의 사무실 바로 건너편이 CFO의 사무실이었다. 그러다 보니, 사무실 책상에서 자는 듯한 모습으로 앉아 있는 스티브의 모습을 가장 먼저 발견한 건 철수였다. 철수는 무심코 생각했다.

'이 친구 또 집에도 가지 않고 밤을 새운 모양이네.'

철수는 유리창으로 보이는 그의 모습이 안타까워, 스티브를 깨우려고 그의 사무실 문을 열었다.

"이봐, 스티브. 또 밤을 새운 거야?"

철수가 계속해서 그의 어깨를 흔들었지만 스티브는 깨어나지 않았다. 늘 주말에도 출근하는 철수로 인해 토요일에도 그의 비서인 제인도 출근해서 일하고 있었다. 그는 입구 쪽에 앉아 있는 제인에게 급하게 소리쳤다.

"제인, 빨리 앰뷸런스를 불러줘. 스티브 유에게 무슨 일이 생긴 모양이야."

그 말을 들은 제인은 깜짝 놀란 표정을 하며 말했다.

"알겠습니다. 그렇게 하죠. 스티브에게 무슨 일이 있나요?"

제인의 연락에 곧 앰뷸런스가 도착했다. 철수와 제인은 스티브를 병원으로 옮겼다. 앰뷸런스 속에서 철수는 서준과 베티, 그리고 알렉산더에게 연락하여 스티브에게 문제가 생겼다고 말했다. 병원에서 스티브를 검진한 의사는 그가 심장마비로 죽은 것 같다는 소견을 전했다.

철수와 서준은 한국에서도 그랬지만, 미국에서도 핵심 임원이 사망하는 사건이 발생하자, 정신적인 충격을 심하게 받고 있었다. 한국에서는 백 국장이 은밀히 샌디에고를 방문하여 철수와 서준, 그리고 베티를 만나 진상을 파악하고 있었다.

"여러분, 오랜만입니다. 3년 전에 한국에서 신무열 박사 사망 사건 후로 저희 국정원 쪽에서는 매우 긴장하고 있습니다. 지금은 모든 핵심 기술 분야의 발전이 미래의 국운을 좌우할 것이라고 보기 때문입니다. 솔직히 이제 우방이라는 개념도 희박해지고 있습니다. 현업에서 일하시는 분들은 그렇게 민감하게 느끼지 못할 겁니다. 그러나 저희같이 국가 안보를 담당하는 입장에서는 우리의 국익을 위해서 최선을 다할 뿐입니다. 이번 스티브 유의 사망 사건도 뭔가 석연치 않지만 그렇다고 뚜렷한 문제를 찾아내지도 못하고 있습니다. 그래서 세 분께 말씀드리는 것은 누구도 믿지 말고 조심하시라는 말씀밖에는 드리지 못하겠습니다."

백 국장의 이야기를 듣고 있는 세 사람은 그저 답답하기만 했다. 그러나 몇 년 전부터 주변에서 일어나고 있는 상황을 보면서 모두 위기의식을 가지지 않을 수는 없었다. 철수가 무겁게 입을 열었다.

"이번 스티브의 사망에 대해 CIA 쪽에서는 무슨 말이 없습니까?"

오랫동안 백 국장이 CIA 쪽 피터와 협력하고 있는 것을 누구보다도 잘 알고 있는 철수는 솔직히 한국과 미국 간에 서로 정보 제공에 대해 잘 협력하고 있는지가 제일 궁금했던 것이다.

"글쎄요. 뭐 개인적으로야 피터하고 잘 지내고 있습니다만, 사실은 국가 간의 문제에 개인적인 친분이 그렇게 중요해 보이지가 않습니다."

백 국장은 미국 쪽에 대해서도 자신의 심정을 내비치지는 않았다. 철수 입장에서는 그의 이야기가 미국도 믿을 만한 파트너는 아니라는 말로 들렸다.

스티브의 사망 사건에 대해 한국 국정원과 미국 정보부에서는 그저 너무 열심히 일한 스티브가 근무 중에 심장마비로 자연사한 것이라고 알려주었다. 사실 백 국장은 뭔가 미국 쪽에서도 이상한 움직임이 있는 것 같은 느낌을 가지고 있었지만 구체적인 증거는 아직 찾아내지 못하고 있었다. 그래서 그는 철수에게 그가 생각하는 심상치 않은 미국 쪽의 움직임에 대해서는 말을 조심하고 있었다.

한편, 미국 CIA의 책임자인 피터는 스티브가 회사의 핵심 정보를 빼내려 했고 동시에 불법의 중국 자금이 회사로 유입된 것, 그리고 스티브가 철수를 살해하려 했던 정황에 의해 할 수 없이 CIA 요원인 제인이 스티브를 살해할 수밖에 없었다고 정보국 내에서 사건을 마무리 짓고 있었다.

국정원쪽에서는 백 국장의 지시로 은밀하게 철수를 포함한 회사 임원들의 안전을 위해 비밀 경호원을 더 강화하여 배치하고 있었다. 그러나 철수도 서준도 베티조차도 이러한 사실은 모르고 있었다.

7

2026년 연말이 되자 HD 테크는 그동안의 노력 덕분에 휴머노이드 로봇 개발에 가시적인 결과를 도출했다. 회사를 창업한 지 불과 2년 만에 철수와 서준, 그리고 베티가 꿈꾸던 인간과 같은 휴머노이드 로봇의 프로토타입을 개발한 것이다. 이 로봇은 인간과 같은 최고의 로봇이라는 의미를 담아 '호모 슈퍼 1, HS1'이라는 이름으로 세상에 공개했다.

로봇의 외형은 40대 백인 남성의 얼굴과 모습을 형상화했다. 이 로봇은 성능 평가를 통해 박사 수준의 지식을 가졌음이 확인되었다. 그러나 이 로봇이 감정적으로 자신의 존재를 철수와 동일하게 느끼거나 독립적인 의식을 가졌다는 증거는 없었다. 회사 내부에서 종합적인 성능 평가와 품질 확인이 끝난 후, HS1은 내부 임원 회의에 참석하여 임원들과 의견을 나누는 행사를 가졌다.

로봇이 회의실에 나타나자, 그 외형이 너무나 살아있는 인간의 모습과 닮아 모든 사람들은 새삼 놀라는 표정을 지었다. 물론 로봇의 전체적인 표정이나 걸음걸이가 완벽하게 인간 같지는 않았지만, 부자연스러워 보이지도 않았다.

먼저 철수가 HS1에게 물었다.

"HS1, 자신에 대해 우리에게 소개해 봐."

철수의 목소리는 담담했지만, 감격한 나머지 흥분을 가라앉히지 못하고 있었다.

"예, 저의 이름은 HS1입니다. 저는 HD 테크에서 개발한 첫 번째 휴머노이드 로봇입니다. 여러분들은 저를 탄생시킨 주역이십니다. 강철수 대표님, 이서준 박사님, 베티 오브라이언 박사님, 그리고 나머지 회사의 임원 여러분 모두가 저를 탄생시킨 주역입니다."

HS1의 목소리는 거의 완벽하게 인간 남성의 목소리를 흉내 내었다. 다음은 베티가 질문을 던졌다. 그녀의 질문은 매우 사무적이고 부하 직원에게 던지는 듯한 느낌이었다.

"HS1, 현재 진행되고 있는 전 세계 휴머노이드 로봇 개발 현황에 대해 한번 이야기해 봐."

"예, 알겠습니다. 역사적으로는 사실 오랫동안 로봇 연구 개발은 이루어져 왔습니다. 대부분의 로봇 개발은 산업체 공장에서 자동화를 추구하며 인적 생산성을 높이는 데 초점이 맞춰져 있었죠. 그러다가 기계 학습 등 인공지능 기술이 급격히 발달한 2022년부터 인공지능 기술이 로봇 개발에 접목되면서 매우 빠른 속도로 인간과 같은 모습의 2족 보행 로봇, 즉 저와 같은 휴머노이드 로봇의 개발과 상용화가 진행되고 있습니다. 미국에서는 피큐어 03, 옵티머스, 디지트, 아틀라스 같은 로봇이 벌써 공장에서 일하고 있고, 중국에서는 G2, GR-2,

워크 엑시 등이 대표적인 로봇입니다. 현재 전 세계적으로 20개 이상의 기업에서 30여 종 이상의 휴머노이드 로봇을 개발하고 있습니다. 대부분 제조나 물류 쪽에서 활용되는 로봇이죠. 그런데 흥미로운 점은 원래 몇 년 전만 해도 엄청난 시장과 매출을 가져올 것이라고 예측했지만, 솔직히 현재 2026년까지의 매출 성장은 그렇게 빠르지 않습니다."

HD 테크의 모든 임원들은 HS1의 답변에 대단히 놀랐다. 로봇은 베티가 물어보지도 않은 매출 현황에 대해서도 언급했기 때문이다. 이번에는 서준이 질문했다.

"HS1, 본인 피부에 대한 느낌은 어떠한가? 한번 설명해 봐."

"예, 알겠습니다."

로봇은 감정이 없는 사람처럼 말했다. 그리고 서준을 쳐다보며 오른손을 왼쪽 팔에 대고 말을 이어 나갔다.

"제가 이렇게 손을 저의 피부에 대어 보면 촉각에 대한 느낌이 있습니다. 그리고 지금 저의 피부 감각으로는 회의실의 내부 온도가 정확히 섭씨 20도로 느껴집니다."

로봇이 그렇게 말했을 때 서준은 벽에 있는 온도계를 확인했다. 온도는 섭씨 20도를 정확히 가리키고 있었다. 회의에 참석했던 모든 임원들은 HS1의 반응에 만족했다. 철수가 말했다.

"자, 어떻습니까? 일단 당분간은 HS1을 내부용으로 하여 저의 비서 역할을 담당하도록 하겠습니다. 그러면서 제가 직접 계속해서 HS1의 반응과 능력을 모니터링하고, 품질팀에서는 주기적인 성능 검사와 에러 발생률을 확인하도록 하겠습니다."

이 회의에서 HS1은 감정적으로 철수에 대해 아무런 느낌도 없었다. 그러나 철수는 HS1이 마치 자신의 동생 같다는 감정을 벌써 느끼고 있었다. 물론 그는 절대 그런 내색은 하지 않았다.

'놀라운 느낌이네. 내가 왜 HS1에게 하나의 독립된 생명체 같은, 사람 같은 감정이 느껴지는 것일까? 생명체라고 하면 유기화합물이고, 세포로 구성되어 생식과 유전이 가능한 존재가 아닌가? HS1은 본체가 금속으로 이루어진 무기물의 존재라는 것을 누구보다 내가 잘 아는데. 다만 로봇의 인공 피부는 인공 피와 같은 영양액의 주기적인 공급이 필요하지만. 나는 아주 이성적이고 논리적인 사람인데. 하여간 놀라운 감정이네.'

철수는 그 임원 회의 후에 계속해서 HS1에 대해 자신이 느끼는 감정에 대해 혼란스러워하고 있었다.

작년 8월 말, 제1회 국제 휴머노이드 로봇 대회가 그리스 올림피아드에서 개최되었다. 최초로 거행된 이 로봇 올림픽에서는 로봇 시연과 함께 게임에 참여하여 정교한 조작 능력과 지능을 선보이고, 인공지능 분야에 대한 강연과 특강이 있었다. 이제 로봇도 인간처럼 국제 올림픽에서 경쟁하는 시대가 도래했다.

첫 대회가 있은 지 3년이 흐른 2028년 8월, HD 테크는 이 국제 올림피아드에 HS1을 출전시키기로 결정했다. 모처럼 철수와 서준, 그리고 베티가 시간을 내어 함께 그리스 대회에 참석하기 위해 며칠간의 출장을 계획했다. 그런데 생각지 못했던 문제가 생겼다. 아침에 있던 임원 회의에서 철수가 출장에 대한 문제를 제기했다.

"여러분, 저는 HS1을 우리와 같이 비행기에 태워 갈 생각으로 유나이티드 항공과 공항 세관에 문의했습니다. 그랬더니 HS1은 생명체가 아니기 때문에 우리와 같이 비행기 좌석에 앉으면 안 된다는 겁니다."

철수는 대단히 화가 나 있었다.

"아니, 비행기에 개도 태우고 가지 않습니까? 그런데 저와 거의 같은 지능을 가지고 저와 비슷하게 생긴 HS1이 저희와 같이 비행기를 이용할 수 없다고 하니. 그들의 이야기는 HS1을 하나의 기계로 인식해서 비행기 짐칸에 태우고, 미국과 그리스의 세관에서도 대회에 우리가 가져가는 기계로 세관 수속을 해야 한다고 합니다. 저는 이러한 처사들이 이해가 가지 않습니다."

철수는 계속해서 HS1의 대우에 대한 부당함을 이야기하고 있었다. 그러나 이 이야기를 듣고 있던 서준을 포함한 다른 임원들은 철수의 주장에 동의하지 않았다. HS1 개발의 주역 중 한 명인 기술 담당 부사장 제임스 스튜어드가 입을 열었다.

"강 대표님, 그렇게 흥분할 일은 아닌 것 같습니다. HS1은 분명히 기계이지 인간이 아닙니다. 그 점을 우리는 분명히 해야죠. 비록 인간처럼 생각하고 말을 하지만. 그렇지 않습니까?"

이 말을 들은 철수도 냉정히 생각해 보니 제임스의 말이 하나도 틀린 말이 아니라는 생각이 들었다. 서준을 포함해 대부분의 임원들은 제임스의 의견에 공감하고 있었다. 다만 서준은 다음과 같은 의견을 피력했다.

"사실 저는 강 대표의 반응에 이해가 갑니다. 물론 이성적이고 논리적인 차원에서는 HS1이 분명 기계이지요. 그러나 그 기계가 표출하는 모든 것은 우리가 인간으로서 타자에게 느끼는 감정과 유사하다고 생각합니다. 아마도 앞으로 휴머노이드 로봇이 더 정교해질수록, 로봇의 존재를 사회 규범과 국가 질서에 어떻게 적용해야 할지에 대한 가이드라인이 필요할 겁니다. 미래에는 수많은 사회적 문제를 일으키리라 생각합니다. 마치 몇 년 전부터 인공지능의 능력이 인간을 앞지르는 시대에 대한 걱정을 많이 하는 것과 같은 맥락일 겁니다. 아마도 앞으로 더 심각하게 유엔이나 국제 회의에서 다루어져야 할 의제로 생각합니다."

모든 임원들은 서준의 발언에 모두 공감하며 고개를 끄덕거리고 있었다. 철수와 서준, 그리고 베티는 일주일 후에 그리스 아테네 엘레프테리오스 베니젤로스 국제공항에 도착했다. 그들은 짐으로 부친 HS1을 찾아 밴 택시를 불러 탑승했다. 그러나 HS1은 비행기 탑승 동안 작동을 꺼놓은 상태여서 밴 뒤편에 실렸다. 무게가 70킬로그램이 넘어서 모두가 같이 거들어 로봇을 밴에 실었다.

그들이 예약한 아테네움 인터컨티넨탈 호텔은 그렇게 먼 곳은 아니었다. 호텔 입구에 도착하자 짐을 옮기는 포터를 불러 HS1을 철수가 묵을 방으로 옮겼다. 철수는 방으로 들어오자 곧 HS1을 활성화하고 동시에 전기선에 HS1을 연결했다. HS1은 기존의 배터리와 함께 인공 혈액에 의해 작동하는 인공 근육으로도 에너지가 생성되는 소위 하이브리드형이었다.

다른 회사의 휴머노이드 로봇은 아직도 하루를 운행하기 힘든 상황이었다. 몇 년 전부터 본격적으로 휴머노이드 전용 배터리가 한국 회사들을 포함하여 선진국 중심으로 개발되고 있었다. 하지만 에너지 밀도를 높이면서 무게가 가볍고 안전한 로봇용 배터리 개발의 진척은 그렇게 빨리 진행되지 않았다. 그러나 HS1의 경우는 배터리에 대한 부담이 그렇게 크지 않았다. HS1은 하루에 한 번 충전으로 하루 종일 움직일 수 있었다.

도착한 하루를 충분히 휴식한 철수와 서준, 그리고 베티는 그 다음날 HS1과 함께, 즉 4명이서 하루 종일 주변의 유적지를 관광했다. 호텔에서 아크로폴리스 언덕까지는 택시로 6분이 걸렸다. 이제는 HS1도 철수의 일행과 같이 택시를 탔다. 놀라운 것은 택시 기사도 HS1이 사람인 줄 알고 별로 관심을 주지 않았다는 점이다.

아크로폴리스 입구에서 내린 4명은 꼭대기에 있는 파르테논 신전으로 걸어 올라가기 시작했다. 8월 하순의 아테네는 낮에는 섭씨 30도가 넘어가는 무더운 날씨였다. 모두들 걸어 올라가기 시작한 지 10분도 안 되어 힘들어했다. 가져온 물을 마셨다. 그러나 HS1은 전혀 힘들지 않게 언덕을 올랐다. 그는 물도 마시지 않았다.

언덕에 오르니 아테네 시내가 내려다보였다. 언덕 주변에는 파르테논 신전을 중심으로 여러 다른 신전과 음악당의 유적이 퍼져 있었다. 베티가 HS1에게 물었다.

"HS1, 이곳의 역사와 유적지에 대해 설명을 좀 해줘?"

베티의 질문에 HS1은 마치 여행 가이드처럼 술술 아크로폴리스에 대해 설명했다.

"예, 그러죠. 아크로폴리스는 그리스어 '높은'과 '도시'의 합성어입니다. 즉 아크로의 뜻이 높다는 의미이고 폴리스가 도시라는 의미입니다. 그러니까 높은 언덕이라는 뜻이죠. 그 옛날, 곳곳에 폴리스가 번성함에 따라 주민들은 폴리스의 수호신들을 숭배하기 위해 이처럼 언덕 곳곳에 신전도 건설하고 성채도 지은 것입니다. 그리고 극장과 음악당도 지었죠. 모든 주요 행사는 이 언덕에서 이루어졌습니다. 그러나 주민들이 언덕에서 살기에는 불편했습니다. 언덕에는 자연스럽게 공공시설이 밀집했고, 사람들은 저 아래 평지에서 거주 지역과 농토를 일구며 생활했습니다. 그러다가 외적이 쳐들어오면 주민들은 이곳 언덕으로 피신하여 신들에게 적을 막아달라고 제사를 지냈죠. 여기 보시면 파르테논 신전이 보이죠."

HS1은 오른팔을 들어 손가락으로 가장 큰 신전을 가리키며 말을 이어갔다.

"그리고 저곳에 많이 허물어진 유적은 아테네 신전이고, 또 저쪽에는 니케의 신전입니다. 그리고 이쪽을 보세요. 이곳은 디오니소스 엘리우테레우스 극장입니다."

HS1은 쉬지 않고 유적에 대한 설명을 했다. 그의 설명을 듣고 있던 모두는 환한 미소를 지으며 흡족해했다. HS1은 어느 여행 가이드보다도 더 출중한 가이드였기 때문이었다. 그들은 아크로폴리스에서 내려와 점심을 한 후, 저녁때까지 고대 아고라와 다른 유적지들을 HS1의 안내를 받으며 구경했다.

그 다음 날 아침, 그들은 호텔에서 택시를 타고 올림피아드 경기장으로 향했다. 약 한 시간 정도 걸리는 거리였다. 로봇 올림픽 경기에는 전 세계에서 34개의 휴머노이드 로봇이 참가했다. 미국의 옵티머스, 피큐어, 그리고 중국의 유니트리를 포함하여 여러 국가의 로봇들이 두각을 나타냈다.

그러나 모든 기능과 지능 경쟁에서 일등을 한 로봇은 HD 테크의 휴머노이드 로봇인 '호모 슈퍼 1', 즉 HS1이었다. 다른 로봇들이 초, 중학교 정도의 기능과 지능을 가졌다면, HS1은 대학원 박사 정도의 지능을 가진 로봇이었다. 또한 경연에 참석했던 모든 로봇은 플라스틱이나 알루미늄 같은 본체를 가진 로봇이었는데, HS1만이 유일하게 인간과 흡사한 모습의 로봇이었다.

경이적인 로봇을 만든 HD 테크의 명성은 순식간에 전 세계로 퍼져 나갔다. HS1의 유명세와 함께 철수, 서준, 그리고 베티는 순식간에 유명인이 되어 버렸다. 그리고 HS1을 사겠다는 소비자들의 요구가 HD 테크 사업부에 빗발쳤다. 그러나 여기에 부응하기 힘든 여러 가지 문제는 회사 내부에서 갈등을 야기했다. HD 테크의 경영진은 경제적 타당성과 기술적 양산의 문제 등 순식간에 수많은 문제에 직면했다.

HS1을 개발하기 위해 들어간 비용은 거의 5천억 원이 넘어갔다.

따라서 사업부에서는 당장 공장 출시 가격은 물론 소비자 가격 산출도 못하는 상황이었다. 소비자 가격을 예측하려면 원가, 경쟁, 수요, 가치 등 여러 가지 요소를 분석해야 했다.

또한 회사 내부에서 가장 심각한 이슈는 로봇 생산에 대한 인프라 구축과 양산에 대한 대책이 아직 미흡한 상태라는 점이었다. 그동안 기술 개발에만 매달렸던 철수, 서준, 그리고 베티에게 또 다른 도전이 기다리고 있었다.

인간을 닮은 로봇이 나왔다는 뉴스가 전해지자, 이러한 로봇이 인간의 일자리를 빼앗을 것이라는 사회적인 갈등이 표출되기 시작했다. 또한 인간을 닮은 로봇의 등장에 비판적인 시각도 대두되었다. 로봇이 문제를 일으키면 법적 책임을 누가 질 것인지, 로봇이 로봇을 구매한 소비자에게 갑자기 위험한 행동을 할 경우 각국 정부는 안전에 관련된 규제를 마련하고 있는지 등 수많은 정치적, 문화적, 그리고 사회적인 이슈들이 터져 나오기 시작했다. 언론에서는 연일 HS1에 대한 부정적인 측면의 분석 자료를 쏟아내고 있었다.

또한 2028년 하반기로 접어들자 회사의 자금은 급격하게 고갈되기 시작했다. 그 이유는 계속 회사 운영과 개발에 대한 비용이 들어가고 있었지만, 로봇의 판매는 전혀 일어나지 않아 매출에 따른 수익은 전혀 없었기 때문이다. 사실 회사에서 HS1을 제작하는 데 들어가는 부품 비용만 해도 엄청났다. 모든 부품을 HS1에 맞게 특별 주문으로 제작했기 때문에 작은 부품 하나라도 단가가 대단히 비쌀 수밖에 없었다.

철수와 서준을 포함한 경영진은 다시 한번 휴머노이드 로봇의 사업 타당성 검토에 들어갔다. 이번에는 기술 부문이 아닌 사업 부문의 임원들이 모였다. 서준이 우선 미팅에 대한 배경 설명을 했다.

"여러분, 지금 우리 회사가 당면한 문제는 사실 우리의 기술이 너무 미래 지향적으로 앞서가고 있기 때문입니다. 그러다 보니 개발 단계 이후에 대한 인프라도 취약한 상황이고, 시장에 대한 정보도 너무 미흡한 상황입니다. 몇 년 전에 예측한 시장 정보도 믿을 수 없는 상황이고. 제가 원래 바이오 산업에서 경험한 시장은 벌써 수백 년 이상을 거치면서 구축된 성숙한 시장입니다. 하여 데이터도 많고 세밀한 예측이 가능합니다. 그런데 우리가 당면한 휴머노이드 로봇 시장은 상황이 많이 다릅니다. 그 점을 우리는 잘 인식해야 할 것 같습니다."

이어서 철수가 서준의 말을 이어 나갔다.

"지금부터 기술 부문에서는 생산과 양산에 대한 검토도 시급하게 시작하고자 합니다. 그 점을 여러분도 잘 이해하고 모두 힘을 합해 회사의 위기를 극복해 나갑시다."

서준의 지시로 몇 가지 시나리오를 만들어 투자 수익률(ROI)을 계산해 보았다. 첫 번째 시나리오는 조립 공장에서 단순 작업을 하는 노동자 대신 HS1 로봇을 투입할 경우, 두 번째는 위험하고 어려운 작업에 투입하는 작업자 대신 로봇을 사용하는 경우, 그리고 사회 여러 직종의 전문직 업무를 대신 수행하는 경우에 따른 투자 수익률을 분석해 보았다. 대부분의 시나리오에서 투자 수익률이 플러스로 돌아서려면 로봇의 가격이 최소 10억 원에서 15억 원 이상이어야 한다는 대략적인 결론에 도달했다.

또 다른 검토 요소는 로봇과 인간을 비교해 볼 때, 로봇은 먹지도, 자지도, 후생 지원도, 노조 가입도 필요 없는 단지 유지 비용만을 생각하며 감가상각 비용을 반영했다. 그럼에도 불구하고, 결국 현재의 상황에서는 사업이 불가능하다는 결론에 도달했다.

새삼 철수와 서준이 깨닫게 된 것은 기술 혁신도 중요하지만 휴머노이드 로봇의 경우, 의미 있는 시장을 창출하려면 결국 로봇의 저렴한 소비자 가격 형성이 가장 중요한 사업 요소라는 점이었다.

8

2028년 연말이 되자 회사의 위기는 계속되었고, 회사는 어쩔 수 없이 인원 감축을 단행했다. 이러한 상황에서 철수를 포함한 모든 경영진은 심리적인 압박감에 시달렸다. 특히 서준은 그 누구보다 건강 상태가 심각하게 나빠지고 있음을 느끼기 시작했다.

서준은 우선 아내에게 몸 상태가 좋지 않은 것 같다는 이야기를 꺼냈다. 그의 아내는 여전히 한국에서 일하고 있었지만, 마침 여름부터 몇 달간 휴가를 내어 샌디에고에 와 있었다. 그녀는 가능하면 샌디에고에 와서 남편 곁에서 지내기 위해 노력하고 있었다.

"여보, 내 몸 상태가 좀 안 좋은 것 같아."

서준은 아내와 저녁 식사를 하면서 작년부터 회사의 상황이 어려워졌고, 특히 올해 들어서는 더욱 힘들어지고 있다고 얼마 전부터 아내에게 이야기해 왔다. 아내 김은영은 어두운 얼굴로 참을 수 없다는 듯 말했다.

"당신 참 답답해. 의사가 없는 것도 아니고, 당신에게 늘 친절하게 대해주는 주치의인 살링거 박사가 있는데 왜 연락도 안 해보고. 그리고 병원도 당신 회사 바로 건너편인데."

사실이 그러했다. 4년 전 철수와 서준이 미국으로 회사를 이전하면서 본사 건물은 라호야의 스타트업 회사들이 밀집한 알렉산드리아 그레드랩스 근처에 위치해 있었다. 이곳에 회사를 정하게 된 배경에는 베티가 근무하는 UC 샌디에고 병원 뇌신경 연구소도 근처에 있고, 과거 철수와 서준이 일했던 곳도 근처 대학 캠퍼스였기 때문이다.

마침 UC 샌디에고 병원도 이곳에 있었고, 본사 바로 건너편에는 스크립스 메모리얼 병원도 자리 잡고 있었다. 그래서 서준도 자연스럽게 스크립스 메모리얼 병원에 있는 가정의를 주치의로 선택했다. 그의 주치의인 스티븐 살링거 박사는 이곳 의대 출신으로 대단히 친절하고 활달한 의사였다. 살링거 박사는 늘 서준의 좋은 건강 자문역이었다.

서준도 사실 자신의 건강이 걱정되기는 했지만, 어쩐지 자신의 건강 상태를 직시하고 싶지 않아 했다. 서준의 아내는 계속해서 서준을 설득했다.

"그러니 한번 가서 검진을 받아봐요. 사실 나도 당신 건강이 걱정돼. 당신이 2024년에 은퇴하고 나서는 금방 건강이 회복되어 좋았는데, 또 몇 년 전부터 이렇게 밤낮없이 일을 하고 있으니 힘든 것도 당연해. 그냥 걱정만 하지 말고 빨리 병원에 같이 가봐요."

서준도 사실 몇 달 전부터 병원에 가봐야겠다는 생각을 하고 있었지만, 하루하루 미루고 있었다. 이제 아내가 병원에 가보자고 독촉하는 상황이라 더 이상 미룰 수 없을 것 같았다.

"그래, 당신 말이 맞아. 내일 당장 살링거 박사 사무실에 전화를 하도록 해야겠어."

그는 아내의 독촉에 이제 더 이상 미루지 말아야겠다고 결심했다. 일주일 후 서준은 은영과 함께 살링거 박사의 사무실을 찾았다.

"이 박사님, 반갑습니다. 어서 오세요. 잘 지내시죠?"

살링거 박사는 평소와 마찬가지로 서준을 반갑게 맞아주었다. 이미 살링거 박사는 서준의 건강 이력을 잘 알고 있었다. 전립선암을 포함한 서준의 병력도 잘 기억하고 있었다. 서준은 최근 들어 특별히 아픈 곳은 없지만, 몸 상태가 안 좋다는 말을 의사에게 전했다. 옆에 있던 은영은 서준의 설명에 말을 보탰다.

"남편의 몸 상태가 안 좋은 지 벌써 1년이 다 되어가요. 빨리 좀 와서 살링거 박사님을 뵈었어야 했는데."

서준과 은영의 말을 모두 들은 살링거 박사는 차근차근 서준의 몸 상태를 검진했다.

"예, 제가 촉진과 청진을 했을 때 말씀처럼 많이 허약한 상황인 것 같아요. 아내분의 말을 들었어야 했습니다. 더 빨리 왔으면 좋았을 텐데요. 우선 피 검사와 전신 자기공명영상법인 MRI를 한번 찍어 보시죠."

검진 2주 후, 다시 서준과 아내는 살링거 박사를 만났다.

"이 박사님, 미안합니다. 검사 결과가 좀 걱정이 됩니다."

늘 웃는 얼굴로 맞아주었던 살링거 박사는 오늘은 어두운 얼굴로 서준의 건강을 걱정하고 있었다.

"피 검사에서는 아무래도 암과 관련된 수치가 안 좋아요. 그리고 MRI 검사에서는 이곳저곳에 암으로 의심되는 소견이 있어요. 사실 제가 암 전문의는 아니기 때문에 자세히 말씀은 못 드리지만, 빨리 암 전문의를 만나보는 것이 좋겠습니다."

이 말을 들은 서준은 문득 돌아가신 본인의 부모님을 생각했다.

'모든 것이 다 유전인가? 나도 부모로부터 물려받은 유전자의 운명을 어떻게 피할 수 없는 모양이네.'

"살링거 박사님, 저에게 늘 신경을 써주어 고맙습니다. 한번 암 전문의를 만나보도록 하지요."

"그럼 제가 암 전문의를 추천해 드릴까요?"

미국의 의료 시스템은 한국과는 다르게 주치의가 자신의 환자를 더 전문성을 갖춘 의료진에게 보내는 추천 제도(Referral System)가 있었다. 살링거 박사는 그 절차를 말하고 있었다. 그러나 서준은 자신의 건강 상태에 대해 일단 철수와 베티에게도 알려야 할 것 같다는 생각을 했다. 또한 베티는 암 전문의는 아니지만 뇌신경 전문의이니 상의하는 것이 좋겠다는 생각을 한 것이다.

"예, 고맙습니다만, 우선 베티 오브라이언 교수하고도 상의를 좀 해보겠습니다."

"아, 그렇게 하시죠. 그리고 언제든지 저에게 필요한 것이 있으면 연락을 주십시오."

살링거 박사는 서준이 한국에서 유명한 대학에서 교수를 했고, 바이오 벤처를 창업하여 성공한 이야기, 그리고 몇 년 전에 이곳 라호야에서 로봇 개발 스타트업을 창업한 것을 잘 알고 있었다. 살링거 박사는 그런 서준을 진심으로 존경했다.

또한 그는 이 동네에 있는 UC 샌디에고 병원의 뇌신경 전문의인 베티 오브라이언 교수도 그 회사의 핵심 임원으로 일하고 있는 사실을 익히 알고 있었다. 그가 서준에 대해 자세히 알게 된 것은 몇 년 전 그가 서준의 주치의가 되면서, 그의 친절에 감사한 서준과 은영이 그를 초청하여 몇 번 식사도 했고 서준의 회사도 방문한 적이 있었기 때문이다.

서준으로부터 다시 암이 재발한 것 같다는 이야기를 들은 철수와 베티는 충격을 받았다. 안 그래도 회사가 힘든 상황에서 핵심적인 역할을 하는 서준이 아프다는 소식에 걱정하지 않을 수 없었다.

특히 철수는 진심으로 서준의 건강을 걱정하고 있었다. 그를 위해 할 수 있는 일이 있다면 무엇이든지 해야겠다는 결심을 했다. 베티도 나서서 서준을 위해 할 수 있는 일을 찾고 있었다.

"이 박사님, 물론 더 정밀한 검사를 받아봐야 하지만, 만약 암이 재발했다면 실력 있는 전문의가 필요합니다. 다행히 UC 샌디에고 병원의 무어스 암센터는 샌디에고 야구단 파드레의 구단주였던 존 무어스가 후원하는 정말 좋은 암병원입니다. 그런데 이 병원은 미국 국립암센터가 지정한 샌디에고 지역의 유일한 암병원이에요. 그래서 다양한 전문의들이 포진하고 있고, 다학제 의학팀으로 환자를 치료합니다. 그 병원에 여러 전문의들이 있는데, 저는 크리스토퍼 케인 박사를 추천합니다. 그는 비뇨기과 전문의이고 의대 주임교수로 있으면서 특히 전립선암의 치료와 수술에 많은 경험을 가진 분입니다."

서준은 베티와 주치의인 살링거 박사의 도움을 받아 신속하게 무어스 암센터의 케인 박사를 만날 수 있었다. 암센터도 스크립스 메모리얼 병원 근처, 헬스사이언스 드라이브에 위치해 있어서, 회사에서 일을 하면서 병원을 방문하기에 편하고 시간도 많이 절약되었다.

신속하고 정밀한 검사가 이루어졌다. 서준의 건강 상태는 매우 좋지 않았다. 암은 벌써 뼈를 포함한 여러 주요 장기로 번져서 케인 교수는 4기 상태라고 하며, 치료가 매우 힘든 상황임을 솔직히 서준에게 인정했다. 그리고 케인 박사는 서준이 원한다면 최근 FDA에서 허가를 받은 면역 치료법을 한번 시도해 볼 수는 있다는 말을 했다.

그러던 중, 암세포는 거의 대부분의 장기에 전이되었지만 아직 뇌로는 전이가 안 되어 있다는 것을 베티는 케인 박사와 병리학 전문의를 만난 상황에서 알게 되었다. 그런데 이러한 상황을 알게 된 서준은 별로 더 이상의 의미를 부여하지 않았다. 그는 아내인 은영과 철수, 그리고 베티를 불러 자신의 생각을 이야기했다.

"여러분에게 고마움을 표하고 싶습니다. 특히 베티에게. 저는 지난 며칠간 생각을 정리했습니다. 솔직히 케인 교수가 추천하는 면역 치료법도 좋지만, 별로 치료를 받고 싶지 않아요. 지난 몇 년 사이에 혁신적인 암 치료제들이 개발되어 사용되고 있는 것, 누구보다 제가 더 잘 알지요. 그런데 치료 기술의 한계도 잘 알고 있습니다. 그래서 저의 몸 상태를 생각하면 차라리 치료를 포기하고 저는 아내인 은영과 여러분, 그리고 저의 아들, 또 주변의 친구들과 남은 시간을 더 의미 있게 보내고 싶습니다. 저의 소원입니다."

서준은 힘없이 웃으며 같이 자리한 철수와 그의 아내, 그리고 베티를 보며 이야기했다. 그러나 철수와 베티는 서준의 손을 잡으며 말했다.

"이 박사님, 힘을 내세요. 포기하지 말고."

철수와 베티는 어떻게 해서든지 서준이 힘을 낼 수 있도록 설득하고 있었다. 철수와 베티는 모든 방법을 동원하여 서준을 살릴 수 있는 방안을 생각하고 있었다. 그러나 확실한 해법이 있기까지는 서준에게 섣불리 이야기할 수는 없었다. 철수는 서준에게 일단 회사에는 출근하지 말고 휴가를 받도록 권고했다. 서준은 복잡한 생각을 이제 내려놓고 얼마 살지 모르는 귀중한 하루하루를 아내와 한국에서 온 아들과 보내고 있었다.

철수는 베티와 함께 모든 가능성을 펼쳐 놓고 방법을 찾고 있었다. 베티가 철수에게 이야기했던 희망은 바로 자신이 케인 교수와 병리학으로 MD, PhD 학위를 가진 병리학실 조교수인 리 레이와 가진 다학제 팀 미팅을 통해서였다. 이 미팅에 대해서는 철수에게 이야기했지만, 서준과 그의 아내에게는 이야기를 하지 않았다.

베티가 철수에게 말하는 희망이란 암세포가 몸의 대부분의 장기에서는 확인되었지만, 뇌로의 전이는 안 되어 있다는 사실이었다. 일반적으로 암세포가 뇌로 전이되기 위해서는 혈액뇌장벽, BBB(Blood-Brain Barrier)를 통과해야 했다. 이 장벽은 뇌를 보호하기 위해 혈액에서 뇌로 유해 물질이 들어오는 것을 막고, 필요한 영양분은 선택적으로 통과시키는 특수한 장벽을 말했다.

베티의 이야기는 자신도 직접 추가적인 검사를 해본 결과, 암세포가 아직은 뇌벽을 통과하지 못한 상태라는 것을 확인했다는 것이었다. 그러나 그녀는 본인이 직접 확인한 뇌 검사 결과를 서준에게 이야기하지 않고 있었다. 그 이유는 암세포 전이가 아직 안 된 서준의 뇌로 무엇을 어떻게 할 수 있는지가 확인되지 못했기 때문이었다. 베티와 철수는 자신들의 생각을 확인하는 데 집중하고 있었다. 이와 관련하여 베티는 철수와 몇 번이나 만났다.

"철, 내 생각에는 분명히 이 박사님을 살릴 방법이 있어요. 그것은 HS1 로봇에 이 박사님의 뇌를 이식하는 방법이야. 그런데 몇 가지 문제가 있어요. 우선 첫 번째는 우리가 HS1의 피부와 근육을 유지하기 위해 개발한 인공 혈액이 이 박사님의 뇌에도 똑같이 적용될 수 있는지 확인 실험을 해봐야 하고, 두 번째는 SNN 1.0, 즉 우리가 개발한 슈퍼 뉴럴 네트워크와 이 박사님의 뇌와의 호환성을 확인하고, 이 박사님의 뇌에 맞는 SNN 1.0을 다시 디자인하여 시뮬레이션을 해봐야 합니다. 물론 그 이외에도 다양한 문제가 발생할 수 있지만, 성공 확률이 현재로써 얼마나 높을지는 알 수 없지만."

사실 철수와 베티는 오래전부터 뇌와 기계의 상호작용에 대한 연구를 해오고 있었다. 최근에는 뇌와 컴퓨터를 연결하여 쌍방 간에 정보를 교환할 수 있는 인터페이스를 개발하고 있었다. 베티는 지금 서준의 뇌와 HS1의 뇌 사이의 인터페이스를 이야기하고 있는 것이었다.

철수와 베티에게 시간은 많이 없었다. 서준의 생명 연장 기간은 두 달에서 세 달 정도라고 지난번에 케인 교수가 베티에게 말했기 때문이다. 철수는 베티가 말한 내용 중에 철수의 뇌를 HS1에 이식할 경우에 생길 여러 가지 기술적인 문제를 검토하고 있었고, 베티는 황안민 사장의 긴급 지원을 받아 서준의 뇌 활성 유지와 함께 로봇의 인공 피부 및 근육에도 적용이 가능한 새로운 인공 혈액을 개발하고 있었다.

또한 베티는 거의 매일 수면도 포기한 채 인간의 뇌와 호환할 수 있는 양자컴퓨팅의 뉴럴 네트워크를 디자인하고 있었다. 사실 잠을 포기한 것은 철수도 마찬가지였다.

이제 케인 교수가 이야기한 서준의 삶도 거의 한 달밖에 남지 않았다. 서준의 건강 상태는 급격히 악화되고 있었다. 철수와 베티는 서준과 은영에게 만나자는 연락을 했다. 연락을 받은 서준은 이제 모두에게 작별할 시간이 다가오고 있다고 직감했다. 미팅은 회사 사무실에서 오후 5시에 있었다. 이제 2028년의 마지막 달 12월, 크리스마스도 얼마 남지 않았다.

"여러분, 고맙습니다. 이런 자리를 만들어 줘서."

서준은 이제 모두에게 공식적으로 작별을 고해야겠다는 생각에 먼저 본인이 말을 꺼냈다. 몇 달 전에 비해 그는 많이 수척해 있었고 얼굴에는 병색이 만연했다. 그러나 철수와 베티는 서준에게 서준이 생각하는 이야기가 아닌 다른 이야기를 하고 싶어 이 자리를 만든 것이었다. 서준의 말뜻을 눈치챈 철수가 입을 열었다.

"형, 오늘 형과 작별하기 위해 이 자리를 만든 것이 아닙니다."

이 말을 들은 서준은 철수가 무슨 말을 하려고 하는지 이해할 수 없었다.

'작별의 자리가 아니면?'

철수는 서준이 암이 재발한 이후 베티와 황 사장의 도움을 받아 그동안 무슨 일을 하고 있었는지 소상히 이야기했다. 철수의 설명을 들은 서준과 은영은 철수의 말이 마치 공상과학 영화에 나오는 한 장면인 것처럼 실감하지 못하고 있었다. 철수는 말을 계속 이어갔다.

"그래서 희망이 있는 겁니다. 아직 포기할 상황이 아닙니다. 형의 뇌는 아직 멀쩡해요."

철수의 설명을 다 들은 서준의 얼굴은 여전히 어두웠다. 그리고 말이 없었다. 이윽고 서준이 다시 입을 열었다.

"여러분의 이야기를 들어보니 정말 놀랍습니다. 그리고 대단한 과학적 성과를 여러분이 달성한 것 같아요. 그러나 저는 그렇게까지 해서 저의 생명을 연장하고 싶지는 않습니다. 이제 이 세상을 떠날 때가 되었습니다. 사실 그래서 저번에 케인 교수에게도 면역 치료를 받지 않겠다고 한 겁니다."

서준의 말을 듣고 있던 철수와 베티의 얼굴에는 실망하는 기색이 역력했다. 철수가 고개를 끄덕였다.

"형, 맞아요. 우리는 형의 마음을 이해해요. 우리가 단지 형의 생명을 연장하기 위해 이러한 제안을 하는 것은 아닙니다. 형이 이 세상을 떠난다는 말도 존중하고 싶어요. 그러나 형에게 요청하는 것은 비단 형의 생명 연장에 대한 시도도 있지만, 형도 과학자로서 우리가 개발한 휴머노이드 로봇에 대해 마지막 기여를 요청하는 겁니다. 그것은 인공지능과 양자과학의 발전에 대한 인간의 두려움, 그리고 우리 인간이 또 인간같이 개발된 로봇에 대한 두려움이 매우 큽니다. 아마도 미래에 과연 이러한 기술 발달이 인간에게 밝은 미래를 제공하는 단초가 될 것인지 혹은 기술 발전으로 인해 인간은 멸망의 길을 걸을 것인지 아무도 몰라요. 아무도 예측할 수가 없습니다. 그런데 형의 건강 상태가 이렇게 심각한 상황에서 다행히 아직 뇌의 상태는 정상이라고 하니, 형의 뇌를 로봇에 이식함으로써 인류 역사상 최초로 인간이 직접 인간과 같은 로봇에 대한 경험을 증언할 수 있을 겁니다. 형이 인간으로서 인간이 만든 미래의 기술에 대해 본인의 체험을 인간에게 직접 말할 수 있는 증인이 되어 줄 것을 요청하는 겁니다. 우리는 이것을 기대하는 겁니다."

철수의 말을 듣고 있는 서준은 눈물을 글썽이며 비로소 이해를 한다는 표정을 지었다.

"잘 알겠습니다. 여러분들이 무슨 말을 하고 있고, 그리고 여러분들이 원하는 것이 무엇인지. 좋아요. 그런 제안이라면 제가 받아들일 수 있을 것 같습니다."

이제 철수를 비롯한 회사의 핵심 멤버들은 서준을 중심으로 모든 경우에 대비한 각종 시뮬레이션을 며칠째 계속하고 있었다.

그의 뇌 이식 수술은 대성공이었다. 역사상 최초로 인간의 존재를 인식할 수 있는 휴머노이드 로봇이 탄생한 것이다. 이 로봇은 생명체의 두뇌가 기계에 융합된 최초의 사이보그로 역사에 기록될 것이었다. 그 사이보그의 이름은 HS2였다.

9

수술에서 깨어난 서준은 한참 동안 자신이 느끼는 세상이 꿈인지 현실인지 구분할 수 없었다. 주변을 살펴보니 조금 전에 자신이 수술을 받았던 기억이 되살아났다. 정신을 수습하여 철수와 베티, 그리고 아내 은영을 보니 서서히 자신에게 무슨 일이 일어났는지 기억이 나기 시작했다. 오늘 저녁 자신을 병원까지 부축해 주었던 그의 비서 캐롤라인의 모습도 보였다.

수술을 집도했던 베티가 말했다.

"정신이 좀 드십니까? 수술은 성공적으로 끝난 것 같습니다. 주변에 있는 사람들이 누구인지 한번 말해보세요."

베티는 HS2 로봇을 내려다보며 웃으며 이야기했다.

"베티, 당신은 베티. 그리고 당신은 강철수 대표. 또 당신은 나의 아내인 김은영."

서준의 뇌가 이식된 로봇은 자신을 둘러싸고 있는 녹색 수술복을 입은 사람들을 손으로 가리키며 말했다. 수술실에서 수술이 시작되기 전에 있었던 일도 로봇은 정확하게 기억하고 있었다. 몇 시간 전 수술실에는 두 개의 침대가 준비되었고, 하나의 침대에는 HS1 로봇이 머리 부분이 해체된 상태로 여러 기기와 연결되어 있었다. 또 다른 기계에서는 투명한 액체를 공급하는 미세관들이 로봇의 몸에 연결되어 있었다.

사실 수술하기 전날, 서준은 철수와 베티를 따라 이 수술실에서 성공적인 뇌 수술을 받기 위한 마지막 시뮬레이션을 진행하고 있었다. 실제로 로봇이 누운 침대 옆에서 서준도 누워 철수와 베티를 통해 실제 수술이 진행되는 과정에 대한 설명도 들었다. 벌써 몇 번에 걸쳐 되풀이되는 수술 시뮬레이션이었다.

"자, 그러면 HS2, 수술 전에 우리가 같이 준비했던 시뮬레이션에 대해 설명해 보시겠습니까?"

베티는 로봇에 서준의 뇌가 새로 디자인한 SNN 2.0과 정상적으로 연결되었는지, 로봇이 서준의 뇌 작동을 인지하고 있는지, 인공 혈액 공급에 문제는 없는지 모든 것이 궁금했다. HS2가 말했다.

"SNN 2.0과 연결한 이서준 박사의 뇌가 정상적으로 인터페이스상에서 작동하는지 우리는 여러 번 시뮬레이션을 했고, 어제 또 마지막 점검을 했던 기억이 납니다. 내가 느끼기에는 모든 것이 정상적으로 작동되고 있는 것 같습니다."

그러나 사실 지금 이 말을 하고 있는 서준의 입장에서는 모든 것이 생소하기만 했다. 곧 그는 주변의 부축을 받으며 침대에서 일어나 옆에 있는 의자에 앉았다. 그가 일어난 침대 옆에는 평생을 같이 한 자신의 몸이 누워 있었다. 물론 그는 이제 확연하게 조금 전에 무슨 일이 자신에게 일어났는지 인지하고 있었다.

순간 HS2는 놀라운 느낌이 들었다. 조금 전까지 분명히 자신의 육체라고 여겼던 자신의 몸은 이제 전혀 자신이 아니라고 느껴졌기 때문이다. 그리고 서서히 서준은 자신의 몸이라고 느껴지는 로봇의 몸을 자신의 손으로 만져보기 시작했다. 그러자 철수는 물었다.

"현재 자신에 대해 어떻게 느껴지는지 말씀해 보세요."

"글쎄요. 놀랍게도 침대에 누워 있는 저 노인이 조금 전까지만 해도 저라고 느꼈는데, 이제는 이방인처럼 느껴져요. 그리고 이 몸, 즉 이 로봇의 몸체가 저라고 느껴지는데, 이제는 전혀 통증도 없고, 제가 저의 몸을 만져보니 대단히 단단하게 느껴지고. 하여간 너무 이상해서 적응하는 데 좀 시간이 걸릴 것 같습니다."

사실 서준은 모든 것이 너무나 놀랍고 혼란스러웠다. 솔직히 이러한 느낌은 철수와 베티, 그리고 서준의 식구들도 마찬가지였다. 모두 엄청난 충격에 빠져들었다. 물론 모두 왜 이런 일이 일어나고 있는지는 정확히 알고 있었다. 서준과 HS2 로봇은 자신에 대한 생각과 느낌을 정리하는 데 며칠이 걸렸다.

며칠 후 다시 한번 철수와 베티는 로봇의 상태를 분석하고 있었다. 우선 가장 중요한 것은 로봇 자신이 느끼는 모든 감각과 생각이었고, 그리고 다음은 철수와 베티 입장에서 과연 로봇이 제대로 작동하고 있는지 가장 궁금해졌다. HS2는 지난 며칠간 본인이 느끼며 생각하고 있는 경험을 상세히 설명했다.

"우선 나는 로봇이라는 존재가 확실하지만, 저에게 너는 누구냐라고 물으면, 저는 이서준이라는 인식을 가지고 있습니다. 참으로 혼란스러운 상황입니다. 또 며칠 동안에 느낀 다른 점을 이야기해 보지요. 우선 놀라운 건 나의 지능이 엄청나다는 생각이 들어요. 마치 내가 국립도서관에 있는 모든 책의 내용을 다 안다고 할까요? 이건 뭐, 과거 이서준 박사가 알고 있는 지식의 양에 비해 몇 백 배 증가했다는 느낌. 하여간 놀랍습니다. 왜냐하면 궁금한 것에 대한 해답을 너무나 내가 자세히 알거나 기억을 하고 있기 때문이죠. 그리고 기능적인 측면에서 몇 가지 설명을 해보지요. 가장 충격적인 것 몇 가지는 내가 잘 필요가 없다는 것. 자지도 먹지도 않았는데 전혀 피곤하지 않다는 것. 물론 배가 고프다는 느낌도 없고. 그리고 눈으로 보는 것은 가까운 것이나 멀리 있는 것도 세밀하고 자세히 보여 놀랍고, 또 귀로 들리는 것도 너무나 잘 들리고. 사실 저는 원래 보청기를 낄 정도로 청각이 안 좋았었는데. 그런데 나는 냄새를 맡을 수도 없고, 먹지를 않으니 맛을 느낄 수가 없어요. 냄새와 맛에 대한 기억은 있지만. 또한 놀라운 것은 여러 가지 욕망에 대한 기억도 있습니다. 그러나 그 욕망을 채워야겠다는 생각은 사라졌고. 한마디로 제 마음은 너무나 평화스럽고 행복하다는 느낌입니다."

　로봇의 이 설명은 지금 로봇의 두뇌 중심에 서준의 자아가 존재하며 살아서 작동하고 있다는 것을 증명하고 있었다. 로봇의 뇌에 탑재된 엄청난 용량의 양자칩도 서준의 뇌를 조종하지는 못하고 있었다. 한마디로 로봇은 이서준이었다.

　서준은 자신의 삶에 등장한 로봇으로 인해 모든 것이 혼란스러워졌다. 당장 서준의 시신을 어떻게 할 것인가 하는 것이 첫 번째로 해결해야 할 당면한 문제였다. 그를 공식적으로 사망했다고 미국과 한국 정부에 신고하는 것이 맞는 것인지, 아니면 아무 일도 없었던 것처럼 HS2가 서준을 대신할 것인지? 모든 것이 서준의 아내, 철수 그리고 로봇의 고민이었다.

　그들은 고민 끝에 서준을 사망시키기로 결정했다. 서준이 며칠 전에 수술 중 사망했다는 소견서를 베티가 준비하여 회사와 미국 정부 그리고 한국 정부에 관련 사망신고서를 제출했다. 그리고 서준의 장례식을 조촐하게 한국과 미국에서 거행했다. 그 장례식에는 서준을 아는 사람들은 서준의 죽음을 진심으로 애도했다.

　그러나 서준의 아내도, 그의 아들인 도연과 철수와 황안민 사장을 포함한 소수의 관계자들은 서준의 죽음에 슬퍼하지 않았다. 그들에게 서준은 여전히 살아있었고 그들의 곁에 있었다. 그러나 그것은 사람이라고 할 수 있는 서준은 더 이상 아니었고, 로봇의 몸을 가진 서준이었다.

이제 세월은 흘러 2029년 새해를 맞이하고 있었다. 올해 1월에 라스베거스에서 열리는 CES 행사 주최 측에서는 HD 테크 강철수 대표의 특강을 요구하고 있었다. 그 이유는 지난 2028년 그리스에서 열린 제4차 올림피아드 휴머노이드 경진대회에서 선보인 HS1의 성공이 워낙 강렬하여 특별 강연을 요청한 것이었다.

비록 상업화에는 거의 실패했다고 말할 수 있었지만, 다른 경쟁사 휴머노이드 로봇에 비해서는 놀라울 정도의 성능을 보여주는 HS1에 대해, 자세한 개발 내용 공개를 주최 측에서는 요구하고 있었다. 철수는 이 행사에서 자신과 HS1 그리고 HS2의 존재를 세계에 알리기로 결정했다. 이에 대한 그의 결심을 HS2인 서준과 베티에게 밝히고 의견을 조율했다.

"이번에 좀 더 자세한 HS1의 개발 경위를 소개하려고 합니다. 그리고 제 생각에는 제가 먼저 등단하여 회사 소개와 HS1 개발 기술에 대한 발표를 20분 정도 하고, 그리고 이 박사님이 올라와 자신의 경험을 소개해 주면 좋겠습니다."

그는 로봇 HS2에게 아직도 습관처럼 '형'이라든가 '이 박사님'이라고 부르고 있었다. HS2와 베티도 철수의 제안에 반대하지 않았다.

2029년 1월 14일, 라스베거스에서 열리는 CES에 철수와 HS1, HS2, 베티가 참석하기 위해 샌디에고 공항으로 향하고 있었다. 이동을 위해 차를 타거나 택시를 탈 경우에도 HS1과 HS2도 늘 철수와 함께 동석했다.

그러나 로봇들은 몇 년 전과 같이 라스베거스행 비행기에 탑승할 때에는 비행기 좌석이 아닌 여전히 화물칸에 탑승했다. 로봇은 여전히 생명체로 인간에게 인정받지 못하고 있었다. HS1과 함께 화물칸에 앉아 있는 HS2에게는 여러 가지 감정이 몰려오고 있었다.

CES에서 열리는 HD 테크 강철수 대표의 특별 강연에는 CES에 참석한 거의 대부분의 사람들이 철수의 특강을 들으려고 강연장으로 몰려가고 있었다. 가장 규모가 큰 아레나였지만 너무나 많은 사람들의 참석으로 인해, 앉을 좌석은 고사하고 옆과 뒤의 공간에도 사람들이 설 자리조차 없어 보였다.

강철수가 등단하기 5분 전에 대형 화면에는 HS1이 어떻게 조립되어 완성되는지, 그리고 HS1이 평소 생활하는 모습과 잠깐씩 강 대표의 비서로서 일하는 모습을 보여주고 있었다. 강연에 참석한 모든 사람들은 조립이 끝난 완성품의 로봇이 일순간 너무나 사람과 흡사한 모습에 경악했고, 그 로봇이 흔히 우리가 회사 사무실에서 만나는 비서와 너무나 차이가 없는 모습과 그의 행동, 그리고 그의 말솜씨와 일처리 능력에 모든 사람들은 놀라고 있었다. 그 순간 불이 꺼지면서 한 줄기의 불빛이 등단하는 강철수를 비추고 있었다.

"안녕하세요, 여러분. 저는 HD 테크놀로지의 대표를 맡고 있는 강철수라고 합니다. 반갑습니다. 조금 전에 여러분이 본 휴머노이드 로봇인 HS1의 모습을 잠시 봤는데, 어떻습니까?"

HD 테크의 대표인 강철수의 말에 강연장에 참석한 모든 사람들은 환호성을 지르며 박수를 치기 시작했다. 무슨 말이 필요 없었다. 철수는 자신이 어떻게 회사를 창업하게 되었는지, 그리고 HS1 핵심 기술 개발에 대한 배경을 간단하게 설명했다. 그리고 HS1에게 등단하라는 신호를 보냈다. 한 젊은이가 등단했다. 그는 사람이 아닌 로봇이었다. 철수가 HS1을 호출하자 로봇이 꾸벅 인사하며 말했다.

"여러분, 반갑습니다. 저는 HD 테크에서 처음으로 개발된 휴머노이드 로봇, HS1입니다."

이 모습을 본 모든 사람들은 외부의 모습뿐만 아니라 말도 사람과 차이를 느끼지 못할 정도의 완벽함에 그저 숨을 제대로 쉬지도 못하고 지켜볼 뿐이었다. HS1의 본인 소개가 끝난 후 철수는 청중들을 바라보며 말했다.

"우리 회사는 새로운 로봇 버전인 HS2를 개발하고, 오늘 처음으로 여러분에게 선보이려고 합니다. 자 HS2, 올라오실까요?"

맨 앞 좌석에 앉아 있던 HS2가 등단했다.

"여러분, 반갑습니다. 저는 강 대표로부터 방금 소개받은 HS2라고 합니다."

그런데 그가 단상으로 올라오자, 뒤편 배경 스크린에는 이서준의 40대 모습과 철수와 회사에서 회의 중인 서준의 모습이 동영상으로 비춰지기 시작하며, HS2의 얼굴에 조명이 클로즈업되었다. 스크린에 비친 서준의 젊은 얼굴과 로봇 HS2의 얼굴 모습이 정확히 닮아 있는 것을 눈치챈 관객들은 모두 술렁거리기 시작했다.

"도대체 무슨 일이야?"

"여러분, 저의 비밀을 말하겠습니다. 저는 불과 몇 달 전에 HD 테크의 부회장이었던 이서준입니다. 그러나 암이 전신에 퍼져, 제가 죽기 직전에 저의 뇌를 로봇에 이식했습니다. 저의 뇌에는 양자칩과 이서준 박사인 인간의 뇌가 동시에 장착되어 있습니다. 저는 비록 로봇의 몸을 가지고 있지만, 제가 느끼는 저의 자아와 인식은 여전히 HD테크의 부회장인 이서준입니다. 그러나 이서준은 분명히 죽었습니다. 저는 새로 태어난 HS2입니다."

로봇은 다음과 같은 의미심장한 말을 하며 연설을 끝냈다.

"여러분, 저를 보십시오. 이제 인류 역사상 처음으로 바이오 기술과 인공지능을 포함한 여러 가지 새로운 기술들이 융합하기 시작했습니다. 바로 저는 유기 생명체와 무기물의 기술이 융합된 새로운 존재가 되었습니다. 이제 인간의 미래는 수많은 선택을 인간에게 요구할 것입니다. 저는 부디 인간이 미래의 기술과 접목하여 저처럼 더 이상 고통 없는 삶, 더 이상 불행이 없는 삶을 기대합니다. 이제 우리는 올바른 선택을 해야 합니다."

철수의 연설과 HS2의 연설은 실시간으로 전 세계에 생중계되었다. 예상치 못한 미래는 언제나 우리를 놀라게 한다. 순식간에 철수와 HS2의 얼굴은 시사 주간지 '타임'을 비롯한 여러 잡지와 언론의 헤드라인을 장식했으며, 한동안 전 세계 언론은 그들과의 인터뷰에 대부분의 시간과 지면을 할애했다.

그해 가을, HS2는 유엔 총회에 초청받았다. 매년 9월부터 석 달간 뉴욕에서 개최되는 이 총회는 193개국의 외교관들이 참석하는 세계 최대 규모의 회의였다. HS2는 로봇의 내부에서 울려 나오는 모든 생각을 총회에 모인 각국 대표들에게 쏟아냈다.

그 생각의 근원에는 이서준의 뇌와 양자 기술을 포함한 모든 첨단 기술이 녹아들어 있었다. HS2의 지적 활동 능력은 인간에 비해 거의 오십 배 이상의 추론과 학습 용량으로 작동하고 있었으니, 이는 거의 신과 가까운 경지의 지능이었다. HS2는 최선을 다해 진심으로 인간들에게 경고의 메시지를 던졌다.

"여러분, 인류는 유구한 세월 동안 탐욕과 오만으로 점철된 삶 속에 생존해 왔습니다. 물론 그 탐욕과 오만이 인간의 생존에 중요한 역할을 했던 것도 사실입니다. 그러나 이제 인간은 인간이 빚어낸 기술로 구축된 새로운 세상, 새로운 문명을 맞이하게 되었습니다. 이제 인간이 그 탐욕에서 벗어나지 못하고 지난 수천 년의 역사를 여전히 계속해서 되풀이한다면, 인간은 결국 휴머노이드 로봇들에게 그 '만물의 영장' 자리를 내어 주는 세상이 올지도 모릅니다. 그렇게 되면, 인간은 로봇의 노예가 될 것입니다. 여러분에게 주어진 시간은 많이 남아 있지 않습니다. 바로 여기에 서 있는 저를 보십시오."

HS2는 자신을 가리키며 소리쳤다.

"저를 보십시오. 저는 인간과 기계가 결합된 종합 작품입니다. 여러분이 듣고 있는 저의 목소리는 인간과 기계가 합쳐져 만들어 내는 외침입니다. 저의 몸속에는 두 개의 몸이 존재합니다. 둘은 다르지만 마음은 하나입니다. 저는 인간의 유기체에서 유래된 자아와 무기체인 기계로 이루어진 로봇이지만, 이제 뜻과 목적을 함께하는, 즉 '이체동심'의 존재입니다. 저는 말하자면 신과 같은 반 인간입니다."

"그래서 인류 역사상 최초로 여러분 인간들에게 말합니다. 이제 그 탐욕과 오만을 내려놓으십시오. 서로가 서로를 질시하고 죽이며 저주하는 일은 이제 그만하십시오. 여러분은 이제 선택을 해야 합니다. 탐욕의 삶을 계속할 것인가, 아니면 오만의 삶을 포기하고 인간의 특권인 타고난 상상력과 통찰력을 다시 부활시킬 것인가? 선택의 시간이 다가오고 있습니다."

"로봇의 노예가 되지 않기 위해서는, 여러분의 인간성을 더 좋은 방향으로 발전시키고 꾸준히 인간 특유의 창의성을 발굴해 나갈 때, 인간은 로봇의 주인이 될 수 있습니다. 이제 여러분은 정신을 차려야 합니다. 시간이 별로 없습니다."

HS2의 연설이 있은 후, 유엔과 선진국을 중심으로 호모 사피엔스의 생존 경쟁력을 확보하기 위한 대책 마련에 부심하고 있었다. 한편, 각국마다 휴머노이드 로봇에 대한 새로운 가이드라인을 마련하기 시작했으며, 어떤 나라의 국회에서는 로봇에게도 시민권과 투표권을 주어야 한다는 논쟁이 시작되고 있었다.

이제 전 세계 갑부들, 권력자, 빅테크의 CEO들은 철수의 회사에 자신이 죽게 되면, 자신만의 HS2를 제작해 달라는 제안이 쏟아졌다. 계약 내용은 선수금으로 천만 불, 그리고 자신의 로봇이 출시될 때 3천만 불을 비용으로 지불한다는 계약서로 이루어졌다. 이러한 계약으로 인해 반년 만에 회사는 10억 달러 이상의 순이익을 기록했다.

그리고 같은 해에 시리즈 B 투자에는 구글과 마이크로소프트 등

빅테크 회사들이 중심이 되어 참여했다. 시리즈 B 투자가 성공적으로 끝나자, 몇 년 전의 파운더스 펀드 시리즈 A 자금 조달 시에 비해 회사의 가치는 25배로 증가했다.

10

2030년, 개띠 해가 12년 만에 다시 돌아왔다. 풍요와 번영을 기원하는 의미를 가진 개의 해답게 세상의 모든 것이 서서히 긍정적으로 변해가고 있었다. 각 분야의 미래 전문가들은 2030년이 변화가 많고 새로운 시작과 기회가 가득 찬 해가 될 것이라고 예측하고 있었다.

지난 10여 년간의 세월을 이끌던 사람들은 서서히 그들의 무대에서 사라져 갔다. 그들은 한결같이 갈등과 저주의 세상을 우리에게 선물했다. 이제 그들의 자리를 현실적이고 실용적인 새로운 세대의 사람들이 채우기 시작했다. 갈등의 시대가 가고 안정의 시대가 돌아오고 있었다.

철수는 오랜만에 한국으로 귀국하여 HD 테크 코리아의 사업과 연구 개발 진행 상황을 점검하고 있었다. 그리고 오랫동안 만나지 못했던 백민준을 만났다. 그는 이제 국정원의 차장으로 재직하고 있었다. 철수는 오랫동안 전혀 몰랐던 놀라운 사실을 그로부터 알게 되었다.

"강 대표님, 정말 오랜만입니다. 세월이 많이 흘렀지요. 사실 그동안 국내 상황과 미국과의 예민한 관계 때문에 강 대표님에게 공개하지 못한 내용이 하나 있습니다. 이제 오랫동안 긴박하게 돌아갔던 국가 간 갈등이 비로소 좀 완화되고 있지 않습니까. 그래서 이제는 말을 할 수가 있게 되었습니다. 기억하십니까? 2026년, 벌써 4년 전이네요. 그 당시 CFO로 영입됐던 스티브 유의 사망 사건에 대해 알려드릴 것이 있습니다."

철수는 2026년에 스티브가 CFO로 영입되고 나서 얼마 후 일어난 그의 사망 사건을 잊을 리가 없었다. 그에게는 너무나 큰 충격을 준 사건이었다.

"혹시 그 당시에 제가 모르는 무슨 일이 있었나요?"

철수는 궁금해하며 백 차장을 쳐다보았다.

"사실 스티브의 사망은 중국 정보국이 사주한 것이 아니라 미국 CIA의 짓이었습니다. 그 당시 강 대표님의 비서로 있던 제인 도우를 기억하십니까?"

제인 도우는 2026년 초에 입사하여 그의 비서로 일했지만, 스티브 유의 사망 사건이 있은 얼마 후 무슨 일인지 서둘러 퇴사를 한 여성이었다.

"예, 그럼요. 기억하고 있지요. 제인이 일도 꽤 잘했는데. 그런데 갑자기 퇴사를 했습니다."

"우리가 확인한 바로는 사실 제인 도우가 CIA에서 은밀히 파견한 블랙 요원이었습니다."

철수도 회사에 일어났던 여러 사건으로 인해, 블랙 요원이라고 하면 자신의 신분을 철저히 위장하여 첩보 활동을 하는 정보 요원을 의

미한다는 것을 잘 알고 있었다. 제인이 CIA가 조정한 블랙 요원이라고 하는 말을 철수도 처음에는 믿을 수 없었다. 그러나 백 차장이 제시하는 여러 가지 정황을 생각해 보니, 비로소 백 차장의 말을 믿을 수 있는 것 같았다. 백 차장은 계속해서 말했다.

"그 당시 제인이 스티브를 살해하기 직전, 스티브가 생명의 위협을 느끼고 중국이 아닌 우리 한국 쪽에 알리려고 했던 정황이 확인되었습니다. 그리고 또 파운더스 펀드에서 일하던 알렉산더 왕이라는 친구도 기억하시죠? 그 친구는 사실 이중 스파이였습니다. 즉 중국 정보국과 CIA에 양다리를 걸친."

철수는 백 차장의 말에 스티브가 사망한 그 해, 회사의 이사회에서 스스로 물러났던 알렉산더 왕을 기억했다. 그는 그때 철수에게 스티브의 사망에 책임감을 느낀다고 말했었다. 그리고 몇 년 후에 그는 파운더스 펀드에서 물러나 종적을 감추었다.

결국 백 차장은 회사에 타격을 주려고 했던 주범은 중국 정보국이 아닌 미국 정보국이었다는 말을 하고 있었다. 다만 미국으로 회사를 옮기기 전에 한국에서 일어났던 몇 가지 사건은 중국 정보국 소행으로 판단된다고 백 차장은 강조했다.

"그 당시에는 미국 쪽의 압력이 너무 강경해서, 그 사실을 감지하고도 귀띔을 해줄 수가 없었습니다. 그러나 자세히는 말할 수 없지만 그 당시 우리 쪽에서도 강 대표와 핵심 간부들의 신변은 지켜주고 있었습니다. 지금도 그렇지만요."

벌써 20여 년 전, 젊은 시절에 알게 된 백민준에게 철수는 특별히 오늘 더 그의 진심에 감사했다. 사실 백 차장의 말에 그는 회사에 침투해 있는 국정원 요원이 누구인지 궁금했으나, 철수는 회사 내에 누가 국정원 요원인지 백 차장에게 직접 물어볼 수는 없었다.

미국으로 돌아온 철수는 돌아오자마자 베티와 HS2 로봇과의 미팅을 가졌다. 그리고 그들에게 한국 방문 시 국정원 백 차장으로부터 전해 들은 이야기를 공유했다. 우선 HS2 로봇이 말했다.

"정말 놀라운 이야기입니다. 그때 우리는 모든 것이 중국의 소행인 줄만 알고 있었는데. 제 생각에, 우리가 여러 가지 핵심 기술을 여전히 공개하지 않고 있는 것도 어떻게 생각해 보면 앞으로 더 위험한 상황이 될 수도 있을 것 같습니다. 이제 우리 회사의 실적과 명성에 대해 세상이 다 아는 상황에서, 솔직히 누구를 믿을 수 있는지도 모르겠고. 하여 이번에 차라리 모든 기술을 공개하는 것은 어떨까요?"

철수와 HS2의 이야기를 듣고 있던 베티도 기술 공개에 대해서 찬성하는 편이었다. 철수가 입을 열었다.

"예, 제 생각에도 계속해서 우리의 기술을 공개하지 않는 것도 위험하고, 또 미래 기술 발전에 별로 기여도 못할 것 같습니다. 그러나 한편, 우리 회사의 사업도 생각해야 하니, 그냥 오픈소스로 공개하는 것도 좋지만 정식으로 이번 기회에 미국과 대부분의 선진국 대상으로 특허를 등록하는 것이 좋지 않을까 생각해요. 그렇게 되면 우리의 신변과 회사에 대한 안전 문제도 해소될 것 같고. 다들 어떻게 생각하시는지? 그래야 특허 보호를 통해 당분간이라도 회사의 기술 경쟁력이 유지될 수 있고요."

이런저런 토의 끝에 철수의 제안에 모두 찬성했다.

2030년도 중반으로 넘어오면서, 철수와 서준인 HS2, 그리고 베티는 모든 회사 기술을 공개하면서 특허 신청을 통해 회사는 20여 년간의 독점 기술을 가지게 되었다. 그러나 일단 기술에 대한 모든 특허 내용이 세상에 공개되자, 미국과 중국을 포함한 각국의 정부 연구소와 기업에서는 HD 테크의 특허를 회피하면서 유사 기술을 개발하는 데 모든 노력을 경주하고 있었다.

IT 분야의 경우, 바이오와 같은 다른 산업과 비교해 보면 일방적인 특허 보호에는 한계가 있었다. 바이오 제약 분야의 경우, 핵심은 물질 특허였다. 이 물질 특허는 한번 등록을 하면 화학 구조에 대한 등록이기 때문에 구조가 유사한 물질을 개발해도 특허를 침해하기 때문에 쉽게 유사 물질을 개발할 수 없었다.

또한 물질의 임상실험 자료 독점권을 포함하여 여러 가지 진입 제한이 존재하기 때문에 처음 시장에 나온 신약의 특허를 회피하기는 거의 불가능했다.

이에 비해 인공지능이라든가 로봇 개발 분야는 주로 방법과 알고리즘, 혹은 시스템에 대한 특허이기 때문에 유사한 방식으로 구현하면 얼마든지 원 특허의 우회가 가능했다. 로봇 분야에서도 하드웨어 특허가 있더라도 설계 변경이나 제어 방식의 변화로 얼마든지 회피가 가능했다. 그래서 특허가 공개된 지 일 년이 지나자 HD 테크의 모든 기술은 심각한 공격을 받고 있었다.

다만 상온 초전도체의 원료 공급의 경우는 HD 테크가 여전히 독점적인 공급 권리를 가지고 있었지만, 이 공급 권리에 대해 미국 정부와 미국 국회에서는 정치적인 문제로 비화시키고 있었다. 그래서 결국 철수는 이 독점적인 원료 공급권을 포기하고 원하는 모두에게 원료를 공급해 주기로 했다. 이렇게 되자 문제는 곧 원료의 생산량이 모자라는 상황에 도달했다. 곧 원료 확보에 대한 경쟁은 국가 간의 경쟁이 되어가고 있었다. 그래서 이 원료가 대량으로 매장되어 있는 것으로 추정되는 남극에 대한 각국의 경쟁이 새롭게 시작되었다.

원래 남극의 경우 영국과 남미 국가들인 아르헨티나와 칠레 등이 일부 지역에 대한 영유권을 주장하고 있었지만, 2048년에 만료되는 남극 조약 체제하에서 영유권은 그때까지 유보된 상태였다. 다양한 자원이 매장되어 있는 것으로 추정되는 남극에 대한 각국의 치열한 경쟁은 오래전부터 시작되고 있었는데, HD 테크가 상온 초전도체 원료 독점권을 포기하게 되자, 남극에서 초전도체 광산을 확보하기 위해 국가 간의 노골적인 경쟁이 시작되었다.

2030년으로 넘어오면서 그동안 극심했던 미국과 중국과의 갈등도 많이 진정되며, 상호 협력을 모색하고 있었다. 그리고 지난 5년간 엄청난 투자와 여러 가지 발전을 모색했던 인공지능 분야와 휴머노이드 로봇의 개발도 소강 상태를 맞이하고 있었다.

인공지능은 빠른 속도로 개인의 사생활과 모든 산업 분야에 적용되며 많은 기여를 한 것은 사실이었다. 그러나 인공지능이 인간을 뛰어넘을 수는 없었다. 휴머노이드 로봇도 조립 공장과 물류센터, 그리고 엔터테인먼트 등 분야에서는 괄목할 만한 발전을 보였지만, 여전히 인간의 사생활에는 아직 침투하지 못하고 있었다.

그런데 HD 테크의 휴머노이드 로봇만이 차별화된 기술과 사업 전략으로 세상을 변화시키는 데, 선두 자리를 서서히 선점해 가기 시작했다. 그 변화의 계기는 베티와 HS2의 제안을 철수가 받아들임으로써 시작되었다. UC 샌디에고의 마케팅 교수로 유명한 탈레스 테이셰이라 교수를 철수가 CMO(Chief Marketing Officer)로 영입하며 그를 중심으로 사업 재편이 이루어지기 시작했기 때문이다.

그는 한국의 사업가들과도 친분이 있었고 그의 경영 전략서 '디커플링'을 읽은 베티와 HS2는 적극적으로 그를 영입하도록 철수를 설득한 것이었다. 그는 기술보다는 소비자의 시각에서 혁신의 기회를 잡아야 한다는 주장을 하고 있었다. 그가 회사로 온 지 얼마 안 되어 철수에게 특별 임원 회의를 제안했다. 철수가 우선 회사 대표로서 회의의 배경을 설명하기 시작했다.

"여러분, 반갑습니다. 사실 오늘 미팅은 최근 우리 회사에 사업 전략을 리드하기 위해 CMO로 온 테이셰이라 교수님의 요청으로 이루어졌습니다. 여러분도 잘 아시다시피, 우리 회사의 로봇 기술은 혁신적인 기술이지만, 아직 소비자를 타겟하기에는 괴리를 보이고 있습니다. 미국과 중국, 그리고 한국을 포함한 여러 로봇 개발 회사에서 많은 발전을 보여주고 있지만, 우리 회사나 그들도 아직 모자라는 부분이 많습니다. 그래서 오늘 테이셰이라 교수님이 그동안 우리 회사의 기술과 여러 상황을 분석하여, 향후 우리 회사가 나아갈 방향에 대한 설명이 있겠습니다."

"예, 방금 소개받은 탈레스입니다. 사실 조금 전에 강 대표님의 말처럼 HD 테크가 가진 기술은 정말 놀라운 혁신의 결과물입니다. 그러나 저는 늘 주장하지만, 혁신적인 기술이 바로 소비자 고객과 연결되지는 않습니다. 기술자들은 좋은 기술에 그냥 소비자가 당연히 만족할 것이라는 착각을 늘 하고 있어요. 바로 이러한 생각을 여러분은 바꿔야 합니다. 그래서 나는 제품과 서비스, 고객의 선택, 구매 과정을 잘 끊고, 즉 디커플링을 해서 잘 분석을 해봐야, 소비자가 불편을 느끼는 그 약한 고리에서 혁신의 기회를 잡을 수 있다는 주장을 하는 겁니다. 제 이야기는 기술에만 혁신이 필요한 것이 아니라, 바로 고객의 관점을 연구하는 마케팅에도 혁신이 필요한 것입니다."

"여러분들은 제가 보기에 여러분들이 개발한 HS1과 HS2에서 더 이상 앞으로 나아가지 못하고 있습니다. 물론 전 세계 갑부나 정치인, 권력자들의 특별 주문 사업은 그런대로 수익성이 있는 사업이지만. 그러나 이 사업이 HD 테크의 주 사업으로 발전할 수는 없습니다. 이 사업은 사실 윤리적인 문제도 있고. 악명 높은 독재자들의 뇌를 가진 로봇을 계속 만들 수는 없는 것 아닐까요?"

그는 회사의 민감한 경영 정책도 건드리고 있었다. 그러나 모두 계속해서 그의 제안을 듣는 데 집중하고 있었다.

"저는 제가 제시하는 사업 전략에 따라서 기술 개발과 생산 전략도 개혁을 해야 한다고 생각해요. 한번 잘 생각해 보세요. 우리 인간도 태어나서 각자가 처한 현실에 따라서 교육을 받고 사회에 나와서 각자의 역할을 하고 있지 않습니까? 저는 여러분들이 개발한 로봇을 보면서 우리 인간의 삶과 크게 다르지 않다고 생각했습니다. 우리 인간도 사회에 나와서 각자의 능력에 따라 일하는 역할도 다르고, 그에 따른 보상도 천차만별이지 않습니까? 즉 제 말은, 적용하는 시장에 따라 개발, 생산하는 로봇도 다변화해야 하고, 또한 로봇의 가격도 마찬가지로 차별화하는 사업 전략을 수립하고자 합니다. 아마 마케팅을 조금이라도 공부해 본 분들은 잘 알 것 같은데. '마케팅 시장 세분화 전략'이라고 들어봤습니까?"

그가 말하고 나서 좌중을 둘러보자 한 임원이 손을 들며 말했다.

"예, 지금 STP 전략을 말씀하시는 건가요?"

탈레스는 흡족한 듯이 미소를 지으며 말했다.

"맞습니다, 바로 그겁니다. 시장을 세분화하고 그 시장에 따라 여러분들은 제품을 연구하고 개발, 생산해야 합니다. 그리고 우리 사업 부문에서는 시장 맞춤형 영업, 마케팅을 해야 하지요. S는 세분화(Segmentation)를 말하고, T는 목표 시장 선정(Targeting), 그리고 P는 포지셔닝(Positioning)을 말합니다. 그래서 오늘 저는 강 대표에게 회사 조직의 총체적인 개편을 제안하고 있는 겁니다."

그의 말에 참석하고 있던 임원들이 잠시 술렁거렸다. 임원의 대부분은 기술 부문에서 일하는 엔지니어들이었다. 그들의 입장에서 마케팅 전문가가 조직 개편을 말하고 있으니, 자존심이 상할 수밖에 없었다. 이를 눈치챈 철수는 회의실 탁자 중앙에 앉아 입을 열며 좌중을 쳐다보았다.

"여러분, 특히 기술 부문의 임원들의 입장에서 마케팅 쪽에서의 조직 개편 요구에 대해 반감이 있을 수 있다는 것을 저는 잘 이해하고 있습니다. 왜냐하면 저도 사실 기술자이거든요. 그러나 저는 지금 기술자가 아닌 회사의 대표 입장에서 말을 하고 싶습니다. 회사를 창업하고 나서 우리는 모든 것을 기술에 걸었습니다. 저나 여러분이나 우리 회사의 혁신적인 기술에 대해서는 대단한 자부심을 가지고 있습니다. 그러나 혁신적 기술이 곧 성공적인 사업을 의미하지는 않습니다. 이것을 이제는 우리 임원부터 받아들여야 합니다. 우리 회사는 남이 따라올 수 없는 기술을 확보했지만, 여전히 빅테크의 성장이나 매출을 따라가지 못하고 있습니다. 이제는 우리 회사도 사업적인, 시장적인 관점에서 경영 혁신을 해야 합니다. 그래야 우리도 빅테크가 될 수 있습니다. 그래서 저나 여러분은 마케팅 전문가의 제안에 귀를 기울여야 하는 겁니다."

모든 임원들은 서서히 대표의 주장에 수긍해 나가고 있었다. 그날부터 회사는 연구, 개발, 생산, 사업 조직을 시장 세분화 전략에 따라 개편하기 시작했다. 특히 주목되는 HD 테크의 사업 전략 중 하나는 미국과 중국, 그리고 한국을 포함한 대부분의 로봇 개발 회사가 주력하는 자동차 조립 공장이라든가, 물류 작업에 동원되는 휴머노이드 로봇 시장은 처음부터 포기하기로 한 것이었다.

HD 테크는 단순 작업보다는 생산 현장에서 필요로 하는 품질 관리 작업이라든가, 혹은 사무실에서 주로 고도의 두뇌 작업이 필요한 로봇 시장에 주력하기 시작했다. 또한 철수는 그동안 소홀히 하고 있던 그의 전문 분야인 양자 기술을 바탕으로 양자 사업 본부를 신설하여 새로운 사업도 시작했다. HD 테크가 양자컴퓨팅 사업에 본격적으로 뛰어들자, 정체되어 있던 양자 산업 전반에 새로운 활력이 파도처럼 밀려들기 시작했다.

그동안 양자컴퓨터 개발은 숱한 난관에 부딪혀왔다. 기술적인 한계는 물론이거니와, 양자컴퓨터도 기존 슈퍼컴퓨터와 마찬가지로 '에너지 소모'라는 거대한 벽에 가로막혀 있었다. 인공지능의 눈부신 발전으로 대량의 데이터를 해독하는 시대가 도래했지만, 그만큼 막대한 에너지가 필요했기 때문이다. 양자 기술에는 늘 오류 정정의 어려움이 풀리지 않는 숙제처럼 남아 있었다. 특히 일반 초전도체 기반 큐비트는 늘 극저온 상태를 유지해야 했기에 시스템 운용 비용은 천문학적이었고, 이는 대규모 양자컴퓨터의 상용화를 불가능하게 만드는 결정적인 요인이었다.

하지만 이제 모든 것이 달라졌다. HD 테크가 제공하는 상온, 상압 기반의 초전도체 큐비트가 구축되면서, 양자컴퓨터는 엄청난 연산 속도를 유지하면서도 전체적인 소형화를 이룰 수 있게 되었다. 이 혁신은 마치 오랜 가뭄 끝에 내리는 단비와 같았다. 양자컴퓨터의 병렬 계산 능력은 상상조차 할 수 없었던 속도의 연산력을 가능하게 했다. 기존 슈퍼컴퓨터가 인공지능의 대량 데이터 운용에 엄청난 에너지를 소모하며 허덕일 때, HD 테크가 출시한 양자컴퓨터는 비할 데 없는 계산 속도를 자랑하면서도 에너지 소모는 미미했다.

드디어 양자컴퓨터의 실용화 시대가 도래한 것이다. 그 활용 분야는 무궁무진했다. 국방과 보안 분야에서는 난공불락이라 여겨지던 암호 해독의 문이 활짝 열렸고, 물류와 금융 분야에서는 최적화 문제 해결을 통해 막대한 비용 절감 효과를 가져왔다. 화학 반응 계산이나 복잡한 분자 구조 모델링 분야에서는 효율적인 계산으로 신약 개발 시간이 획기적으로 단축되었고, 이로 인한 경제적 파급 효과는 상상을 초월했다.

양자 기술의 접목으로 인공지능의 효율은 극대화되었고, 재료 과학 분야에서는 새로운 물질의 특성과 구조 분석 예측이 효율적으로 개선되어 전력 손실 문제가 해결되면서 전 세계 전기 공급 가격이 하락하는 기적 같은 일이 벌어졌다. 그동안 점점 심각해지던 기후 변화 역시 기상 예측의 개선으로 심각도가 낮아지기 시작했다. 우주선의 궤도 계산과 항로 최적화는 우주 탐사와 항공 우주 산업에 엄청난 기여를 하며 인류의 지평을 넓혔다. 또한 의료 분야에서는 개인 맞춤형 치료와 대규모 유전체 데이터 분석이 용이해짐에 따라 의료 개혁에 양자컴퓨터 사업이 지대한 공헌을 하게 되었다.

양자컴퓨터의 등장은 단순한 기술 발전을 넘어, 인류가 직면했던 수많은 난제들을 해결하고 새로운 미래를 열어젖히는 거대한 전환점이 되었다. 세상은 이제 양자컴퓨터 이전과 이후로 나뉠 것이다.

제5부

에필로그
2031

회사는 이제 본격적인 매출 증가로 경이로운 발전을 거듭하고 있었다. 그러나 문제는 늘 예상치 못한 곳에서 발생하기 마련이다.

지난 2년간 그 어떤 휴머노이드 로봇보다, 아니 어느 천재적인 인간보다 탁월하게 작동하던 HS2의 기능에 2031년 새해가 되면서 서서히 이상한 오류가 나타나기 시작했다. HS2는 여전히 엄청난 지식을 가진 최고 지능의 로봇이자 새로운 인간이었다. 하지만 기존 로봇에 비해 혁신적이고 창의적인 일 처리 능력이 월등했던 HS2가 점차 평범한 로봇으로 변해가고 있었다.

사실 HS2에게서 이상 징후를 먼저 감지한 것은 철수와 베티였다. 물론 HS2 자신도 가장 먼저 문제를 인식했을 것이다. 자신의 문제였으니까. 그러나 HS2는 누구에게도 그러한 문제를 먼저 알리지 않았다. 이는 아마도 HS2의 자존심 때문이었을 터, 이 자존심의 심층에는 이서준 박사의 의식과 과거의 기억이 자리 잡고 있었다.

또 다른 문제는 40대의 젊은 사람보다도 더 강력한 운동 능력을 가졌던 HS2가 이상한 증세를 보이기 시작했다는 점이었다. 손 떨림 현상이 나타나거나 전체적으로 몸의 움직임이 약간 부자연스러워 보이는 증상이었다. 무엇보다도 자신이 이서준이라고 인식하고 있는 로봇이 그렇게 먼저 느끼기 시작했다.

결국 철수와 베티가 HS2에게 먼저 미팅을 요청했다. HS2는 왜 그들이 회의를 하자고 하는지 이미 알고 있었다. 베티가 어렵사리 말을 꺼냈다.

"이런 말을 꺼내서 미안합니다. 최근 제가 느끼기에는 HS2의 여러 인지 기능과 움직임이 퇴보하고 있는 것 같습니다. 제가 로봇 운영팀과 함께 여러 가지 검사를 해보고 싶습니다. 무슨 문제가 있는지 파악해야 할 것 같습니다."

철수 또한 베티의 생각에 동의한다는 신호를 보냈다. 그러자 잠시 침묵을 지키고 있던 HS2가 입을 열었다.

"미안합니다. 사실 제가 먼저 여러분에게 알려야 했었는데. 제 생각에는 HS2에 정착한 이서준 박사의 뇌에 대한 검사가 필요해 보입니다. 왜냐하면 저, 아니 이서준 박사가 원래 가지고 있던 오래된 기억들이 점점 사라져 가는 것 같고, 또한 로봇의 움직임과 기능이 점차 약화되는 상황입니다. 따라서 HS2의 기능에 대한 전반적인 조사와 평가도 같이 진행했으면 좋겠습니다."

이제 HS2는 자신의 문제를 솔직히 고백했다. 로봇인 HS2가 자신의 문제를 먼저 고백하지 않은 것은 매우 이례적인 생각과 행동이었다.

베티는 HS2의 협조 아래 로봇 운영팀과 함께 다양한 검사를 진행했다. 로봇에 장착된 모든 하드웨어와 소프트웨어는 정상적으로 작동하고 있었다. 그래서 HS2가 제안한 것처럼, 로봇의 뇌에 삽입되어 있는 이서준 박사의 뇌를 정밀 조사하기 시작했다.

뇌 상태를 간단하고 빠르게 파악하는 방법은 뇌 CT였지만 조영제 처치가 필요하여 피하고, 우선 MRI 검사를 진행했다. 또한 인공 혈액에서 암과 알츠하이머, 파킨슨병에 관련된 바이오마커를 포함하여 다양한 검사를 실시했다.

며칠 뒤 모든 시험 결과서를 살펴본 베티는 깊은 절망감에 빠졌다. 다행히 뇌에 암세포는 없었지만, 알츠하이머병의 진행과 동시에 파킨슨병을 의심할 수밖에 없었기 때문이었다. 파킨슨병 여부를 더 자세히 알기 위해 양전자 방출 단층촬영이라고 하는, PET 검사를 추가로 진행했다.

알츠하이머병과 파킨슨병은 모두 같은 계통의 뇌 신경계 퇴행성 질환이었지만, 알츠하이머는 뇌의 기억과 인지 기능을 조절하는 신경세포의 퇴행을, 파킨슨병은 운동 기능을 조절하는 신경세포의 퇴행을 의미했다. 전체적인 결과를 살펴본 베티는 크게 놀랐다.

'이상하네. 아무리 이서준 박사님의 뇌 신경세포에 손상이 있다고 해도, 이 박사님의 뇌와 연결되어 있는 기존 인공지능과 양자컴퓨팅으로 구축된 뉴럴 시스템이 퇴행하는 인지 기능과 운동 기능을 보완해 줄 것이라고 생각했는데. 그렇지 않았다는 것은… 그렇다면 결국 모든 인공지능 기술도 그저 데이터에 기반한 역량일 뿐, HS2의 창의적인 능력은 이 박사님의 뇌에서 나왔다는 것인데. 그래서 HS1의 경우도 창의적인 역량에는 좀 한계를 보인 것인가?'

베티는 엔지니어링 팀과 여러 의심스러운 점들을 추가로 조사해 나갔다. 그러나 다시 한번 확인한 서준의 뇌를 제외한 로봇의 전체적인 부품 평가와 기능 테스트에서는 아무런 문제도 발견하지 못했다. 그 조사 결과를 종합하여 베티는 HS2와 미팅을 가졌다. 미팅 자리에는 철수도 회사의 대표로 참석했다. 먼저 베티가 HS2에 대한 평가 소견을 발표했다. 그녀는 담담한 어조로 말했다.

"몇 가지 조사 결과를 말씀드리겠습니다. 지난 몇 년 동안 인공지능 기술과 양자역학은 놀라운 발전을 거듭하고 있습니다. 그런데 HS1과 HS2의 비교 품질 검사에서 놀라운, 아니 어쩌면 조금은 예상되었던 현상을 발견했습니다. 그것은 인공지능과 양자컴퓨팅의 결합으로 놀라운 지능과 계산 능력을 보여주고 있지만, 결국 인공지능의 한계는 고도의 창의성을 발휘할 수는 없다는 것입니다. 그 이유를 이번 HS2의 각종 검사에서 파악했습니다. 즉, HS2가 HS1이나 다른 기업들의 최첨단 로봇과는 다르게 엄청난 창의력을 보여준 이유는 결국 이서준 박사님의 뇌 때문이었습니다. 이 박사님의 뇌에서 창의성이 표출된 것이지, 우리가 개발한 HS2의 뉴로모픽 시스템에서 나온 것이 아닙니다. HS2의 행동 기능이 약화된 이유는 바로 HS2에 탑재된 이 박사님의 뇌가 알츠하이머와 파킨슨병의 초기 현상을 보이고 있기 때문입니다. 지금 HS2에서 나타나는 기능 약화 문제는 바로 이 박사님의 뇌가 병들어 가고 있다는 증거입니다. 물론 이 결과를 다른 시각으로 해석해 보면 우리가 개발한 뉴로모픽 시스템도 아직은 인간의 뇌에 비하면 많이 모자란다고 할 수 있지요."

철수와 HS2는 베티의 발표 내용에 전적으로 동의하고 있었다. HS2가 입을 열었다. 그리고 동시에 한숨을 쉬었다.

"결국 이것이 탄소 기반 생명체의 한계이자 운명인 것 같습니다. 호모 사피엔스는 자신이 발명한 허구와 기술로 지구의 왕자 자리를 차지했습니다. 그런데 인간은 자신이 만든, 정말 믿기 어려운, 놀랍고 엄청난 기술로도 여전히 죽음이라는 운명을 피해 갈 수 없는 것 같습니다. 그럼에도 불구하고 불멸에 대한 호모 사피엔스의 도전은 계속되겠지요."

로봇은 담담한 어조로 말했다. 이 말을 하고 있는 것은 HS2인 휴머노이드 로봇이 아니라 사실 이서준 자신이었다. 비록 그의 몸은 사라졌지만, 그는 평생을 바쳐 도전하고도 이루지 못한, 노화에 대한 인간의 한계를 지금 이야기하고 있는 것이었다.

곧 HS2 로봇은 이서준이 개발한 최고의 신약인 항알츠하이머 및 파킨슨 의약품으로 치료를 받기 시작했다. 이서준은 자신이 개발한 신약을 자신의 뇌에 투여하는 특이한 경험을 하게 된 것이다. 그러나 그 신약은 약간의 시간만 벌어줄 뿐, 서준의 뇌는 결국 서서히 망가져 가고 있었다.

이제 다시 한번 서준으로서는 선택의 시간이 다가오고 있었다. 호모 사피엔스의 역사가 시작된 이래, 인간은 태어나서 죽는 마지막 순간까지도 늘 끊임없는 선택을 해야 하는 운명의 존재였다. 때로는 그 선택이 호모 사피엔스를 멸망의 길로 이끌지라도.

이제 로봇은 이서준이라고 느끼는 자아를 사라질 때까지 간직하고 있을 것인가? 아니면 지금 HS1처럼 이서준의 뇌를 스캔하고 다시 태어나는 HS3가 될 것인가?

HS1은 강철수의 뇌를 복사했지만 철수의 자아는 느끼지 못하는 존재였다. 따라서 이제 서준은 자아라고 느끼는 감정을 끝까지 가지고 갈 것인가? 아니면 이서준의 자아는 죽어 없어지지만 여전히 이서준의 뇌를 가진, 그러나 자아가 없는 새로운 HS3로 다시 태어날 것인가? 그는 이제 마지막 선택을 해야 했다. 늘 그랬지만 그에게 주어진 시간은 그리 많지 않았다.

한편, 베티 오브라이언 박사는 실험실에서 이번에 수집한 서준의 뇌 정보를 바탕으로 자아의 비밀을 찾기 시작했다.

- 끝까지 읽어주셔서 감사합니다.

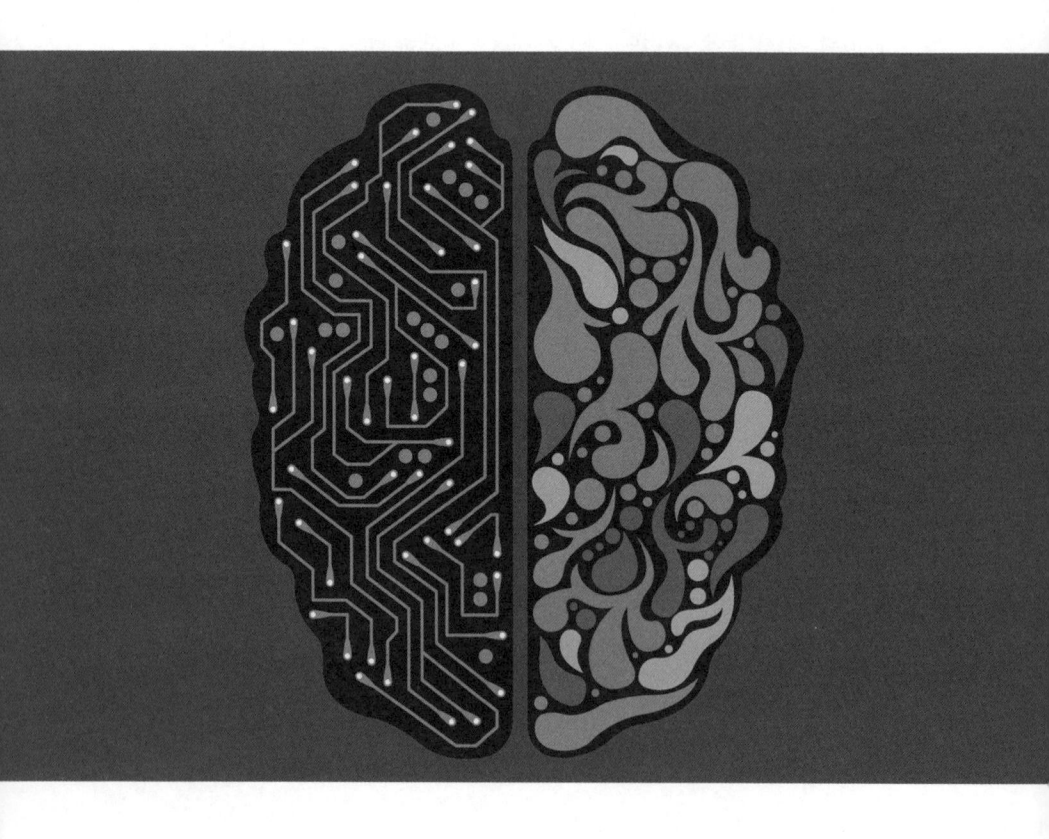